高职高专“十二五”规划教材

文学欣赏

樊　莉　主　编
王小菲　王　超　张明亮　副主编

经济科学出版社

图书在版编目(CIP)数据

文学欣赏/樊莉主编. —北京:经济科学出版社,2011.3(2018.8 重印)
高职高专"十二五"规划教材
ISBN 978-7-5141-0412-7

Ⅰ.①文… Ⅱ.①樊… Ⅲ.①文学欣赏—高等学校:技术学校—教材 Ⅳ.①I06

中国版本图书馆 CIP 数据核字(2011)第 023341 号

责任编辑:王东萍
责任校对:王凡娥
技术编辑:李　鹏

文学欣赏
樊　莉　主　编
王小菲　王　超　张明亮　副主编
经济科学出版社出版、发行　新华书店经销
社址:北京市海淀区阜成路甲 28 号　邮编:100142
教材编辑中心电话:88191344　发行部电话:88191540
网址:www.esp.com.cn
电子邮箱:espbj3@esp.com.cn
北京密兴印刷厂印装
787×1092　16 开　14 印张　340 千字
2011 年 3 月第 1 版　2018 年 8 月第 5 次印刷
ISBN 978-7-5141-0412-7　定价:36.80 元

前　言

随着我国政治、经济、文化的快速进步和发展，社会对人才提出了更高的要求。高素质的复合型人才需求替代了知识单一型人才的需求。党的十六大报告中明确提出要全面推进素质教育，素质教育是依据人的发展和社会发展的实际需要，以全面提高全体学生的基本素质为根本目的，以尊重学生主体性和主动精神，注重开发智慧潜能，注重形成人的健全个性为根据特征的教育。在高职高专素质教育中，人文社会科学知识是素质教育的重要内容。文学是人文科学中最生动活泼、最贴近日常生活、最具人文综合性知识的学科。作为一个新世纪大学生，具备文学欣赏的能力、水平、素养，才能具备更高层面的感知世界上美好事物的能力。文学欣赏不仅需要一定的文化基础和文学常识，也应具备一定的历史知识。因此，本书将文学分为四大类（诗歌、小说、戏剧、散文），分章介绍和欣赏。每一种文学样式又分为中国古代、中国现代和西方文学三大节，将不同历史时期和中西方的代表作品串起来。为了加深对作品的理解，不仅介绍作家的生平、特点、流派、风格，还对不同的文学样式产生背景和艺术特点予以简释。为了检验学生对作品的理解，每一篇文章节选后都有针对该节选文章的练习题。另外，为了扩大学生的知识面和文学修养，特别开辟了平行阅读部分。

为了适应高职高专学生的学习需要，我们编写了这本《文学欣赏》。

本书是由樊莉、王小菲、王超，按照她们各自的专业和研究方向分工编写。樊莉编写第一章和第四章的第三、四节，王小菲编写第二章，王超编写第三章和第四章的第一、二、五节，中国国家图书馆的张明亮也参与了编写工作。从选文、体例、大纲开始进行总体规划。选文力求经典，赏析文章深入浅出。从定稿来看，本书体现了编写指导思想，确实是一本较全面涵盖文学知识又适合高职高专学生的普及型经典读本。希望读者从中得到知识的愉悦，得到文学艺术欣赏的愉悦，能对古今中外的文学产生浓厚的兴趣、具备一定的文学欣赏水平，就是我们编者最大的安慰。

因为编者水平有限，本书难免有一些不足之处，恳请各位专家读者提出宝贵意见。

编　者

目　录

第一章

诗歌欣赏

第一节 诗歌概述

一、什么是诗歌

诗,和历史一样古老,又和青春一样年轻。诗随着人类的文明史一同萌芽、生长,是在各民族开放出的最初的文明之花。诗是最富民族性的文学形式,它比小说、散文产生得更早,也更直接地抒发人类的情感。它是按照一定的音节、声调和韵律的要求,用凝练的语言、充沛的情感、丰富的想象,高度集中地表现社会生活和人的精神世界的文学体裁。

诗是最古老也是最具有文学特质的文学样式,它来源于古代人们的劳动号子和民歌,原是诗与歌的总称。开始诗和歌不分,诗和音乐、舞蹈结合在一起,统称为诗歌。中国诗歌有悠久的历史和丰富的遗产,如《诗经》、《楚辞》和《汉乐府》以及无数诗人的作品。西方的诗歌,由古希腊的荷马、萨福和古罗马的维吉尔、贺拉斯等诗人开启创作之源。

中国诗歌经历了《诗经》→《楚辞》→汉赋→汉乐府诗→建安诗歌→魏晋南北朝民歌→唐诗→宋词→元曲→明清诗歌→现代诗的发展历程。

外国诗歌经历了七个时期:远古时期(前40世纪至5世纪),古希腊、古罗马时期(前8世纪至公元5世纪),中世纪(5至15世纪,亦可称圣经诗歌时期),文艺复兴时期(14至16世纪),古典主义时期(17至18世纪),浪漫主义时期(18至19世纪)。唯美主义、象征主义、意象派超现实主义、先锋派各种风格的诗层出不穷,东西方碰撞、交流、融合已近百年,流风所及,以至于今。

(一)古代诗歌

诗按音律分,可分为古体诗和近体诗两类。古体诗和近体诗是唐代形成的概念,是从诗的音律角度来划分的。

古体诗 包括古诗(唐以前的诗歌)、楚辞、乐府诗。“歌”“歌行”“引”“曲”“吟”等古诗体裁的诗歌也属古体诗。古体诗不讲对仗,押韵较自由。古体诗的发展轨迹:《诗经》→《楚辞》→汉赋→汉乐府诗→建安诗歌→魏晋南北朝民歌→陶诗等文人五言诗→唐代的古风、新乐府。

近体诗 与古体诗相对的近体诗又称今体诗,是唐代形成的一种格律体诗,分为绝句和律诗两种,其字数、句数、平仄、用韵等都有严格规定。“绝句”,每首四句,五言的简称五绝,七言的简称七绝。“律诗”,每首八句,五言的简称五律,七言的简称七律,超过八句的称为排律(或长律)。

按内容来分,可分为叙事诗、抒情诗、送别诗、边塞诗、山水田园诗、怀古诗(咏史诗)、咏物诗、悼亡诗、讽喻诗。

(二)现代诗歌

现代诗歌根据不同的标准可以分为不同的种类,基本的有以下几种:

叙事诗和抒情诗 以诗歌的表现内容和表达方式作标准,诗歌可分为叙事诗和抒情诗。

叙事诗:诗中有比较完整的故事情节和人物形象,通常以诗人满怀激情的歌唱方式来表现。史诗、故事诗、诗体小说等都属于这一类。古希腊时代的《伊利亚特》、我国古代的《孔雀东南飞》、现代的《王贵与李香香》就是这种诗体的代表。

抒情诗:主要通过直接抒发诗人的思想感情来反映社会生活,不要求描述完整的故事情节和人物形象。抒情诗在历史上形成的基本体式有山水诗、咏物诗、爱情诗、哲理诗等。曹操的《观沧海》、李商隐的《无题》、冰心的《春水》等就是上述抒情诗体式的典范。

格律诗、自由诗和散文诗 这是按照作品语言的音韵格律和结构形式分类的。

格律诗是按照一定格式和规则写成的诗歌。它对诗的行数、诗句的字数(或音节)、声调音韵、词语对仗、句式排列等有严格规定,如,我国古代诗歌中的“律诗”“绝句”和“词”“曲”,欧洲的“十四行诗”。中国目前还没有产生真正意义上的有影响的现代格律诗。从诗歌文体特定的抒情性和音乐性来说,中国当代诗歌非常需要现代格律诗的充分发育和生长。现代格律诗在借鉴外国格律诗的成功经验和继承中国古代格律诗的优秀传统方面,有着一片很值得写作者们探讨的广阔天地。

自由诗是近代欧美新发展起来的一种诗体,是与格律诗相对而言的。它不受格律限制,无固定格式,注重自然的、内在的节奏,押大致相近的韵或不押韵,字数、行数、句式、音调都比较自由,语言比较通俗。美国诗人惠特曼(1819—1892)是欧美自由诗的创始人,《草叶集》是他的主要诗集。我国“五四”以来也流行这种诗体。郭沫若的《天狗》、艾青的《光的赞歌》、舒婷的《致橡树》就是自由诗的优秀之作。这种无诗歌形式束缚的自由使得它成为当代最流行的一种诗体,也成为诗歌爱好者们比较乐于接受的一种诗体。

散文诗是近现代才发展起来的兼有散文和诗的特点的一种诗体。它是诗的某些表现性元素与散文的某些再现性元素巧妙融合的产物。它采用散文的自由灵活的形式来传达精练内蕴的诗歌意象,它虽然不像诗歌那样分行排列和押韵,但它的语言仍然是具有内在的节奏感和音乐美。泰戈尔的《新月诗》、鲁迅的《野草》、郭风的《叶笛》都是优秀的散文诗作。

二、诗歌的艺术特征

诗歌,是文学体裁的一种,形式很多,多数押韵,可以吟咏、朗诵。诗歌主要的特点是高度集中地反映社会生活,凝聚着作者强烈的思想感情,富于想象,语言凝练而形象,有鲜明的节奏感。

(一)以情入境——情感之美

严羽说:“诗者,吟咏性情也。”叶燮说:“诗是心声,不可违心而出。”《诗大序》中指出,“诗者,志之所之也。在心为志,发言为诗。情动于中而形于言,言之不足故嗟叹之,嗟叹之不足故永歌之,永歌之不足,不知手之舞之,足之蹈之也”。华兹华斯说,诗歌是炽烈情感的自然流露。这些都在强调没有情，无以谈诗，不抒真情，就算不得诗人。屈原的《离骚》、蔡文姬的《胡笳十八拍》、李白、杜甫的歌行体诗文、但丁的《神曲》、弥尔顿的《失乐园》、歌德的《浮士德》、泰戈尔的《新月集》等，无疑是饱含诗人感情的“雄浑”篇章。因此可以说，抒情性是诗歌的灵魂。

在诗歌众多的特性之中，抒情性是第一位的，因而是诗歌作者创作的首选，同时也是诗歌呈现给读者的第一要素。如汉乐府《上邪》：

上　邪

我欲与君相知
长命无绝衰
山无陵
江水为竭
冬雷震震
夏雨雪
天地合
乃敢与君绝

这是一首誓词，全诗多用短语，一字一顿清清楚楚明明白白表述对爱的渴求和坚贞。句式整齐，一气排出，给人以迫切激越之感。字字千钧，铿锵有声，将少女内心的感情动荡、心潮起伏表达得淋漓尽致。再比如流沙河的《哄小儿》中有这样的诗句：

莫要跑到外面去
去到外面有人骂
只怪爸爸连累你
乖乖儿
快用鞭子打

虽然是普通的场景，却表达出极为复杂、悲痛、深切的思想感情，感人泪下。

诗歌文体发展的历史也证明诗歌是人类表达、宣泄情感的较好载体。诗歌作者在具体的写作过程中，以能否表达出主观情感为目的来选择和提炼诗歌意象，创立和设置诗歌意境，诗歌语言的种种使用技法也是为了更准确、更细致、更熨帖地抒情达意。离开了人类抒情的动机，诗歌就没有了产生和发展的动力。抒情性是诗歌艺术创构的基本特征。凡是优秀的诗作，都是作者真实思想感情的抒发，是诗人内心情感的一种艺术化表现。

比如，刘邦的《大风歌》：“大风起兮云飞扬，威加海内兮归故乡，安得猛士兮守四方？”诗歌虽朴素简短，但人物形象尽显。此诗既表现了刘邦豪迈得志的一面，又表现了其内心忧虑矛盾的一面，其鲜明的形象跃然纸上。

诗歌是一种主情的文学体裁，抒情是诗歌的本质。诗歌通过表现人的思想情感来揭示和反映社会生活，通过撷取社会生活中的感情浪花来表现社会现实，展现作者的志向和抱负。在中外诗歌发展历史上，凡是脍炙人口、长久流传的诗歌，无不因饱含着真挚而浓烈的思想感情而为人们所普遍喜爱。诗歌所抒发的情感发于诗人的内心深处，是诗人对客观事物真实的态度体验。只有具体的、独特的、富有诗人个性，并发自诗人内心的真实的态度体验才能进入读者的内心，与读者产生共鸣，使诗人与读者的情感融为一体。

而抒情的表现手法是多样的，有直接抒情，即“敞肺腑于直陈”；托物言志；借景抒怀；缘事寄意等。如舒婷的《致橡树》，是一首表达爱情的抒情诗。

我如果爱你——
绝不像攀缘的凌霄花，借你的高枝炫耀自己；
我如果爱你——
绝不学痴情的鸟儿，为绿荫重复单调的歌曲；
也不止像泉源，常年送来清凉的慰藉；
也不止像险峰，增加你的高度，衬托你的威仪。
甚至阳光。甚至春雨。
不，这些都还不够！
我必须是你近旁的一株木棉，
作为树的形象和你站在一起。
根，紧握在地下，叶，相触在云里。
……

诗人以橡树为对象表达了爱情的热烈、诚挚和坚贞。诗中的橡树不是一个具体的对象，而是诗人理想中的情人象征。因此，这首诗一定程度上不是单纯倾诉自己的热烈爱情，而是要表达一种爱情的理想和信念，通过亲切具体的形象来发挥，颇有古人托物言志的意味。

总之，诗歌的内在特点是抒发感情。不管是绘景、咏物，还是写人、叙事，无不是为了抒情。抒情是诗歌的生命、灵魂，没有抒情，就没有诗歌。因此，阅读、鉴赏诗歌时，首先要弄清诗人描绘的是什么样的景，歌咏的是什么样的物，叙述的是什么样的事，刻画的是什么样的人，进而看看借此抒发的是什么样的情。

（二）以象入境——意境之美

王昌龄的《诗格》首创了“意境”一词。当代文艺理论家宗白华说：“意境是情与景（意象）的结晶品。”概括起来，意境就是“情由境生、情景交融”的那种艺术境界。

“意象”一词是中国古代文论中的一个重要概念。古人以为意是内在的抽象的心意，象是外在的具体的物象；意源于内心并借助于象来表达，象其实是意的寄托物。中国传统诗论实指寓情于景、以景托情、情景交融的艺术处理技巧。诗歌创作过程是一个观察、感受、酝酿、表达的过程，是对生活的再现过程。作者对外界的事物心有所感，便将之寄托给一个所选定的具象，使之融入作者自己的某种感情色彩，并制造出一个特定的艺术天地，使读者在阅读诗歌时能根据这个艺术天地在内心进行二次创作，在还原诗人所见所感的基础上渗透自己的感情色彩。

意境与意象的关系，童庆炳界定为：首先，意象是一个个表意的典型物象，是主观之象，是可以感知的、实在的、具体的；意境是一种境界和情调，它通过形象表达或诱发，是要体悟的、抽象的，是一种氛围。其次，意象或意象的组合构成意境，意象是构成意境的手段或途径。这就是说，在文学创作中，总是意象在先，意境在后。是先有一个个意象在作者的脑子里，然后组合融合化为一种意境。意象无穷的张力形成了意境整体上无穷的魅力，意境的形成包含了许多客观存在的物象。没有意象，难以组合融合成一种意境；而如果没有意境，那些物象只是一盘散沙，没有灵魂。

意象是以象寓意的艺术形象，意境是由那寓意之象生发出来的艺术氛围。马致远的《天净沙·秋思》就是一首通过一组意象有机组合而成为优美意境的杰作：枯藤老树昏鸦/小桥流水人家/古道西风瘦马/夕阳西下/断肠人在天涯。虽然只有28个字，却包含着极丰富的内容，它描绘了11种景物，却构成一幅完美的图画，表现了天边游子的孤寂痛楚之情，融情入景，情景交融，情景高度浓缩于这一幅画面之中。在诗中情景交融语言自然，更能使意境显得深远美丽。再如沙鸥的《新月》：

新月弯弯
像一条小船

我乘船归去
越过万水千山
花香夜暖
故乡正是春天

你睡着了吗
我在你梦中靠岸

由小船似的新月这一意象勾起了诗人的怀乡之情，爽性当真"乘船"回到了春暖花开的故乡，故乡的亲人正在梦中，"我在你梦中靠岸"情深意美，极写其两地相思、魂牵梦绕的情景，意味深长。

意象的营构是中国古典诗词创作的焦点，也是我们学习古典诗词的重点。它既是现实生活的写照，又是诗人审美创造的结晶和情感意念的载体。古典诗歌中的常见意象有柳树、梅花、竹子、莲花、红豆、鸿雁、水、月等。例如"柳"这一事物就有许多寓意：一是"柳""留"二字谐音，经常暗喻离别。"今宵酒醒何处？杨柳岸，晓风残月"三句，表现了柳永对恋人的怀念。二是"柳"多种于檐前屋后，常作故乡的象征。三是"柳"絮飘忽不定，常作遣愁的凭借。"试问闲愁都几许，一川烟草，满城风絮。梅子黄时雨"几句，形象地诠释了贺铸此时忧愁的深刻程度。再如"莲花"，由于"莲"与"怜"音同，所以古诗中有不少写莲的诗句，借以表达爱情。如南朝乐府《西洲曲》："采莲南塘秋，莲花过人头；低头弄莲子，莲子青如水。""莲子"即"怜子"，"青"即"清"。这里是实写也是虚写，语意双关，采用谐音双关的修辞，表达了一个女子对所爱的男子的深长思念和爱情的纯洁。又如"鸿雁"，常与书信联系在一起，指对亲人的思念。鸿雁是大型候鸟，每年秋季南迁，常常引起游子思乡怀亲之情和羁旅伤感。如隋人薛道衡《人日思归》："人归落雁后，思发在花前。"早在花开之前，就起了归家的念头；但等到雁已北归，人还没有归家。

诗歌主要靠意象来构成诗的意蕴，诗人创作时对意象的选取会因人、因事、因时而异，但如何写出"人人心中有，人人笔下无"的新意来，却与诗歌中意象的组合方式密切相关。一般而言，意象的组合方式是多种多样的，主要有以下几种：

并列式组合 将有关的几组具象罗列出来，如杜牧的《江南春》"水村山郭酒旗风"就是并列了水村、山峦、酒、旗、风几组物象，从而让我们领略到了江南春天的特有风情。

对比式组合 选取两组或两组以上的物象，互为对立，互为映衬，如高适的《燕歌行》"战士军前半生死，美人帐下犹歌舞”，一边是拼杀的血腥，一边是醉生梦死的沉迷，从而起到深化主题的作用。

通感式意象 即把听觉、视觉、嗅觉、味觉、触觉几种意象沟通起来，互为转化。如舒婷的《路遇》“自行车的铃声悬浮在空间”、“铃声把碎碎的花香抛在悸动的长街”，前一句听觉铃声转化成为视觉悬浮，后一句听觉嗅觉与心里感觉交织转换，沟通组合，从而形成了一个非常奇妙的境界，铃声能浮，铃声抛花香，使读者不禁为诗人的丰富想象而拍案叫绝。

诗歌的创作十分讲究含蓄、凝练。诗人的抒情往往不是情感的直接流露，也不是思想的直接灌输，而是言在此意在彼，写景则借景抒情，咏物则托物言志。这里的所写之“景”、所咏之“物”，即为客观之“象”；借景所抒之“情”，咏物所言之“志”，即为主观之“意”。“象”与“意”的完美结合，就是“意象”。总之，意象是构成诗歌意境的一个必不可少的重要元素或条件。欣赏诗歌要善于展开联想与想象的翅膀，抓住意象并反复揣摩意象，这样才能“披荆入境”。

（三）以乐和诗——音韵之美

文学艺术的各种形式互相渗透、互相影响，是文艺史上带有规律性的现象。而在各种文艺形式中，诗歌是最活泼、最有亲和力的一种。它和散文结合，成为散文诗；和戏剧结合，成为歌剧。它和绘画所使用的工具虽然不同，但是互相渗透和影响的关系却显而易见。古希腊抒情诗人西蒙尼德（Simonides）说：“诗为有声之画，画为无声之诗。”我国的张浮休也说：“诗是无形画，画是有形诗。”至于诗歌和音乐的关系就更密切了。

优秀的诗歌十分讲究音乐性，席勒甚至认为“诗里的音乐在我心中鸣响，常常超过其内容的鲜明表象”。西方的文艺理论认为诗歌和音乐都属于时间艺术。音乐是借助声音构成的，诗歌也要借助声音来吟诵或歌唱，而声音的延续即是时间的流动。中国古代第一部诗歌总集《诗经》中的每一篇都可以合乐歌唱。《诗经》风、雅、颂的区分也是由于音乐的不同。诗歌和音乐的关系非常密切。

诗人在写诗的时候，既要用语言所包含的意义去影响读者，又要调动语言的声音去打动读者，使诗歌产生音乐的效果。诗歌的音乐性主要体现在内在的节奏与外在的韵律相结合上。

节奏 现代派对诗歌节奏的共同看法是：“节奏是诗的生命，也是诗的音乐起点。”节奏本身就具有一种魅力。节奏能给人以快感和美感，能满足人们生理上和心理上的要求，每当一次新的回环重复的时候，便给人以似曾相识的感觉。

中国古典诗歌的节奏是由汉语的特点决定的。汉语一个字为一个音节，一句诗中的音节一般是两个两个地组合在一起形成顿。顿，有人叫音组或音步。四言二顿，五言三顿，七言四顿。如：

五原/春色/旧来/迟，二月/垂杨/未挂/丝。
即今/河畔/冰开/日，正是/长安/花落/时。

——张敬忠《边词》

现代诗歌的节奏，因白话诗在词句组成上的变化，多数情况不能简单地以两三个字为“一顿”单位的划分节奏的模式，“顿”按“语义的停顿”来划分，但须力求每顿的字数在节奏上和谐，让意义节奏和音乐节奏达成一种自然的和谐。如：

远远的/街灯/明了，
好像/闪着/无数的/明星。
——郭沫若《天上的街市》

音节的组合不仅形成顿，还形成逗。逗，也就是一句之中最显著的那个顿。中国古、近体诗建立诗句的基本规则，就是一句诗必须有一个逗，这个逗把诗句分成前后两半，其音节分配是：四言二二，五言二三，七言四三。林庚先生指出这是中国诗歌在形式上的一条规律，并称之为"半逗律"。他说："'半逗律'乃是中国诗行基于自己的语言特征所遵循的基本规律，这也是中国诗歌民族形式上的普遍特征。"下面是林庚先生半逗律的诗例之一：

春　晨

日出得/高高‖走出/大门去
朋友们/奔驰在‖天的/远处
清晨的/杨柳‖是春的/家乡
白云/遮断了‖街头的/归路

中国古诗有节奏，其节奏主要是通过汉字特有的平声与仄声声调表现出来的。英文诗歌也有节奏，尽管英文没有平声、仄声之分，但有重读轻读音节之分。一个重读音节与一个或两个轻读音节按一定的模式搭配起来，有规律地反复出现就是英文诗歌的节奏。在一句话中，根据语法、语调、语意的要求，有的词要重读，有的要轻读。多音节单词有重音和次重音，次重音根据节奏既可视为重读，也可视为轻读。读下面这两句诗：

Alone /she cuts/ and binds /the grain,
And sings/ a me /lancho/ ly strain.

这两行诗的重读与轻读的固定搭配模式是：轻—重。在每行中再现四次，这样就形成了这两行诗的节奏。某种固定的轻重搭配叫"音步"（foot），相当于乐谱中的"小节"。一轻一重，就是这两行诗的音步。一行诗中轻重搭配出现的次数叫音步数，这两行诗的音步数都是四，所以就称其为四音步诗。音步是由重读与轻读构成的。根据重读与轻读搭配的方式不同，可以划分出不同的音步类型。音步类型不同，节奏自然也不同。最常见的音步类型如轻重格、重轻格。

好的译诗要尽可能把格律的形式翻译出来，"以顿代步"是最常用的方法（借以语意为单位的自然节奏的停顿代替外国格律诗的"音步"）。

如《致恰达耶夫》，原诗每一行分三个音步，译者戈宝权处理为每行三个停顿，加强译诗的节奏感：

并不能长久地/把我们/欺诳
也已经像梦/像朝雾一样地/消亡
我们/忍受着/期望的折磨
等候那/神圣的/自由时光
现在我们/为了荣誉献身的心/还没有死亡

通过朗读我们可以发现,句内按语意节奏停顿的效果比按词语节奏停顿要好,气韵流畅,情感呈自然流动状态。

押韵 押韵是诗歌的基本要素之一,我国的民歌、诗、词、曲无不押韵,所以诗歌又叫韵文。把同韵的字有规律地配置在诗词等韵文的句尾。各句押韵的字叫做韵脚或韵字。押韵是诗词等韵文的语言特点之一。其主要作用是使声音和谐优美,吟诵顺口悦耳,便于记忆流传。“韵”和“韵母”是两个并不完全相同的概念,所谓同韵,指韵腹相同或韵母相近,如有韵尾则韵尾相同,韵头可以不同。

押韵的方式,古体诗比较自由,可以隔句押韵,也可以句句押韵;可以用平声押韵,也可以用仄声押韵;可以一韵到底,也可以换韵;换韵的形式又有多种。近体诗即格律诗的押韵方式,则有定规:

①一律以平声押韵(也有少数以仄声押韵的,其中五言诗居多,但格律诗以平声押韵为正格;因古体诗容许仄声押韵,所以仄声押韵的绝句和律诗也称“古绝”、“古律”)。

②不论五绝、五律、五排,七绝、七律、七排,都必须一韵到底,不得半途换韵。

③不论五言、七言,都是双句入韵,单句不入韵。但首句可以入韵,也可以不入韵。七言诗首句入韵的较多,五言的较少,例如大家熟悉的苏轼的《题西林壁》:

横看成岭侧成峰,远近高低各不同。
不识庐山真面目,只缘身在此山中。

④押韵句的尾字用平声,不押韵的必须用仄声(古绝、古律押韵句的尾字用仄声,不押韵的用平声)。

押韵是增强诗歌音乐性的重要手段,近体诗为了使声调和谐、容易记忆,对于押韵十分讲究。但是需要明白,并不值得为迁就押韵而破坏诗句的自然,偶尔一两句出韵,也是允许的。

古诗的声律主要体现于严格的平仄格式。新诗却不能沿袭这个格式。汉语从古音到今音已经发生了巨大的变化。古代汉语以单音词为主,两个字两个字一组地变换平仄很容易做到,而现代汉语中双音词居多,并增加了大量的多音词,新诗又不避虚字,不可能做到平仄两两相对。虽然如此,我们还是主张新诗一般要押韵。

古诗中的古风,虽然没有平仄格式可循,却仍然能做到自然和谐,新诗也同样应当做到这一点,要遵守避免单调和富于变化的原则,做到读起来不拗口,听起来不刺耳。这就要求尽量避免声调不和谐的现象。例如:

如果有一个晴和的夜晚,
也是那样的风,吹得脸发烫;
也是那样的月,照得人心欢;
啊,友人,请走出你的书房。

——舒婷《寄杭城》

英文诗歌一般都像古代中国诗歌一样押韵。其韵律主要有全韵与半韵、尾韵与行内韵、男韵与女韵等。如:

树

菊叶斯·基尔默

我想,永远不会看到一首诗,
可爱的如同一株树一样。
一株树,她的饥渴的嘴
吮吸着大地的甘露。
一株树,她整日望着天
高擎着叶臂,祈祷无语。
一株树,夏天在她的发间
会有知更鸟砌巢居住。
一株树,白雪躺在她胸上,
她和雨是亲密的伴侣。
诗是我辈愚人所吟,
树只有上帝才能赋。

也有不少英文诗是不押韵的,不押韵的诗称无韵诗或白体诗,多用在戏剧和叙事诗中。

(四)以行入诗——形式之美

诗歌应有她独特的形式。朱光潜先生认为:"诗的实质是语言所表现的情思,形式是情思所流露的语言。"语言是表现思想感情的工具,语言形式实际上也是诗人思想性格的外化,是诗人的一种生命形式。"诗"首先是一种韵文,而且是韵文中最讲究形式美、音韵美的一种。这种形式上的特征是它区别于其他文体的关键。分行排列是诗歌区别于其他文体样式的最基本的外在形式上的特点。

声韵是诗歌的首要的形式特征,对于现代诗来说,由于诗与歌的日渐分离,诗的音韵的作用已渐为减弱,因而排列形式上的分行建构已跨过音韵成为现代诗的最主要的形式特征。当代诗歌理论总结的诗歌语言的行列方式有:以闻一多的《死水》为代表的9字4顿的"整饬的行列";以郭沫若的《天上的街市》为代表的或长或短的"参差的行列";以贺敬之《放声歌唱》为代表的"递进的行列";以戴望舒的《雨巷》为代表的"回环的行列"。例子如下:

死　水

闻一多

这是一沟绝望的死水,
清风吹不起半点漪沦。
不如多扔些破铜烂铁,
爽性泼你的剩菜残羹。
……

天上的街市

郭沫若

远远的街灯明了，
好像闪着无数的明星。
天上的明星现了，
好像点着无数的街灯。
我想那缥缈的空中，
定然有美丽的街市。
街市上陈列的一些物品，
定然是世上没有的珍奇。
……

放声歌唱

贺敬之

无边的大海波涛汹涌……
啊，无边的
大海
波涛
汹涌——
生活的浪花在滚滚沸腾……
啊，生活的
浪花
在滚滚
沸腾！

雨巷

戴望舒

撑着油纸伞，独自
彷徨在悠长、悠长
又寂寥的雨巷，
我希望逢着
一个丁香一样的
结着愁怨的姑娘。
她是有
丁香一样的颜色，
丁香一样的芬芳，
丁香一样的忧愁，

在雨中哀怨，

哀怨又彷徨；

……

行列的形式产生了诗歌语言特有的节奏感和韵律美。在语言的内涵上，诗歌以较小的篇幅来完美地容纳高度概括的内容。诗歌语言以这样的外观与内涵形成了区别于小说、散文的新奇优美的审美特征。

第二节 如何欣赏诗歌

一、诗歌欣赏的准备

阅读也是二次创作，不同的读者接受同一部作品可能产生的审美愉悦完全不同，这取决于读者的个体特质。但总的来说，我们可以从下面几点做出努力：

一是增长知识，包括诗歌的体裁特征、常用表现手法、古代诗歌的格律、相关文化背景等；二是丰富经验，指长期欣赏诗歌所形成的语感；三是提高能力，即理解、分析、评价诗歌的能力。解决的途径通常是多读诗歌作品，深入思考，从而积累诗歌的体裁知识，提高文化素养和艺术品位，丰富感性认识，深化审美理解，增强审美能力，即所谓“观千剑而后识器，操千曲而后晓音”。

二、诗歌的欣赏

具体怎样来欣赏诗歌，我们可以从以下两个大的方面入手：

（一）把握思想内容

1. 从语言层面入手，弄清诗句的表层和深层意思

诗的欣赏的第一步是要读懂，要弄通字面上的意义。对于诗歌欣赏，语言上的阻碍不仅发生在古典诗歌方面，可以说，不论古今中外诗歌都存在这种语言的障碍。因为诗的语言在文学品种中有其特别之处。当别的文学作品用很详细的文字表达对象时，诗却只能以极少的文字来完成这一任务。它的原则就是以极简括体现丰富，因而“寓万于一”就是它的规律。这就造成了诗的欣赏的一座难关——语言。字词问题不解决，会直接引起对诗歌的误解，例如：

暮江吟

白居易

一道残阳铺水中，半江瑟瑟半江红。

可怜九月初三夜，露似真珠月似弓。

由“暮”时，眼前“残阳”之景，及“夜”时，“弓月”之境；结合“朝政昏暗”、“外任”、“杭州刺史”的背景；再加上有人把“可怜”错误地理解成现代汉语的“怜悯”之意，就会认为诗中诗人的心情是“伤感”、“孤苦”，是一种失意、不得志的心情。

而正确的理解应该是这样的：诗人选取了红日西沉到新月东升这段时间里的两组景物进行描写，蕴涵着诗人对大自然的喜悦之情，从侧面反映出诗人离开朝廷后的轻松愉快的心情。前两句诗人抓住江面上呈现出的两种颜色，表现出残阳照射下，暮江细波粼粼、光色瞬息万变的景象，把自己的喜悦之情寄寓在景物描写之中；后两句写新月初升的景象，“可怜”为“可爱”之意，面对“露似真珠月似弓”的美景，诗人不禁赞叹它的可爱，直接抒情，把感情推向高潮，给诗歌造成了波澜。再如：

静 夜 思

李 白

床前明月光，疑是地上霜。

举头望明月，低头思故乡。

这首诗历来被认为是写月夜思人的绝唱，又有多少人对其中“床”有正确的理解呢？李白笔下的“床”其实是指门外水井的栏杆，而不是专门用来指卧室内睡觉的地方。

古时水井周围，为防止儿童追逐嬉戏，误入水中，而围以栏杆或篱笆。李白诗中的“床”字当指庭院中的井栏，而非室内睡觉的床，唐时供睡觉的地方应该叫“榻”。

中国诗歌经常用典，也是这一规律造成的后果之一。因为用一个典故，可以省去一大篇文字，是符合诗的精练原则的。如唐代刘禹锡的诗《乌衣巷》：“朱雀桥边野草花，乌衣巷口夕阳斜。旧时王谢堂前燕，飞入寻常百姓家。”读这首诗时，我们会感受到这首诗愉快的韵调，但真正理解它的意思还得首先弄清一些字词背后所蕴涵的意思。朱雀桥、乌衣巷都是南京秦淮河一带的地名，东晋豪门世族居住之地。王、谢指东晋宰相王导、谢安。了解了这些，再加上夕阳野草，燕子归来，人事已非的烘托，自然就能把握到诗中寄托的兴亡之叹。用典的例子，外国的诗中也有。如美国诗人 T. S. 艾略特（1888—1965）的《荒原》，其中引用了大量的《圣经》以及但丁、莎士比亚著作中的典故，读者正确欣赏它之前，首先要弄懂典故的意思。

2. 了解作者、时代等背景知识

语言这一关卡的突破，只是给诗的欣赏创造了起码的条件。真正的欣赏入门，应当是对于诗篇的作者，以及它的创作的时代和社会背景的了解。例如李煜的那首脍炙人口的《虞美人》：

春花秋月何时了，往事知多少！小楼昨夜又东风，故国不堪回首月明中。

雕栏玉砌应犹在，只是朱颜改。问君能有几多愁，恰似一江春水向东流。

据说这是李煜囚中所写的一首词。他当时的遭遇很悲惨，居处有“老卒守门”，“不得与外人接”，“从中日夕以泪洗面”！要是不了解他的身世和经历，即要是不了解这是南唐的亡国之君——李后主囚禁中追怀往事之作，就容易把这首词寄寓着的亡国的伤痛，以及留恋富贵繁华生活的极复杂的情绪，看成是一般的感旧伤逝。又如：

锦　瑟

李商隐

锦瑟无端五十弦，一弦一柱思华年。
庄生晓梦迷蝴蝶，望帝春心托杜鹃。
沧海月明珠有泪，蓝田日暖玉生烟。
此情可待成追忆，只是当时已惘然。

《锦瑟》是李商隐极负盛名的一首诗，也是最难索解的一首诗。诗取篇首二字为题，实际上等于是一首无题诗。从表面看，这首诗似乎在写一种思念而不能相聚的痛苦之情，但是我们若对诗人及他当时所处的社会背景有所了解的话，我们就会知道这首诗的寓意远非这么简单。

李商隐自称与皇室同宗，他踏上仕途以后，卷入党争旋涡之中，因处于牛李党争的夹缝之中，一生很不得志。李商隐的诗具有鲜明而独特的艺术风格，文辞清丽、意韵深微、意境朦胧，有些诗可作多种解释，另外好用典。李商隐用典有自己的特色，有时用其本义，有时他又将典故当做一个特殊的形象来使用，并加以创造性的引申。《锦瑟》中就用了好几个典故。

庄周梦为蝴蝶的典故本意在于阐述一种"均物我，外形骸"的道家哲理，而李商隐却借"蝶梦"之形象为自己所用，抒写了自己对于仕宦之途的追求梦想以及此梦想失败落空后的无尽感慨。这种痴迷沉醉、怅然若失的情意才应该是诗人所欲表达的本意。"望帝春心托杜鹃"，用了望帝去国怀乡，魂化杜鹃，悲鸣寄恨的典故，李商隐又加以引申。什么是"春心"？春心就是追求、向往、执著之心。"此情可待成追忆，只是当时已惘然"，所谓"此情"者，指的正是颔、颈两联中所写的"晓梦"之痴迷、"春心"之深挚、"珠泪"之哀伤与"玉烟"之迷惘，种种情事岂待成追忆时才感哀痛，华年流过之时，便已体味到了其中的苦涩悲哀。在暖玉生烟的缥缈里，诗人回望华年往事，追忆往日情缘，空留当年的怅惘。

此诗约作于作者晚年，当是他回忆往事，对一生坎坷而发的感慨，尽管描写委婉，旨意朦胧，但显然有其寄托。李商隐在诗中隐去了平生所历具体之事，以缘情造物的写法，含蓄委婉地从多个不同角度抒写了自己坎坷的际遇和哀怨感伤之情，痛惜华年流逝、抱负成空。

诗的产生总是伴随着社会某一时期的进程的。比如郭沫若写于1921年10月的《天上的街市》，在这首诗里，作者极言天上如诗如画的生活，恍似一首充满着浪漫主义情调的闲适诗。但从时间上看，当时是"五四"运动退潮后，各地军阀连年混战，帝国主义列强企图瓜分中国，广大人民处于水深火热之中。曾以火热的激情、满怀改造社会的崇高理想、投身于革命文化运动的郭沫若，面对内忧外患的现实，感到异常的苦闷和感伤，只好把自己的一腔豪情，寄寓蓝天。借天上生活的美好来鞭挞社会的黑暗。若没有充分了解这一点，就不能深刻地认识诗中所表达的思想感情，便无法了解全诗的感情基调。

所以我们对于任何一首诗的欣赏的第一步，是要对它的作者和它所诞生的时代有一个初步的了解，没有这一点，我们的欣赏就是盲目的，甚至是歪曲的。

（二）把握艺术特色

1. 抓住诗眼

诗眼是诗歌中最能开拓意旨、表现力最强的关键词句，它是诗中最凝练、最传神的字句，诗眼是诗词欣赏的关键。它或存在于中心句或出现在标题上，常表现为动词、形容词或副词等形式。

(1)形容词、动词的运用

诗中的诗眼主要是实词,包括形容词和动词。诗眼是形容词的,比如“红杏枝头春意闹”的“闹”、“春风又绿江南岸”的“绿”等。我们来看柳宗元的《江雪》,《江雪》本诗诗眼应为“独”字。从全诗意思看,它紧承前文“鸟飞绝”、“人踪灭”、“孤舟”,勾画出一幅“冰雪独钓图”:千山耸立,万径纵横,但山无鸟飞,径无人行,只有一只孤舟,一个孤独的垂钓者。从诗歌形象上看,“独”字准确形象地刻画出钓者远离尘俗、清高脱俗、傲岸不群的个性特征。

诗眼是动词的,比如“羌笛何须怨杨柳,春风不度玉门关”。“怨”字使用拟人手法,既是羌笛所吹曲中之情,又是吹笛人的心境,写出了边塞将士生活艰苦及对朝廷的不满。又如,杜甫《闻官军收河南河北》中“即从巴峡穿巫峡,便下襄阳向洛阳”,“穿、下、向”三个动态的词,表现了诗人归心似箭,想象返乡行程的愉悦心情。以上两例中的“动词”即是我们所说的“诗眼”,抓住了它们也就把握住了整句乃至整首诗的主旨。

(2)副词的运用

李清照的《点绛唇·蹴罢秋千》写自己清晨荡罢秋千后的一个场景“蹴罢秋千,起来慵整纤纤手”,“慵整”二字用得非常恰切,从秋千上下来后,两手有些麻,却又懒得稍微活动一下,写出少女的娇憨。更妙的是“倚门回首,却把青梅嗅”一个“却”字,把这位少女怕见又想见、想见又不敢见的微妙心理揭示了出来。最后她只好借“嗅青梅”这一细节掩饰一下自己,以便偷偷地看他几眼。下片以动作写心理,几个动作层次分明,曲折多变,把一个少女惊诧、惶遽、含羞、好奇以及爱恋的心理活动,栩栩如生地刻画出来。再如:

秋　思

张　籍

洛阳城里见秋风,
欲作家书意万重。
复恐匆匆说不尽,
行人临发又开封。

张籍诗歌的风格是:“看似寻常最奇崛,成如容易却艰辛。”诗中作者写了这样一个细节:家书写成封好之际,似乎已经说完;但当捎信的行人将要上路的时候,却又突然想起刚才由于匆忙,生怕信里漏写了什么重要的内容,于是又匆匆拆开信封。这“临发又开封”,与其说是为了补写几句匆匆未说尽的内容,不如说是为了验证一下自己的疑惑和担心。这一“文”字很好地显示出他对这封“意万重”的家书的重视和对亲人的深切思念——千言万语,唯恐遗漏了一句。

2. 走进意境

“词以境界为最上。有境界,则自成高格,自有名句。五代、北宋之词所以独绝者在此。”“境非独谓景物也,喜怒哀乐亦人心中之一境界。故能写真景物真感情者,谓之有境界。否则谓之无境界。”诗歌的美不仅在于诗歌的语感,更在于诗歌的意境。因此走进诗歌的意境是理解诗歌的关键。

意,指意脉,即思想感情的脉络;境,指境象,即意脉贯注的对象。意境合称,指作者的思想感情和外界事物相结合产生的一种境界。也就是说,诗人把自己的主观感受和客观景象融为一体,通过艺术手段描绘出来,构成一种情景交融、形神兼备的艺术境界,含有言外之意、弦外之音、景外之景、象外之象,使读者可以从有限感知无限,得到一种韵味无穷的美感。

中国古典诗歌意境之美又有雄浑、沉郁、飘逸、哀婉之别,现代诗歌套用西学范畴,也至少可以解析为壮美、优美两类。由于白话新诗的语言载体有别于古典诗词,其词采、音韵上的美感营造确实和后者有较大差别,但至少在意境之美的层次上,现代诗歌还是可以分享古典诗词的美学风格的。

通常诗歌中是由几组意象组成丰富多彩的意境。意象是融入了主观情意的客观物象,换言之,即诗人意中之象,是寄寓诗人的独特理解和特定感情的事物和景物,是诗人表达思想、抒发感情的载体。

鉴赏诗歌的意象和意境,就是要注意分析形象和景物的特征,分析、判断它们所包含的思想感情和社会意义。要善于分析诗歌中的意象和意境,以提高鉴赏诗歌的能力。从意境出发,是鉴赏诗歌的有效途径。那么古典诗歌中常见的意象有哪些呢?

杨柳——离别　菊花——傲视　落叶——失意

青松——高洁　梅花——坚强　竹子——虚心

鸟——自由　浮云——游子　月——思念、思乡

梧桐——凄凉、悲伤　杜鹃——凄凉、哀伤

寒蝉——悲凉　雨——清新或忧愁

鸿雁——思乡怀亲、羁旅伤感　鸳鸯——恩爱夫妻

我们欣赏诗歌,从领略、把握诗词的意境入手,这样才能真正地理解诗词那种深邃的、优美的境界,那种优美的艺术魅力。意境美是中国古代诗歌所追求的最高的艺术标准,也是欣赏诗歌首先应当注意的。

首先要仔细品味意象本身蕴涵的丰富独特的情感信息。如"白日"当然是太阳,但又不仅仅是"太阳",作为意象,"白日"有一种灿烂辉煌、光芒万丈的气象。其次要充分了解意象所凝聚的文化内涵。特定的意象上积淀着相应的文化内涵。如"长亭""折柳""故人""孤帆"等常见意象,往往和离愁别恨有关,成为表达相思离别的现成符号。看到这些意象,就应该马上想到相应的思想感情。最后,要从意象的组合中感悟言外之意。如:"从星星的弹孔中/流出血红的黎明","星星""弹孔""血""黎明"这几个词经过诗人的组合,已不同于通常的物象了,它们的叠加产生全新的艺术效果。阅读时,要善于从意象组合的整体中理解其"增殖意"。

3. 掌握形式

诗歌欣赏的第三个切入点就是形式美。中国古代诗词是最讲究形式的,在长期发展的过程当中,逐渐形成了各种规律、各种体制,再结合汉语言文字的特点,使得古代诗歌在形式上具有一种音乐美和建筑美,诗读起来很好听,抑扬顿挫。西方的诗或者国外其他的诗,金字塔式的或者阶梯式的,也有它排列的形式。当然词有长短句,它也是一种形式、一种形态,所以它表现出一种独特的音乐美和建筑美,这种形式美,在世界的诗歌园地当中也是独具一格的。

大家知道中国最早的诗歌《诗经》,最早定型的是"四言诗",并没有特别的格律的要求;到了汉魏六朝时期,"五言诗""七言诗"兴起;到了南朝时期,在齐代永明年间,有人发现了汉字有平、上、去、入四声,四种声调,从而就根据汉字的这四种声调,以及双声叠韵这些规律,发明了一种新诗体——"永明体"。"永明体"对后来格律诗的形成,以及后来的骈文和词、曲这些文学样式的产生和发展,都有着深远的影响。唐代初年,就是在这个基础上产生了律诗和绝

句，也就是所谓的“格律诗”。

英文诗歌赏析也要注意体会诗的格律、诗的押韵和诗的体式。英文诗歌也有它的体式。有的诗分成几节(stanza)，每节由若干诗行组成(每行诗均以大写字母开头)；有的诗则不分节。目前我们常见的诗体有：

①十四行诗(Sonnet)：源于中世纪民间抒情短诗，13、14世纪流行于意大利，意大利彼特拉克(Petrarch)为代表人物。

②打油诗(Limericks)：每首诗五个诗行，押韵为aabba，格律以抑扬格和抑抑扬格为主。

③无韵体(Blank Verse)：五音步抑扬格，不押韵诗体。

④自由诗(Free Verse)：现代诗中常见的体式，长短不同的诗行存在于同一首诗中，不讲究押韵与格律，只注重诗歌所表达的意象和传递的情感。美国诗人 Walt Whitman 的《草叶集》(*Leaves of Grass*)中，就采用此格式。

20世纪英美诗歌大量采用自由诗体，接近口语，可谓大胆创新，大概也是诗歌发展的大势所趋吧。

第三节　中国古典诗词欣赏

中国文学的源头是原始诗歌，它的产生可以追溯到没有文字的远古时期，它是最早出现的文学样式。原始诗歌起源于劳动，是原始人类在劳动过程中，为协调劳动节奏和激发劳动热情的歌唱。

原始诗歌在艺术上的显著特点，是它的综合性的艺术形式。原始诗歌是与原始的音乐、舞蹈在劳动中同时出现的。诗歌、音乐、舞蹈三者在最初阶段是合为一体的。《礼记》中记载了神农时代的一首祭祀歌谣：“土，反其宅！水，归其壑！昆虫，毋作！草木，归其泽！”《吴越春秋》也记载了一首反映原始人打猎的歌谣《弹歌》：“断竹，续竹，飞土，逐宍(ròu，同肉)。”这些歌都是诗、乐、舞结合的典型例子，而诗、乐、舞的结合，正是中国诗歌产生时期的重要特征。

《诗经》是我国第一部诗歌总集。收入西周初年至春秋中叶大约五百年间的诗歌三百零五篇。四言为主、重章叠句的《诗经》显示出我国抒情为主的民族文学特色，从它开始，我国诗歌走上了一条抒情言志的道路，抒情诗也成了我国诗歌的主要形式。《诗经》里关注现实的热情、强烈的政治道德意识、真挚积极的人生态度，被概括为“风雅”精神，成为我国诗歌的最基本最深远的传统。

紧接着，在南方的楚地又兴起一种新的诗体——楚辞。楚辞是在楚地民歌基础上发展起来的，具有浓厚的地方色彩，并以伟大的诗人屈原为其光辉代表。自古以来，“风”“骚”并称。《诗经》中的《国风》和以《离骚》为代表的楚辞，成了中国古代诗歌的两个典范。以创作方法而言，《国风》和《离骚》分别开创了中国文学现实主义和浪漫主义的诗歌传统。

继《诗经》、《楚辞》之后，汉代的乐府民歌登上诗坛，汉代的诗歌主要集中体现在汉乐府和汉末文人诗《古诗十九首》中。乐府民歌长于叙事，强烈的现实感，是它们的一个重要标志，像《陌上桑》、《孔雀东南飞》和《木兰诗》等都是著名的乐府民歌代表，是中国古代长篇叙事诗中的瑰宝。在乐府诗的发展过程中，五言、七言的句式日渐引人注目。到了汉末佚名诗人作的

《古诗十九首》出现，五言诗体便基本成熟了。《古诗十九首》是东汉时期文人群体创作的诗歌，写的是游子羁旅和思妇闺愁，其中涉及很多人生哲理，讨论永恒和短暂、人的心态和生命周期等问题。文人诗长于抒情，语言炉火纯青、一字千金，直接影响了曹植和陶渊明。

汉末建安时期，"三曹"（曹操、曹丕、曹植）、"建安七子"（孔融、陈琳、王粲、徐干、阮籍、应玚、刘桢）继承汉乐府民歌的现实主义传统，变乐府叙事为五言抒情，把五言诗推到了一个新的境界。他们的诗歌现实性都很强，慷慨苍凉、悲伤离乱、梗概多气。

正始诗歌，是指曹魏后期二十几年间的诗歌创作。正始年间，司马氏掌权，一批文人不满司马氏的统治，隐逸山林，以阮籍、嵇（jī）康为首的七人，称"竹林七贤"。阮籍的代表作是《咏怀诗》82 首，开创了中国文学史政治抒情组诗的先河，诗中充满孤独苦闷，但政治高压之下又不敢直言，借比兴、象征来寄托怀抱。嵇康的诗以四言成就最高，追求自然，高蹈独立。总体来说，正始诗风转变为词旨渊永、寄托遥深，体现出独特的艺术面貌。

西晋太康时期诗歌繁荣，诗人有"三张二陆两潘一左"之称，但多数作品流于华彩繁缛，唯左思的诗歌骨力遒劲，承传建安文学的精神。其《咏史》开启了咏史和咏怀结合的新路子。东晋在玄学的影响下，"理过其辞，淡乎寡味"的玄言诗泛滥一时，能够超越流俗的大诗人便是陶渊明。陶渊明继承乐府的现实主义传统，形成了他单纯自然的田园一体，为古典诗歌开创了一个新的境界，发展了五言诗的诗歌形式。他开创了田园诗，如《归园田居》、《饮酒》等，写躬耕生活的感受，平淡质朴的语言中不露痕迹地表达了对人生的哲学思考。陶渊明是追求人生艺术化的魏晋风流的代表人物，又是中国士大夫的精神归宿之一，为后世文人筑起一个精神的家园。陶渊明诗对后世影响很大，尤其是唐代的山水田园诗派受其直接影响。

诗歌发展到南北朝时期，无论在思想内容或艺术形式方面，都呈现出缤纷的异彩，各具风格特色的作家，都相继涌现。南朝初期，有开创山水诗派的谢灵运，有喜用古事的颜延之，有擅长七言、杂言乐府诗的鲍照，他们打破了东晋玄言诗统治诗坛的局面，扩大了诗歌的题材，丰富了诗歌的内容，发展了诗体形式，逐渐恢复了面向社会现实的现实主义精神。诗风也发生了重大转变。南朝中后期，声律之说大兴，追求诗歌语言的形式美，一时成为风尚。南朝作家们对形式声律的追求，为唐代文学，尤其是唐代近体诗的定型和成熟奠定了基础。北朝初期战乱，文坛荒凉。直到大批文人北上，文学出现繁荣。特别是由南入北的作家庾信，他的诗赋集南北文学之大成，将南方精美圆熟的艺术技巧和北方刚健爽朗的精神融合，成为唐代诗风的先声。此外，南北朝乐府民歌也足以与汉乐府诗前后辉映。南朝的吴歌、西曲明丽柔婉，北朝少数民族歌曲则多刚健亢爽，风格各异，但都情意真切。

唐代诗歌堪称一代文学标志、中国古典诗歌的顶峰，是诗歌史上的黄金时代。初、盛、中、晚各期都名家辈出，大家纷呈。诗歌创作几乎遍及社会各个阶层的男女老少，《全唐诗》收录的诗人就有两千余家，诗作近五万首，而实际远不止此数。唐诗的发展一般分为初唐、盛唐、中唐、晚唐四个时期。

初唐时期，宫廷诗歌承齐梁余风，流行靡丽软艳的"上官体"诗。王勃、杨炯、卢照邻、骆宾王，他们和稍后的陈子昂，上承汉魏风骨，力扫齐梁宫体诗颓风，使唐诗开始由宫廷走向社会，由艳情转向现实，由靡靡之音变为清新健康的歌唱。同时的宋之问和沈佺期在诗歌的形式上也做了大胆的探索，他们共同为唐诗的发展铺平了道路。

唐玄宗开元、天宝年间，史称盛唐，这时期，唐诗发展到繁荣的顶端。以王维、孟浩然等人为代表的山水田园诗派，上承陶渊明、谢灵运而别开生面。王维诗歌“诗中有画，画中有诗”，善于将绘景状物与阐发禅趣相结合，意境幽美，艺术精妙。以高适、岑参等人为代表的边塞诗人，诗风刚健，韵味深长，唱出盛唐强音。高适的《燕歌行》和岑参的《白雪歌送武判官归京》等七言歌行体诗，描绘雄奇的边塞风光和艰苦的军旅生活，都是唐代边塞诗的佳篇。伟大的浪漫主义诗人李白和伟大的现实主义诗人杜甫是古今诗坛的“双子星座”。李白史称“诗仙”，其诗豪放飘逸。他以其绝世才华、豪放飘逸的气质，把诗写得行云流水又变幻莫测，如《蜀道难》、《将进酒》等。杜甫诗歌号称“诗史”，风格沉郁顿挫。他用诗歌创作抒发了忧国忧民之心，像《三吏》、《三别》这样的诗歌，实录了唐王朝由盛转衰过程中一系列重大的事件，最负盛名。

安史之乱以后，进入中唐时期。经过短期的衰退之后，诗歌创作又形成了一个新的高潮。这一时期，诗人多，流派也多，但盛唐那种积极浪漫主义精神消减了，代之以对现实的冷静观察与深刻思考。诗坛在一度出现的大历形式主义诗风后，诗歌主流转向了现实。白居易、元稹为首的新乐府诗歌，是中唐现实主义诗歌的代表，诸如《卖炭翁》、《杜陵叟》等篇章，千百年来传诵不绝。白居易的诗歌创作成就是多方面的，《长恨歌》和《琵琶行》，也堪称古代叙事诗中的杰作。这一时期，和元白诗派齐名的是在艺术上追求奇崛险怪的韩（愈）孟（郊）诗派，韩孟诗派以才学为本，以议论见长，作诗力避平俗而求生硬奇险，开了后世宋诗的风气。此外各具艺术个性的著名诗人还有柳宗元、刘禹锡、贾岛和李贺。

到了晚唐，随着李唐王朝走向没落，诗歌气格染上了浓厚的衰亡感伤色彩。最有成就的诗人是杜牧和李商隐，世称“小李杜”。杜牧的咏史诗注入了深沉的历史感慨。李商隐《筹笔驿》（七律）沉郁顿挫，绝类杜甫，而其《锦瑟》、《无题》等朦胧诗深入心灵世界，幽深窈渺，形成凄艳浑融的风格，成为唐代最后一位诗坛大家。

词是在唐代随燕乐而兴起的新诗体。它起源于民间，敦煌曲子词是现存最早的民间词。唐末的温庭筠第一个专力作词。他的词辞藻华丽，多写妇女的离别相思之情，被后人称为“花间派”。南唐后主李煜(937—978)在词的发展史上占有较高的历史地位。他后期的词艺术成就很高，《虞美人》、《浪淘沙》等用贴切的比喻将感情形象化，语言接近口语，却运用得珠圆玉润。词发展到宋代，进入了鼎盛时期，成为一代文学的主要标志。宋初的词人像欧阳修、晏殊都有出色的作品，但依然没有脱离花间派的影响。欧阳修的《生查子·元夕》中的“月上柳梢头，人约黄昏后”，晏殊的《浣溪沙》中的“无可奈何花落去，似曾相识燕归来”等，都是花间派词的杰作。词到柳永手上，有了第一次革新。柳永从都市中下层人民生活中汲取创作素材，以写男女离别相思和个人流落江湖的羁旅之愁见长。他创作大量篇幅较长、结构复杂、音调更为繁复的慢词，其《雨霖铃》中“多情自古伤离别，更哪堪冷落清秋节。今宵酒醒何处？杨柳岸，晓风残月”是千古传诵的佳句。他的词多用铺叙白描之法，层次分明，语言通俗，从内容到形式都富于平民色彩，在当时市民中传唱极盛。到了苏轼，词的题材又得以进一步发展。苏轼作为词的革新家，不满于柳永词沉吟于风花雪月之中，肆力打破诗词界限，把艺术的笔触伸向了广阔的现实生活和个人极其丰富的内心世界，扩大了词的题材，提高了词的意境，丰富了词的表现手法，使词成为独立的抒情诗体。这就是所谓“以诗为词”。苏轼的词给词坛带来了新气象，启迪了南宋豪放词派的诞生。与苏轼同时代的秦观和周邦彦也是非常出色的词人。其中集北宋婉约词之大成的是周邦彦。周邦彦基本承袭了柳永词的余风，仍表现男女恋情和羁愁行役等传统内容，但由于他妙解音律，有很高的艺术修养，在使词艺趋于精美化方面功不可没。

在两宋词坛上，女词人李清照以其独树一帜的风格，占有相当重要的一席之地。她的词分前后两期，尤其是后期婉约含蓄的作品，多为后人借鉴和沿袭。其中，《声声慢》运用双叠音手法，“寻寻觅觅、冷冷清清，凄凄惨惨戚戚”，声情并茂，堪为传世妙笔。南宋初年，面临国破家亡的危局，诗词作品多表现作家们的爱国之情，辛弃疾被誉为爱国词人，他是这一时期的代表人物。受辛词影响，陈亮、刘过、刘克庄、刘辰翁等人形成了南宋中叶以后声势最大的爱国词派。南宋后期词人姜夔继承周邦彦，走上了尚风雅、主格律的创作道路。他的词作以纪游、咏物、怀人为主要内容，意境清空，格调骚雅，音律严整，在艺术上冠绝一时。

诗发展到宋代已不似唐代那般辉煌灿烂，但却自有它独特的风格，即抒情成分减少，叙述、议论的成分增多，重视描摹刻画，大量采用散文句法，使诗同音乐关系疏远。最能体现宋诗特色的是苏轼和黄庭坚的诗。黄庭坚诗风奇特拗崛，在当时影响广于苏轼，他与陈师道一起开创了宋代影响最大的“江西诗派”。宋初的梅尧臣、苏舜钦并称“苏梅”，为奠定宋诗基础之人。欧阳修、王安石的诗对扫荡西昆体的浮艳之风起过很大作用。国难深重的南宋时期，诗作常充满忧郁、激愤之情。陆游是这个时代的代表人物。陆游是宋代最伟大的爱国诗人，他留下来的诗共九千三百余首，他的诗篇最感人的是表现了他老而不衰、死而不渝的抗敌复国的爱国壮志。在《关山月》一诗中，我们可以深切感受到诗人忧心如焚的情怀。杨万里的诗清新活泼，范成大的诗善写田园风光，颇有生活情趣。他们在创立独特的诗歌风格上都各自作出了努力。南宋后期还出现了“永嘉四灵”和江湖诗派，但作品现实感不强，诗格比较浮弱。到宋末，文天祥、汪元量等人的爱国诗篇，浩气磅礴，为这期诗坛增添了最后一抹光彩。

元代出现了新的诗歌样式——小令，也叫“叶儿”，是元散曲中的一种，是单支的曲子。前期代表作家主要有关汉卿、马致远、张养浩等，作品大多质朴自然，接近民歌；后期代表作家主要有张久可、乔吉、睢景臣等，风格趋于典雅工丽，讲究格律辞藻，内容开始远离现实。散曲在元代得到迅速的发展，在不长的时间内就成为中国诗歌史上最兴盛的体裁之一。当宋词、元曲在文坛上居于主导地位的同时，传统的诗歌仍创作有大量作品。宋、元、明、清的诗，其数量十分巨大，并有自身的特色，但从总的成就上说，没有超过唐代。

关　雎

《诗经》

关关雎鸠①，在河之洲。窈窕淑②女，君子好逑③。
参差荇菜④，左右流⑤之。窈窕淑女，寤寐⑥求之。
求之不得，寤寐思服⑦。悠哉悠⑧哉，辗转反侧⑨。

---

① 关关：水鸟叫声。雎鸠：水鸟，一名王雎，状类凫鹥，生有定偶，常并游。
② 窈窕：美心为窈，美状为窕。淑：善，好。
③ 逑：配偶。
④ 参差：长短不齐。荇（xìng）菜：多年生水草，夏天开黄色花，嫩叶可食。
⑤ 流：顺水之流而取之也。
⑥ 寤（wù）：睡醒。寐（mèi）：睡眠。
⑦ 思：语助。服：思念。
⑧ 悠：忧思貌。
⑨ 辗：半转。反侧：翻身，侧身。

参差荇菜，左右采之。窈窕淑女，琴瑟友[①]之。
参差荇菜，左右芼[②]之。窈窕淑女，钟鼓[③]乐之。

选自《诗经》，上海古籍出版社2006年版

【作品简介】

《诗经》是我国第一部诗歌总集，共收入自西周初年至春秋中叶大约五百多年的诗歌三百零五篇。最初称《诗》，汉代儒者奉为经典，乃称《诗经》。《诗经》共分风（160篇）、雅（105篇）、颂（40篇）三大部分。它们都得名于音乐。"风"的意思是土风、风谣，"雅"是正声雅乐，"颂"是祭祀乐歌。

《诗经》表现手法上分为赋、比、兴，其与风、雅、颂合称"六义"。

【作品鉴赏】

《关雎》出自《诗经·国风·周南》，为《诗经》的首篇。它是我国爱情诗之祖。关雎，篇名，它是从诗篇中第一句中摘取来的。《诗经》的篇名都是这样产生的。

全诗是写一个"君子"对"淑女"的追求，写他得不到"淑女"时心里苦恼，翻来覆去睡不着觉；得到了"淑女"就很开心，叫人奏起音乐来庆祝，并以此让"淑女"快乐。诗歌的第一章，写一男子在河边听到鸟鸣，循声音望去，看见一对鸠鸟停落在沙洲上，因而联想到淑女是君子的佳偶。第二章，"参差荇菜，左右流之"写一女子在河边摘采荇菜的情景，男子见状，爱慕之情油然而生，后几句是写男子追求不得，日夜思念，难以入睡的焦灼心情。最后一章进一步写男子对女子的深切思慕和美好的愿望，"琴瑟友之""钟鼓乐之"是写男子想象结婚时的热闹场景。

其艺术成就主要有以下几点：

第一，这首诗的主要表现手法是"兴寄"，所谓"兴"，即先从别的景物引起所咏之物，以为寄托。这是一种委婉含蓄的表现手法。如此诗以雎鸠之"挚而有别"，兴淑女应配君子；以荇菜流动无方，兴淑女之难求；又以荇菜既得而"采之"、"芼之"，兴淑女既得而"友之"、"乐之"等。这种手法的优点在于寄托深远，能产生文已尽而意有余的效果。

第二，语言艺术上，作为歌谣，为了获得声韵上的美感，《诗经》中大量使用双声、叠韵、叠字的语汇，以增强诗歌音调的和谐美和描写人物的生动性，如"窈窕"是叠韵；"参差"是双声；"辗转"既是双声又是叠韵。此诗对双声叠韵连绵字的运用，既保持了古代诗歌淳朴自然的风格，也是中国文学的标志之一。

第三，用韵方面，这首诗采取偶句入韵的方式。这种偶韵式支配着两千多年来我国古典诗歌谐韵的形式。而且全篇三次换韵，又有虚字脚"之"字不入韵，而以虚字的前一字为韵。这种在用韵方面的参差变化，极大地增强了诗歌的节奏感和音乐美。

第四，句式以四言为主。《关雎》通篇都是四言，完全用双音节词汇，构成绵长的旋律，反复咏叹，还常常采用叠章的形式，即重复的几章间，意义和字面都只有少量改变，造成一唱三叹的效果。这是歌谣的一种特点，可以借此强化感情的抒发。

---

① 琴：五弦或七弦乐器。瑟：二十五弦乐器。友：交好。
② 芼（mào）：有选择之意。
③ 钟：金属打击乐器。鼓：皮革打击乐器。

【平行阅读】

蒹　葭

蒹葭苍苍，白露为霜。
所谓伊人，在水一方，
溯洄从之，道阻且长。
溯游从之，宛在水中央。
蒹葭凄凄，白露未晞。
所谓伊人，在水之湄。
溯洄从之，道阻且跻(jī)。
溯游从之，宛在水中坻(dǐ)。
蒹葭采采，白露未已。
所谓伊人，在水之涘(sì)。
溯洄从之，道阻且右。
溯游从之，宛在水中沚(zhǐ)。

选自《诗经》，上海古籍出版社 2006 年版

【思考与讨论】

1. 分析重章复唱的语言形式对表现这首诗歌主题所起的作用。
2.《关雎》的艺术特色是什么？

饮　酒(其五)

陶渊明

结庐在人境①，而无车马喧。
问君何能尔②，心远地自偏③。
采菊东篱下，悠然④见南山。
山气日夕⑤佳，飞鸟相与还⑥。
此中有真意⑦，欲辨已忘言⑧。

选自《陶渊明集》，中华书局 1979 年版

---

① 结庐：建造住宅。人境：人间。
② 尔：如此，这样。
③ 远：指思想上远离世俗。这句是说，内心远离了尘世俗想，居处之地也就自然感到偏远幽静了。
④ 悠然：悠闲自得的样子。
⑤ 日夕：黄昏，傍晚。
⑥ 相与还：结伴而归。
⑦ 此中：指日落黄昏、飞鸟结伴而归的画面。真意：人生的真正意义。
⑧ 辨：通“辩”。忘言：指难以用语言表达。

【作者简介】

陶渊明(365—427),字元亮,别号五柳先生,晚年更名潜,浔阳柴桑(今江西九江)人。东晋末期南朝宋初期诗人、文学家、辞赋家、散文家。曾做过几年小官,后辞官回家,从此隐居,田园生活是陶渊明诗的主要题材,相关作品有《饮酒》、《归园田居》、《桃花源记》、《五柳先生传》、《归去来兮辞》、《桃花源诗》等。陶诗以其冲淡清远之笔,写田园生活、墟里风光,为诗歌开辟了一个全新境界。

【作品鉴赏】

陶渊明的《饮酒》组诗共有20首,这组诗并不是酒后遣兴之作,而是诗人借酒为题,写出对现实的不满和对田园生活的喜爱,是为了在当时十分险恶的环境下借醉酒来逃避迫害。他在《饮酒》第20首中写道“但恨多谬误,君当恕罪人”,可见其良苦用心。这里选的是其中的第五首。这首诗以情为主,融情入景,写出了诗人归隐田园后生活悠闲自得的心境。

本篇是《饮酒》20首中的第五首。诗歌的主旨是展示诗人运用魏晋玄学“得意忘象”之说领悟“真意”的思维过程,富于理趣。这首诗主要表现隐居生活的情趣,于劳动之余,饮酒致醉之后,在晚霞的辉映之下,在山岚的笼罩中,采菊东篱,遥望南山,陶诗的一大特色就是朴厚,感觉和情理浑然一体,不可分割。

这首诗的意境可分两层,前四句为一层,写诗人摆脱尘俗烦扰后的感受,表现了诗人鄙弃官场,不与统治者同流合污的思想感情。后六句为一层,写南山的美好晚景和诗人从中获得的无限乐趣,表现了诗人热爱田园生活的真情和高洁人格。

【平行阅读】

归园田居

陶渊明

少无适俗韵,性本爱丘山。
误落尘网中,一去三十年。
羁鸟恋旧林,池鱼思故渊。
开荒南野际,守拙归田园。
方宅十余亩,草屋八九间。
榆柳荫后檐,桃李罗堂前。
暧暧远人村,依依墟里烟。
狗吠深巷中,鸡鸣桑树颠。
户庭无尘杂,虚室有余闲。
久在樊笼里,复得返自然。

选自《陶渊明集》,中华书局1979年版

【思考与讨论】

1. 第六句有人认为“悠然见南山”好,有人认为“悠然望南山”好,谈谈你的看法。
2. 作者陶渊明在诗中表现了怎样的人生态度和生活情趣?

春江花月夜

张若虚

春江潮水连海平，海上明月共潮生。
滟滟[1]随波千万里，何处春江无月明？
江流宛转绕芳甸[2]，月照花林皆似霰[3]。
空里流霜[4]不觉飞，汀[5]上白沙看不见。
江天一色无纤尘，皎皎空中孤月轮。
江畔何人初见月？江月何年初照人？
人生代代无穷已，江月年年只相似。
不知江月待何人？但见长江送流水。
白云一片去悠悠，青枫浦[6]上不胜[7]愁。
谁家今夜扁舟子[8]？何处相思明月楼[9]？
可怜楼上月徘徊[10]，应照离人妆镜台[11]。
玉户[12]帘中卷不去，捣衣砧[13]上拂还来。
此时相望不相闻，愿逐月华流照君。
鸿雁[14]长飞光不度[15]，鱼龙[16]潜跃水成文[17]。
昨夜闲潭[18]梦落花，可怜春半不还家。
江水流春去欲尽，江潭落月复西斜。
斜月沉沉藏海雾，碣石潇湘[19]无限路。
不知乘月[20]几人归？落月摇情满江树。

选自《历代咏春诗鉴赏》，上海辞书出版社 2009 年版

---

① 滟(yàn)滟：波光闪动的光彩。
② 芳甸(diàn)：长满花草的原野。甸，郊外之地。
③ 霰(xiàn)：雪珠。这里形容洁白月光照映之下的花朵。
④ 流霜：古人以为霜像雪一样是由天上飞落的，通常称作飞霜。
⑤ 汀：沙洲。
⑥ 青枫浦：地名，今湖南浏阳县境内。这里泛指思妇心中的游子所在的地方。
⑦ 不胜：难以承受。
⑧ 扁舟子：离家在外漂泊江湖的人。扁舟：小舟。
⑨ 明月楼：月夜下的闺楼。这里指闺中思妇。
⑩ 月徘徊：指月光移动。
⑪ 妆镜台：梳妆台。
⑫ 玉户：闺房的美称。
⑬ 捣衣砧(zhēn)：古人洗衣，置石板上，用棒槌捶击去污。这石板叫捣衣砧。捣，反复捶击。
⑭ 鸿雁：古人说鸿雁能传送书信，见《汉书·苏武传》。
⑮ 长飞：远飞。光不度：意为飞不过这片无尽的月光，也就是书信不到之意。
⑯ 鱼龙：这里是偏义复词，龙字无义。后以鱼书指书信。
⑰ 水成文：也就是虚幻同水花之意。
⑱ 闲潭：幽静的水边。潭通“浔”。下文“江潭”的“潭”同。
⑲ 碣石：山名，在河北。指北方。潇湘：水名，潇水在湖南零陵入湘水，这一段湘水叫潇湘，指南方。
⑳ 乘月：趁着月光。

【作者简介】

张若虚（约660—约720），扬州（治所在今江苏扬州）人。曾任兖州兵曹。唐中宗神龙（705—707）年间，与贺知章、贺朝、万齐融、邢巨、包融等俱以文词俊秀驰名于京都，其与贺知章、张旭、包融并称为“吴中四士”。玄宗开元时尚在世。

其诗描写细腻，音节和谐，清丽开宕，富有情韵，在初唐诗风的转变中有重要地位。但受六朝柔靡诗风影响，常露人生无常之感。诗作大部散佚，《全唐诗》仅存两首，其一为《春江花月夜》，乃千古绝唱，是一篇脍炙人口的名作，有“以孤篇压倒全唐”之誉。

【作品鉴赏】

《春江花月夜》是乐府《清商曲辞·吴声歌曲》旧题。张若虚的《春江花月夜》沿用陈隋乐府旧题来抒写真挚感人的离别情绪和富有哲理意味的人生感慨，语言清新优美，韵律婉转悠扬，完全洗去了宫体诗的浓脂艳粉，给人以澄澈空明、清丽自然的感觉。该诗被闻一多先生誉为“诗中的诗，顶峰上的顶峰”（《宫体诗的自赎》），一千多年来使无数读者为之倾倒。一生仅留下两首诗的张若虚，也因这一首诗，“孤篇横绝，竟为大家”。《春江花月夜》曾被中国当代著名音乐家彭修文改编为民族管弦乐曲，并因此广为流传。

“春江潮水连海平，海上明月共潮生”，诗一开头先点出题目中春、江、月三字，春天的江潮水势浩荡，与大海连成一片，一轮明月从海上升起，好像与潮水一起涌出来。第二句“海上明月共潮生”，告诉我们那一轮明月乃是伴随着海潮一同生长的。诗人在这里不用升起的“升”字，而用生长的“生”字，一字之别，另有一番意味。三四句：“滟滟随波千万里，何处春江无月明”，江面上波光闪闪，江海交融，月光随着海潮涌进江来，潮水走到哪里，月光跟随到哪里，哪一处春江没有月光的闪耀呢？

“江流宛转绕芳甸，月照花林皆似霰。空里流霜不觉飞，汀上白沙看不见。”这四句的着眼点由江海交汇处转到岸汀之上，写江水绕着长满芳草野花的江边小洲流过，月亮的清辉洒满散发着幽香的花林，仿佛给花林撒上了一层雪珠儿。月色洁白如霜，反而使空中的霜飞不易被人觉察，因而也使江边的沙滩像铺上了一层银霜，以致只看得见月色而“看不见”白沙了。

“江天一色无纤尘，皎皎空中孤月轮。江畔何人初见月？江月何年初照人？人生代代无穷已，江月年年只相似。不知江月待何人？但见长江送流水。”这八句由美景引发出对人生的感叹。江水、天空成一色，没有些微灰尘，只有明亮的一轮孤月高悬空中。是谁最先在江边见到了这轮明月？而这明月又是何年何月开始照耀人间的呢？人生易老，一代一代地生息无穷；然而江月等自然之物不会随时间而逝去，依旧照样升起，她是在等待什么人吗？然而所能见到的也只有长江滚滚流逝。

“白云一片去悠悠，青枫浦上不胜愁。谁家今夜扁舟子？何处相思明月楼。”游子像一片白云缓缓地离去，只剩下思妇站在离别的青枫浦不胜忧愁。皎洁的月光之下，是谁家的游子乘着一叶扁舟漂游在外呢？什么地方有人在明月照耀的楼上相思？

“可怜楼上月徘徊，应照离人妆镜台。玉户帘中卷不去，捣衣砧上拂还来。”月光在她的闺楼上徘徊着不肯离去，估计已照上她的梳妆台了。月光照在门帘上，卷也卷不去；照在衣砧上，拂了却又来。她是那样的依人，却又那样的恼人，使思妇无法忘记在这同一轮明月之下的远方的亲人：“此时相望不相闻，愿逐月华流照君。鸿雁长飞光不度，鱼龙潜跃水成文。”一轮明月同照两地，就和我想念你一样，你一定也在望着明月想念我，我们互相望着，但彼此的呼唤是听不到的。我希望随着月光流去照耀在你的身上，跟随着你。善于长途飞翔的鸿雁尚且不能随月光飞度到你的身边；潜跃的鱼儿也只能泛起一层层波纹而难以游到你的跟前。

“昨夜闲潭梦落花，可怜春半不还家。江水流春去欲尽，江潭落月复西斜。”思妇回想昨夜的梦境：闲潭落花，春过已半，可惜丈夫还不回来。江水不停地奔流，快要把春天送走了；江潭的落月也更斜向西边，想借明月来寄托相思也几乎是不可能了。

最后一段，天已将晓：“斜月沉沉藏海雾，碣石潇湘无限路。不知乘月几人归？落月摇情满江树。”这四句是写离愁夜曲结束，新的一天的思恋情歌开始。“摇情”二字描摹出了思妇那摇人心旌的如梦似幻的真挚相思之情，使无形的感情真实可感。

这首诗从月升写到月落，把客观的实境与诗中人的梦境结合在一起，写得迷离惝恍，气氛很朦胧。也可以说整首诗的感情就像一场梦幻，随着月下景物的推移逐渐地展开。亦虚亦实，忽此忽彼，是跳动的、断续的，有时简直让人把握不住写的究竟是什么，可是又觉得有深邃的、丰富的东西蕴涵在里面，等待我们去挖掘、体味。

【平行阅读】

代答闺梦还

张若虚

关塞年华早，楼台别望违。试衫著暖气，开镜觅春晖。
燕入窥罗幕，蜂来上画衣。情催桃李艳，心寄管弦飞。
妆洗朝相待，风花暝不归。梦魂何处入，寂寂掩重扉。

选自《全唐诗》，中华书局 2008 年版

【思考与讨论】

1. 分析这首诗的烘托与铺垫手法。
2. 借景抒情，情景交融的艺术手法是如何在该诗中体现的？

将进酒①

李　白

君不见，黄河之水天上来，奔流到海不复回。
君不见，高堂明镜悲白发，朝如青丝暮成雪②。
人生得意须尽欢，莫使金樽空对月。
天生我材必有用，千金散尽还复来。
烹羊宰牛且为乐，会须③一饮三百杯。
岑夫子，丹丘生④，将进酒，君莫停。

---

① 将：请。《将进酒》，汉乐府旧题。
② 青丝：指黑发。雪：白发。
③ 会须：正应当。
④ 岑夫子：指岑勋，李白之友。夫子是尊称。丹丘生：元丹丘，李白好友。生，对平辈朋友的称呼。

与君歌一曲，请君为我侧耳听。
钟鼓馔玉①不足贵，但愿长醉不愿醒。
古来圣贤皆寂寞，惟有饮者留其名。
陈王昔时宴平乐，斗酒十千恣欢谑。
主人何为言少钱，径须沽②取对君酌。
五花马，千金裘，呼儿将出换美酒，
与尔同销③万古愁。

选自《文学经典读本》，华南理工大学出版社2003年版

【作者简介】

李白(701—762)，汉族，字太白，号青莲居士，又号“谪仙”。有“诗仙”之称，与杜甫并称“李杜”。唐代伟大的浪漫主义诗人。其诗风格豪放、飘逸洒脱、想象丰富，语言流转自然，音律和谐多变。他善于从民歌、神话中汲取营养素材，构成其特有的瑰丽绚烂的色彩，是屈原以来积极浪漫主义诗歌的新高峰。

【作品鉴赏】

《将进酒》是一支劝酒歌。诗中记饮酒之事。作者于约天宝十一年(752)，与友人岑勋在嵩山另一好友元丹丘的颍阳山居为客，三人登高饮宴。

古代许多文人墨客都喜欢饮酒赋诗，自称“酒中仙”的李白一生写下了许多咏酒的诗篇。李白喝酒时尽管也有愁，但所咏的诗是极其豪放的。《将进酒》就是其中的一首。这首诗用三言、五言、七言句法错杂结构而成，一气奔注，音节极其急促，表现了作者牢骚愤慨的情绪。文字通俗明白，没有晦涩费解的句子，这是李白最自然流畅的作品。

“君不见，黄河之水天上来，奔流到海不复回”，两组排比长句，如挟天风海雨向读者迎面扑来。上句写大河之来，势不可当，下句写大河之去，势不可回，比喻光阴一去不会重回。“高堂明镜悲白发，朝如青丝暮成雪”是说人生很快便会衰老。所以人生在得意的时候，应当尽量饮酒作乐，不要使酒杯空对明月。

“天生”十六句意思是，天既生我这个人才，一定会有用处。千金用完，也不必担忧，总会再有的。眼前不妨暂且烹羊宰牛，快乐一下。应该放量饮酒，一饮就是三百杯。这一段诗，表面上非常豪放，其实反映着作者的牢骚与悲愤。言外之意是像我这样的人才，不被重用，以致穷困得在江湖上流浪。

“主人”六句，写诗人酒兴大作，“五花马”、“千金裘”都不足惜，只图一醉方休。表达了诗人旷达的胸怀。全篇大起大落，诗情忽翕忽张，由悲转喜、转狂放、转激愤、再转狂放，最后归结于万古愁，回应篇首，如大河奔流，气象不凡。此篇如鬼斧神工，足以惊天地、泣鬼神，是诗仙李白的巅峰之作。

---

① 钟鼓馔玉：泛指豪门贵族的奢华生活。钟鼓，指富贵人家宴会时用的乐器。馔(zhuàn)玉，精美的饭食。
② 沽：买。
③ 销：同“消”。

【平行阅读】

行路难

李白

金樽清酒斗十千，玉盘珍馐直万钱。
停杯投箸不能食，拔剑四顾心茫然。
欲渡黄河冰塞川，将登太行雪暗天。
闲来垂钓碧溪上，忽复乘舟梦日边。
行路难，行路难，多歧路，今安在。
长风破浪会有时，直挂云帆济沧海。

大道如青天，我独不得出。
羞逐长安社中儿，赤鸡白雉赌梨栗。
弹剑作歌奏苦声，曳裾王门不称情。
淮阴市井笑韩信，汉朝公卿忌贾生。
君不见昔时燕家重郭隗，拥彗折节无嫌猜。
剧辛乐毅感恩分，输肝剖胆效英才。
昭王白骨萦蔓草，谁人更扫黄金台。
行路难，归去来。

选自《全唐诗》，上海古籍出版社 1986 年版

【思考与讨论】

1. “高堂明镜悲白发，朝如青丝暮成雪。”这诗句悲叹什么？

2. 诗人要“但愿长醉不愿醒”，用古人的酒杯，浇自己的块垒。说到“惟有饮者留其名”，便举出“陈王”曹植的例子。作者与他有什么相似之处？

春夜喜雨

杜甫

好雨知时节，当春乃发生①。
随风潜②入夜，润物细无声。
野径云俱黑，江船火独明③。
晓看红湿处，花重锦官城④。

选自《全唐诗》，上海古籍出版社 1986 年版

---

① 发生：即下雨，落雨。这两句说，春雨及时而来，好像雨也晓得大地上什么时候需要它似的。

② 潜：悄悄地。

③ 这两句写雨中的夜景。杜甫的居处临江，从户内向外看去，见天上地下一片漆黑，而江船灯火独明。

④ 锦官城：即成都。这两句想象明天将见到满城带雨的花枝都显得沉重起来了。

【作者简介】

杜甫(712—770),唐代诗人,字子美,祖籍襄阳(今属湖北),生于河南巩县。由于他在长安时一度住在城南少陵附近,自称少陵野老,在成都时被荐为节度参谋、检校工部员外郎,后世又称他为杜少陵、杜工部。

【作品鉴赏】

杜甫诗集中有五十多首写雨的诗篇,以《喜雨》为题的,共四首,以这一首最为知名。这首诗是杜甫居住成都时所作。当时是上元二年(761)春天,从上年的冬天到这年的二月间,成都一带发生了旱灾,诗人在春夜发现"好雨"降临,欣喜非常,以久旱逢甘霖的心情,在诗中描绘了春夜雨景。

全诗写景如在眼前,且如此真切入微,令人如临其境。诗人紧扣诗题的"喜"字,对春雨作了细致入微的描绘。前两句写雨适时而降;三、四两句写雨的"发生",其中"潜"、"润"、"细"等词语道出了春雨的特点;五、六两句写夜雨的美丽景象;最后两句仍扣"喜"字写想象中的雨后清晨锦官城迷人的景象,一"重"字,准确地写出了经受春雨一夜洗礼滋润之后锦官城花朵红艳欲滴,饱含生机的情态,寄寓了作者对春雨的盛赞之情。

【平行阅读】

春　望

杜　甫

国破山河在,城春草木深。
感时花溅泪,恨别鸟惊心。
烽火连三月,家书抵万金。
白头搔更短,浑欲不胜簪。

选自《全唐诗》,上海古籍出版社1986年版

【思考与讨论】

1. 作者是如何在诗中表达自己的喜悦心情的?
2. 谈谈你为何喜欢这首诗?

无　题(其一)

李商隐

相见时难别亦难,东风无力百花残①。
春蚕到死丝②方尽,蜡炬成灰泪③始干!

① "东风"句:指分别时为暮春时节。
② 丝:与"思"谐音,喻相思。
③ 泪:烛油。

晓镜但愁云鬓①改，夜吟应觉②月光寒③。
蓬山④此去无多路，青鸟⑤殷勤为探看！

选自《全唐诗》，上海古籍出版社1986年版

【作者简介】

李商隐（约813—约858），晚唐诗人，字义山，号玉生，又号樊南生。擅长骈文写作，诗作文学价值也很高，他和杜牧合称“小李杜”，与温庭筠合称为“温李”。原籍怀州河内（今河南沁阳），自祖父起，迁居郑州荥阳（今属河南）。自称与皇室同宗，但高、曾祖以下几代都只做到县令县尉、州郡僚佐一类下级官员。

早期，李商隐因文才而深得牛党要员令狐楚的赏识，后因李党的王茂元爱其才而将女儿嫁给他，他因此而遭到牛党的排斥。此后，李商隐便在牛李两党争斗的夹缝中求生存，辗转于各藩镇当幕僚，郁郁而不得志，后潦倒终身。晚唐唐诗在前辈的光芒照耀下大有大不如前的趋势，而李商隐却又将唐诗推向了又一次高峰，是晚唐最著名的诗人。

【作品鉴赏】

李商隐的诗，有感愤深沉的政治诗，有寓意精警的咏史诗，也有感叹人生、自伤身世的感怀诗，但最为人所传诵的还是他那情意婉转的无题诗。诗以“无题”命篇，是李商隐的创造。这类诗作并非成于一时一地，多数描写爱情，其内容或因不便明言，或因难用一个恰当的题目表现，所以命为“无题”。他的无题诗，以难以理解著称，其寓意众说纷纭，莫衷一是。李商隐也许想通过他的无题诗向人们说些什么，但他“欲说还休”，在没有确凿的证据以证明确有寄托或确依何事之前，欣赏时主要应该以诗歌形象所构成的意境为依据。

本文所选这首诗是无题诗中的名篇，诗歌以一女子之口吻叙写爱情相思，情感细微绵邈，感人至深。“相见时难别亦难，东风无力百花残”一句催人泪下，诉说着恋人相爱而间隔受阻的痛苦、缠绵心声，把恋情离绪写得感人肺腑。“春蚕到死丝方尽，蜡炬成灰泪始干”更是千古绝唱，表达了对爱情的忠贞不渝。全句是说，自己对于对方的思念，如同春蚕吐丝，到死方休；又仿佛蜡泪直到蜡烛烧成了灰方始流尽一样，思念不止。表现眷恋之深，无尽无休。五六句上句写自己，次句想象对方。“云鬓改”，是说自己因痛苦而憔悴。“夜吟”句是推己及人，想象对方也因思念常常吟诗遣怀，在月色的照耀下，周围环境凄清、寒冷，由月光的寒冷折射出心理上的凄凉之感。“应”字是揣度、料想的口气，表明这一切都是自己对于对方的想象。想象如此生动，体现了她对于情人的思念之切和了解之深。

总之，这首无题诗，通篇扣住离情写相思，由会见的艰难引出别离的难堪，再从别离转入生死不渝的爱情自誓，进而设想别后的岁月不居和孤独难挨，而结以互通音信的想望与自我宽慰。全诗意境朦胧，笼罩着浓重的悲剧气氛。深沉痛苦的相思、至死方休的爱情誓言、凄苦冷清的别离生活以及遥寄关爱的热切心情，写得细腻而有层次，不愧是爱情的绝唱。

---

① 云鬓：指女子浓密的头发。
② 应觉：也是设想之词。
③ 月光寒：指夜渐深。
④ 蓬山：蓬莱山，指仙境。
⑤ 青鸟：传说中西王母座前传递消息的神鸟。

【平行阅读】

无　题(其二)

李商隐

昨夜星辰昨夜风,画楼西畔桂堂东。
身无彩凤双飞翼,心有灵犀一点通。
隔座送钩春酒暖,分曹射覆蜡灯红。
嗟余听鼓应官去,走马兰台类转蓬。

选自《全唐诗》,上海古籍出版社 1986 年版

【思考与讨论】

1. "相见时难别亦难"中两个"难"字代表了什么含义?

2. 谈谈"春蚕到死丝方尽,蜡炬成灰泪始干"这句诗的本意和今天人们常用它来表达的感情。

虞　美　人①

李　煜

春花秋月何时了②,往事知多少。小楼昨夜又东风,故国③不堪回首月明中。
雕阑玉砌④应犹在,只是朱颜⑤改。问君⑥能有几多愁,恰似一江春水向东流。

选自《李煜词集》,上海古籍出版社 2009 年版

【作者简介】

李煜(yù)(937—978),字重光,五代十国时南唐国君,江苏徐州人,南唐元宗李璟第六子。在位十五年,世称李后主。开宝八年,国破降宋,俘至汴京,后为宋太宗毒死。李煜在政治上十分无能,文艺上却颇有成就,工书善画,妙解音律,尤工于词。他的创作分为前后两个阶段:前期为降宋之前所写,主要为反映宫廷生活和男女情爱,题材较窄;后期为降宋后,李煜因亡国的深痛,对往事的追忆,辅以自身感情而作,此时期的作品成就远远超过前期。当中的杰作包括《虞美人》、《浪淘沙》、《乌夜啼》,这一时期的词作大都哀婉凄绝,主要抒写了自己凭栏远望、梦里重归的情景,表达了对"故国"、"往事"的无限留恋。李煜在中国词史上占有重要的地位,被称为"千古词帝"。

【作品鉴赏】

这首词是李煜的代表作,也是唐宋词中的名篇。李煜以帝王之尊度过三年"日夕以泪洗

① 虞美人,词牌名。
② 了:了结,完结。
③ 故国:指南唐都城金陵(现在南京)。
④ 雕阑玉砌:指宫殿。砌,台阶。
⑤ 朱颜:红颜,少女的代称,这里指南唐旧日的宫女。
⑥ 君:李煜自称。

面”的囚禁生活，受尽屈辱，尝尽辛酸。这首词表达了作者对故国的深切怀念。这是他的绝笔词，相传七夕之夜，他在寓中命歌伎唱此词，宋太宗知道这件事后，赐酒将他毒死。据说在这首词中抒写自己的悲恨和怀念故国，因而成为他被害的直接原因之一。这首词可以看做是他临终前的绝命词。

词的第一句“春花秋月何时了，往事知多少”，春花秋月本是美好的事物，可是作者却以怨恨的口吻发出诘问，因为这些美好的事物只会让他触景伤情，勾起对往昔美好生活的无限追思，今昔对比，徒生伤感。

“小楼昨夜又东风，故国不堪回首月明中”，小楼指他后来的囚禁地，东风点明他当时词作的季节，应该是季春的时候。在这万物生发的时节，又逢皓月当空，他怎能不想起自己的故乡、那曾经的繁华呢？由故国月明进一步联想，旧日的宫殿犹在，而江山易主，人事已非，回想起来真是肝肠寸断，凄惨之至。

最后一句“一江春水向东流”，是以水喻愁的名句，含蓄地显示出愁思的长流不断，无穷无尽，将愁思写得既形象化，又抽象化。同它相比，刘禹锡的《竹枝调》“水流无限似侬愁”，稍嫌直率。结句这一富有感染力和象征性的比喻，引起人们的广泛共鸣。

李煜的文字看似平实，却涵着高度的艺术提炼，他的音韵和情感的融入为一，已经达到了炉火纯青的意境。这大概就是李煜的词能在广泛的范围内产生共鸣并得以千古传诵的原因了。

【平行阅读】

浪 淘 沙

李 煜

帘外雨潺潺，春意阑珊。罗衾不耐五更寒，梦里不知身是客，一晌贪欢。

独自莫凭栏，无限江山，别时容易见时难。流水落花春去也，天上人间。

选自《李煜词集》，上海古籍出版社 2009 年版

【思考与讨论】

1. “春花秋月”本是美好事物，作者为什么希望它们结束呢？

2. “小楼昨夜又东风”中的“又”表现了作者怎样的思想感情？

念奴娇①·赤壁怀古

苏 轼

大江东去，浪淘②尽、千古风流人物。故垒③西边，人道是，三国周郎④赤壁。乱石穿空，惊涛拍岸，卷起千堆雪⑤。江山如画，一时多少豪杰！

---

① 念奴娇：词牌名，又名《百字令》。

② 淘：冲洗。

③ 故垒：过去遗留下来的营垒。黄州古老的城堡，推测可能是古战场的陈迹。

④ 周郎：周瑜，字公瑾，为吴建威中郎将，时年 24 岁，吴中皆呼为“周郎”。

⑤ 雪：比喻浪花。

遥想[1]公瑾当年，小乔初嫁了，雄姿英发。羽扇纶巾[2]谈笑间，樯橹[3]灰飞烟灭。故国神游，多情应笑我，早生华发[4]。人生如梦，一樽还酹[5]江月。

选自《全宋词》，中华书局1999年版

【作者简介】

苏轼（1037—1101），字子瞻，号东坡居士，北宋眉山人。是北宋著名的文学家，唐宋散文八大家之一。他与他的父亲苏洵、弟弟苏辙皆以文学名世，世称“三苏”。他学识渊博，多才多艺，在书法、绘画、诗词、散文各方面都有很高造诣。他的书法与蔡襄、黄庭坚、米芾合称“宋四家”；善画竹木怪石，其画论、书论也有卓见。是北宋继欧阳修之后的文坛领袖，散文与欧阳修齐名；诗歌与黄庭坚齐名；他的词气势磅礴，风格豪放，一改词的婉约，与南宋辛弃疾并称“苏辛”，共为豪放派词人。

【作品鉴赏】

《念奴娇·赤壁怀古》是苏轼的代表作之一，也是宋词中流传最广、影响最大的作品，是豪放词最杰出的代表。苏轼才华出众，又有志为了国家而建功立业，却遭人陷害，被贬黄州。幸而他为人心胸豁达，所以没有消沉下去，在畅游长江时写下了这篇千古名作。上阕写景，描绘了万里长江及其壮美的景象；下阕怀古，追忆了功业非凡的英俊豪杰，抒发了热爱祖国山河、羡慕古代英杰、感慨自己未能建立功业的思想感情。

起句写长江给人以雄奇壮丽之感，“大江东去”是眼前江景，用以起兴。日夜江声，滚滚滔滔，使人感到历史的流逝，对往昔英雄人物无限怀念。“乱石”句把眼前的乱山大江写得雄奇险峻，渲染出古战场的气氛和声势。

下阕首句写苏轼对周瑜的景仰向往之情。“小乔初嫁”看似闲笔，而且小乔初嫁周瑜在建安三年，远在赤壁之战前十年。特意插入这一句，更显得周瑜少年英俊，春风得意。词也因此豪放而不失风情，刚中有柔，与篇首“风流人物”相应。

“故国神游”五句把思绪从历史拉回现实，由仰慕古英雄的功业转为对自己难酬壮志而年华已逝的感叹，感叹自己虽有抱负，但有志难伸，毫无作为。

但结尾二句，他最终还是以旷达的胸怀对自己理想与现实的矛盾和内心苦闷作了自我解脱：人的一生就像做了一场大梦，还是把一杯酒献给江上的明月，和我同饮共醉吧！这首怀古词兼有感奋和感伤两重色彩，但篇末的感伤色彩掩盖不了全词的豪迈气派。

总之，这首词感慨古今，雄浑苍凉，大气磅礴，把人们带入江山如画、奇伟雄壮的景色和深邃无比的历史沉思中，唤起读者对人生的无限感慨和思索，融景物、人事感叹、哲理于一体，给人以撼魂荡魄的艺术力量。本词堪称为豪放派词的典范作品。

---

① 遥想：远想。

② 纶巾：古代配有青丝带的头巾。羽扇纶巾的意思指手摇羽扇，头戴纶巾。这是古代儒将的装束，词中形容周瑜从容娴雅。

③ 樯橹：船上的桅杆和橹。这里代指曹操的水军战船。强大的敌人，又作“强虏”、“狂虏”。

④ 华（huā）发：花白的头发。

⑤ 酹（lèi）：（古人祭奠）以酒浇在地上祭奠。这里指洒酒酬月，寄托自己的感情。以酒洒地，是向鬼神敬酒的方式。

【平行阅读】

水调歌头

苏 轼

明月几时有？把酒问青天，不知天上宫阙，今夕是何年。我欲乘风归去，又恐琼楼玉宇，高处不胜寒。起舞弄清影，何似在人间！

转朱阁，低绮户，照无眠。不应有恨，何事长向别时圆！人有悲欢离合，月有阴晴圆缺，此事古难全。但愿人长久，千里共婵娟。

选自《全宋词》，中华书局 1999 年版

【思考与讨论】

1. 长江有汹涌的时候，也有平静的时候，作者为什么写长江的壮阔之景，而不写长江的平静之景？

2. 词中写道“多情应笑我”，请作分析。

如 梦 令[①]

李清照

昨夜雨疏风骤[②]，浓睡[③]不消残酒[④]。试问卷帘人[⑤]，却道海棠[⑥]依旧。

知否？知否？应是绿肥红瘦[⑦]。

选自《全宋词》，中华书局 1999 年版

【作者简介】

李清照（1084—1155），自号易安居士，济南章丘（今属山东）人，宋代女词人，婉约派代表。父李格非，官至礼部员外郎，为当时齐、鲁一带知名学者。母王氏，知书善文。夫赵明诚，为吏部侍郎赵挺之之子，金石考据家。李清照早年生活优裕，工书能文，通晓音律。

词清新委婉，感情真挚，且以北宋南宋生活变化呈现不同特点。前期反映闺中生活、自然风光、别思离愁，清丽明快。后来因为丈夫去世，再加亡国伤痛，诗词变为凄凉悲痛，抒发怀乡悼亡情感，也寄托强烈亡国之思。代表作有《声声慢》、《一剪梅》、《如梦令》等，其文学创作具有鲜明独特的艺术风格，居婉约派之首，对后世影响较大，称为“易安体”。

【作品鉴赏】

这首小令，有人物，有场景，还有对白，充分显示了宋词的语言表现力和词人的才华。

---

① 如梦令：词牌名，原名《忆仙姿》。
② 风骤：风急。
③ 浓睡：沉睡。
④ 不消残酒：残余的醉意没有完全消失。
⑤ 卷帘人：正在卷帘的侍女。
⑥ 海棠：唐宋时人爱赏海棠。韩偓《懒起》：“昨夜三更雨，今朝一阵寒。海棠花在否？侧卧卷帘看。”
⑦ 绿肥红瘦：即绿叶滋润繁茂，而花朵凋零。

“昨夜雨疏风骤”指的是昨夜雨狂风猛，心思敏感的女词人心绪如潮，不得入睡，她在担心外面娇艳的花朵是否经得起这场骤雨。她惜春，伤春，为这些美好事物的消逝而感伤不已，只有借酒消愁。酒吃得多了，觉也睡得浓了。一觉醒来发问，正显示出心事：经受一夜风雨摧残之后，海棠花的命运如何？有趣的是卷帘人和女词人的对话，形成心理性格上的绝妙对照。大词人敏感、细腻、多情的心灵与卷帘侍女的憨厚、淡漠、毫不在意都得到显示。“试问”、“却道”、“应是”六字很妙，把女主人的心理变化、温柔嗔怪和教养一笔呼出。“绿肥红瘦”这样极富独创性的词语，显示出女词人高超的艺术修养，堪称绝妙。这首小令很受人们赞美，“当时文人莫不击节称赞，未有能道出之者”。

“诗词的最高境界，应以明澈如水的语言含有无限意蕴和情思。这首词明白如水，全是白话和口语，而对这种感情本身则不著一字。这首词用寥寥数语，委婉地表达了女主人惜花的心情，委婉、活泼、平易、精练，极尽传神之妙。”①

这首小令委婉地表达了作者怜花惜花的心情，也流露了内心的苦闷。词中着意人物心理情绪的刻画，以景衬情，委曲精工，轻灵新巧而又凄婉含蓄，女词人的艺术才华尽显其中。

【平行阅读】

点 绛 唇

李清照

蹴罢秋千，起来慵整纤纤手。露浓花瘦，薄汗轻衣透。
见客入来，袜刬金钗溜。和羞走。倚门回首，却把青梅嗅。

选自《全宋词》，中华书局 1999 年版

【思考与讨论】

1. 说说女主人公昨夜饮酒过量（睡醒了还有残酒），到底是为什么？

2. “绿肥红瘦”历来为人称道，胡仔《苕溪渔隐丛话》称：“此语甚新。”《草堂诗余别录》评：“结句尤为委曲精工，含蓄无穷意焉。”说说好在哪些方面。

钗 头 凤②

陆 游

红酥手③，黄縢酒④，满城春色宫墙柳。东风恶，欢情薄，一怀愁绪，几年离索⑤。错，错，错！春如旧，人空瘦，泪痕红浥⑥鲛绡⑦透。桃花落，闲池阁，山盟虽在，锦书难托。莫，莫，莫！

选自《全宋词》，中华书局 1999 年版

---

① 见《唐宋词百首详解》。
② 钗头凤：词牌名。
③ 红酥手：一种类似面果子一样的下酒菜。
④ 黄縢酒：宋时官酒上以黄纸封口，又称黄封酒。
⑤ 离索：离群索居，分离也。
⑥ 浥（yì）：沾湿。
⑦ 鲛（jiāo）绡：传说鲛人织绡，极薄，后以泛指薄纱。鲛，传说居海之人，坠泪成珠。

【作者简介】

陆游(1125—1210),南宋诗人、词人。字务观,号放翁,浙江绍兴人。一生著作丰富,有数十个文集存世,存诗9300多首,是文学史上存诗最多的诗人。陆游具有多方面文学才能,尤以诗的成就为最,是伟大的爱国主义诗人。词作数量不如诗篇巨大,但和诗同样贯穿了气吞残虏的爱国主义精神。有《放翁词》一卷、《渭南词》二卷。

【作品鉴赏】

在浙江的绍兴,有一座沈园。南宋时期那里叫做山阴。传说从前沈园的粉壁上曾题着两阕《钗头凤》,据说第一阕是诗词名家陆游所写,第二阕是陆游的前妻唐婉所和。这两阕词虽然出自不同的人之手,却浸润着同样的情怨和无奈,因为它们共同诉说着一个凄婉的爱情故事——唐婉与陆游沈园情梦。

陆游的《钗头凤》词,是一篇"风流千古"的佳作,它描述了一个动人的爱情悲剧。据《历代诗馀》载,陆游年轻时娶表妹唐婉为妻,感情深厚。但因陆母不喜唐婉,威逼二人各自另行嫁娶。十年之后的一天,陆游沈园春游,与唐婉不期而遇。此情此景,陆游"怅然久之,为赋《钗头凤》一词,题园壁间。"这便是这首词的来历。

传说,唐婉见了这首《钗头凤》词后,感慨万端,亦提笔和《钗头凤·世情薄》词一首。不久,唐婉竟郁闷愁怨而死。又过了四十年,陆游七十多岁了,仍怀念唐婉,重游沈园,并作成《沈园》诗二首。

"红酥手"是写陆游和前妻唐婉在沈园偶然邂逅,唐婉让仆人给陆游送去果品,使陆游想起曾经多次伸出侍奉自己的唐婉的那双红酥手。打开黄滕封的酒,满城春色依旧,可唐婉已如宫墙内的柳,可视而不可攀,她已是别人的人了。"东风恶"几句写当年两人在母亲逼迫下,被迫离婚,使他满怀愁绪,至今难休!写到这里,词人一迭声地喊道:"错,错,错!"感情极为沉痛。但这到底是谁错了呢?一切都晚了!春风依旧,春色依旧,但一切美好春光中夫妻恩爱的情景却永远不能恢复了,人再也不能团聚了!

"春如旧"是此时相逢的背景。依然是从前那样的春日,但是,人却今非昔比了。以前的唐氏,肌肤是那样的红润,焕发着青春的活力;而如今的她,经过"东风"的无情摧残,憔悴了,消瘦了。"泪痕红浥鲛绡透"写唐婉的表情动作,一个"透"字,不仅见其流泪之多,亦见其伤心之甚。"桃花落,闲池阁",正是东风狂吹乱扫所带来的严重后果,因此说它"恶"。"山盟虽在,锦书难托"表现出词人自己内心的痛苦之情。虽说自己情如山石,痴心不改,但是,这样一片赤诚的心意,又如何表达呢?明明在爱,却又不能去爱;明明不能去爱,却又割不断这爱缕情丝。再加上看到唐氏的憔悴容颜和悲戚情状所产生的怜惜之情、抚慰之意,真是百感交集,万箭攒心,一种难以名状的悲哀,再一次冲胸破喉而出:"莫,莫,莫!"事已至此,再也无可补救、无法挽回了,罢了,罢了,罢了!在极其沉痛的喟叹声中全词也就由此结束。

这首词字字血声声泪!谁能不说这才是坚贞、生死不渝的爱情!翻阅陆游全集五十卷,中有诗、词近万首,其中竟无一慈爱之语于其母,也无一爱情之篇给续妻王氏而竟有几十篇悼念唐婉之作,从三十一岁写到八十四岁!这真令人万分感慨之余,甚至嫉妒唐婉了。唐婉虽二十几岁即死去,但她却真正赢得了一个人的心。能在死后六十年里仍不断被人真心地悼念,且不断写成诗词洒以泪水,能有这种幸福的人,中外历史上恐怕也极为罕见吧!

鲁迅先生曾说过:悲剧就是把美的东西毁灭给人看。陆游与唐婉的爱情能在千百年后,依然为人所感动与怀念，也正是因为他们之间无法相爱相聚的那种缺憾，给人带来心灵上莫名的同情与感叹。

【平行阅读】

钗头凤

唐婉

世情薄，人情恶，雨送黄昏花易落。晓风干，旧痕残，欲笺心事，独倚斜阑。难，难，难！人成各，今非昨，病魂常似秋千索。角声寒，夜阑珊，怕人寻问，咽泪装欢。瞒，瞒，瞒！

选自《全宋词》，中华书局 1999 年版

【思考与讨论】

1. 试比较陆游和唐婉两首《钗头凤》的异同。
2. 体会词尾"错错错"和"莫莫莫"这种写法的特点。

第四节　中国现当代诗歌欣赏

中国现当代的诗歌同中国古代诗歌完全是两个样子，中国古代诗歌是那样的沉稳、安静，而现当代诗歌总是情不自禁的要去碰撞那些烫手的社会和精神难题。这或许也是中国现当代文学和古代文学的差别。

从 20 世纪初开始，中国文学就开始了与古代文学全面的深刻的"断裂"，从文学观念到作家地位，从表现手法到体裁、语言，变革的要求和实际的挑战都同时出现。这是一次艰难而又漫长的阵痛，一直到 1919 年的"五四"运动，才最终完成这一"断裂"，在各种文学体裁中，诗歌是最痛苦的，最为坎坷不平的。中国现当代文学本身承载着太多跟文学无关的重任，再加上新文学本身要使用许多新语言、新形象和新的表达方式来传播新的思想，就和传统形成了巨大矛盾的张力场。

中国现当代诗歌成长最复杂。诗本来就是文学中的艺术思维进行创新时最敏锐的尖兵。诗歌语言是一般文学语言中的"高阶语言"，它从一般文学语言中升华而来反过来又影响一般文学语言，因而先天具有"先锋性"。所以中国新诗的成长，诗体的解放、复活、创新等复杂的运动最鲜明凝练地集中体现了现当代文学的挣扎、挫折、进展和远景。我们了解了这样的文学大背景后，纵观整个 20 世纪的诗歌发展，我们会发现中国现当代诗歌有许多矛盾之处，同时这也是诗歌魅力之所在。

首先，在诗体上，中国现当代诗歌的一大矛盾就是如何看待诗体的"自由化"和"格律化"，从 20 世纪中国诗歌的历史我们得到的结论是两者"轮流坐庄"。从对古代文学的"革命"来讲，诗歌应该完全摒弃古代诗歌的影响，包括"格律化"，而且的确有人这么实践了。所以新诗的每一步走得都那么"古怪"，变得不像诗。好不容易摸索、锤炼，开始"像"诗的时候，又立即因人们群起效仿而很快老化。中国新诗是不断学习新语言、不断寻找新世界。如果没有"不像"诗的摸索，也就不会有新诗的成功，但成功以后我们却发现，大浪淘沙，留下来能让我们不断传诵的新诗，大多数反而是讲究格律音韵的诗歌，"自由体"诗也有成功的留在诗歌史上的，

但即使这些自由体诗，我们细读一番也会发现里面也深深地暗含格律在其中。穆旦的诗歌是在“自由体”的道路上走得最远的，也是在学习西方语言作诗、摒弃中国古典诗歌的路上最远最彻底的，而新月派诗人最讲究作诗要格律音韵，其代表就是徐志摩。并且他们两个人的诗歌都是20世纪诗歌最一流的作品，这些值得我们去关注，也颇值得玩味。

其次，现当代诗歌另一个值得我们玩味的矛盾之处就在于中国诗歌与世界的“同步”。20世纪是世界文学的世纪，而在各种文体中，新诗是最敏感最密切地与当代世界文学保持“同步”联系的。拜伦、雪莱、惠特曼、波特莱尔跟泰戈尔、马雅可夫斯基、艾略特、奥登、里尔克等一起卷进中国诗坛里来，中国的诗人不加选择地汲取这些外来的营养。世界文学要求每一个民族要拿出当代最好的属于自己的文学来，中国新诗没有辜负这份要求。可是在各种文体中，诗歌是最难翻译的，或者在翻译界和诗歌界有种共识，那就是诗是一种“无法翻译”的文学作品，那么这样一种“同步”所蕴涵的深刻意义就值得探究。

最后，中国新诗的第三个矛盾之处，也是最大的困惑就是：诗歌所担负的时代重任和诗歌创作个人化之间的矛盾。20世纪文学担负起“启蒙”的任务，通过“干预灵魂”来“干预生活”成为20世纪文学自觉的使命感，文学和民族与大众的命运密切地联系在一起，诗歌是文学的先锋，自然任务更重。但是诗歌有着最活跃最敏锐的艺术神经，也是最个人化的文学创作。它不想仅仅沦为时代和民族的工具，诗歌或者说文学讲究真情实感，当成为工具时，作品还是真情实感吗？但是在20世纪文学中，“为艺术而艺术”的口号始终不过是对现实积极的或消极的一种抗议而不可能是纯艺术的追求。在中国文学中，个人命运的焦虑总是很快就纳入全民族的危机感之中。中国新诗史上有太多属于时代，属于政治的声音，这些诗歌风光一时。可是当喧嚣过去，能继续保留下的却是那些个人化的作品。这些诗歌是诗人最真实的感情，最个人化的观察和最个性的言说方式。它们与诗人所处的时代是那么的格格不入，而这才是诗歌永恒的光彩。但更令人困惑的是，相当一部分与时代不同步的个人言说的诗歌，当我们回头瞻望时，才发现他们的诗发出的却是那个时代的最强音。比如食指、北岛。

总之，在文化领域，在文学和诗歌中，有些东西会在历史的演进中被改变和淘汰，有更多的东西则是长久的，甚至是永恒的。还是让我们回到文本，回到诗歌本身，细细地品味诗句，品味这种永恒吧。

偶 然

徐志摩

我是天空里的一片云，
偶尔投影在你的波心——
你不必讶异，
更无须欢喜——
在转瞬间消灭了踪影。
你我相逢在黑夜的海上，
你有你的，我有我的，方向；
你记得也好，

最好你忘掉，

在这交会时互放的光亮。

选自《再别康桥——徐志摩诗歌全集》，线装书局 2008 年版

【作者简介】

徐志摩，原名徐章垿，字槱森，留学美国时改名徐志摩。现代诗人、散文家。1897 年 1 月 15 日出生于浙江海宁。1918 年赴美国学习银行学。1921 年赴英国留学，入剑桥大学研究政治经济学。在剑桥两年深受西方教育的熏陶及欧美浪漫主义和唯美派诗人的影响，开始创作新诗。1922 年回国后发起成立新月社，后一直做大学教授。1931 年 11 月 19 日，乘坐飞机失事遇难，以 35 岁的英年"竟尔乘风归去"。著有诗集《志摩的诗》、《翡冷翠的一夜》、《猛虎集》、《云游》，散文集《落叶》、《巴黎的鳞爪》、《自剖》、《秋》，小说散文集《轮盘》，戏剧《卞昆冈》（与陆小曼合写），日记《爱眉小札》、《志摩日记》，译著《曼殊斐尔小说集》等。徐志摩是新月派的代表诗人，他的诗歌字句清新，韵律谐和，意境优美，神思飘逸，追求艺术形式的整饬、华美，在现代文学史上别具一格。

【作品鉴赏】

现代诗歌史上，许多长诗随似水流年埋没于无情的历史沉积中，而某些玲珑之短诗，却能够经历史年代之久而独放异彩。这首两段十行的小诗《偶然》，在现代诗歌长廊中，就是其中的代表。

文如其人，文学是作者人生观、世界观、价值观的艺术表现。每位作家的气质、才情、学问、经历等不同，其人生观、世界观、价值观在作品中的表现也千差万别，或含蓄，或鲜明；或激烈，或温和，从而形成作家不同的个人风格。能把"偶然"这样一个极为抽象的时间副词，使之形象化，置入象征性的结构，充满情趣哲理，不但珠润玉圆，朗朗上口而且余味无穷，意溢于言外，这首《偶然》小诗颇显徐志摩的性格、气质和才情，体现了他执著、真纯的人格力量。

新月派诗人大都将白话诗纳入格律的框范，追求音韵之美、建筑之美和绘画之美。讲究"一简之内，音韵尽殊，两句之间，轻重悉异"，新月派诗歌诗句细琢，外观严整，精雕意象，色彩鲜明。作为新月派的灵魂，徐志摩在这些方面更是用心，作诗颇为考究字句和声韵。《偶然》就是其中的代表。

这首《偶然》小诗，在徐志摩诗美追求的历程中，还具有一些独特的"转折"性意义。按徐志摩的学生，著名诗人卞之琳的说法："这首诗在作者诗中是在形式上最完美的一首。"新月诗人陈梦家也认为："《偶然》……划开了他前后两期的鸿沟，他抹去了以前的火气，用整齐柔丽清爽的诗句，来写那微妙的灵魂的秘密。"

这首诗在格律上是颇能看出徐志摩的功力与匠意的。全诗两节，上下节格律对称。每一节的第一、二、五都是由三个音步组成。如："偶尔投影在你的波心"，"在这交会时互放的光亮"，每节的第三、四句则都是由两音步构成，如："你不必讶异，更无须欢喜"、"你记得也好，最好你忘掉"。在音步的安排处理上显然严谨中不乏洒脱，长短句相间，读起来纡徐从容、委婉顿挫而朗朗上口。这首诗不但宜于诵读，也可谱曲传唱，事实上已经有人做过了。而且《偶然》用韵也有规可循，句的伸缩与之相应。每节诗中长句一韵，短句一韵；每节前呼后应，回环有致；中间合抱他韵，既增变化之美，亦养活泼之气。由此可见徐志摩打磨字句、详考声韵的苦心。

从结构上看,一首诗歌,整体上必须是有机的,内部应该充满各种各样的矛盾和张力。充满“张力”的诗歌,才能蕴涵深刻、耐人咀嚼、回味无穷。即“寓动于静”,如同满张的弓,虽是静止不动的,但却蕴满饱含着随时可以爆发的能量和力度。《偶然》这首诗蕴蓄着丰富的张力。“你/我”就是一对“二项对立”,或是“偶尔投影在波心”,或是“相遇在海上”,都是人生旅途中擦肩而过的匆匆过客;“你不必讶异,更无须欢喜”、“你记得也好,最好你忘掉”,都以“二元对立”式的情感态度和语义上的“矛盾修辞法”而呈现出充足的“张力”。尤其是“你有你的,我有我的,方向”一句诗,“你”、“我”因各有自己的方向在茫茫人海中偶然相遇,交会着放出光芒,但却擦肩而过,各奔自己的方向。两个完全相异、背道而驰的意向:“你有你的”和“我有我的”恰恰统一、包孕在同一个句子里,归结在同样的字眼“方向”上。这种独特的“张力”结构正是这首短诗富于艺术魅力的原因之一。

“偶然”是一种人生情景,瞬间的光亮既照亮人生于刹那,又滋味绵绵到永恒。不管这种滋味是欲挽难留的无奈,忧乐相伴的取舍,还是流水落花的怅惘,偶然都是无从预期的珍贵体验,也是无法抹平的刻骨记忆。沈从文在《水云》中写道:“偶然……比虹和星还无固定性,还无再现性。它过身,留下一点什么在这个世界上一个人的心上;它消失,当真就消失了。除了留在心上那个痕迹,说不定从此就永远消失。”“偶然”是一种没有着落的一见倾心,顷刻的遭逢生出了长久的默契。人生,必然会有这样一些“偶然”的“相逢”和“交会”。而这“交会时互放的光亮”,必将成为永难忘怀的记忆而长伴人生。

《偶然》一诗的背后实际上对应着徐志摩和林徽因之间一段若隐若现如烟似幻的情感,即所谓云在水中的投影。这首诗正是徐志摩当年写给林徽因的,其间潜存着他们隐秘的心灵赠答。徐志摩写这首诗,也许还是要密封并珍藏逝去的某个瞬间。现在我们读《偶然》,就是浅吟低唱一阕美好的诗韵,品味一种渺然的人生情景,我们读出的不只是诗语的流丽,亦有人生的感伤以及领悟。

【平行阅读】

再别康桥

徐志摩

轻轻的我走了,
正如我轻轻的来;
我轻轻的招手,
作别西天的云彩。

那河畔的金柳,
是夕阳中的新娘;
波光里的艳影,
在我的心头荡漾。

软泥上的青荇,
油油的在水底招摇;
在康河的柔波里,

我甘心做一条水草！

那榆阴下的一潭，
不是清泉，是天上虹；
揉碎在浮藻间，
沉淀着彩虹似的梦。

寻梦？撑一支长篙，
向青草更青处漫溯；
满载一船星辉，
在星辉斑斓里放歌。

但我不能放歌，
悄悄是别离的笙箫；
夏虫也为我沉默，
沉默是今晚的康桥！

悄悄的我走了，
正如我悄悄的来；
我挥一挥衣袖，
不带走一片云彩。

选自《再别康桥——徐志摩诗歌全集》，线装书局 2008 年版

【思考与讨论】

1. 体会和描述诗人的心境。

2. 这首诗语言简单明白，节奏韵律讲究，请分析这种语言风格和节奏韵律在新诗中的地位和价值。

五　月

穆　旦

五月里来菜花香
布谷留恋催人忙
万物滋长天明媚
浪子远游思家乡

勃朗宁，毛瑟，三号手提式，
或是爆进人肉去的左轮，
它们能给我绝望后的快乐，
对着漆黑的枪口，你们会看见
从历史的扭转的弹道里，
我是得到了二次的诞生。

无尽的阴谋；生产的痛楚是你们的，
是你们教了我鲁迅的杂文。

负心儿郎多情女
荷花池旁订誓盟
而今独自倚栏想
落花飞絮漫天空

而五月的黄昏是那样的朦胧，
在火炬的行列叫喊过去以后，
谁也不会看见的
被恭维的街道就把他们倾出，
在报上登过救济民生的谈话后
谁也不会看见的
愚蠢的人们就扑进泥沼里，
而谋害者，凯歌着五月的自由，
紧握一切无形电力的总枢纽。

春花秋月何时了
郊外墓草又一新
昔日前来痛苦者
已随轻风化灰尘

还有五月的黄昏轻网着银丝，
诱惑，溶化，捉捕多年的记忆，
挂在柳梢头，一串光明的联想……
浮在空气的水溪里，把热情拉长……
于是吹出些泡沫，我沉到底，
安心守住你们古老的监狱，
一个封建社会搁浅在资本主义的历史里。

一叶扁舟碧江上
晚霞炊烟不分明
良辰美景共饮酒
你一杯来我一盅

而我是来飨宴五月的晚餐，
在炮火映出的影子里，
有我交换着敌视，大声谈笑，
我要在你们之上，做一个主人，
直到提审的钟声敲过了十二点。
因为你们知道的，在我的怀里

藏着一个黑色小东西，
流氓，骗子，匪棍，我们一起，
在混乱的街上走——

他们梦见铁拐李
丑陋乞丐是仙人
游遍天下厌尘世
一飞飞上九层云

选自《穆旦诗文集》，人民文学出版社 2007 年版

【作者简介】

穆旦，原名查良铮。诗人、翻译家。祖籍浙江海宁。1918 年 4 月 5 日出生于天津，1935 年考入北平清华大学外文系，抗日战争爆发后，随学校辗转于长沙、昆明等地。1940 年在西南联大毕业后留校任教。1942 年参加中国远征军，进入缅甸与日军作战，九死一生得以幸还。1949 年赴美国留学，入芝加哥大学英国文学系学习。1952 年获文学硕士学位。1953 年携妻子历经磨难回国后，任南开大学外文系副教授。1958 年被列为“历史反革命”，受到不公正对待，调图书馆工作。1977 年 2 月 26 日因心脏病突发于天津去世。

穆旦的诗风富于象征寓意和心灵思辨，是 20 世纪 40 年代“九叶诗派”的代表性诗人，也是 20 世纪中国重要的诗人、翻译家之一。著有诗集《探险队》、《穆旦诗文集》、《旗》等，译有诗集《欧根 · 奥涅金》、《云雀》、《雪莱抒情诗选》、《唐璜》、《济慈诗选》和《拜伦诗选》等。

【作品鉴赏】

《五月》是穆旦写于 1941 年的一首力作，它以独特的形式和犀利、丰富的内容很早便引起了人们的关注。这首诗综合了诗人所感知和触摸到的全部复杂经验，冷静、深切而又喊着促人咀嚼的嘲讽滋味。穆旦一把抓住了真正意义上的现代主义诗歌的本质：辩证、包容、戏剧性。

这首诗由五节“五月里来菜花香”那样整齐而押韵的七言诗间隔穿插四节现代自由体诗组成。在内容上，古诗与现代诗之间各成系统，互不相关，却又似断若连，形成奇妙的反衬对比，韵味无穷；在形式上，旧诗与新诗，文言与白话之间又造成了很强的张力。然而这只是浅层阅读。仔细推敲一下诗句，读者自然会发现整齐而押韵的七言诗看似仿古体诗，但实际却近似打油诗，根本不是真正的古体文言。而现代诗要严肃得多。七言打油诗和严肃的自由体诗交相错杂，诗的趣味因为这种错杂安排近于一场在两种诗体之间展开各言其志互不相关的对话，一种戏剧性的对话，而正由于各言其志互不相关，诗的张力间更流溢出一种动人的喜剧滋味。

仔细品读这首诗，首先从语感上由七言诗的舒缓到自由体诗的急迫、激烈的过渡强烈地感受到两个不同的诗的世界；其次从形式上，七言诗定字定行的整饬浑然与自由体诗长短不齐、字行不定的混乱失衡也造成了很强的反差对比；再次在内容上，五节七言诗可说是对中国几千年诗歌史一个戏仿式的缩写，中国古诗中比较常见的几个主题，如游子怀乡，闺人怨别，人生无常，及时行乐；感叹人生易逝，节序如流，向往得道成仙，厌世弃尘等，都在这几首戏仿之作中得到呈现。这些古诗的意象烂熟、陈旧，如“落花飞絮”、“春花秋月”、“晚霞炊烟”等，纯属穆旦所谓的“风花雪月”，无时间性和现实感，诗意的空疏无谓更是显而易见；而四节自由体现代诗则用尖锐、锋利、现代的意象描写诗人复杂、矛盾、痛苦绝望的自我心理状态和对现实的不满与

讽嘲,那些意象带着“剃刀片似的锋利”,凸显着像“漆黑的枪口”,使读者,也使诗人自己强烈地感受到精神的痛苦和心灵的震颤。

总之,这首诗“两种诗风,两个时代,两个不同世界”的“对照”几乎无处不在,七言诗在严谨、整饬的形式下属于轻飘、悠柔、松散无着的静态世界,而自由体诗却有些话不择言的锋利、紧张、急迫乃至残酷,因而属于动态世界。对比本身便暗含着穆旦的一种理智的选择眼光,同时也是一种情感的力量,一种价值取向。文言与白话、旧诗与现代诗的对质是穆旦诗里一向关注的焦点。在穆旦看来,形式本身便蕴涵着内容并制约着内容的传达。他十分信服奥登的一个观点,诗人要写“他那一代人的历史经验,就是前人所未遇到的独特的经验”,因而他十分强调“必须追求自己的生活,看其中有什么特别尖锐的感觉,一吐为快的”,要使“现今的生活成为诗的形象的来源”,正因为有着如此强烈而坚定的诗歌观念,在诗歌创作中穆旦倾力吸取西洋技法,自觉地摒弃文言字词的使用,弃绝一些陈词滥调和“风花雪月”,纯用白话口语和稍带点欧化的书面语,非常精练、简洁、干净,完全剔除了一些“模糊不清”的修饰成分,诗歌的时代感和现实性也相当强。他的许多作品都存在十足的洋腔洋调,远离了黄土地上或江南水乡的审美趣味。这些特点在《五月》的四节现代诗中都能体现出来,而他所批判古诗的“风花雪月”、“模糊不清”等特征在他仿作的那五节七言打油诗中也得到了淋漓尽致的展示,当然是一种表面的、嘲讽式的展示。

《五月》这首诗的文言与白话、旧诗与新诗、内容与形式等各种凸出的表面化的矛盾之间的确处处充满张力。然而又不只是张力,张力应是一种均衡造成的态度,而《五月》却是失衡的、满蓄着否定与讥讽。诗人在此所运用的是一种暗含的,表面不易觉察,却更为真实、更见效果的艺术策略——“反讽”。

“反讽”即“语境对一个陈述语的明显的歪曲”,在《五月》中,这种“明显的歪曲”通过并置的方式体现出来。七言打油诗本身兼具反衬深度与表达愤嫉两种功能。打油诗句的轻飘吟唱反衬自由体诗句切入灵魂的深度,而其清浅的谑笑背后传达的又正是对现实污浊的书生式的愤激。同时,这种并置又是现代诗对古诗的否定与讽嘲。对于“五月”,穆旦认为我们的古诗所能说的无非是游子怀乡、感时伤怀之类用“风花雪月”编织的“模糊不清”的浪漫诗意,而现实的“五月”在诗人的笔下却是勃朗宁、毛瑟、左轮,是阴谋与绝望,是绝望后的快乐。诗人眼前的世界就是“谋害者,凯歌着五月的自由,紧握一切无形电力的总枢纽”,在自由的堂皇的招牌下,“愚蠢的人们”,“扑进了泥沼”,而“谋害者”却在“被恭维的街道”招摇过市,在报上空谈“救济民生”,这是极端辛辣而机智的政治讽刺,表达了诗人对现实的强烈不满和讽嘲。

通过深度阅读,我们可以看到看似对立互不相关的两种诗体,实际上是紧密相连在作者的诗情之下的。戴望舒曾多次谈道:“诗的佳劣不在形式而在内容。有‘诗’的诗,虽以佶屈聱牙的文字写来也是诗;没有‘诗’的诗,虽韵律齐整音节铿锵,仍然不是诗。”穆旦的诗读起来有些聱牙,但它是真正的诗。《五月》中的打油诗,单独拿出来甚至根本算不上诗,但在《五月》的整体意境下,在穆旦的诗情下,表面的无诗和超旷下面联系着的是沉重的现实批判。哪有“一飞飞上九层云”那般轻捷如云雀。对暴力、专制、丧尽天良、惨无人道的中国现实的揭露与“浪子远游思家乡”、“负心儿郎多情女”、“春花秋月何时了”、“良辰美景共饮酒”的避而不谈之间是对立统一、和谐共处的;既展示了种种大痛楚,又显示了一种无力回天的无可奈何之感,这更让诗人感到更剧烈的大痛楚。这是诗人独特的体验。这种独特的情感让穆旦在那个时代中,显得格外不同，或者说是格格不入。

那么，对这样的现实我们能怎么样呢？诗人的态度是希望、探求、失望，乃至绝望，诅咒这个“古老的监狱”，是“一个封建社会搁浅在资本主义的历史里”，然后依旧是抗争，诗人宣告“在炮火映出的影子里，在我交换着敌视，大声谈笑，我要在你们之上，做一个主人，直到提审的钟声敲过了十二点。因为你们知道的，在我的怀里藏着一个黑色小东西，流氓，骗子，匪棍，我们一起，在混乱的街上走”，浓墨渲染一种复仇与反叛的情绪，在“黑色”的绝望后，将会是快乐，是“从历史扭转的弹道里，我是得到了二次的诞生”，这里的诞生是从“五月里来菜花香”中脱壳而出的鲁迅式的清醒。这是以死易生，这是绝望后的抗争，鲁迅哲学之精髓在此得到了响应，如诗人所说，“是你们教了我鲁迅的杂文”。

现实的“五月”是如此复杂、残酷、令人绝望，诗人的感情是如此激越，矛盾而痛苦，这些是被“风花雪月”充斥的旧诗所无法包容和传达的。这里的“五月”是个暗喻，喻指两种诗体所能表达的两个不同的世界和现实，这种不同的世界和现实，既是历时性的，也是共时性的，如诗人所谓“一个封建社会搁浅在资本主义的历史里”。全诗在“糊涂语—清醒语”的交错对答中弥漫着在抗战时期的诗歌少有的失望和怅然。是的，穆旦总是这么不合时宜，他的诗在历史大氛围下总是显得那么格格不入，这也许是穆旦寂寞一生更深层次的原因。

但文学史家和批评家们不得不承认，穆旦一直在促使新诗现代化的道路上奋进，虽然这条道路更像是悬崖峭壁，而穆旦的奋进更像是困难的攀爬，但是他对新诗戏剧化、现代化的固执追求和对自己内心刻骨经验的绝妙表达却在一定意义上挽救了汉语新诗：穆旦坚定地强调——诗属于个人！

【平行阅读】

听说我老了

穆　旦

我穿着一件破衣衫出门，
这么丑，我看着都觉得好笑，
因为我原有许多好的衣衫
都已让它在岁月里烂掉。

人们对我说：你老了，你老了，
但谁也没有看见赤裸的我，
只有在我深心的旷野中
才高唱出真正的自我之歌。

它唱到，“时间愚弄不了我，
我没有卖给青春，也不卖给老年，
我只不过随时序换一换装，
参加这场化装舞会的表演。”

“但我常常和大雁在碧空翱翔，
或者和蛟龙在海里翻腾，

凝神的山峦也时常邀请我
到它那辽阔的静穆里做梦。”

选自《穆旦诗文集》,人民文学出版社2007年版

【思考与讨论】

1. 你还读过同时期哪些反映现实的诗歌作品？通过比较,体会穆旦诗的特色和独特价值。

2. 在现当代的诗歌作品中,有没有采用这样一种方式表达思想感情的？如果有,请举几例。

这是四点零八分的北京

食 指

这是四点零八分的北京,
一片手的海洋翻动;
这是四点零八分的北京,
一声雄伟的汽笛长鸣。

北京车站高大的建筑,
突然一阵剧烈的抖动。
我双眼吃惊地望着窗外,
不知发生了什么事情。

我的心骤然一阵疼痛,一定是
妈妈缀扣子的针线穿透了心胸。
这时,我的心变成了一只风筝,
风筝的线绳就在妈妈手中。
线绳绷得太紧了,就要扯断了,
我不得不把头探出车厢的窗棂。
直到这时,直到这时候,
我才明白发生了什么事情。

——一阵阵告别的声浪,
就要卷走车站;
北京在我的脚下,
已经缓缓地移动。

我再次向北京挥动手臂,
想一把抓住她的衣领,
然后对她大声地叫喊:
永远记着我,妈妈啊,北京!
终于抓住了什么东西,

管他是谁的手，不能松，
因为这是我的北京，
这是我的最后的北京。

选自《食指诗选》，人民文学出版社 2009 年版

【作者简介】

食指，原名郭路生，出生于 1948 年。山东鱼台人，当代著名诗人。“文革”中因救出被围打的教师而遭受迫害。曾在山西插队务农，也进厂做过工人，1971 年参军，1973 年复员，因在部队中遭受强烈刺激，导致精神分裂。

他在“文革”中创作的诗歌被朋友及插队知青辗转传抄，流行于全国，影响深远。他的一系列诗作被评价为中国“文革”时期诗歌创作的最杰出成就，有人称他为“文革”中新诗歌运动第一人。他的诗影响了许多青年诗人，如 70 年代初形成的以芒克、多多、北岛为首的“白洋淀诗群”（他们都在河北白洋淀乡村插队），他们的诗歌创作就受到食指的影响。出版的诗集有《相信未来》（1988）、《食指　黑大春现代抒情诗合集》（1993）、《诗探索金库 · 食指卷》（1998）等。

【作品鉴赏】

1968 年 12 月 10 日，一列满载去山西插队的知青的火车离开北京站，车外还回荡着送别人群的祝福声和哭声，车内一名刚刚高中毕业的学生郭路生在一张白纸上即兴写下诗句：“这是四点零八分的北京，一片手的海洋翻动……”这首描写知青上山下乡告别北京的诗，以后在广大知青中不胫而走，广为流传。这首诗就是《这是四点零八分的北京》，与作者的另一首诗《相信未来》成为食指的代表作。

这首诗歌描写的是一个人在那个混乱的年代的真实感受。在“文革”中“上山下乡”被解释为接受贫下中农再教育、改天换地、大有作为的神话，然而每个亲历者的真实感受究竟如何呢？后来者恐怕无法体会，而当时公开发表的文学作品铺天盖地的都是宣扬着政治话语，我们更无法从这些作品中找到个人心灵的体验。幸好有食指这样的诗人和这样的诗，让我们可以重回那个年代，把握那个年代年轻人的心态。

诗的第一、二节写诗人最深的记忆和感受。食指作为上山下乡队伍中的一员，在即将离开故乡北京的一刹那，心灵突然受到强烈地触动，这种触动包括对故乡、母亲、文明的眷恋，也许还包括对不可知的未来的恐惧。“这是四点零八分的北京”在首节出现两次，用了强调句式。这首诗写于 1968 年，在那个波澜壮阔的年代，这一个小小的时刻却刺痛了“我”。句首加上“这是”二字，将这一个改变人命运的时刻硬生生地凸显出来，成为诗人记忆中最深刻的一道印痕。眼前是一片挥手送别的景象，耳边是一声离别的汽笛长鸣，混乱哄闹的场面里，隐含着知识青年“上山下山”的热情与冲动背后的难以言喻的复杂情感。第二节中的“我双眼吃惊地望着窗外，不知发生了什么事情”一句可以看出火车开动时，诗人离开北京的茫然和对未来的恐慌。

第三、四节中，诗人把自己比喻成风筝，而风筝的线就在母亲的手中，表达了诗人对故乡和亲人的依恋之情，本节“妈妈缀扣子的针线穿透了心胸”运用了暗喻的手法。“不得不”写出了诗人不由自主地探出车窗与亲人告别。体现出诗人已经从茫然中醒来，面对现实的情景。从宏大的公共场景一下子过渡到具有私人性的生活空间，人物从群体转换为个体，时代主题的叙

述变为带有亲情记忆的生活细节,同时,从现实的汽笛声向幻觉、回忆转换 ,这样,日常生活的温情就难能可贵地进入了诗歌,这种对日常生活的细节的白描成为这首诗写得最出色的地方,而细节的白描带来一种语言的“现场感”,正是这种“现场感”让诗歌流露出浓浓的忧郁情感,而情感蕴涵着时代悲剧性的丰富内涵,产生了巨大的情绪冲击力,激起读者的共鸣。

第五、六节写物我颠倒的错觉,原本是火车离开车站,但在诗人看来却是“告别的声浪”“卷走车站”,“卷”字写出了诗人的漂泊不定和无依无靠;“北京在我的脚下,已经缓缓地移动”。“缓缓”一词写出了诗人的不舍之情,作者仿佛感觉脚下的大地——北京已经被抽空,自己已经被这个时代、被北京抛弃了,从此注定漂泊。这样的结果让诗人无比失落,其实错觉已经非常明晰而深刻地烙印在食指的心上了。

第七节是最后的诀别,诗歌多次提到对母爱的依恋,因为,在诗人的心中,北京和母亲始终是叠合在一起的。想“抓住她的衣领”,对着她“大声地叫喊”,茫然而绝望地抓住同样迷惘的青年人的手,仿佛落水者去抓住一根稻草,这样的迷惑不安,绝望与痛楚牵动着读者的心,动乱时期年青一代的生存状况不能不说透射着浓烈的悲壮色彩。而个人心理幻觉的瞬间“入画”,却像是一个时代大动荡的瞬间实录,“真实瞬间”与“诗歌瞬间”、空间的切换与时间的错位、更像是分镜头的蒙太奇画面组合,从瞬间过渡到永恒,把时代经验转向个人经验,食指通过个体的生活感受描写出的正是一场时代悲剧,抒发的是一代人辉煌梦想破灭和苍凉青春的呼喊。正因为如此,知青们每次听到《这是四点零八分的北京》时,往往泪流满面。

食指的诗真率朴素,却将个体的真实而独特的经验彰显出来。他具有天生的诗人的敏感气质,表现在这首诗中就是敏锐地抓住个体的“我”心灵中的几个幻觉意象,并把它们自然而集中地组合起来。这在当时的作品中是很罕见的。

诗歌是诗人的意象的象征,也是最具个性的象征和意象。在“文革”那个程式化文学的环境下,到处充斥着虚假、枯燥和干瘪,而食指的诗却显示出完全不同的氛围。诗歌里,诗人幻觉中“剧烈地抖动”的“北京车站”,作为“我”的心灵的外化,强烈地表现了诗人的感情震动之巨,表现了那种“不知发生了什么事情”的茫然与无助。另一个“幻觉蒙太奇”也很精彩,“我的心骤然一阵疼痛,一定是/妈妈缀扣子的针线穿透了心胸”。对“幻觉”的出色表现,在食指诗歌艺术中成为一个很重要的手段,表现出以食指为代表的一群觉醒了的年轻人对政治权力话语的轻蔑与反叛。只是与西方现代主义起源于对“人”的深刻怀疑不同,他们的探索从一开始就以对人的肯定作为其日的与出发点,“妈妈缀扣子的针线穿透了心胸”所表现的正是文学中源远流长的对母爱的眷恋,在这种普通而强烈的人性面前,政治权力者们制造的所有神话都褪去了绚烂的光彩,显得苍白无力,而隐藏在其背后的现实的黑暗、悲哀与人性永恒的喟叹赤裸裸地表露出来。这才是那个时代的真实。而这种真实是对人性的执著,是年青一代精神上的觉醒,也是这首诗的意义所在。

【平行阅读】

相信未来

食　指

当蜘蛛网无情地查封了我的炉台
当灰烬的余烟叹息着贫困的悲哀

我依然固执地铺平失望的灰烬
用美丽的雪花写下:相信未来

当我的紫葡萄化为深秋的露水
当我的鲜花依偎在别人的情怀
我依然固执地用凝霜的枯藤
在凄凉的大地上写下:相信未来

我要用手指那涌向天边的排浪
我要用手掌那托住太阳的大海
摇曳着曙光那支温暖漂亮的笔杆
用孩子的笔体写下:相信未来

我之所以坚定地相信未来
是我相信未来人们的眼睛
她有拨开历史风尘的睫毛
她有看透岁月篇章的瞳孔

不管人们对于我们腐烂的皮肉
那些迷途的惆怅、失败的苦痛
是寄予感动的热泪、深切的同情
还是给以轻蔑的微笑、辛辣的嘲讽

我坚信人们对于我们的脊骨
那无数次的探索、迷途、失败和成功
一定会给予热情、客观、公正的评定
是的,我焦急地等待着他们的评定

朋友,坚定地相信未来吧
相信不屈不挠的努力
相信战胜死亡的年轻
相信未来、热爱生命

选自《食指诗选》,人民文学出版社2009年版

【思考与讨论】

1. 这首诗代表一代人的觉醒,请分析此类写作在"文革"时期的文学作品中的地位和价值。

2. 列举出诗歌中生活细节描写的词句。

回　答

北　岛

卑鄙是卑鄙者的通行证，
高尚是高尚者的墓志铭，
看吧，在那镀金的天空中，
飘满了死者弯曲的倒影。

冰川纪过去了，
为什么到处都是冰凌？
好望角发现了，
为什么死海里千帆相竞？

我来到这个世界上，
只带着纸、绳索和身影，
为了在审判之前，
宣读那些被判决的声音。

告诉你吧，世界
我—不—相—信！
纵使你脚下有一千名挑战者，
那就把我算作第一千零一名。

我不相信天是蓝的，
我不相信雷的回声，
我不相信梦是假的，
我不相信死无报应。

如果海洋注定要决堤，
就让所有的苦水都注入我心中，
如果陆地注定要上升，
就让人类重新选择生存的峰顶。

新的转机和闪闪星斗，
正在缀满没有遮拦的天空。
那是五千年的象形文字，
那是未来人们凝视的眼睛。

选自《北岛诗歌集》，南海出版社 2003 年版

【作者简介】

北岛，原名赵振开，1949 年出生，祖籍浙江湖州，出生于北京。中国著名的当代诗人。曾做过建筑工人，后做过翻译和编辑等工作，1978 年同诗人芒克创办民间诗歌刊物《今天》。从 20 世纪 80 年代末旅居在德国、挪威、瑞典、丹麦、荷兰、法国和美国等欧美国家。曾经获得诺

贝尔文学奖提名。2008 年,他接受香港中文大学的聘请,定居香港。清醒的思辨与直觉思维产生的隐喻、象征意象相结合,是北岛诗显著的艺术特征,出版的作品集有:《陌生的海滩》(1978)、《北岛诗选》(1986)、《在天涯》(1993)、《午夜歌手》(1995)、《零度以上的风景线》(1996)、《开锁》(1999),小说《波动》及英译本(1984)、《归来的陌生人》(1987)、《蓝房子》(1999),散文《失败之书》(2004),散文集《青灯》(2008)。

【作品鉴赏】

曾是知青和建筑工人的北岛,是诗人和英雄人物。虽然他为人不张扬,但在 20 世纪 80 年代成了中国夜空一颗闪亮的明星,成为诗歌的一则神话,一个传说。当时,如果一个诗人没有见过北岛,便要引为平生憾事。这份崇拜来源于他的诗。北岛的诗让人明白,可以把人的麻木和庸俗击得一片粉碎。

《回答》是北岛早期的诗歌。此时的诗人还在地下进行着神圣的诗歌创作,和一些与他有共同理想的朋友们一起自费编辑出版诗刊《今天》。这首诗是诗人的代表作,也是那一时期诗歌的代表作。

"卑鄙是卑鄙者的通行证,高尚是高尚者的墓志铭。"

愤激的北岛描画的是一幅价值悖谬的真实画面。卑鄙者畅行无阻,而高尚者死路一条,这就是北岛要回答的对象——沉闷的社会现实和荒诞的十年动乱。"通行证"象征着现实顺境,"墓志铭"喻示身后追认;人性沦于卑鄙可以得到现世的安乐,人格追求高尚却只能侥幸地期望后人的仰慕,甚至不是仰慕,而是对亡人的一种礼貌的赞扬,仅仅是墓志铭。这块冷冰冰的墓志铭却是用现世的毁灭的代价换来的。这正和人们常说的"善有善报,恶有恶报"相反。一个疯狂的"文革",传统人格典范和操守已经"礼崩乐坏",闪着金光的玄虚理想和通向理想天国的残忍之路混淆视听,把天空伪饰得金光闪闪,但金光闪闪的实质则是杀气腾腾、血腥阵阵。"看吧,在那镀金的天空中,飘满了死者弯曲的倒影。"不屈的身影已经弯曲,这个世界光明何在?

首节四句诗中的意象"通行证"、"墓志铭"、"镀金的天空"和"死者弯曲的倒影"都不是具体可感的,但正是这超现实的表达,把北岛现世的激情展示出来,诗人要问,要控诉,愤懑之情溢于言表。所以第二节诗人质问:"冰川纪过去了,为什么到处都是冰凌?好望角发现了,为什么死海里千帆相竞?"诗歌用比喻,用儿童式的发问直指诗人所处的荒诞年代。冰河时代已经过去了,为何今天的人们依然感到寒气逼人?冰凌喻指在那个革命年代的人间冷酷与残忍。好望角发现了,地球上的人们视野空前广阔,为何人们不在海阔天空的大海大洋中扬帆远航,偏要在窄小毫无生机的咸水湖中死拼?死海喻示那个时代中国的闭目塞听、闭关锁国以及"一致对内"、"其乐无穷"的"与人斗,与天斗",在一片小水洼中"千帆相竞"。这是诗的逻辑,虽然经不起现实逻辑的推敲,但却是那个时代的真实写照。

诗人心情激动,大声疾呼,只带了纸、绳索和身影来到这个世界。诗人要用自己的诗来审判这世界,诗人要用绳索来处决那虚伪的世界或者那些卑鄙者,诗人准备用自己的生命来殉自己的理想,反正诗人不相信这样的社会,诗人准备反抗。唱出了心中对虚伪现实的怀疑和否定。这是一种决绝的怀疑和反抗,没有丝毫的犹豫和同情。即使有太多的反抗者和挑战,诗人仍然愿意做其中的一员,为挑战者的队伍增添一份力量要作"第一千零一名。"在第三、四、五节,北岛展示的是牺牲、怀疑、反抗和否定等内在激情,那一句"我—不—相—信!"曾让一代青年人激动不已。四个“我不相信”起首的句子相似于北岛《一切》的诗情，上下对得很整齐，一句接一句，有火车冲来时无以匹敌的摧毁性力量。“天一蓝”、“雷一回声”、“梦一假”三个意象和“死一报应”形成一种对比，形成一种张力，现实世界和愤慨的激情在张力中显示无异。

前五节，诗人在怀疑，在否定。而到第六节，诗人开始抒发承担的精神。而这种承担在诗里也气壮山河。如果虚假的世界如海洋的大堤在海浪的冲击下崩溃，如平地因为地心岩浆的奔突而被撕裂，诗人愿意承受所有的苦难，咽下所有的苦水，诗人愿意做被撕扯的胸膛，让人类选择更好的顶峰。诗人的心中充满着英雄式的悲剧情结。

最终，诗人的心中也充满了希望，来自古老祖先的希望。从祖先留下的精神财富中，诗人仿佛看到一片纯洁的天空，闪现着漫天星斗的天空。这是诗的末节的内容，恰好跟诗歌的首节形成对应。诗情从开始的绝望，经过理性的质问、怀疑、反抗和承担这样一条复杂思路，到末节露出希望的亮光。首节是荒诞年月的特殊情形，末节是星斗闪闪，转机初呈。首节象征着狂躁的非理性的绝望时代，而末节展示的则是理性的天空，充满转机和希望，不仅系连着历史——那是五千年的象形文字，而且走向了未来——那是未来人们凝视的眼睛。

《回答》大量运用象征手法，那些象征性的形象又带有明确的意义指向。尽管这象征的形象相对直白，但是并没有影响诗歌的感性特征，这是因为诗歌在北岛强大的精神和充沛的激情的支配下，成了一川奔流之洪水，理性、激情和悲剧感构成了北岛的英雄主义表达。倘若换成一个稍微精神孱弱的人，同样的意象恐怕早写得一盘散乱。

如今，北岛作为20世纪80年代初的文化英雄已经成为历史的雕塑，他的诗也被称为“朦胧诗”的代表，可是我们读起他的诗歌，北岛的声音如此清晰、有力，哪里朦胧？反倒是，北岛激情退后，开始打磨自认为有些粗糙的诗艺，这一打磨，真的把诗越弄越“朦胧”了，甚至有失水准。80年代后期，英雄时代慢慢终结，英雄的北岛也渐渐走向平庸。但是“我—不—相—信！”响亮的声音依然在诗歌中回荡不已，是天空中最闪亮的星斗。

【平行阅读】

一　切

北　岛

一切都是命运
一切都是烟云
一切都是没有结局的开始
一切都是稍纵即逝的追寻
一切欢乐都没有微笑
一切苦难都没有泪痕
一切语言都是重复
一切交往都是初逢
一切爱情都在心里
一切往事都在梦中
一切希望都带着注释

一切信仰都带着呻吟
一切爆发都有片刻的宁静
一切死亡都有冗长的回声

选自《北岛诗歌集》,南海出版社 2003 年版

【思考与讨论】

1. 你最喜欢这首诗中的哪些句子?讲讲喜欢的理由。

2. 从诗中看,作者对待现实世界的态度是怎样的?

第五节　外国诗歌欣赏

外国诗歌这个概念是极其宽泛的,它包括除了中国诗歌以外的世界各国诗歌。根据地理位置,大体可以分为西方诗歌(以欧美诗歌为主)和东方诗歌(包括埃及、朝鲜、日本等国的诗歌)。

与中国文学史一样,西方诗歌的出现,要远远先于小说、散文和戏剧。西方诗歌的源头是英雄史诗。自亚里士多德以来,人们一直把古希腊的《荷马史诗》奉为英雄史诗的鼻祖。但是,19 世纪 70 年代,考古学家发现了巴比伦史诗《吉尔伽美什》,它被视为世界上出现最早的"第一部史诗"。该诗共 3000 多行,是公元前 19 世纪用楔形文字刻写在泥板上的。《吉尔伽美什》不但影响了希腊神话和荷马史诗,也波及印度等国家,因而被认为是东、西方文学的一个共同源头。

马克思称赞说"希腊人是正常的儿童,古希腊是人性展开的最美好的社会幼年时期"。古希腊文学是欧洲文学的源头,古希腊文学中人的自我意识的觉醒和对命运的抗争,具有浓厚的人本意识,体现了对自由与民主的不懈追求,对欧美文学产生了巨大的影响。

在古希腊,诗歌不仅是一种表达手段,也是交流、纪念和教育的手段。现存最古老的希腊文学作品是《荷马史诗》,相传是一个叫荷马的盲诗人根据在小亚细亚口头流传的史诗短歌综合编成的。包含《伊利亚特》和《奥德赛》两部,每部各 24 卷,《荷马史诗》是欧洲叙事诗的典范。史诗的情节以特洛伊战争为背景,《伊利亚特》描写战争,主要写特洛伊战争最后一年中 51 天内发生的事情,《奥德赛》描写希腊联军将领奥德修斯在战后海上十年历险最终回到家园和妻儿团聚的故事。这两部史诗是公元前 12—公元前 8 世纪人民的口头创作,广泛反映了氏族社会趋于瓦解向奴隶社会过渡时期的社会生活、斗争、政治、军事观念等。同时具有极高的艺术价值,语言自然、质朴,比喻丰富、生动,善于从日常生活和自然现象中选取喻体,构成"荷马式的比喻"。

到了公元前 7 世纪,随着希腊各邦社会经济文化的发展,荷马史诗传统衰落了,描写个人生活和氏族生活的抒情诗歌逐渐产生并兴盛起来。抒情诗主要是倾诉个人主观思想感情的文学,以个人主观的感怀为主题,发泄的是个人的思想和胸臆,阿那克瑞翁和女诗人萨福的诗歌使古希腊的抒情诗达到了登峰造极的地步。

奥古斯都时期(公元前 27 年至公元 14 年)是古罗马文学的"黄金时代",诗歌发展达到高潮。这时期最突出的代表诗人有维吉尔、贺拉斯和奥维德。维吉尔生活在欧洲古代文明结束、

基督教即将开始对欧洲统治的时期，在欧洲文学的发展中占有重要地位，被认为是欧洲文学史上第一位具有近代意义的作家、古罗马最伟大的诗人。他的重要作品有《牧歌》、《农事诗》和代表作史诗《埃涅阿斯记》。《埃涅阿斯记》是文人史诗的范本，是具有高度艺术修养的个人创作。史诗共12卷，叙述希腊联军攻陷伊利昂城后，特洛伊英雄埃涅阿斯一行来到意大利，成为罗马开国之君的种种经历。贺拉斯是奥古斯都时期最主要的讽刺诗人、抒情诗人和文艺批评家。两卷集的《讽刺诗》谈论了社会和哲学以及文艺学等问题。《颂歌集》则抒情化地表达了自己的思想，写爱情，写友谊，也有酒席宴上的即兴诗和一些政治内容的诗歌。奥维德的全部创作分为三部分：爱情诗（《爱经》）、神话诗（《变形记》）和流浪时期的诗（《哀怨集》）。代表作《变形记》15章，收有200多个故事，是古希腊罗马神话及英雄传说的汇编，以变形的神话主题作为串联，赋予古老的神话以新内容。

西罗马帝国灭亡后，欧洲迎来了漫长的中古时期。中古诗歌主要分四类：

①英雄史诗。早期英雄史诗反映了处在民族社会末期的蛮族部落的生活，代表作有日耳曼人的《希尔德布兰特》、盎格鲁·撒克逊人的《贝奥武甫》。后期英雄史诗也以历史人物、民间传说为基础，代表作有法国的《罗兰之歌》、西班牙的《熙德》、德国的《尼伯龙根之歌》和俄罗斯的《伊戈尔远征记》，史诗中的英雄反映了当时一种进步的、符合人民意志的、国家统一的愿望。

②骑士诗歌，主要体裁有抒情诗和叙事诗。骑士抒情诗的中心是法国南部的普罗旺斯。作者主要为封建主和骑士，中心主题是对贵妇人的爱情和崇拜。其中以《破晓歌》最为有名，表现骑士和贵妇人在黎明前依依惜别的情景。骑士叙事诗的中心是法国北方。主题大都是骑士为了爱情、荣誉或宗教，表现出一种冒险游侠的精神。最著名的是《特利斯坦和伊瑟》，故事取材于不列颠凯尔特人的传说，诗中歌颂真诚的爱情，对封建婚姻提出了抗议。

③宗教诗，包括赞美诗、讲述宗教故事或圣徒行传的叙事诗、宗教寓言诗和哲理诗等。单纯的宗教诗一般价值不大，但宗教诗中也往往含有世俗性的有价值的成分。比较著名的有兰格伦写成的押头韵的宗教寓言长诗《农夫皮尔斯》。

④市民诗歌。市民诗歌在民间谣曲的基础上发展起来，有强烈的现实性和乐观精神，描写市民生活和提出市民最关心的社会问题。它的主要艺术手法是讽刺，“韵文故事”是在法国最流行的一种城市文学类型，当时数量很多，保留下来的却很少。其突出成就是大量以列那狐为共同主人公的故事诗，俗称《列那狐故事》。

意大利诗人但丁是中世纪最伟大的作家，他的创作反映了从中世纪向资本主义时代的过渡，《神曲》是但丁的代表作，也是意大利文学中最伟大的诗篇，世界文学宝库中难得的瑰宝。

文艺复兴解开了中世纪神学的禁锢，意大利诗人弗朗切斯柯·彼特拉克（1304—1374）是文艺复兴时代的第一个大诗人。他被称为“第一个人文主义者”，“第一个近代人”。彼特拉克最优秀的诗作，是他用意大利语写成的抒情诗集《歌集》。在法国则形成了以让·多拉、龙沙、杜倍雷为首的诗人团体“七星诗社”。英国诗坛的代表人物是斯宾塞和锡德尼。斯宾塞的主要作品是长诗《仙后》，内容是仙后与一群骑士的故事，以每个骑士代表一种德行。《仙后》标志着文艺复兴时期英国非戏剧文学的高峰。锡德尼对英国诗歌的贡献在于他的十四行诗形成了十四行组诗。诗集《爱星者和星星》，收入了锡德尼的108首十四行诗。这是伊丽莎白时代英国最早的一部十四行组诗。

17世纪英国最杰出诗人是约翰·弥尔顿，他的创作表现了资产阶级清教徒的革命理想。

《失乐园》是弥尔顿最杰出的代表作，取材于《旧约·创世纪》，全诗共12卷。长诗主要叙述人类的始祖亚当和夏娃，在魔鬼撒旦的诱惑下，违背了上帝的戒规，偷吃了智慧之树上的果子，而被上帝逐出伊甸园的故事。

经历18世纪欧洲各国第二次思想革命运动——启蒙运动的洗礼，浪漫主义从18世纪末伊始，迅速席卷了欧洲，推向世界。从哲学思想方面来看，浪漫主义诗歌的渊源有卢梭的哲学思想、德国古典哲学思想、空想社会主义思想三个方面。浪漫主义诗歌最基本的特征是"自我意识的觉醒"和"返回自然、对自然的赞美"。德国浪漫主义诞生最早，并且对英法等国的浪漫主义发生了很大影响。早期的德国浪漫派因聚集于耶拿(Jena)，而称为耶拿派，他们以诺瓦利和蒂克两诗人为中心。他们的诗歌经常以"夜"和"死亡"为主题，充满神秘主义和幻想特色。英国早期的浪漫主义诗歌代表是"湖畔派"三诗人——华兹华斯、柯勒律治和骚塞。他们三人都喜欢歌颂大自然，描写宗法制农村生活，而且都厌恶资本主义的城市文明和冷酷的金钱关系，都远离城市隐居在昆布兰湖区和格拉斯米尔湖区，由此得名"湖畔派"。成就最大的是前两位诗人，华兹华斯和柯勒律治于1798年出版了一本《抒情歌谣集》，成为英国诗歌史上的转折点，被称为英国第一本写自我的诗。英国后期浪漫派的主要诗人是拜伦和雪莱。他们继承启蒙主义理想，积极参加民主运动和民族解放运动，并对湖畔派展开论战。拜伦曾游历欧洲各国，后又直接参加意大利和希腊的民族解放斗争，他的诗在欧洲大陆引起强烈反响，形成了拜伦主义的旋风，后期浪漫派中的济慈也有鲜明的民主主义思想，但同时他又在诗中追求超功利的纯美，从而启迪了以后的维多利亚诗人。此外，还有德国的歌德、海涅，俄罗斯的普希金、莱蒙托夫，美国的惠特曼等。

19世纪中期，一种新的因素悄悄地生长起来了，这就是以象征主义为先导的现代诗因素。象征派诗歌的主要特征是由冷静和客观描述转向纯粹的个人抒情，其目的是再现主观的心灵世界。波德莱尔是19世纪法国划时代的诗人和著名的文艺批评家，他的诗歌创作，上承浪漫主义体系，后开象征主义之先河，其代表作为《恶之花》。19世纪后期的魏尔伦、兰波、马拉美发展了波德莱尔的神秘主义、悲观主义、唯美主义，讲究诗歌的暗示性、朦胧性和音乐性，充实和发展了象征主义诗歌美学和创作。他们被称为前期象征主义，而第一次世界大战以后的象征主义则仍称后期象征主义，是现代派文学的分支。后期象征主义诗歌的代表人物是叶芝和托马斯·艾略特。

欧美现代诗歌中的其他派还包括以英国诗人休姆、美国诗人庞德为代表的意向主义诗歌，以及未来主义、超现实主义诗歌等。这些异彩纷呈的诗歌流派、诗歌理论共同组成了20世纪现代派诗歌的洋洋大观。

东方诗歌，是指亚洲和非洲的诗歌。古代东方诗歌，是人类历史上最古老的诗歌。它包括亚洲和非洲原始社会、奴隶社会时期的诗歌创作。在两河流域的古巴比伦产生了人类社会最早的史诗《吉尔伽美什》。在印度出现了迄今为止世界上最长的史诗《摩诃婆罗多》和具有高度艺术水准的《罗摩衍那》。东方的中古时期极为漫长，专制统治和自然经济严重地束缚了人们的思想，但古代文化却发展到了各自的顶峰，科学艺术和哲学都远远走在世界前列。《万叶集》是日本最古老的诗歌总集，全书共20卷，收入诗歌4500余首。江户时期的著名诗人松尾巴蕉，被称为"徘圣"。他一生写了大量俳句(由17个字音组成的短诗)，形成了独特的艺术风格。此外还有波斯古典诗歌奠基者鲁达基的双行诗、菲尔多西的长篇史诗《王书》、萨迪形式独特的《蔷薇园》和哈菲兹的抒情诗集等。

诺贝尔文学奖获得者、印度诗坛泰斗泰戈尔是近现代诗坛具有世界影响的人物,有《吉檀迦利》、《园丁集》、《飞鸟集》、《新月集》等,这些作品一方面反映了当时社会生活现实,揭露了多种形式的封建压迫,歌颂了劳动人民的优良品德,表现了深厚的爱国主义和人道主义精神;另一方面又显露出浓厚的宗教观念和神秘主义色彩。伊克巴尔是巴基斯坦的著名诗人、哲学家、思想家,也是一位从事民族运动的伟大爱国者。他一生共创作了《呼谛的秘密》、《波斯雅歌》、《东方的信息》等10部诗集。

东方是古代世界文明的发祥地,和西方文学一样繁荣昌盛,孕育了灿烂的诗歌之花。鉴于篇幅所限,这里只能提纲挈领,略述东方诗歌的基本脉络。

神　　曲(节选)

(意大利)但丁

这时,我开始听到那些惨痛的呼声;
这时,我来到哭声震天之境,
这哭声令我心酸难忍。
我来到连光线也变得喑哑的地方,
那里传出阵阵轰隆浪涛声,仿佛大海在暴风雨中,
吹打这大海的正是那逆向的顶头风。
地狱里的狂飙始终吹个不停,
它那狂暴的力量把鬼魂吹得东飘地荡;
鬼魂随风上下旋转,左右翻腾,苦不堪言。
他们被吹撞断壁残岩,
他们惨叫,哀号,怨声不断;
他们在这里诅咒神明的威力。
我恍然大悟:正是那些肉欲横流的幽灵
在此经受如此痛苦的酷刑,
因为他们放纵情欲,丧失理性。
正像紫翅鸟的双翼
把它们一群群带入寒风冷气,
那狂风也同样使这些邪恶的阴魂
上下左右不住翻腾;
他们永远不能抱有任何希望:
哪怕只是希望少受痛苦折腾,而不是停下不飞。
正像空中排成长列的大雁,
不住发出凄惨的悲鸣,
我所目睹的这些凄厉叫苦的幽魂
也同样被那狂风吹个不停;
因此,我说道:"老师,这些是什么人?

他们被那昏暗的气流折腾得如此惨痛!”
“你想知道这些人的情况”,
我的老师于是对我说,
“其中第一个就是那位统治多国人民的女皇。
她是如此糜烂荒淫,
甚至她的法律也定得投其所好,
以免世人唾骂她的秽行。
她就是塞米拉密斯,观看史书,
可知她是尼诺之妻,还继承了他的王位,
她当时掌管的疆土就是苏丹今天统辖的国度。
另一个女人是为了爱情而自寻短见,
她毁弃了忠于希凯斯骨灰的誓言;
接踵而来的则是淫妇克丽奥帕特拉。
你看,那是海伦,为了她,
多少悲惨的岁月流逝过去;你再看伟大的阿奇琉斯,
为了她,他一直战斗到死。
你看,那是帕里斯,还有特里斯丹”;
老师向我指点一千多个阴魂,一一叫出他们的姓氏,
正是爱情使他们离开了人世。
由于我听到我的老师说出
这些古代贵妇和骑士的姓名,
怜悯之情顿时抓住我的心灵。

选自《神曲》,人民文学出版社2002年版

【作者简介】

但丁·阿里吉耶里(Dante Alighieri,1265—1321)是意大利最伟大的诗人,他的创作反映了从中世纪到资本主义时代的过渡。恩格斯称他是“中世纪的最后一位诗人,同时又是新时代的最初一位诗人”。

但丁一生中政治和爱情两者占有很大的地位。他青年时代的作品主要是爱情诗,用来纪念一场柏拉图式的爱情。但丁童年时代偶遇邻家少女贝阿特丽齐,对她一见钟情,18岁时两人再次见面,贝阿特丽齐对但丁行礼问候,但丁仿佛是受到了上天的祝福。遗憾的是,不久贝阿特丽齐被迫嫁给他人,并在婚后几年因病去世。悲痛不已的但丁将自己几年来陆续写给贝阿特丽齐的三十一首抒情诗以散文相连缀,取名《新生》(1292—1293)结集出版。诗中抒发了诗人对少女深挚的感情、纯真的爱恋和绵绵无尽的思念,风格清新自然,细腻委婉。

另一方面政治斗争在其一生中影响很大,由于但丁参加反对罗马教皇对佛罗伦萨的干涉的斗争,1302年,教皇和法国军队的黑党击败但丁所在的白党,掌握了政权,白党成员被清洗,但丁也因此被没收全部家产,判处终身流放。1315年,佛罗伦萨政府实行大赦,宣布只要但丁交付罚款,真心表示忏悔,便可返回家园,但丁愤而拒绝,他决心将满身荣耀地返回故乡,否则,永远在外,死不回头。这一决心推动但丁后半生努力奋斗,完成文学巨著——《神曲》。1321

年9月13日夜里，但丁客死拉文纳，葬于该城的圣彼得大教堂，当时，他刚刚完成《神曲·天国篇》的创作。

【作品鉴赏】

《神曲》原名为“喜剧”。中世纪时，“喜剧”的解释与今人不同，其意为结局令人喜悦的故事。后人们在原书名前加上修饰语“神圣的”，既表示对诗人的崇敬，同时也暗指此诗主题之庄严深奥，意境之巍峨崇高。在我国，则将书名译为“神曲”。

《神曲》是一部充满隐喻色彩的叙事诗。诗人采用中古梦幻文学的形式，根据基督教的宇宙三界观念，描写了他梦游三界的故事。全诗分《地狱》、《炼狱》、《天堂》三部。诗人自叙在大赦圣年的1300年春天，诗人迷失于一座黑暗的森林之中，正当他努力向山峰攀登时，唯一的出口又被母豹、雄狮和母狼拦住去路。值此危急关头，罗马大诗人维吉尔突然出现，他受已成为天使的但丁精神上的恋人贝阿特丽齐之托，救但丁脱离险境，并游历地狱和炼狱。在维吉尔的带领下，但丁首先进入地狱，地狱分九层，状如漏斗，越往下越小。居住于此的，都是生前犯有重罪之人。他们的灵魂依罪孽之轻重，被安排在不同层面中受惩罚。这里有贪官污吏、伪君子、邪恶的教皇、买卖圣职者、盗贼、淫媒、诬告犯、高利贷者，也有贪色、贪吃、易怒的邪教徒。诗人最痛恨卖国贼和背主之人，把他们放在第九层，冻在冰湖里，受酷刑折磨。

接着诗人在维吉尔的引领下从冰湖之底穿过地球中心，来到了炼狱。炼狱是大海中的一座孤山，也分九层。这里是有罪的灵魂洗涤罪孽之地，待罪恶炼净后，仍有望进入天堂。悔悟晚了的罪人不得入内，只能在山门外长期苦等。炼狱各层中分别住着以骄、妒、怒、惰、贪、食、色基督教“七罪”中罪过较轻者的灵魂。但丁一层层游历，最后来到顶层的地上乐园，维吉尔随即离去。原来他尚无资格进入天堂，只能在“候判所”等待。此时披着洁白轻纱的贝阿特丽齐缓缓降临。贝阿特丽齐一边温柔地责备诗人不该迷误于象征罪恶的森林，一边指引他饱览各处胜境。在她的指点下，但丁进入“忘川”，顿觉身心一爽，忘却了往昔的痛苦，随后贝阿特丽齐带他进入天堂。

天堂共有九重天，能入天堂者都是生前的义人，英明的君主、学界的圣徒和虔诚的教士。在第八重天，但丁接受了三位圣人关于“信、望、爱”神学三美德的询问，欲一窥“三位一体”的深刻意义，但见金光一闪，幻想和全诗在极乐的气氛中戛然而止。

《神曲》的主题，意在探索诗人自身、意大利民族，乃至人类的未来命运，对迷路、游地狱、炼狱和天堂的描写，象征人类经过迷惘和错误，经过苦难和考验走向光明至善的历程，表现了诗人追求最高真理的热忱和关怀人类命运的热情。书中很多寓意的形象都是由作品的主题思想决定的。黑暗的森林象征意大利的现实，三头野兽象征阻碍人们走向光明的邪恶势力。豹象征淫欲，狮象征强权，狼象征贪婪。维吉尔是理性的象征，贝阿特丽齐象征信仰，但丁从地狱到天国的游历象征人类在理性的指导下，通过认识罪恶与错误，实现道德净化，在信仰的引导下，走出迷惘，进入理想境界，获得真理和幸福。从表面上看，但丁提出了一个通过净化道德，以达到永生的基督教神学问题。但实际上，但丁讨论的是人类的光明未来，首先是意大利光明未来的问题。

神曲最突出的特点是它的两重性：

①从世界观和创作态度来看，在但丁世界观及《神曲》中，随处可感受到浓厚的中世纪神学色彩，作品中充满了“灵魂说”、“神谕说”以及苦行修炼、禁欲主义等宗教内容。然而，作者

本人也曾经为了争取民主自由而到处奔走。《神曲》中,作者的目的并非为宣传宗教,而是为了从政治道德上探索意大利民族出路,使意大利人民摆脱悲惨处境而达到幸福的彼岸。

②从内容上看,作者认为人类应通过理念的引导走出黑暗世界,然而,作者却把神学置于理性之上,理性是在神学引导下的理性;但丁虽然歌颂现世生活,但又把它看做来世生活的准备。他虽然揭露贪婪腐败的教皇和僧侣,但并不反对宗教本身,对神学也是看中的;作者一方面对古代哲人给予高度重视评价,把维吉尔奉为导师,称他为"智慧的海洋",另一方面又把他们置于地狱的候判所等候裁决;一方面歌颂爱情,另一方面又把一对青年情侣放在地狱受苦。这些都表现了但丁作为中世纪最后一个诗人所具有的神学世界观和作为新时代第一个诗人的人文主义世界观的矛盾。

③从构思方面看,作者把《神曲》结构为三大部分(共14233行),每部33篇,诗句三行一段,连锁押韵,象征圣父圣子圣灵三位一体。前加1篇序诗,共100篇,表示"完全中的完全"。各篇长短大致相等,每部也基本相等,每部都以"群星"一词结束。完全是按照基督教三位一体的方式来结构作品的,然而在作品中采用象征寓意梦幻手法,另一方面由运用意大利民族语言进行创作,运用丰富比喻和色调渲染突破中古时期宗教文学艺术形象。

总的来说,恩格斯的话"中世纪的最后一位诗人,同时又是新时代的最初一位诗人"精辟地指出了但丁的重要历史地位,但丁所处的时代,正是新旧交替的过渡时期。作为推动文艺复兴的先驱,他的世界观和《神曲》体现了早期人文主义思想的萌芽、早期资产阶级思想文化的特征。但中古社会的影响又使但丁的世界观具有浓厚的宗教神学观念,其思想仍未摆脱中世纪传统精神文化的束缚。这种新旧现象同时并存正是但丁作为那个时代伟大诗人的突出特征。

【平行阅读】

新　生

(意大利)但丁

我来向准备吟咏的君子致敬,
致敬所有热烈的灵魂和高尚的心情。
我为的是能得到些垂顾的回应,
所以我的致敬,是当着名为"爱情"的尊贵神明。
长夜是过了三分之一的时光,
繁星都正为我们辉煌在,辉煌在天上。
"爱情"的大神在这时便突然下降,
他来时气象的庄严,真使我现在还不敢回想。
可是对我,他却好像在表示着快乐,
他的手中是紧握着我的热心一颗,
他的臂间是抱了个睡美人,在裹着轻罗。
我看见他轻轻地摇醒了那位美人,
他使她战兢兢地吞下了我的热心,
最后,我看见他是含着悲泪,离开了凡尘。

选自《但丁精选集》,北京燕山出版社2010年版

【思考与讨论】

1. 举例分析《神曲》的象征、寓意和主题。

2.《神曲》的两重性指什么?

浮　士　德(节选)

(德)歌德

[浮士德躺在繁花似锦的草地上,倦怠,烦躁,想入非非,薄暮。精灵围成圆圈,飘荡移行,可爱的小形体。]

阿莉儿(歌唱,由风神琴伴奏)百花就如春雨,
飘洒于万物间;
庄稼又绿田亩,
向人频频瞬目;
仙小但是法力大,
忙于济困厄;
怜悯那些不幸者,
无论善与恶。
你们已在空中围着这个头颅荡漾浮沉,
这儿已证明了你们是高贵的妖精:
请和缓心灵的剧烈斗争,
拔掉那些谴责的灼热的箭翎,
洗净他内心所经历过的震惊。
长夜分成四更,切记不要因循,
要好好地利用每一段光阴。
首先把他的头安放在凉枕,
再用地忘川之露把他浇淋!
他将酣然一觉一直睡到天明,
僵硬的肢体立刻恢复柔韧。
请完成妖精那最高尚的责任:
将他交还给那神圣的光明!
合唱(一个个,一双双,一群群,轮番地并聚精会神地)熏风懒洋洋地吹遍,
绿荫围绕的平川,
黄昏已经降下了
雾障不胜那香甜,
请低声歌唱甘美的静谧,
让心儿就像孩子般安眠,
并且为这倦者的双眼

把白昼的门轻关。
黑夜已经降临，
星辰虔诚两两相亲，
小如光点大的灯
闪闪烁烁远而近；
这厢映照在湖泊中，
那厢通宵任通明；
一片片月华高照，
祝福好梦的深沉。
光阴时刻在流淌，
苦乐均告已消亡；
要知君将康复；
请相信新的日光吧！
山谷已泛绿，丘陵已膨胀，
灌木丛生好生荫凉，
收获的秧苗起伏
就像涟漪银浪。

选自《浮士德》，人民文学出版社 2007 年版

【作者简介】

约翰·沃尔夫冈·歌德（1749—1832）是德国资产阶级早期文学运动“狂飙突进运动”的旗手，是德国伟大的民族诗人，德国古典文学和民族文学最杰出的代表。歌德一生创作了大量优秀的诗歌、戏剧和小说，成为 18 世纪中叶到 19 世纪初德国最重要的作家。代表作《浮士德》是世界文学史上里程碑式的作品。

1749 年至 1785 年是歌德的中青年时代，青年歌德在斯特拉斯堡大学学习唯物主义哲学家斯宾诺莎的著作，也读过伏尔泰、卢梭的著作，并接受了卢梭“返回自然”的思想。他的诗中燃烧着火一般的热情，赞美大自然，讴歌爱情和友谊，隐含了对专制和暴政的强烈不满，充满了积极、健康、乐观的精神，如《五月之歌》、《欢会与离别》等。1774 年发表的中篇书信体小说《少年维特之烦恼》是德国第一部产生世界影响的作品。1786—1832 年，是歌德恬淡思索、宁静和谐的后半生。他的狂热和激昂被宁静的思考所取代。晚年的歌德过着隐居生活，完成了一系列重要作品：诗集《西方与东方合集》（1819）、自传《诗与真》（1811—1814）、《威廉·迈斯特的漫游时代》（1829）和《浮士德》第二部（1831）。

【作品鉴赏】

《浮士德》脱胎于欧洲中世纪传说中的一位半神话半真实的人物，传说中浮士德为魔法师，与魔鬼订了出卖灵魂三十四年的契约，生前尽情享受，死后入地狱。歌德的《浮士德》以诗剧的形式写成，分上下部。全剧没有首尾相连的故事情节，而以浮士德博士的思想发展为线索，写他探索人生要义的一生。

《浮士德》的基本情节，可归结为：一幕序曲、两个赌约，终生追求、五场悲剧。《天上序曲》是剧作的开端，也是全剧的总思想，引导了全部作品的故事线索；第一个赌约是上帝和魔鬼关

于“对世界和人的看法”的赌约——人能否实现和如何实现人生理想的问题；第二个赌约是魔鬼梅非斯特关于“浮士德是否会对生活产生满足”的赌约；一生追求、五幕悲剧包括：知识的追求和知识的悲剧；感官的追求和爱情的悲剧；权势的追求和从政的悲剧；美的追求和寻美的悲剧；事业的追求和事业的悲剧。

“天上序曲”是剧情的正式开端。上帝和梅非斯特打赌。故事就此开始。

梅非斯特来找浮士德，浮士德正经历着知识的追求和失望后的悲剧阶段。魔鬼与浮士德定下契约，梅非斯特带领浮士德来到“魔女之厨”，喝过魔汤，浮士德返老还童，完成了从精神到肉体的彻底复活，开始了第二阶段的感官追求和爱情悲剧。

年轻英俊的浮士德跟随梅非斯特，来到一座小城。与市民姑娘玛甘泪一见钟情，在梅非斯特的帮助下，二人相爱。但他们的爱情走向悲剧。浮士德痛不欲生，是欣欣向荣的大自然医治了他的精神创伤。缘此，浮士德否定了感官刺激，并转向精神世界，实现了由“肉”的需求向“灵”的需求的升华，开始了他人生经历第三阶段的权势追求和政治悲剧。

在梅非斯特的陪同下，浮士德来到首都，进入宫廷，兴致勃勃地想在政治上有所作为。但这是一个腐朽没落的封建王朝。浮士德借助梅非斯特，竭诚尽力，终无济于事。皇帝异想天开地让浮士德将古希腊绝世美人海伦及帕里斯王子召至眼前。随着海伦的出现，浮士德的热情也发生了转移，迷恋于对古典美的化身——海伦的追求。其政治追求到此悲剧性的结束。

第四阶段是美的追求和寻美的悲剧。浮士德与海伦结婚并生下儿子欧福良。不安分的欧福良狂热而好冒险，渴望战斗，无限制地向上追求，向太空飞去。结果因飞得太高，被天火焚毁，坠地而死。海伦因儿子的夭折而痛苦地逝去，只剩下衣服和面纱留在浮士德怀中。对古典美的追求以幻灭告终。

浮士德探索人生真谛的最后一个阶段，是事业的追求和事业的悲剧。与海伦分离后，浮士德帮助皇帝镇压了叛乱，得到一块海边封地。他决心在这块封地上，实现他的“宏愿大业”——率领民众，用劳动改造自然，填海造田，开创人人自由幸福的理想国土。尽管这时他已100岁，且双目失明，却仍雄心勃勃，充满激情地总结自己的终生探求：

要每天每日去开拓生活和自由，
然后才能做自由和生活的享受。
……
“你真美呀，请停留一下！”

浮士德终于表示了满足的情绪，因而也随即倒地而死。梅非斯特急忙按契约来收取浮士德灵魂的时候，天帝却派来几个天使，把浮士德连尸体带灵魂都招往了天国。在天堂里，光辉的圣母和玛甘泪都前来迎接……

主人公浮士德代表人类积极进取的精神，作者借用他总结了从文艺复兴到启蒙运动三百年间，资产阶级进步者所经历的几个必经阶段的探索，揭示了这样一个主题：只有不断进取，不断努力，勇往直前的人才能最后获得胜利和幸福。因此，浮士德实质上是一部时代精神发展史的形象，是人类（进步资产阶级）的代表。歌德让他去经受各种诱惑和考验：同梅非斯特打赌，激起他重新探索的信念；热恋的悲剧使他不再追求感官的享受；从政的悲剧使他逃避现实；古典理想的幻灭，使他重新回到现实中寻找实现理想的途径。他永不满足，永不示弱，探求不止，“无论是在人间或在天上，没一样可满足他的心肠”，始终向上向善。这些便构成了他性格上最鲜明的特征。这正是欧洲中世纪结束前后，一些渴望摆脱蒙昧、获取真知而勇往直前的优秀知识分子的写照。

浮士德又是普通人类的代表，具有人身上鲜明的两重性：一方面受生命本能情欲的驱使，常常沉迷于名利、地位、权势、女人和美等现实欲求之中；另一方面，他又未被个人欲求和现实所迷惑，而是一次又一次勇敢地超越了自我，不断走向新生活。

浮士德“景仰着上界的明星，又想穷极着下界的狂欢”；他一方面想节欲精进，追求真理创造事业，一方面又迷恋着缠绵悱恻的儿女私情；他一方面是清醒的、理想社会的追求者，一方面又是盲目的、腐朽王权的支持者。浮士德身上的这种“灵”与“肉”的矛盾，“善”与“恶”的矛盾，体现了歌德唯物主义辩证法的思想，也展示了人类自身的复杂性和真实性，同时也反映了人类探求真理的艰巨性。

浮士德形象的意义，在于向人们指出了一条精神净化的道路，指出了人生的意义和人们应追求的生活理想，把人们引向为崇高的理想而奋斗不息的伟大道路。

梅非斯特在诗剧中是作为浮士德的对立面出现的。这是生活中玩世不恭的虚无主义者典型，是情欲的化身，“恶”的代表，同时也是一个象征、寓意型的形象。他曾直言不讳：“我是否定的精神……‘恶’便是我的本质。”他有一副冰冷的世界观，以虚无主义的态度看待一切，评判一切，他鄙视人类，“不爱任何人”，认为人是“长脚的蝗虫”，没有幸福，永远受着痛苦的折磨。他认为如果人没有理智，没有头脑，便会生活得快活而美好。梅非斯特是情欲的化身，寡廉鲜耻的淫荡是他的本性。他不懂什么是爱，什么是情，他只知道发泄和满足淫欲。在第一部瓦普吉斯之夜，梅非斯特作了淫邪无耻的充分表演。甚至在诗剧结尾天使们来拯救浮士德的灵魂，他的阴谋马上要彻底失败的紧急关头，他还在觊觎天使的美色，大动淫念，结果让天上掉下来的玫瑰花变成的爱的火焰烧得遍体鳞伤。梅非斯特有着恶的本质。他打定主意要不择手段，不计代价地把浮士德引入邪途，俘获一个向上向善的灵魂。他用感官的享乐作诱饵，企图诱使浮士德沉溺于欲海而又永感焦渴；他在帮助浮士德建立理想王国的过程中，一把火焚烧了寺院、树林和小屋中一对无辜的老夫妇及客人；他在公海上大搞“海盗、走私、战斗”等掠夺行径，“恶”的本质表现得极为充分。

然而，具有辩证思想的歌德，看到了梅非斯特这种事物存在的意义：

> 你对于善人恶人都是必需，
> 对于善人是甲胄，节欲精进；
> 对于恶人是伴侣，任意胡行。
> 而两者都使宙斯神王高兴。

梅非斯特主观作恶，客观造善，是对浮士德形象的补充。他对于浮士德探索人生的过程，客观上起着推动的作用：他把浮士德引入尘世，主观目的是要诱惑浮士德堕落，实际上却帮助他摆脱了阴暗的书斋，投身于社会实践；他多次诱惑浮士德作恶，客观上却使浮士德从错误和挫折中猛醒，向更高的境界迈进；他忠实地完成了天帝赋予他的使命：鞭挞人们精神中的懈怠和贪图安逸的惰性，激发人们更加努力。另外，作为长期观察社会邪恶的厌倦者，作为虚无主义者，梅非斯特不相信世界上会有什么好事情，他的冷静的头脑和敏锐的目光使他能机敏地发现社会的邪恶和人的弱点，所以他有时能讲出一些十分精辟的话。他说抢劫、走私、战争是殖民主义的“三位一体”，又说《圣经》里是一堆矛盾，谁都无法懂得，而神父和教会则把废话当真理,“从开天辟地就胡说八道”。他还有一句名言:“理论是灰色的,唯生活之树常青。”总之,梅非斯特在诗剧中的调侃、讥笑、嘲笑,不可否认构成了对社会邪恶的批判,虽然他主观上是冷眼旁观,幸灾乐祸,站在魔鬼邪恶的立场上来看待社会现实中的邪恶的。可也正因如此,他的嘲讽就格外辛辣,他的批判就切中要害,产生了以毒攻毒似的奇妙效果。同浮士德形象一样,在梅非斯特身上,也同样体现了作者的辩证思想。

【平行阅读】

野蔷薇

(德)歌德

少年看到一朵蔷薇,
荒野的小蔷薇,
那样的娇嫩可爱而鲜艳,
急急忙忙走向前,
看得非常欢喜。
蔷薇,蔷薇,红蔷薇,
荒野的小蔷薇。
少年说:“我要来采你,
荒野的小蔷薇!”
蔷薇说:“我要刺你,
让你永不会忘记。
我不愿被你采折。”
蔷薇,蔷薇,红蔷薇,
荒野的小蔷薇。
野蛮少年去采她,
荒野的小蔷薇;
蔷薇自卫去刺他,
她徒然含悲忍泪,
还是遭到采折。
蔷薇,蔷薇,红蔷薇,
荒野的小蔷薇。

【思考与讨论】

1.《浮士德》的思想内容是什么?

2. 如何看待梅非斯特这一形象塑造?

荒　原(节选)

(英)艾略特

四月最残忍,从死了的
土地滋生丁香,混杂着
回忆和欲望,让春雨
挑动着呆钝的根。
冬天保我们温暖,把大地
埋在忘怀的雪里,使干了的
球茎得一点点生命。
夏天来得意外,随着一阵骤雨
到了斯坦伯吉西;我们躲在廊下,
等太阳出来,便到郝夫加登
去喝咖啡,又闲谈了一点钟。
我不是俄国人,原籍立陶宛,是纯德国种。
我们小时候,在大公家做客,
那是我表兄,他带我出去滑雪橇,
我害怕死了。他说,玛丽,玛丽,
抓紧了呵。于是我们冲下去。
在山中,你会感到舒畅。
我大半夜看书,冬天去到南方。

这是什么根在抓着,是什么树杈
从这片乱石里长出来?人子呵,
你说不出,也猜不着,因为你只知道
一堆破碎的形象,受着太阳拍击,
而枯树没有阴凉,蟋蟀不使人轻松,
礁石头发不出流水的声音。只有
一片阴影在这红色的岩石下,
(来吧,请走进这红岩石下的阴影)
我要指给你一件事,它不同于
你早晨的影子,跟在你后面走
也不像你黄昏的影子,起来迎你,
我要指给你恐惧是在一撮尘土里。
风儿吹得清爽,
吹向我的家乡,
我的爱尔兰孩子,
如今你在何方?

“一年前你初次给了我风信子,
他们都叫我风信子女郎。”
——可是当我们从风信子花园走回,天晚了,
你的两臂抱满,你的头发是湿的,
我说不出话来,两眼看不见,我
不生也不死,什么也不知道,
看进光的中心,那一片沉寂。
荒凉而空虚是那大海。

选自《荒原》,北京燕山出版社2006年版

【作者简介】

托马斯·艾略特(1888—1965),诗人、评论家、剧作家,现代西方诗风的先驱。艾略特深受黑格尔派哲学思想和法国象征主义文学的影响。艾略特早期作品风格低沉阴郁,喜欢用联想、隐喻和暗示,表现现代人的苦闷。成名作为《普鲁弗洛克的情歌》(1915),他这时期的另一部作品《诗集》(1920)也反映了第一次世界大战后西方知识分子的悲观和失望,颇受好评,《小老头》被认为是《荒原》的前奏曲。

艾略特创作的第二阶段,代表作《荒原》(1922)和《空心人》(1925)集中表现了西方人面对现代文明濒临崩溃、希望颇为渺茫的困境,以及精神极为空虚的生存状态。《空心人》意为象征着失去灵魂的现代人,诗歌充满着绝望的情绪。

艾略特后期最重要的作品是《四个四重奏》(1943)。它由《烧毁了的诺顿》、《东柯克》、《干萨尔维奇斯》、《小吉丁》四首诗组成。每一首诗都模仿贝多芬的四重奏,有5个乐章。诗歌抒发人生的幻灭感,宣扬基督教的谦卑和灵魂自救。有的批评家认为,这是艾略特艺术成就最高的一部作品。

【作品鉴赏】

19世纪末20世纪初,象征主义从法国扩及英、美、德、意、俄等国家和地区,发展成国际性文学思潮,并在20世纪20年代达到高潮,被称为后期象征主义。艾略特是其中的杰出代表,此外主要人物还有法国的瓦雷里、奥地利的里克尔、爱尔兰的叶芝。他们继承和发展了前期象征主义的传统,使象征主义更趋完善,内涵更为深广,更富有现代主义思潮。后期象征主义的特点是:创造病态的“美”,表现内心的“最高真实”,运用象征暗示,在幻觉中构筑意象,用音乐性增加冥想效应。

与前期象征主义相比:

①前期象征主义内涵单一、单义、简单,后期象征主义内涵多重、多义、复杂。

②前期象征主义注重感情象征,后期象征主义更在乎表现理智、表现抽象的思想观念。

③前期象征主义准确迷离朦胧的诗歌意境,后期象征主义将诗歌引入宗教神秘之中,将玄学、神话、宗教与象征融于一体。

《荒原》是20世纪西方文学中一部划时代的作品,是现代派诗歌的里程碑。《荒原》全诗433行,共5章,用多种语言以组诗的形式写成。

第一章《死者的葬礼》以戏剧性的几个场景全面地显示现代西方文化的危机。第二章《弈棋》,这一标题和内容与密特尔顿的剧本《弈棋》及另一部剧本《女人提防女人》有关。这一章

里，诗人在历史与现实的交融中以女性及其情欲作为主题去展示西方文化堕落的景象。第三章《火的布道》以佛对他的门徒言说的形式，以男性及其情欲以及伦敦这个现代都市作为表现的主题分别从上层阶级和下层阶级两个层面上去展示现代西方文化的破败。第四章《水里的死亡》只有十行，它以象征情欲泛滥与死亡的一"水"为主题意象，以腓尼基水手弗莱巴斯为典型代表，总结性地写出情欲横流的必然结果。第五章《雷霆的话》首先用了三个客观对应物来揭示现代荒原及其超越与拯救的路径。第五章是整个诗篇的逆转，它在前面几章所见所闻的一系列戏剧性场景展示的基础上，写出了诗人对西方文化困境的经验感悟性的独白，它是一种忏悔的启示，从而以一种深刻的危机意识开拓出文化危机的救助。

《荒原》主要反映了第一次世界大战后西方普遍悲观失望的情绪和精神的贫困以及宗教信仰的淡薄而导致的西方文明的衰微。诗人笔下的"荒原"满目荒凉：土地龟裂，石块发红，树木枯萎，而荒原人精神恍惚，死气沉沉。上帝与人、人与人之间失去了爱的联系。他们相互隔膜，难以交流思想感情，虽然不乏动物式的性爱。他们处于外部世界荒芜、内心世界空虚的荒废境地。"荒原"的荒是水荒，然而只听雷声响，不见雨下来，更增添了人们内心的焦急。雨水成了荒原的第一需求，诗人通过雷声暗示了只有精神甘露（皈依宗教，信仰上帝）才能使荒原人得救。

《荒原》的写作，是艾略特从魏尔登的《从祭仪到神话》和弗雷泽的《金枝》中受到启发的结果。魏尔登的《从祭仪到神话》写道：地方上的渔王，患了病；因为他的患病与衰老，所以原为肥沃之地，现在变成了荒原。因此需要一位少年英雄，经历种种艰险，带着一把利剑，寻求圣杯，以便救治渔王，使大地复苏，圣杯代表女性、利剑代表男性，二者同时代表繁殖力。弗雷泽的《金枝》则考察了古意大利人进行王位交接的奇异习俗：根据这个习俗，王位继承人要从一棵圣树上折断一根树枝，然后在一对一的搏斗中杀死老国王，然后才能继承王位。老国王之所以被杀死，也是由于国王统治地区的生命力枯竭，只有新国王继位才能改变这种状况，让生命力获得重生。在这两个故事中表现了相同之处：渔王/国王统治的地区，生命力枯竭，经过少年带着利剑寻找圣杯/王位继承人折取金枝，生命力获得重生，大地一片生机。

艾略特从这两个故事中受到启发，认为之所以会出现荒原，干旱之地赤土千里，没有水，长不出庄稼，不但大地暗无生机，人的心灵更加枯旱，人类失去了信仰、理想，精神空虚，生活毫无意义，原因在于：首先，人类美好的爱情不再纯洁，而是肮脏的、不正常的、没有感情基础的。艾略特通过援用一系列典故，即描写一系列不正常的"爱情/性关系"中的女性的遭遇来表现，如岩石的女主人贝多岛纳，莎士比亚剧中的克莉奥佩特拉，维吉尔笔下的狄多，弥尔顿诗中的夏娃，奥维德作品中的翡绿眉拉，密德尔顿笔下的卞安格等。这些女性在她们各自的爱情故事中充当着悲剧的角色，因此艾略特曾说，"所有的女人只是一个女人"，而这种不纯洁的爱情/性关系映射了当前人与人之间关系的恶化，不仅是爱人之间关系的恶化，甚至人与自我的关系也出现了恶化，人与人之间的温情不复存在，导致了荒原的出现。

其次是因为没有水，大地由于缺少了水，才变得干旱，成为荒原，因此水在这部作品中扮演着双重角色，"礁石间没有流水的声音，但水里有死亡"，一方面是没有真正的水，这真正的水应该是希望、是信念，也是生命的源泉，由于战争的爆发、道德的沦丧，人们看不到希望的存在、看不到对生命的珍惜，所以呈现在人们面前的是荒原的景象；另一方面是"欲望之水"过多，带来了死亡，人类生命力的缺乏是由于人类沉浸在自己的不正常的、盲目的欲望之中，这欲望犹如大海一般无边无际，以至于那曾经是漂亮而高大的腓尼基水手死在了情欲的海水之中，而今芸芸众生也如腓尼基水手一样追逐着自己的欲望，在追逐的过程中抛弃了固有的道德伦理准则，导致诸多不知廉耻的行为发生，而“不廉，则无所不去；不耻，则无所不为”，人人都为了自己的欲望从事不廉不耻之事，以至于道德约束、道德准则、道德信仰都被抛诸脑后，世界成了追逐欲望的汪洋大海，看不见也无法寻找到生命的迹象。

在找到荒原出现的原因后，艾略特决定像但丁那样重建精神信仰、重建家园。

在这部作品中表现了两个主题：丢失与寻找、毁灭与拯救，这两个主题是贯穿始终的线索，而且都是围绕荒原的出现和拯救荒原而进行的。作品中各种神话、传说、典故都与丢失与寻找有关，如女性丢失贞操、莱茵河的女儿们丢失黄金、帖瑞西士失去知觉等，最重要的是渔王失去了健康，丢失使得之前的平衡被打破，由此导致了荒原的出现，而只有寻回丢失的东西，才能消除荒原。于是，渔王派出少年带着利剑寻找圣杯，而莱茵河的女儿们最终也寻回了黄金，艾略特在作品中也借此表达人类若想消除荒原还须寻回丢失的信仰，寻回正常的爱情关系。当然，丢失与寻找也是文学中自古常新的一个命题，许多文学作品中人类都表达出希望回到曾经的黄金时代/童年时代，因为那时才是真正的“理想国”，无忧无虑，这其实也是人类希望摆脱当前困境的一种表现，希望远离丢失的状态，而回到原初的平衡。《荒原》这部作品同样也表现了这一理想。

毁灭与拯救则是《荒原》这部作品所要表现的最重要的主题。人类在失去了自己美好的时代、爱情，在沉浸自己的欲望导致荒原出现后，只得生活在无边的空虚、无聊之中，若要消除这种状态，艾略特认为只能通过“火诫”，将一切官感所得之情欲、愤恨、色情、投生、暮年、死亡、忧愁、哀伤、痛苦、懊闷、绝望等通通燃烧，并皈依宗教之信仰，奉行舍予、克制、慈悲，才能最终获得拯救。舍予意味着献身，为宗教献身，为正义之事献身；克制意味着节制情欲、约束自我；慈悲意为同情，打开牢笼，破除自我与外界相通，并使自己的恻隐之心重生，表达自己的爱与情感。

艾略特将拯救荒原的途径放在宗教信仰上，并非空穴来风，他是想要回归西方文化的宗教传统，毕竟宗教信仰在西方有着上千年的历史，宗教观念已经融入人们的日常生活之中，无时无刻不在影响着人们的行为。另外，艾略特在认真认识传统文化、考察荒原出现的原因以及了解东方宗教文化的影响之后，他认为，一切社会弊病与荒原的出现都与失去传统的宗教信仰有关。虽然尼采宣布“上帝已死”，但自从但丁的《神曲》开始就已经确立的人类拯救之路，就告诉人们：只要重新回到宗教信仰的道路上，必然可以获得拯救。

【平行阅读】

空心人

（英）艾略特

我们是空心人
我们是填充着草的人
倚靠在一起
脑壳中装满了稻草。唉！
我们干巴的嗓音，

当我们在一块儿飒飒低语
寂静，又毫无意义
好似干草地上的风
或我们干燥的地窖中
耗子踩在碎玻璃上的步履

呈形却没有形式，呈影却没有颜色，
麻痹的力量，打着手势却毫无动作。

那些穿越而过
目光笔直的人，抵达了死亡的另一王国
记住我们——万一可能——不是那迷途的
暴虐的灵魂，而仅仅是
空心人
填充着草的人。

选自《荒原》，北京燕山出版社 2006 年版

【思考与讨论】

1.《荒原》的思想主题是什么？
2. 举例分析《荒原》的象征手法。

第二章

小说欣赏

第一节　小说概述

一、什么是小说

“总而言之,只是这样一些作品,在这些作品中,智慧的伟力得到了最充分的施展,因而,对人生的最透彻的理解,对其千姿百态的恰如其分的描述,四处洋溢的机智和幽默所有这一切都用最精湛的语言展现出来。”这一段话是英国著名现实主义作家简·奥斯丁在《诺桑觉寺》中用饱含激情的语调对小说的赞美。小说与诗歌、散文、戏剧并列为文学文体四大样式。它是以刻画、塑造人物为中心,通过完整的故事情节和具体的环境描写来反映社会生活的一种文学体裁。

从文学发展的历史来看,小说的产生要晚于诗歌和戏剧。但自小说问世以来,显示了巨大的生命力和艺术感染力,无论从数量、成就还是从影响方面来说,都可谓异军突起、后来居上,而且愈来愈显示出其重要的社会价值。时至今日,小说已经成为广大群众最喜闻乐见的文学形式之一。

依据不同的标准,可以对小说做出不同的分类。按照篇幅长短和容量大小可将其分为长篇小说、中篇小说、短篇小说和微型小说四类;根据反映现实、表现现实所采用的艺术手法不同,可以将小说分为拟实小说与写意小说;按主义流派可以分为古典主义小说、讽刺主义小说、现实主义小说、现代主义小说、批判现实主义小说、浪漫主义小说、自然主义小说等,按内容分类,则可分为生活小说、社会小说、爱情小说、心理小说、意识流小说、历史小说、神怪小说、恐怖小说、科幻小说、侦探小说、武侠小说等。

二、如何欣赏小说的艺术魅力

小说作品最具“永久的艺术魅力”,雅俗共赏,拥有最多的读者,深受人民群众的欢迎。小说的魅力来自美,小说中那栩栩如生的人物形象,那离奇曲折的故事情节叫人手不释卷、废寝忘食。小说之美既是作家创作追求的目标之一,也是欣赏者进行文学审美实践的重要方面。无论何种类的小说,它们共同的艺术特性,就是通过完整生动的故事情节和具体环境的描写,塑造多种多样且典型独特的人物形象,广泛而多方面地反映社会生活,因而被别林斯基誉为“包罗万象的诗”。小说都包括人物、故事情节和环境(包括自然环境和社会环境)三个基本要素。其主要的美学特征是:①自由地运用多种表现手法细致而多方面的刻画人物性格;②生动而多方面的巧妙安排和叙述引人入胜的故事情节；③充分而多方面的具体展现人物活动的社会环境和自然环境。鉴赏小说、欣赏小说的美也主要从这三个方面入手。

（一）典型人物形象的塑造

优秀的小说之所以具有独特的艺术魅力，往往得益于塑造了生动感人的典型人物形象，比如提到《红楼梦》，人们立刻就想到贾宝玉、林黛玉、薛宝钗；提到《西游记》，人们脑海中立刻就会出现拿着金箍棒的孙悟空、拖着钉耙的猪八戒。人物塑造也是小说反映主题、反映社会环境的主要手段。小说中的人物形象可以是正面的，也可以是反面的。一篇小说可以塑造一个人物形象，也可以塑造多个人物形象。

小说中的人物，我们称为典型人物，作家在进行小说创作的时候，往往会从现实生活中选取原型来塑造人物，但人物塑造又不仅仅止于此，他源自生活又高于生活，正如鲁迅先生所说，要“杂取种种，合成一个”，通过这样典型的人物形象反映生活，更集中、更具有普遍的代表意义。小说塑造人物的手段可以细笔白描，也可以工笔写意；可以写人物的外貌，也可以刻画人物的心理活动；可以写人物的行动对话，也可以适当插入作者的议论；可以正面起笔，也可以侧面烘托。

（二）完整连贯的故事情节

情节是小说的另一个要素。人物的性格必须在相应的活动中表现出来，而这些活动就构成了小说的情节。小说的情节既要吸引人，又要合乎情理，安排情节不能脱离生活。情节决定小说的骨架和支柱。一般包括开端、发展、高潮和结局，有的作品也兼有序幕和尾声。

一般而言，故事情节从发生到结局，前后是有着某种内在联系的，这种内在联系也就是贯穿在整个作品中的情节线索。只要找到了这条贯穿整个作品的线索，情节的来龙去脉也就容易把握了。不过，小说情节线索并不是指我们一般所说的时间线索或空间线索，而是指作品里的基本矛盾冲突所构成的情节发展线索。例如曹雪芹的《红楼梦》，宝玉和黛玉的爱情悲剧，就是构成情节的主要线索。由于作品篇幅长短的不同以及作品内容的特点，小说情节线索又有主线、副线和明线、暗线之分。

情节之间彼此要有因果互动的关系，犹如常山之蛇，击首则尾应，击尾则首应。换句话说，中间有个严密的、有机的、每一部分都不能分离的，就好像人的躯体一样彼此关联的呼应。亚里士多德在《诗学》里率先提出了情节结构的观念，要有“开始”，有“纠葛”，有“冲突”，有“高潮”，有“逆转”，有“终局”。“高潮”并不一定指动作的冲突，可能是一个情绪上的冲突。

在小说中人物思想性格的形成和发展在很大程度有赖于情节的展开和发展；小说的情节越完整、复杂，人物的思想性格就越能得到全面、细致的表现。就情节的完整来说，小说与戏剧是大致相同的，但戏剧比起小说来，情节要相对单纯一些，因为戏剧受舞台演出的限制，矛盾冲突要求高度集中，必须突出情节的主干，略去枝蔓，使整个情节紧紧围绕着戏剧冲突来展开。

（三）生动具体的环境描写

环境是小说的第三个要素。环境分社会环境和自然环境。社会环境即人物活动、事件发生发展的社会背景、时代特征、风俗人情等。自然环境是人物活动的时间、地点、时令、气候和地理风貌等。小说中的自然环境描写，常常是为制造气氛、衬托人物的心境和表现人物的心理而安排的，一般都带有作者的感情色彩，可以看做是社会环境的暗示。环境要和人物的表现、心情、身份、时代相适应，它是人物活动的背景和场所，起着烘托人物性格、展示情节发展的作用。

环境描写是文学作品不可缺少的有机组成部分。因为小说中典型人物的塑造离不开典型环境,典型环境是典型人物赖以生存发展的现实基础,如果没有典型环境,典型人物的言谈举止都将失去依据,成为无源之水、无本之木。小说环境描写的特点是具体的和生动的。只有具体地描绘环境,才能写出小说人物思想性格形成的原因,衬托出人物的性格特征。例如巴尔扎克的《双城记》是以法国大革命为题材的历史小说,全面暴露了法国贵族阶级的骄奢淫逸,大胆地揭示和暴露了社会的罪恶,充分反映了作者的人道主义思想,以厄弗里蒙地侯爵兄弟为代表的封建贵族,他们"唯一不可动摇的哲学就是压迫人",是作者痛加鞭挞的对象。而得伐石夫妇等革命群众是作者心目中以人道主义解决社会矛盾、以博爱战胜仇恨的榜样。

总之,我们阅读和鉴赏小说,可以从情节结构的安排、人物形象的塑造、环境的描绘、主题的提炼,也可以从作品的语言风格、艺术手法等方面入手。同时,阅读和欣赏小说作品,还要树立正确的、健康的、高尚的审美观,要在老师的指导下,阅读大量的高质量的小说作品。与此同时,我们还要阅读一些能提高文学修养的理论书籍,从中吸取营养,从而提高自己的阅读和欣赏水平,提高我们对小说的鉴赏和审美能力,真正体味到小说的"美"。

第二节　中西小说比较

"小说"一词在中国最早见于《庄子·外物》:"饰小说以干县令,其于大达亦远矣。"(小说,即"琐屑之言,非道术所在";干,追求;县令,美好的名声。)"琐屑之言"、"浅识小道",正是小说之为小说的本来含义。

桓谭在其所著《新论》中,对小说如是说:"若其小说家,合丛残小语,近取譬论,以作短书,治身理家有可观之辞。"(小说仍然是"治身理家"的短书,而不是为政化民的"大道"。)小说在中国一向被视为正统文学之外的小技末流,自从20世纪初梁启超等人引进西方的小说理论,自古不登大雅之堂的小说成为20世纪的研究热点,中国文学才开始从小说层面与西方文学接轨。

中西小说具有不同的文化基因,根本观念上有重要差异。西方小说与神话、史诗关系密切,中国小说从子书发展而来,一开始就具有道家、儒家的思想品质;西方小说注重以叙事形式构成关于民族的幻象,中国小说则注重观念的阐发;西方小说重"虚构",中国小说重"实录"。产生这些差异的主要原因有:

一、经济、政治背景的差异

(一)经济背景

小说是一种市民文学。所谓"街头巷尾,道听途说"即表明小说在其产生开始便具有浓厚的平民气质,这种平民气质又是与城市经济的发展分不开的。中国小说的兴起是与城市经济和商业文明的发展相联系的。城市的兴起以及城市经济的发展,导致从事商业和制造业人数的激增,并逐渐形成了一个固定的阶层——市民阶层。在中国,真正意义上的小说是从唐传奇开始的。

在西方，小说的发展过程同样与商业文明的发展密切相关。据《西方哲学史》记载，古希腊的文明是海上贸易的直接结果。商业的发达，产生了与之相协调的文学形式——史诗和戏剧。虽然古希腊时期还没有真正意义上的小说，但史诗和戏剧对小说的影响巨大，在相当程度上决定了后来西方小说的题材、结构和叙述方法等。真正意义上的小说的诞生是在文艺复兴时期。作为小说样式出现最早的叙事文学作品是薄伽丘的《十日谈》。

（二）政治背景

中西小说的产生与政治背景也有密切的联系。

中国最早出现的小说样式是唐传奇。它不仅继承前代文言作品的叙事传统，如史实和虚构的双重性、人物塑造的简约生动、情节描写的曲折迂回，还大量地从诗词中吸取营养，从而形成自己的独特品格。除此之外，唐代的科举制度也大大推动了小说创作。

在西方，政治对小说创作的影响也非常明显。如骑士小说，就是对骑士精神的一种宣扬，而骑士精神，归根到底是中世纪政治的产物；如文艺复兴时期，政治上的"人文主义"思想，直接影响了西方最早的带有人文主义色彩的小说的产生；如启蒙运动时期，小说更成为政治的代言人，如席勒就将小说作为其政治主张的传声筒。

二、宗教、文化背景的差异

（一）宗教背景

宗教活动直接促成了小说的形成。"变文"是唐代的一种说唱文体，起初主要为佛教徒用于向信徒宣讲佛经，其通过演义、通俗化使佛教经义能为平民大众所接受。"变文"所采用的骈散结合的方法将中国文学的特点发挥到了极致，也与小说作为综合型艺术的基本精神相融合。

宗教给小说提供了思想的依托和大量的素材。西方的两希文明是一切艺术的源头，而其中的希伯来文化在很大程度上是一种宗教文化。陀思妥耶夫斯基被誉为西方最具有宗教意识的小说家，他的小说总是弥漫着一种赎罪与忏悔的气氛，陀氏正是试图通过小说创作来达到对自身灵魂的救赎。

宗教对于小说创作的影响已经渗透到它的各个方面，宗教本身所具有的宗教性和世俗性这两个矛盾而又相互纠缠的命题正是小说的生命力所在。中西小说由产生、发展到最终成熟，其中每一阶段都包含着大量的宗教内容。宗教精神中的宽容、博爱等思想以及对世界永恒价值的信仰给小说家以创作的动力，并激发他们的灵感。即使对无宗教信仰的创作者而言，宗教文化中的许多艺术因子仍然是他们借鉴的对象。

（二）文化背景

1. 儒道思想与中国小说

孔子在论语中说："子不语怪、力、乱、神。"（君子不谈怪异、暴力、叛乱和鬼神。）汉代的班固在《汉书·艺文志》中说："小说家流，盖出于稗官，街头巷语，道听途说之所造也。"可见，小说一直是被排除在正统的文艺行列之外的。这就造成了文士对待小说的矛盾态度。一方面，对小说所描述的内容怀有极大的热情，甚至害怕自己的才学不足以描述这些可歌可泣的事情，另一方面，又因涉及"语怪"、"诲淫"的嫌疑，以至对所写之事和自己写作的合法性又抱有很大的怀疑，甚至自责。这也造成了中国小说的佚名情况，大量的作品不知道真正的作者。

中国古代小说描写日常生活、世态人情的作品占很大比例,深究其源,是儒家思想的影响。道家思想对中国小说主题和内容的影响也很深,历代都不乏表现人生虚幻、世事无常的作品。小说多记述一些奇幻灵异之事,如《搜神记》、《幽明录》等。

2. 两希文明与西方小说

古希腊文明与古希伯来文明是西方文明的发源地。就小说而言,古希腊文明赋予它叙事技巧、情节布置、结构安排的知识;古希伯来文明主要提供主题的启示、丰富的题材以及宗教的精神。亚里士多德提出了完整的"模仿说"理论。"模仿说"对西方文学的叙事传统起到了巨大的历史作用,为文学的叙事性奠定了理论基础。

希伯来文明主要是宗教文明,希伯来文明表现出一种严谨的宗教意识,对其律法和教义表现出了一种高度的重视。希腊人缔造的古希腊文明和古希伯来文明是西方一切艺术的发源地。就小说而言,希腊人缔造了西方人的理性和科学,而希伯来人则创立了西方人的道德和信仰。

中西小说比较是一个太大的题目,能够进行比较研究的对象,也许是所有文体中最多的,鉴于篇幅所限,在这里我们只能给出一个大致的轮廓。事实上,中西小说差异性和相似性的比较本身就是一种文学欣赏。

第三节　中国古典小说欣赏

先秦两汉是中国古代小说的萌芽时期。这一时期的古代神话、历史传说等成为包括古代小说在内的中国叙事文学的源头。神话故事以神为中心,历史传说虽然有现实人物为依据,也往往被涂上神话色彩。它们是我国志怪小说的源头。先秦两汉时期的历史著作,有比较完整的故事情节结构、鲜明突出的人物形象及广阔的人物活动背景,还有十分激烈的矛盾冲突,已有小说的意味。

我国小说发展到魏晋南北朝才具规模,开始繁盛。这时,写作小说几乎成为一种风气,不仅作品数量多,而且内容丰富,出现了前代所没有的盛况。这个时期的小说属于文言短篇小说系统,主要分为两大类:志怪小说、志人小说。志怪小说内容主要是记录神灵鬼怪和神仙方术,代表作是干宝的《搜神记》。志人小说内容主要是记载人物的言谈举止和逸闻琐事,代表作是刘义庆的《世说新语》。志怪、志人小说皆用文言,大多篇幅短小、叙事简单,鲁迅称其"粗陈梗概",艺术上不够成熟,只能算是小说的雏形。

中国小说发展到唐代,进入了一个新的阶段,是中国文言小说的成熟和繁荣期。鲁迅说:"小说亦如诗,至唐代而一变,虽尚不离于搜奇记逸,然叙述宛转,文辞华艳,与六朝之粗陈梗概者较,演进之迹甚明,而尤显者乃在是时则始有意为小说。"唐代小说称为"传奇",由晚唐裴铏(xíng)的小说集《传奇》而得名,代表作品有沈既济的《任氏传》和《枕中记》、白行简的《李娃传》、蒋防的《霍小玉传》、元稹的《莺莺传》、陈鸿的《长恨歌传》等。唐代传奇的产生,标志着我国小说的发展已逐渐趋于成熟。从此,小说形成了自己的规模和特点,成为一种独立的文学形式,而且出现了一些专门从事传奇创作的作家,促进了小说在艺术上的丰富和提高,对后来宋元戏曲、白话小说的创作也产生了很大的影响。唐传奇揭开了我国现实主义小说的序幕。

宋元时期是中国古代小说的转变期，话本的诞生标志着中国通俗小说的形成，结束了此前中国小说仅有文言小说的单线发展局面，中国古代小说从此呈现出文言白话双线发展的趋向。"话本"是宋元时代"说话人"讲故事的底本，是唐宋以来白话中短篇小说的主要文体样式。"话本小说"代表作品主要有《错斩崔宁》、《碾玉观音》等。宋代话本是我国小说发展史上的一个崭新阶段，有承前启后的重要地位，对后来的《三国演义》、《水浒传》、《封神演义》等历史小说有很大的影响。

明清时期是中国古代小说从兴盛走向辉煌的时期。明代的白话短篇小说在宋元话本小说的基础上有很大的发展，特别是在明代中后期，随着商业经济的活跃、思想的不断开放、印刷业的繁荣，白话短篇小说在由编辑到创作，从口头文学到书面文学的转化过程中，成绩斐然，以"三言"（冯梦龙的《警世通言》《醒世恒言》《喻世明言》简称"三言"）、"二拍"（凌蒙初的《初刻拍案惊奇》和《二刻拍案惊奇》简称"二拍"）为代表，出现了一大批色彩各异的短篇小说集，呈现一派繁荣的景象。与此同时，文言短篇小说从明初《剪灯新话》的创作，到后期大量的笔记、传奇、总集的问世，也有所变化和发展，为以后《聊斋志异》等作品的出现准备了条件。章回体小说是中国古典长篇小说的主要形式，它是由宋元时期的"讲史"话本发展而来的。明初出现的罗贯中的长篇章回小说《三国演义》是中国长篇小说的开山之作，它和英雄传奇小说《水浒传》共同拉开了我国长篇小说的帷幕。"四大奇书"即《三国演义》、《水浒传》、《西游记》、《金瓶梅》，是明代章回体长篇小说的最高代表作。明代小说创作的特点，从发展过程来说，是由人民群众的集体创作，到文人的加工整理，再发展为作家的个人创作。《三国演义》、《水浒传》是无数的无名群众的集体智慧和作家个人的艺术才能相融合的结晶，《西游记》已充分显示出作家个人创作成分比重的增加，《金瓶梅》则是作家的个人创造。

《三国演义》是我国第一部长篇章回体小说，是历史演义小说的最优秀代表。这部小说描绘了广阔的历史画卷，塑造了诸葛亮、曹操、刘备等一大批家喻户晓的人物形象，集中展示了三国时代各封建集团之间的政治斗争和军事斗争。通过描绘这些互相利用又互相残杀的复杂交叉的斗争，揭示了封建统治阶级内部的矛盾。《三国演义》在战争描写、人物描画等方面取得了很高的艺术成就。其对后世长篇小说有深远的影响，在社会层面上也有重要影响。

宋江等三十六人的起义是《水浒传》创作的历史根据。《水浒传》反映了宋江起义的发展过程，深刻揭露了封建统治阶级的罪恶，展示了"官逼民反"的社会环境和尖锐的阶级对立，热情歌颂了农民起义的英雄人物，描绘了农民"八方共域、异姓一家"的社会理想，也写出了起义失败的内在原因。《水浒传》主要是写农民起义，在描述中也浸透着相当程度的市民意识。

《西游记》取材于唐僧取经的故事，是我国著名的神魔小说。它以浪漫的形式反映了社会现实，也取得了很高的艺术成就。《西游记》塑造出的人物形象深入人心，有非常广泛的社会基础。这部小说也包含着非常丰富的社会文化信息。《西游记》最大的思想价值就在于精心塑造了神话英雄孙悟空的形象。

《金瓶梅》是我国著名的世情小说。它是第一部文人独创的长篇小说。历来对其内容的评价众说纷纭，莫衷一是。但《金瓶梅》在艺术方面所取得的成就却是不容置疑的，而且对后世世情小说的影响也是巨大的。

清代小说是古代小说的高峰期。清初小说作者基本上是由明入清的汉族文人，他们都程度不同地经受过战乱之苦和亡国之痛，其体验都自觉或不自觉地、直接或曲折地反映在他们的小说作品中。表现作者干预时政、反思明亡的积极态度的时事政治小说和反映沦丧故国的士人的颓废心理的色情小说同时出现。这个时期的小说创作呈现出恣肆逞意的特点，它是晚明小说的继续，又是清初小说创作较少文禁的结果。《续金瓶梅》、《无声戏》、《清夜钟》、《聊斋志异》等都出现在这一时期。蒲松龄的《聊斋志异》是一部文言短篇小说集。这部作品通过对鬼、狐、仙、妖的描写，情节变幻离奇，曲折地反映了社会现实，代表了中国古代文言短篇小说的最高成就。

随着清朝的文治开始，清代小说进入了高峰期。这一时期的小说家在日益严酷的文化专制的压迫下，已不敢干预时政，转而把目光投向家庭伦理、人生道路以及人性等方面，因而小说由注重故事情节的层面深入到人的情感和精神世界，产生了像《儒林外史》和《红楼梦》这样的作品，小说转向对人生人性的关注，这是小说创作的历史性进步。《儒林外史》、《红楼梦》都是典型的文人小说，主要抒发作者自己的抱负和情感，作者吴敬梓和曹雪芹都是败落的世家子弟，具有较高的文化修养，特殊的人生经历使他们更清醒和冷静地看待世态人情的本质。

《儒林外史》以揭露科举制度的种种弊害为中心和出发点，进而讽刺和批判了整个封建制度和统治阶级，使人们认识到这个社会已病入膏肓，热情歌颂了一些善良正直的人物，表达了作者的社会理想。《儒林外史》在继承中国古代讽刺艺术的基础上并把它推向了新的高度，在结构和语言方面亦独具特色，因而形成了自己独特的艺术风格。

《红楼梦》以贾宝玉、林黛玉之间的爱情悲剧为中心线索，通过对以贾府为代表的封建贵族家庭的兴衰变化以至全面崩溃的描写，揭露了封建社会末期的黑暗、腐朽以及不可克服的内部矛盾，揭示了封建社会必然崩溃，封建贵族阶级必然衰亡的历史命运。《红楼梦》在艺术方面取得了非常高的成就。《红楼梦》写出了典型环境中的典型人物，是中国古典长篇小说中一部成熟的现实主义杰作，使中国古典现实主义创作方法达到了一个新的高峰。《红楼梦》问世后，在社会上产生了广泛的影响。续书大量出现，后来还被改编成戏曲、电影、电视，为人民群众所欣赏。在《红楼梦》问世不久，研究《红楼梦》就成了一门专门的学问——“红学”。

《红楼梦》以后，小说创作进入低谷，直到晚清才有繁荣，出现了清末四大谴责小说，即李伯元的《官场现形记》、吴趼人的《二十年目睹之怪现状》、刘鹗的《老残游记》和曾朴的《孽海花》。

《世说新语》两则

刘义庆

王子猷居山阴

王子猷①居山阴②，夜大雪，眠觉③，开室，命酌酒，四望皎然④。因起彷徨⑤，咏

① 王子猷(yóu)：王徽之，名徽之，字子猷，王羲之之子。
② 山阴：山的北面。阴：山的北面，水的南面。
③ 眠觉：一觉醒来。
④ 皎然：明亮洁白的样子。
⑤ 彷徨：徘徊的样子。这里指逍遥流连。

左思[1]《招隐诗》[2]，忽忆戴安道[3]。时[4]戴在剡[5]，即便夜乘小船就[6]之，经宿[7]方[8]至，造门[9]不前而返。人问其故[10]，王曰："吾本乘兴而行，兴尽而返，何必见戴？"

王蓝田性急

王蓝田[11]性急。尝食鸡子，以箸刺之，不得，便大怒，举以掷地。鸡子于地圆转未止，仍下地以屐[12]齿蹍之，又不得。瞋甚，复于地取内[13]口中，啮破，即吐之。王右军[14]闻而大笑，曰："使安期[15]有此性，犹当无一豪可论，况蓝田邪！"

选自《世说新语》，中华书局2009年版

【作者简介】

刘义庆（403—444），彭城（今江苏徐州）人。南朝宋武帝刘裕之侄，长沙王刘道临之子，出继临川王刘道规，袭封临川王。官至尚书左仆射、中书令。好文学。《世说新语》为刘义庆及其门下共同编纂而成。主要是记述人物的言行事迹。原书八卷，依内容分为德行、言语、政事、文学等三十六门类。每类收有若干则，全书共一千多则。每则文字多寡不同，有的篇幅较长，有的只是三言两语。

【作品鉴赏】

《世说新语》主要记述东汉末年经三国至两晋时期士人的生活和思想，对统治阶级的情况也有所涉及。各篇通过许多人物的遗闻轶事和生动言谈，具体形象地反映了当时的社会风貌，尤其是士族阶层的生活状况、人生态度、文化习尚乃至他们的审美趣味。

在记录汉晋以来士人、贵族乃至君主言行的同时，《世说新语》也揭示了政治的黑暗和人生的病态，如《任诞》中记刘伶的纵酒放达、脱衣裸行；《汰侈》中叙石崇的穷奢极欲、嗜杀成性以及大将军王敦的残忍等。《世说新语》为后人提供了文学欣赏的价值，许多故事典故还成为后世作家取材的宝库，对古代散文、小说、戏曲都产生过重要影响。

《王子猷居山阴》选自《任诞》篇，本篇通过王徽之访戴逵"乘兴而行，兴尽而返"的言行，表现了当时名士率性任情的风度。原属《任诞》第四十七则。译文参考：王子猷住在山的北面。一天夜里大雪纷飞，他一觉醒来，推开卧室门，命仆人斟上酒。看到四面皎洁的月光，于是

---

① 左思：西晋文学家。所作《招隐诗》旨在歌咏隐士清高的生活。

② 《招隐诗》曰："策杖招隐士，荒涂横古今。岩穴无结构，丘中有鸣琴。白云停阴冈，丹葩曜阳林。"

③ 戴安道：即戴逵，西晋人，博学多能，擅长音乐、书画和佛像雕刻，性高洁，终生隐居不仕。

④ 时：当时。

⑤ 剡（shàn）：即今浙江嵊县。

⑥ 就：到。这里指拜访。

⑦ 经宿：经过了一夜。

⑧ 方：才。

⑨ 造门：到了门口。

⑩ 故：缘故、原因。

⑪ 王蓝田：王述，字怀祖，袭封蓝田侯。

⑫ 屐（jī）：木板鞋。底部前后有两块突出的木头，就是齿。

⑬ 内：同"纳"。

⑭ 王右军：王羲之，字逸少。曾任右军将军。

⑮ 安期：王述的父亲王承，字安期，清虚寡欲，为政宽恕，名望很大。

他感到神思彷徨，吟咏起左思的《招隐诗》，忽然怀念起戴逵。当时戴逵远在曹娥江上游的剡县，王子猷即刻连夜乘小船前往。经过一夜才到，到了戴逵家门前却又转身返回。有人问他为何这样，王子猷说："我本来是乘着兴致前往，兴致已尽，自然返回，为什么一定要见戴逵呢？"

《世说新语》不仅是历史学家研究当时历史的重要参考资料，而且为后人提供了政治、文化、风俗等方面的认识价值，在艺术上取得了较高的成就，鲁迅曾概括其艺术特点为："记言则玄远冷隽，记行则高简瑰奇"（《中国小说史略》）。书中涉及形形色色人物一千多个，不论运笔繁简，大多能通过人物的言谈举止，表现出人物独特的性格。如上文所选《王蓝田性急》中通过吃鸡蛋的细节，绘声绘色地刻画出王蓝田的急性脾气。

《王蓝田性急》原属《忿狷》第二则，本篇写王蓝田吃鸡蛋时急躁而可笑的行为。译文参考：王蓝田性子很急。有一次吃鸡蛋，他用筷子扎鸡蛋，没有拿到，便十分生气，把鸡蛋扔到地上。鸡蛋在地上旋转不停，他接着从席上下来用鞋齿踩，又没有踩到。愤怒至极，又从地上拾取放入口中，把蛋咬破了就吐掉。王羲之听到这事大笑着说："假如王安期有这种性子，尚且无一点可取，何况王蓝田呢？"

【平行阅读】

割席分座

管宁①、华歆共园中锄菜，见地有片金，管挥锄与瓦石不异，华捉而掷去之。又尝同席读书，有乘轩冕②过门者，宁读如故，歆废书出看。宁割席分坐③，曰："子非吾友也！"

选自《世说新语》，中华书局2009年版

【思考与讨论】

1.《王子猷居山阴》是如何刻画人物的？

2. 王蓝田性急中经历了几个过程？作者从哪几个方面描写了他？

崔待诏生死冤家（节选）

冯梦龙

时光似箭，日月如梭，也有一年之上。忽一日方早开门，见两个着皂衫的，一似虞候府干打扮，入来铺里坐地，问道："本官听得说有个行在崔待诏，教请过来做生活。"崔宁吩咐了家中，随这两个人到湘潭县路上来。便将崔宁到宅里相见官人，承揽了玉作生活，回路归家。正行间，只见一个汉子头上带个竹丝笠儿，穿着一领白段子两上领布衫，青白行缠扎着裤子口，着一双多耳麻鞋，挑着一个高肩担儿，正面来，把崔宁看了一看，崔宁却不见这汉面貌，这个人却见崔宁，从后大踏步尾着崔宁来。正是：

谁家稚子鸣榔板，惊起鸳鸯两处飞。

这汉子毕竟是何人？且听下回分解。

---

① 管宁：字幼安，汉末魏时人，不仕而终。

② 轩冕：此单指车子。

③ 宁割席分坐：后人以"管宁割席"、"割席分坐"喻朋友断交。

“竹引牵牛花满街，疏篱茅舍月光筛。琉璃盏内茅柴酒，白玉盘中簇豆梅。休懊恼，且开怀，平生赢得笑颜开。三千里地无知己，十万军中挂印来。”

这只《鹧鸪天》词是关西秦州雄武军刘两府所作。从顺昌大战之后，闲在家中，寄居湖南潭州湘潭县。他是个不爱财的名将，家道贫寒，时常到村店中吃酒。店中人不识刘两府，欢呼啰唣。刘两府道：“百万番人，只如等闲，如今却被他们诬罔！”做了这只《鹧鸪天》，流传直到都下。当时殿前太尉是杨和王，见了这词，好伤感，“原来刘两府直恁孤寒！”教提辖官差人送一项钱与这刘两府。今日崔宁的东人郡王，听得说刘两府恁地孤寒，也差人送一项钱与他，却经由潭州路过。见崔宁从湘潭路上来，一路尾着崔宁到家，正见秀秀坐在柜身子里，便撞破他们道：“崔大夫，多时不见，你却在这里。秀秀养娘他如何也在这里？郡王教我下书来潭州，今日遇着你们。原来秀秀养娘嫁了你，也好。”当时吓杀崔宁夫妻两个，被他看破。

那人是谁？却是郡王府中一个排军，从小伏侍郡王，见他朴实，差他送钱与刘两府。这人姓郭名立，叫做郭排军。当下夫妻请住郭排军，安排酒来请他，分付道：“你到府中千万莫说与郡王知道！”郭排军道：“郡王怎知得你两个在这里。我没事，却说甚么。”当下酬谢了出门，回到府中，参见郡王，纳了回书，看着郡王道：“郭立前日下书回，打潭州过，却见两个人在那里住。”郡王问：“是谁？”郭立道：“见秀秀养娘并崔待诏两个，请郭立吃了酒食，教休来府中说知。”郡王听说便道：“叵耐这两个做出这事来，却如何直走到那里？”郭立道：“也不知他仔细，只见他在那里住地，依旧挂招牌做生活。”

郡王教干办去分付临安府，即时差一个缉捕使臣，带着做公的，备了盘缠，径来湖南潭州府，下了公文，同来寻崔宁和秀秀。却似皂雕追紫燕，猛虎啖羊羔，不两月，捉将两个来，解到府中。报与郡王得知，即时升厅。原来郡王杀番人时，左手使一口刀，叫做“小青”；右手使一口刀，叫做“大青”。这两口刀不知剁了多少番人。那两口刀，鞘内藏着，挂在壁上。郡王升厅，众人声喏，即将这两个人押来跪下。郡王好生焦躁，左手去壁牙上取下“小青”，右手一掣，掣刀在手，睁起杀番人的眼儿，咬得牙齿剥剥地响。当时吓杀夫人，在屏风背后道：“郡王，这里是帝辇之下，不比边庭上面，若有罪过，只消解去临安府施行，如何胡乱凯得人？”郡王听说道：“叵耐这两个畜生逃走，今日捉将来，我恼了，如何不凯？既然夫人来劝，且捉秀秀入府后花园去，把崔宁解去临安府断治。”当下喝赐钱酒，赏犒捉事人。解这崔宁到临安府，一一从头供说：“自从当夜遗漏，来到府中，都搬尽了。只见秀秀养娘从廊下出来，揪住崔宁道：‘你如何安手在我怀中？若不依我口，教坏了你！’要共崔宁逃走。崔宁不得已，只得与他同走。只此是实。”临安府把文案呈上郡王，郡王是个刚直的人，便道：“既然恁地，宽了崔宁，且与从轻断治。崔宁不合在逃，罪杖发遣建康府居住。”当下差人押送。

方出北关门，到鹅项头，见一顶轿儿，两个人抬着，从后面叫：“崔待诏，且不得去！”崔宁认得像是秀秀的声音，赶将来又不知恁地，心下好生疑惑。伤弓之鸟，不敢揽事，且低着头只顾走。只见后面赶将上来，歇了轿子，一个妇人走出来，不是别人，便是秀秀，道：“崔待诏，你如今去建康府，我却如何？”崔宁道：“却是怎地好？”秀秀道：“自从解你去临安府断罪，把我捉入后花园，打了三十竹篦，遂便赶我出来。我知道你建康府去，赶将来同你去。”崔宁道：“恁地却好。”讨了船，直到建康府。押发人自回。若是押发人是个学舌的，就有一场是非出来。因晓得郡王性如烈火，惹着他不是轻放手的；他又不是王府中人，去管这闲事怎地？况且崔宁一路买酒买食，奉承得他好，回去时就隐恶而扬善了。

再说崔宁两口在建康居住，既是问断了，如今也不怕有人撞见，依旧开个碾玉作铺。浑家道："我两口却在这里住得好，只是我家爹妈自从我和你逃去潭州，两个老的吃了些苦。当日捉我入府时，两个去寻死觅活，今日也好教人去行在取我爹妈来这里同住。"崔宁道："最好。"便教人来行在取他丈人丈母，写了他地理脚色与来人。到临安府寻见他住处，问他邻舍，指道："这一家便是。"来人去门首看时，只见两扇门关着，一把锁锁着，一条竹竿封着。问邻舍："他老夫妻那里去了？"邻舍道："莫说！他有个花枝也似女儿，献在一个奢遮去处。这个女儿不受福德，却跟一个碾玉的待诏逃走了。前日从湖南潭州捉将回来，送在临安府吃官司，那女儿吃郡王捉进后花园里去。老夫妻见女儿捉去，就当下寻死觅活，至今不知下落，只恁地关着门在这里。"来人见说，再回建康府来，兀自未到家。

且说崔宁正在家中坐，只见外面有人道："你寻崔待诏住处？这里便是。"崔宁叫出浑家来看时，不是别人，认得是璩父璩婆，都相见了，喜欢的做一处。那去取老儿的人，隔一日才到，说如此这般，寻不见，却空走了这遭，两个老的且自来到这里了。两个老人道："却生受你，我不知你们在建康住，教我寻来寻去，直到这里。"其时四口同住，不在话下。

且说朝廷官里，一日到偏殿看玩宝器，拿起这玉观音来看。这个观音身上，当时有一个玉铃儿，失手脱下。即时问近侍官员："却如何修理得？"官员将玉观音反覆看了，道："好个玉观音！怎地脱落了铃儿？"看到底下，下面碾着三字："崔宁造"。"恁地容易，既是有人造，只消得宣这个人来，教他修整。"敕下郡王府，宣取碾玉匠崔宁。郡王回奏："崔宁有罪，在建康府居住。"即时使人去建康，取得崔宁到行在歇泊了，当时宣崔宁见驾，将这玉观音教他领去，用心整理。崔宁谢了恩，寻一块一般的玉，碾一个铃儿接住了，御前交纳。破分请给养了崔宁，令只在行在居住。崔宁道："我今日遭际御前，争得气，再来清湖河下寻间屋儿开个碾玉铺，须不怕你们撞见！"

可煞事有斗巧，方才开得铺三两日，一个汉子从外面过来，就是那郭排军。见了崔待诏，便道："崔大夫恭喜了！你却在这里住？"抬起头来，看柜身里却立着崔待诏的浑家。郭排军吃了一惊，拽开脚步就走。浑家说与丈夫道："你与我叫住那排军！我相问则个。"正是：

平生不作皱眉事，世上应无切齿人。

崔待诏即时赶上扯住，只见郭排军把头只管侧来侧去，口里喃喃地道："作怪，作怪！"没奈何，只得与崔宁回来，家中坐地。浑家与他相见了，便问："郭排军，前者我好意留你吃酒，你却归来说与郡王，坏了我两个的好事。今日遭际御前，却不怕你去说。"郭排军吃他相问得无言可答，只道得一声"得罪！"相别了，便来到府里，对着郡王道："有鬼！"郡王道："这汉则甚？"郭立道："告恩王，有鬼！"郡王问道："有甚鬼？"郭立道："方才打清湖河下过，见崔宁开个碾玉铺，却见柜身里一个妇女，便是秀秀养娘。"郡王焦躁道："又来胡说！秀秀被我打杀了，埋在后花园，你须也看见，如何又在那里？却不是取笑我？"郭立道："告恩王，怎敢取笑！方才叫住郭立，相问了一回。怕恩王不信，勒下军令状了去。"郡王道："真个在时，你勒军令状来！"那汉也是合苦，真个写一纸军令状来。郡王收了，叫两个当直的轿番，抬一顶轿子，教："取这妮子来。若真个在，把来凯取一刀；若不在，郭立，你须替他凯取一刀！"郭立同两个轿番来取秀秀。正是：

麦穗两岐，农人难辨。

郭立是关西人，朴直，却不知军令状如何胡乱勒得！三个一径来到崔宁家里，那秀秀兀自在柜身里坐地，见那郭排军来得恁地慌忙，却不知他勒了军令状来取你。郭排军道："小娘子，郡王钧旨,教来取你则个。”秀秀道:“既如此,你们少等,待我梳洗了同去。”即时入去梳洗,换了衣服出来,上了轿,分付了丈夫。两上轿番便抬着,径到府前。郭立先入去,郡王正在厅上等待。郭立唱了喏,道:“已取到秀秀养娘。”郡王道:“着他入来!”郭立出来道:“小娘子,郡王教你进来。”掀起帘子看一看,便是一桶水倾在身上,开着口,则合不得,就轿子里不见了秀秀养娘。问那两上轿番道:“我不知,则见他上轿,抬到这里,又不曾转动。”那汉叫将入来道:“告恩王,恁地真个有鬼!”郡王道:“却不叵耐!”教人:“捉这汉,等我取过军令状来,如今凯了一刀。先去取下‘小青’来。”那汉从来伏侍郡王,身上也有十数次官了,盖缘是粗人,只教他做排军。这汉慌了道:“见有两个轿番见证,乞叫来问。”即时叫将轿番来道:“见他上轿,抬到这里,却不见了。”说得一般,想必真个有鬼,只消得叫将崔宁来问。便使人叫崔宁来到府中。崔宁从头至尾说了一遍,郡王道:“恁地又不干崔宁事,且放他去。”崔宁拜辞去了。郡王焦躁,把郭立打了五十背花棒。

崔宁听得说浑家是鬼,到家中问丈人丈母。两个面面相觑,走出门,看着清湖河里,扑通地都跳下水去了。当下叫救人,打捞,便不见了尸首。原来当时打杀秀秀时,两个老的听得说,便跳在河里,已自死了,这两个也是鬼。崔宁到家中,没情没绪,走进房中,只见浑家坐在床上。崔宁道:“告姐姐,饶我性命!”秀秀道:“我因为你,吃郡王打死了,埋在后花园里。却恨郭排军多口,今日已报了冤仇,郡王已将他打了五十背花棒。如今都知道我是鬼,容身不得了。”道罢起身,双手揪住崔宁,叫得一声,匹然倒地。邻舍都来看时,只见:两部脉尽总皆沉,一命已归黄壤下。崔宁也被扯去,和父母四个,一块儿做鬼去了。后人评论得好:咸安王捺不下烈火性,郭排军禁不住闲磕牙。璩秀娘舍不得生眷属,崔待诏撇不脱鬼冤家。

选自《警世通言》,华夏出版社 2008 年版

【作者简介】

冯梦龙(1574—1646),明朝人,字犹龙,又字公鱼、子犹,别号龙子犹、墨憨斋主人,(今江苏吴县)长洲人。他少有才气,曾游戏烟花里,是个放荡不羁的人物。他和兄冯梦桂、弟冯梦熊被称为“吴下三冯”,但科举不得志,五十七岁才补了一名贡生。冯梦龙是爱国志士,在崇祯年间任寿宁县知县时,曾上疏陈述国家衰败原因;清兵入关时,进行抗清宣传,最后忧愤而死。在我国文学史上,冯梦龙是在通俗文学的各个方面都作出了重大贡献的作家,被称为“全能通俗文学家”。在小说方面,他编选“三言”(《喻世明言》、《警世通言》、《醒世恒言》),与凌蒙初的《初刻拍案惊奇》、《二刻拍案惊奇》合称“三言二拍”。

【作品鉴赏】

本篇节选自明朝冯梦龙《警世通言》第八卷《崔待诏生死冤家》,这个故事的出处是宋话本《碾玉观音》,为《京本通俗小说》中的一卷,话本原是“说话”艺人“说话”的底本,是随着民间“说话”技艺发展起来的一种文学样式。

《崔待诏生死冤家》中的女主人公璩秀秀,出生于贫寒的装裱匠家庭,生得美貌出众,聪明伶俐,更练就了一手好刺绣。无奈家境窘迫,其父以一纸“献状”,将她卖与咸安郡王,从此,正值豆蔻年华的秀秀,身入侯门,失去自由。其后郡王将秀秀许给碾玉匠崔宁。秀秀和崔宁品貌相当,心灵手巧,相互爱恋。为了追求自由的爱情两人一起私奔,却屡次被郡王迫害,后崔宁被发配,秀秀杖责而亡。其父母担惊受怕投河而死,秀秀魂魄与崔宁又续前缘。最后,崔宁发现秀秀非人,秀秀父母也非人。秀秀父母入水而逃。秀秀携崔宁一起在地府做了一对鬼夫妻。

小说再现了宋代社会的各种矛盾。作品描写了秀秀追求爱情与人身自由的举动,以及咸安郡王极端的愤怒、郭排军异常的冷漠、崔宁被动的接受、文人高度的赞扬,折射出不同的社会阶层各自的思想意识形态,具有重大的社会意义。

这是一篇爱情悲剧。故事没有缠绵悱恻的爱情场面,只是把生活的场景自然、真切的铺排出来,有着惊人的写实能力。其中最成功的是刻画了下层市民少女秀秀这个形象,她粗犷豪放,敢爱敢恨,主动地追求自己的幸福,那种至死不渝的决心令人感动。相比之下,男主角崔宁便显得苍白无力了。小说另一个成功的地方是在情节方面,小说写暴戾的咸安郡王把崔宁和秀秀从潭州抓回来,崔宁被解去临安,秀秀被拉入后园,并不说明她在后花园被打死了,此后跟着崔宁的只是鬼魂。一直到故事结束时,秀秀的鬼魂把崔宁拉去做鬼夫妻,读者才明白真相,这种悬疑的手法增加了故事情节的趣味。

【平行阅读】

苏小妹三难新郎(节选)

冯梦龙

话说四川眉州,古时谓之蜀郡,又曰嘉州,又曰眉山。山有蟆顺、峨眉,水有岷江、环湖,山川之秀,钟于人物。生出个博学名儒来,姓苏,名洵,字允明,别号老泉。当时称为老苏。老苏生下两个孩儿,大苏小苏。大苏名轼,字子瞻,别号东坡;小苏名辙,字子由,别号颖滨。二子都有文经武纬之才,博古通今之学,同科及第,名重朝廷,俱拜翰林学士之职。天下称他兄弟,谓之二苏。称他父子,谓之三苏。这也不在话下。更有一桩奇处,那山川之秀,偏萃于一门。两个儿子未为希罕,又生个女儿,名曰小妹,其聪明绝世无双,真个闻一知二,问十答十。因他父兄都是个大才子,朝谈夕讲,无非子史经书,目见耳闻,不少诗词歌赋。自古道:近朱者赤,近墨者黑。况且小妹资性过人十倍,何事不晓。十岁上随父兄居于京师寓中,有绣球花一树,时当春月,其花盛开。老泉赏玩了一回,取纸笔题诗,才写得四句,报说:"门前客到!"老泉阁笔而起。小妹闲步到父亲书房之内,看见桌上有诗四句:

天巧玲珑玉一邱,迎眸烂熳总清幽。白云疑向枝间出,明月应从此处留。

小妹览毕,知是咏绣球花所作,认得父亲笔迹,遂不待思索,续成后四句云:

瓣瓣折开蝴蝶翅,团团围就水晶球。假饶借得香风送,何羡梅花在陇头。

小妹题诗依旧放在桌上,款步归房。老泉送客出门,复转书房,方欲续完前韵,只见八句已足,读之词意俱美。疑是女儿小妹之笔,呼而问之,写作果出其手。老泉叹道:"可惜是个女子!若是个男儿,可不又是制科中一个有名人物!"自此愈加珍爱其女,恣其读书博学,不复以女工督之。看看长成一十六岁,立心要妙选天下才子,与之为配。急切难得。忽一日,宰相王荆公着堂候官请老泉到府与之叙话。原来王荆公,讳安石,字介甫。初及第时,大有贤名。平时常不洗面,不脱衣,身上虱子无数。老泉恶其不近人情,异日必为奸臣,曾作《辨奸论》以讥之,荆公怀恨在心。后来见他大苏、小苏连登制科,遂舍怨而修好。老泉亦因荆公拜相,恐妨二子进取之路,也不免曲意相交。正是:

古人结交在意气,今人结交为势利。从来势利不同心,何如意气交情深。

是日,老泉赴荆公之召,无非商量些今古,议论了一番时事,遂取酒对酌,不觉忘怀酩酊。荆公偶然夸能:"小儿王雱,读书只一遍,便能背诵。"老泉带酒答道:"谁家儿子读两遍!"荆公道:“倒是老夫失言,不该班门弄斧。”老泉道:“不惟小儿只一遍,就是小女也只一遍。”荆公大惊道:“只知令郎大才,却不知有令爱。眉山秀气,尽属公家矣!”老泉自悔失言,连忙告退。荆公命童子取出一卷文字,递与老泉道:“此乃小儿王雱窗课,相烦点定。”老泉纳于袖中,唯唯而出。回家睡至半夜,酒醒,想起前事:“不合自夸女孩儿之才。今介甫将儿子窗课属吾点定,必为求亲之事。这头亲事,非吾所愿,却又无计推辞。”沉吟到晓,梳洗已毕,取出王雱所作,次第看之,真乃篇篇锦绣,字字珠玑,又不觉动了个爱才之意。“但不知女儿缘分如何?我如今将这文卷与女传观之,看他爱也不爱。”遂隐下姓名,分付丫鬟道:“这卷文字,乃是个少年名士所呈,求我点定。我不得闲暇,转送与小姐,教他到批阅完时,速来回话。”丫鬟将文字呈上小姐,传达太老爷分付之语。小妹滴露研朱,从头批点,须臾而毕。叹道:“好文字!此必聪明才子所作。但秀气泄尽,华而不实,恐非久长之器。”遂于卷面批云:

新奇藻丽,是其所长;含蓄雍容,是其所短。取巍科则有余,享大年则不足。

后来王雱十九岁中了头名状元,未几夭亡。可见小妹知人之明,这是后话。却说小妹写罢批语,叫丫鬟将文卷纳还父亲。老泉一见大惊:“这批语如何回复得介甫!必然取怪。”一时污损了卷面,无可奈何,却好堂候官到门:“奉相公钧旨,取昨日文卷,面见太爷,还有话禀。”老泉此时,手足无措,只得将卷面割去,重新换过,加上好批语,亲手交堂候官收讫。堂候官道:“相公还分付过,有一言动问:贵府小姐曾许人否?倘未许人,相府愿谐秦晋。”老泉道:“相府请亲,老夫岂敢不从。只是小女貌丑,恐不足当金屋之选。相烦好言达上,但访问自知,并非老夫推托。”堂候官领命,回复荆公。荆公看见卷面换了,已有三分不悦。又恐怕苏小姐容貌真个不扬,不中儿子之意,密地差人打听。原来苏东坡学士,常与小姐互相嘲戏。东坡是一嘴胡子,小妹嘲云:

口角几回无觅处,忽闻毛里有声传。

小妹额颅凸起,东坡答嘲云:

未出庭前三五步,额头先到画堂前。

小妹又嘲东坡下颏之长云:

去年一点相思泪,至今流不到腮边。

东坡因小妹双眼微抠,复答云:

几回拭脸深难到,留却汪汪两道泉。

访事的得了此言,回复荆公,说:“苏小姐才调委实高绝,若论容貌,也只平常。”荆公遂将姻事阁起不题。然虽如此,却因相府求亲一事,将小妹才名播满了京城。以后闻得相府亲事不谐,慕名来求者,不计其数。老泉都教呈上文字,把与女孩儿自阅。也有一笔涂倒的,也有点不上两三句的。就中只有一卷,文字做得好。看他卷面写有姓名,叫做秦观。小妹批四句云:

今日聪明秀才,他年风流学士。可惜二苏同时,不然横行一世。

这批语明说秦观的文才,在大苏小苏之间,除却二苏,没人及得。老泉看了,已知女儿选中了此人。分付门上:“但是秦观秀才来时,快请相见。余的都与我辞去。”谁知众人呈卷的,都在讨信,只有秦观不到。却是为何?那秦观秀才字少游,他是扬州府高邮人。腹饱万言,眼空一世。生平敬服的,只有苏家兄弟,以下的都不在意。今日慕小妹之才,虽然衒玉求售,又怕损了自己的名誉,不肯随行逐队,寻消问息。老泉见秦观不到,反央人去秦家寓所致意,少游心中暗喜。又想道:“小妹才名得于传闻,未曾面试,又闻得他容貌不扬,额颅凸出,眼睛凹进,不知是何等鬼脸?如何得见他一面,方才放心。”打听得三月初一日,要在岳庙烧香,趁此机会,改换衣装，觑个分晓。正是：

眼见方为的，传闻未必真。若信传闻语，枉尽世间人。

从来大人家女眷入庙进香，不是早，定是夜。为甚么？早则人未来，夜则人已散。秦少游到三月初一日五更时分，就起来梳洗，打扮个游方道人模样：头裹青布唐巾，耳后露两个石碾的假玉环儿，身穿皂布道袍，腰系黄绦，足穿净袜草履，项上挂一串拇指大的数珠，手中托一个金漆钵盂，侵早就到东岳庙前伺候。天色黎明，苏小姐轿子已到。少游走开一步，让他轿子入庙，歇于左廊之下。小妹出轿上殿，少游已看见了。虽不是妖娆美丽，却也清雅幽闲，全无俗韵。"但不知他才调真正如何？"约莫焚香已毕，少游却循廊而上，在殿左相遇。少游打个问讯云：

小姐有福有寿，愿发慈悲。

小妹应声答云：

道人何德何能，敢求布施！

少游又问讯云：

愿小姐身如药树，百病不生。

小妹一头走，一头答应：

随道人口吐莲花，半文无舍。

少游直跟到轿前，又问讯云：

小娘子一天欢喜，如何撒手宝山？

小妹随口又答云：

风道人恁地贪痴，那得随身金穴！

小妹一头说，一头上轿。少游转身时，口中喃出一句道："'风道人'得对'小娘子'，万千之幸！"小妹上了轿，全不在意。跟随的老院子，却听得了，怪这道人放肆，方欲回身寻闹，只见廊下走出一个垂髫的俊童，对着那道人叫道："相公这里来更衣。"那道人便前走，童儿后随。老院子将童儿肩上悄地捻了一把，低声问道："前面是那个相公？"童儿道："是高邮秦少游相公。"老院子便不言语。回来时，就与老婆说知了。这句话就传入内里，小妹才晓得那化缘的道人是秦少游假妆的，付之一笑，嘱付丫鬟们休得多口。

话分两头。且说秦少游那日饱看了小妹容貌不丑，况且应答如响，其才自不必言。择了吉日，亲往求亲，老泉应允，少不得下财纳币。此是二月初旬的事。少游急欲完婚，小妹不肯。他看定秦观文字，必然中选。试期已近，欲要象简乌纱，洞房花烛，少游只得依他。到三月初三礼部大试之期，秦观一举成名，中了制科。到苏府来拜丈人，就禀复完婚一事。因寓中无人，欲就苏府花烛。老泉笑道："今日挂榜，脱白挂绿，便是上吉之日，何必另选日子。只今晚便在小寓成亲，岂不美哉！"东坡学士从旁赞成。是夜与小妹双双拜堂，成就了百年姻眷。正是：

聪明女得聪明婿，大登科后小登科。

其夜月明如昼。少游在前厅筵宴已毕，方欲进房，只见房门紧闭，庭中摆着小小一张桌儿，桌上排列纸墨笔砚，三个封儿，三个盏儿，一个是玉盏，一个是银盏，一个是瓦盏。青衣小鬟守立旁边。少游道："相烦传语小姐，新郎已到，何不开门？"丫鬟道："奉小姐之命，有三个题目在此，三试俱中式，方准进房。这三个纸封儿便是题目在内。"少游指着三个盏道："这又是甚的意思？"丫鬟道："那玉盏是盛酒的，那银盏是盛茶的，那瓦盏是盛寡水的。三试俱中，玉盏内美酒三杯，请进香房。两试中了，一试不中，银盏内清茶解渴，直待来宵再试。一试中了，两试不中,瓦盏内呷口淡水,罚在外厢读书三个月。”少游微微冷笑道:“别个秀才来应举时,就要告命题容易了,下官曾应过制科,青钱万选,莫说三个题目,就是三百个,我何惧哉!”丫鬟道:“俺小姐不比寻常盲试官,之乎者也应个故事而已。他的题目好难哩!第一题,是绝句一首,要新郎也做一首,合了出题之意,方为中式。第二题四句诗,藏着四个古人,猜得一个也不差,方为中式。到第三题,就容易了,止要做个七字对儿,对得好便得饮美酒进香房了。”少游道:“请第一题。”丫鬟取第一个纸封拆开,请新郎自看。少游看时,封着花笺一幅,写诗四句道:

铜铁投洪冶,蝼蚁上粉墙。阴阳无二义,天地我中央。

少游想道:“这个题目,别人做定猜不着。则我曾假扮做云游道人,在岳庙化缘,去相那苏小姐。此四句乃含着‘化缘道人’四字,明明嘲我。”遂于月下取笔写诗一首于题后云:

化工何意把春催?缘到名园花自开。道是东风原有主,人人不敢上花台。

丫鬟见诗完,将第一幅花笺褶做三叠,从窗隙中塞进,高叫道:“新郎交卷,第一场完。”小妹览诗,每句顶上一字,合之乃“化缘道人”四字,微微而笑。少游又开第二封看之,也是花笺一幅,题诗四句:

强爷胜祖有施为,凿壁偷光夜读书。缝线路中常忆母,老翁终日倚门闾。

少游见了,略不凝思,一一注明。第一句是孙权,第二句是孔明,第三句是子思,第四句是太公望。丫鬟又从窗隙递进。少游口虽不语,心下想道:“两个题目,眼见难我不倒,第三题是个对儿,我五六岁时便会对句,不足为难。”再拆开第三幅花笺,内出对云:

闭门推出窗前月。

初看时觉道容易,仔细思来,这对出得尽巧。若对得平常了,不见本事。左思右想,不得其对。听得谯楼三鼓将阑,构思不就,愈加慌迫。却说东坡此时尚未曾睡,且来打听妹夫消息。望见少游在庭中团团而步,口里只管吟哦“闭门推出窗前月”七个字,右手做推窗之势。东坡想道:“此必小妹以此对难之,少游为其所困矣!我不解围,谁为撮合?”急切思之,亦未有好对。庭中有花缸一只,满满的贮着一缸清水,少游步了一回,偶然倚缸看水。东坡望见,触动了他灵机,道:“有了!”欲待教他对了,诚恐小妹知觉,连累妹夫体面,不好看相。东坡远远站着咳嗽一声,就地下取小小砖片,投向缸中。那水为砖片所激,跃起几点,扑在少游面上。水中天光月影,纷纷淆乱。少游当下晓悟,遂援笔对云:

投石冲开水底天。

丫鬟交了第三遍试卷,只听呀的一声,房门大开,内又走出一个侍儿,手捧银壶,将美酒斟于玉盏之内,献上新郎,口称:“才子请满饮三杯,权当花红赏劳。”

选自《醒世恒言》,人民文学出版社 2007 年版

【思考与讨论】

1.《崔待诏生死冤家》(宋人小说作《碾玉观音》)故事情节安排有什么特点?

2. 分析小说中璩秀秀的人物形象。

严监生疾终正寝(节选)

吴敬梓

过了三日,王德、王仁,果然到严家来,写了几十副帖子,遍请诸亲六眷。择个吉期,亲眷都

到齐了，只有隔壁大老爹家五个亲侄子，一个也不到。

众人吃过早饭，先到王氏床面前写立王氏遗嘱，两位舅爷王于据、王于依都画了字。严监生戴著方巾，穿著青衫，被了红绸；赵氏穿著大红，戴了赤金冠子，两人双拜了天地，又拜了祖宗。王于依广有才学，又替他做了一篇告祖的文，甚是恳切。告过祖宗，转了下来。两位舅爷叫丫鬟在房里请出两位舅奶奶来。夫妻四个，齐铺铺请妹丈、妹子转在大边，磕下头去，以叙姊妹之礼；众亲眷都分了大小，加上管事的管家、家人媳妇、丫鬟使女，黑压压的几十个人，都来向主人、主母磕头。赵氏又独自走进房内，拜王氏做姊姊，那时王氏已发昏去了。

行礼已毕，大厅、二厅、书房、内堂屋男客与女客，共摆了二十多桌酒席。吃到三更时分，严监生正在大厅陪著客。奶妈慌忙的走了出来说道："奶奶断气了！"严监生哭著走了进去；只见赵氏扶著床沿，一头撞去，已经哭死了。众人且扶著赵氏，灌开水。撬开牙齿，灌了下去。灌醒了时，披头散发，满地打滚，哭得天昏地暗，连严监生也无可奈何。

管家都在厅上，女客都在堂屋候殓，只有两个舅奶奶在房里，乘著人乱，将些衣服，金珠首饰，一掳精空。连赵氏方才戴的赤金冠子，滚在地下，也拾起来藏在怀里。严监生慌忙叫奶妈抱起儿子来。拿一匹麻替他披著。那时衣衾棺椁，都是现成的；入过了殓，天才亮了。灵柩停在第二层中堂内，众人进来参了灵，各自散了。

次日送孝布，每家两个。第三日成服，赵氏定要披麻带孝，两位舅爷断然不肯道："'名不正则言不顺'你们此刻是姊妹了；妹子替姊姊只带一年孝，穿细布孝衫，用白布孝箍。"议礼已定。报丧出去。自此修斋、理七、开丧、出殡，用了四五千两银子，闹了半年，不必细说。

赵氏感激两位舅爷入于骨髓；田上收了新米，每家两石、腌冬菜每家也是两石，火腿每家四只，鸡鸭小菜不算。不觉到了除夕，严监生拜过了天地祖宗，收拾一席家宴。严监生同赵氏对坐，奶妈带著儿子坐在底下。吃了几杯酒，严监生掉下泪来，指著一张橱里，向赵氏说道："昨日典铺内送来三百两利钱，是你王氏姊姊的私房；每年腊月二十七八日送来，我就交给他，我也不管他在那里用。今年又送这银子来，可怜就没人接了！"

赵氏道："你也别说大娘的银子没用处，我是看见的；想起一年到头，逢时遇节，庵里师姑送盒子，卖花婆换珠翠，弹三弦琵琶的女瞎子不离门，那一个不受他的恩惠？况他又心慈，见那些穷亲戚，自己吃不成，也要给人吃；穿不成的，也要给人穿；这些银子，够做甚么？再有些也完了！倒是两位舅爷，从来不沾他分毫。依我的意思，这银子也不必用掉，到过了年替奶奶大大的做几回好事。剩下来的银子，料想也不多，明年是科举年，就是送给两位舅爷做盘程，也是该的。"严监生听著他说。桌子底下一个猫就趴在他腿上。严监生一脚踢开了，那猫吓的跑到房内去，跳上床头。只听得一声大响，床头上掉下一个东西来，把地板上的酒坛子都打碎了。拿烛去看，原来那瘟猫，把床顶上的板，跳塌了一块，上面掉下一个大竹篓子来；靠近看，只见一地黑枣子拌在酒里，篾篓横放著。两个人才扳过来，枣子底下，一封一封，桑皮纸包；打开看时，共五百两银子。严监生叹道："我说他的银子那里就肯用完了？像这都是历年积聚的，恐怕我有急事好拿出来用的；而今他往那里去了！"一回哭著，叫人扫了地。把那乾枣子装了一盘，同赵氏放在灵前桌上；伏著灵床前，又哭了一场。

因此新年不出去拜节，在家哽哽咽咽，不时哭泣；精神颠倒，恍惚不宁。过了灯节后，就叫心口疼痛。初时撑著，每晚算账，直算到三更鼓。后来就渐渐饮食少进，骨瘦如柴，又舍不得银子吃人参。赵氏劝他道："你心里不自在，这家务事就丢开了罢。"他说道："我儿子又小，你叫我托那个？我在一日，少不得料理一日！”不想春气渐深，肝木克了脾土，每日只吃两碗粥汤，卧床不起。等到天气和暖，又勉强进些饮食，挣起来家前屋后走走；挨过长夏，立秋以来，病又重了，睡在床上。想著田上要收早稻，打发了管庄的仆人下乡去，又不放心，心里只是急躁。

那一日早上吃过药，听著萧萧落叶打得窗子响，自觉得心里虚怯，长叹了一口气，把脸朝床里面睡下。赵氏从房外同两位舅爷进来问病，就辞别了到省城里乡试去。严监生叫丫鬟扶起来，勉强坐著。王德、王仁道：“好几日不曾看妹丈，原来又瘦了些，喜得精神还好。”严监生忙请他坐下，说了些恭喜的话，留在房里吃点心。讲到除夕晚里这一番话，便叫赵氏拿出几封银子来，指著赵氏说道：“这倒是他的意思，说姊姊留下来的一点东西，送给二位老舅添著做恭喜的盘费。我这病势沉重，将来二位回府，不知可否会得著！我死之后，二舅照顾你外甥长大，教他读读书，挣著进个学，免得像我一生，终日受大房里的气！”两位接了银子，每位怀里带著两封；谢了又谢，又说了许多安慰宽心的话，作别去了。

自此严监生的病，一日重似一日，毫无起色。诸亲六眷，都来问候，五个侄子，穿梭的过来陪郎中弄药。到中秋以后，医生都不下药了；把管庄的家人，都从乡里叫了来，病重得一连三天不能说话。晚间挤了一屋子的人，桌上点著一盏灯；严监生喉咙里，痰响得一进一出，一声接一声的，总不得断气。还把手从被单里拿出来，伸著两个指头；大侄子上前问道：“二叔！你莫不是还有两个亲人不曾见面？”他就把头摇了两三摇。二侄子走上前来问道：“二叔！莫不是还有两笔银子在那里，不曾吩咐明白？”他把两眼睁的溜圆，把头又狠狠的摇了几摇，越发指得紧了。奶妇抱著儿子插口道：“老爷想是因两位舅爷不在跟前，故此惦念？”他听了这话，两眼闭著摇头。那手只是指著不动。赵氏慌忙揩揩眼泪，走近上前道：“老爷！别人都说的不相干，只有我晓得你的意思！”只因这一句话，有分教：“争田夺产，又从骨肉起戈矛；继嗣延宗，齐向官司进词讼。”

……

话说严监生临死之时，伸着两个指头，总不肯断气，几个侄儿和些家人，都来讧乱着问；有说为两个人的，有说为两件事的，有说为两处田地的，纷纷不一，却只管摇头不是。赵氏分开众人，走上前道：“老爷！只有我能知道你的心事。你是为那盏灯里点的是两茎灯草，不放心，恐费了油；我如今挑掉一茎就是了。”说罢，忙走去挑掉一茎；众人看严监生时，点一点头，把手垂下，登时就没了气。合家大小号哭起来，准备入殓，将灵柩停在第三层中堂内。次早打发几个家人、小斯，满城去报丧。族长严振先，领着合族一班人来吊孝；都留着吃酒饭，领了孝布回去。

选自《儒林外史》，中华书局 2009 年版

【作者简介】

吴敬梓(1701—1754)，字敏轩，号文木老人，安徽全椒人，出生于官宦家庭。著有《儒林外史》和《文木山房集》等。他的父亲为人清正耿直，不以功名为重，对吴敬梓有着深刻影响，吴敬梓自幼聪颖异常，20 岁时中秀才。父亲死后，因其不善经营，家产在他手里斥卖殆尽。后又屡试不第。33 岁，他移家南京，开始了卖文生涯。36 岁时，安徽巡抚荐以应博学鸿词科，以病不赴。40 岁后生活陷入窘境，靠友人接济度日。由富转贫的生活经历使其饱尝世态炎凉，对现实有较清醒的认识。长篇名著《儒林外史》就是作者以自己耳闻目睹的事实为素材写成的。

【作品鉴赏】

《儒林外史》是一部章回体长篇讽刺小说，全书共五十六回，约四十万字，描写了近两百个

人物。小说假托明代,实际反映的是康乾时期科举制度下读书人的功名和生活。作者从多方面揭露了科举制度下读书人的丑恶嘴脸,对科举制度和封建礼教进行了无情的鞭挞和深刻的批判。全书故事情节虽没有一个主干,可是有一个中心贯穿其间,那就是反对科举制度和封建礼教的毒害,讽刺因热衷功名富贵而造成的极端虚伪、恶劣的社会风习。这样的思想内容,在当时无疑具有重大的现实意义和教育意义。在艺术手法上,小说直接将现实生活中的人和事作为讽刺对象,使得讽刺更加直接而强烈,严肃而冷峻,形成了"戚而能谐,婉而多讽"的艺术特色,表现了高度的现实主义精神,是我国古典长篇小说讽刺艺术的高峰。

本文节选自《儒林外史》第五回、第六回,故事主要讲的是严监生家私万贯,却胆小吝啬。闻说严大披案逃跑,严监生甚是害怕,又是留差人饮酒吃饭,拿钱充塞,又是请来妻舅商量对策。他身怀十万,却舍不得买一斤猪肉来家,当儿子要吃肉时,就到熟切店买四个钱的肉哄儿子。他对自己的刻薄更胜于对家人,病重也舍不得银子吃人参,导致身亡。更为可笑的是,在他即将断气的时候,却因多点了一茎灯草而迟迟不肯断气,还高高举着两个手指。

严监生是一个有着丰富个性的文学典型,与科举文化有深刻的联系。他处于一个迷科举重功名的社会文化环境中,是一个被科举文化扭曲了人性的人。他自视低下,胆小谨慎的卑微人格使得他的行为既慷慨又吝啬,充满了矛盾。

多烧一茎灯草就使严监生断不了气,这一绝妙的细节描写,活画出严监生这个吝啬鬼的可笑形象。这个细节成为我国文学史上极为著名的一例,它对那些吝啬乡绅的讽刺可谓入木三分,十分传神地刻画出了人物性格。作家李准说:"没有细节就不可能有艺术作品。真实的细节描写是塑造人物达到典型化的重要手段。"本文有几处严监生的动作描写,尤其是死前高举两个手指只是为了两根灯茎的细节,不仅推动了故事情节的发展,而且生动地刻画了严监生极为吝啬的性格。严监生的形象能栩栩如生地矗立在我们面前,这是细节描写所收到的阅读效果。

【平行阅读】

王孝廉村学识同科　周蒙师暮年登上第

吴敬梓

不觉两个多月,天气渐暖。周进吃过午饭开了后门出来,河沿上望望。虽是乡村地方,河边却也有几树桃花柳树,红红绿绿,间杂好看。看了一回,只见蒙蒙的细雨,下将起来。周进见下雨,转入门内,望着雨下在河里,烟笼远树,景致更妙。这雨越下越大,却见上流头,一只船冒雨而来。那船本不甚大,又是芦席篷,所以怕雨。将近河岸,看时:中舱坐着一个人,船尾坐着两个从人,船头上放着一担食盒。将到岸边,那人连呼船家泊船,带领从人走上岸来。

周进看那人时,头戴方巾,身穿宝蓝缎直裰,脚下粉底皂靴,三绺髭须,约有三十多岁光景。走到门口,与周进举一举手一直进来。自己口里说道:"原来是个学堂。"周进跟了进来作揖,那人还了个半礼道:"你想就是先生了。"周进道:"正是。"那人问从者道:"和尚怎的不见?"说着,和尚忙走了出来,道:"原来是王大爷。请坐!僧人去烹茶来。"向着周进道:"这王大爷,就是前科新中的。先生陪了坐着,我去拿茶。"

那王举人也不谦让,从人摆了一条凳子,就在上首坐了。周进下面相陪。王举人道:"你这位先生贵姓?"周进知他是个举人,便自称道:"晚生姓周。"王举人道:"去年在谁家作馆?"周进道:“在县门口顾老相公家。”王举人道:“足下莫不是就在我白老师手里曾考过一个案首的?说这几年在顾二哥家做馆,不差,不差。”周进道:“俺这顾东家,老先生也是相与的?”王举人道:“顾二哥是俺户下册书,又是拜盟的好弟兄。”

须臾,和尚献上茶来吃了。周进道:“老先生的朱卷,是晚生熟读过的,后面两大股文章尤其精妙。”王举人道:“那两股文章,不是俺作的。”周进道:“老先生又过谦了。却是谁作的呢?”王举人道:“虽不是我作的,却也不是人作的。那时头场初九日,天色将晚,第一篇文章还不曾做完,自己心里疑惑,说:‘我平日笔下最快,今日如何迟了?’正想不出来,不觉瞌睡上来,伏着号板打一个盹,只见五个青脸的人,跳进号来。中间一人,手里拿着一枝大笔把俺头上点了一点,就跳出去了。随即一个戴纱帽红袍金带的人,揭帘子进来,把俺拍了一下,说道:‘王公请起!’那时弟吓了一跳,通身冷汗。醒转来,拿笔在手,不知不觉写了出来。可见贡院里鬼神是有的。弟也曾把这话,回禀过大主考座师,座师就道弟该有鼎元之分。”

正说得热闹,一个小学生送仿来批,周进叫他搁着。王举人道:“不妨,你只管去批仿,俺还有别的事。”周进只得上位批仿。王举人吩咐家人道:“天已黑了,雨又不住,你们把船上的食盒挑了上来,叫和尚拿升米做饭。船家叫他伺候着,明日早走。”向周进道:“我方才上坟回来,不想遇着雨,耽搁一夜。”说着就猛然回头,一眼看见那小学生的仿纸上的名字是荀玫,不觉就吃了一惊,一会儿咂嘴弄唇的,脸上做出许多怪物像。周进又不好问他,批完了仿依旧陪他坐着。他就问道:“方才这小学生几岁了?”周进道:“他才七岁。”王举人道:“是今年才开蒙?这名字是你替他起的?”周进道:“这名字不是晚生起的。开蒙的时候,他父亲央及集上新进梅朋友替他起名。梅朋友说,自己的名字叫做‘玖’,也替他起个‘王’旁的名字发发兆,将来好同他一样的意思。”王举人笑道:“说起来竟是一场笑话。弟今年正月初一日梦见看会试榜,弟中在上面,是不消说了,那第三名也是汶上人,叫做荀玫。弟正疑惑:我县里没有这一个姓荀的孝廉,谁知竟同着这个小学生的名字。难道和他同榜不成!”说罢,就哈哈大笑起来,道:“可见梦作不得准。况且功名大事总以文章为主,那里有甚么鬼神!”周进道:“老先生,梦也竟有准的。前日晚生初来,会着集上梅朋友。他说,也是正月初一日,他梦见一个大红日头落在他头上,他这年就飞黄腾达的。”王举人道:“这话更作不得准了。比如他进过学,就有日头落在他头上,像我这发过的,不该连天都掉下来,是俺顶着的了?”

彼此说着闲话,掌上灯烛。管家捧上酒饭,鸡、鱼、鸭、肉,堆满春台。王举人也不让周进,自己坐着吃了,收下碗去。落后,和尚送出周进的饭来,一碟老菜叶,一壶热水。周进也吃了。叫了安置,各自歇宿。

次早,天色已晴。王举人起来洗了脸,穿好衣服,拱一拱手,上船去了。撒了一地的鸡骨头、鸭翅膀、鱼刺、瓜子壳,周进昏头昏脑,扫了一早晨。

自这一番之后,一薛家集的人,都晓得荀家孩子是县里王举人的进士同年,传为笑话。这些同学的孩子赶着他,就不叫荀玫了,都叫他“荀进士”。各家父兄听见这话都各不平,偏要在荀老翁跟前恭喜,说他是个封翁太老爷,把个荀老爹气得有口难分。申祥甫背地里又向众人道:“那里是王举人亲口说这番话?这就是周先生看见我这一集上,只有荀家有几个钱,捏造出这话来奉承他,图他个逢时遇节,他家多送两个盒子。俺前日听见说,荀家炒了些面筋、豆腐干送在庵里,又送了几回馒头、火烧,就是这些原故了。”众人都不喜欢。以此周进安身不牢,因是碍着夏总甲的面皮不好辞他,将就混了一年。后来,夏总甲也嫌他呆头呆脑,不知道常来承谢，由着众人，把周进辞了来家。

那年却失了馆，在家日食艰难。一日，他姊丈金有余来看他，劝道："老舅，莫怪我说你。这读书求功名的事，料想也是难了。人生世上，难得的是这碗现成饭。只管'粮不粮莠不莠'的到几时？我如今同了几个大本钱的人到省城去买货，差一个记账的人，你不如同我们去走走。你又孤身一人，在客伙内，还是少了你吃的、穿的？"周进听了这话，自己想："瘫子掉在井里——捞起也是坐。有甚亏负我？"随即应允了。

金有余择个吉日，同一伙客人起身，来到省城杂货行里住下。

周进无事，闲着街上走走，看见纷纷的工匠，都说是修理贡院。周进跟到贡院门口，想挨进去看，被看门的大鞭子打了出来。晚间，向姐夫说要去看看。金有余只得用了几个小钱，一伙客人也都同了去看，又央及行主人领着。行主人走进头门，用了钱的并无拦阻。到了龙门下，行主人指道："周客人，这是相公们进的门了。"进去两块号房门，行主人指道："这是天字号了。你自进去看看。"周进一进了号，见两块号板摆的齐齐整整，不觉眼睛里一阵酸酸的，长叹一声，一头撞在号板上，直僵僵不省人事。只因这一死，有分教：累年蹭蹬，忽然际会风云；终岁凄凉，竟得高悬月旦。未知周进性命如何，且听下回分解。

选自《儒林外史》，中华书局2009年版

【思考与讨论】

1. 试分析作者是怎样刻画严监生这一入木三分的吝啬鬼形象的？

2. 体会作者高超的讽刺艺术、经典的细节描写，学习作者抓住人物动作、神态刻画人物性格的写作方法。

《红楼梦》片段

曹雪芹

片段一：林黛玉初见王熙凤

一语未了，只听后院中有人笑声，说："我来迟了，不曾迎接远客！"黛玉纳罕道："这些人个个皆敛声屏气，恭肃严整如此，这来者系谁，这样放诞无礼？"心下想时，只见一群媳妇丫鬟围拥着一个人从后房门进来。这个人打扮与众姑娘不同，彩绣辉煌，恍若神妃仙子：头上戴着金丝八宝攒珠髻，绾着朝阳五凤挂珠钗；项上带着赤金盘螭璎珞圈；裙边系着豆绿宫绦，双衡比目玫瑰佩；身上穿着缕金百蝶穿花大红洋缎窄褃袄，外罩五彩刻丝石青银鼠褂；下着翡翠撒花洋绉裙。一双丹凤三角眼，两弯柳叶吊梢眉，身量苗条，体格风骚，粉面含春威不露，丹唇未启笑先闻。黛玉连忙起身接见。贾母笑道："你不认得他，他是我们这里有名的一个泼皮破落户儿，南省俗谓作'辣子'，你只叫他'凤辣子'就是了。"黛玉正不知以何称呼，只见众姊妹都忙告诉他道："这是琏嫂子。"黛玉虽不识，也曾听见母亲说过，大舅贾赦之子贾琏，娶的就是二舅母王氏之内侄女，自幼假充男儿教养的，学名王熙凤。黛玉忙陪笑见礼，以"嫂"呼之。这熙凤携着黛玉的手，上下细细打量了一回，仍送至贾母身边坐下，因笑道："天下真有这样标致的人物，我今儿才算见了！况且这通身的气派，竟不像老祖宗的外孙女儿，竟是个嫡亲的孙女，怨不得老祖宗天天口头心头一时不忘。只可怜我这妹妹这样命苦，怎么姑妈偏就去世了！"说着，便用帕拭泪。贾母笑道："我才好了，你倒来招我。你妹妹远路才来，身子又弱，也才劝住了，快再休提前话。”这熙凤听了，忙转悲为喜道：“正是呢！我一见了妹妹，一心都在他身上了，又是喜欢，又是伤心，竟忘记了老祖宗。该打，该打！”又忙携黛玉之手，问：“妹妹几岁了？可也上过学？现吃什么药？在这里不要想家，想要什么吃的、什么玩的，只管告诉我；丫头老婆们不好了，也只管告诉我。”一面又问老婆子们：“林姑娘的行李东西可搬进来了？带了几个人来？你们赶早打扫两间下房，让他去歇歇。”

片段二：憨湘云醉眠芍药茵

正说着，只见一个小丫头笑嘻嘻的走来：“姑娘们快瞧云姑娘去，吃醉了图凉快，在山子后头一块青板石凳上睡着了。”众人听说，都笑道：“快别吵嚷。”说着，都走来看时，果见湘云卧于山石僻处一个石凳子上，业经香梦沉酣，四面芍药花飞了一身，满头脸衣襟上皆是红香散乱，手中的扇子在地下，也半被落花埋了，一群蜂蝶闹嚷嚷的围着他，又用鲛帕包了一包芍药花瓣枕着。众人看了，又是爱，又是笑，忙上来推唤挽扶。湘云口内犹作睡语说酒令，唧唧嘟嘟说：泉香而酒洌，玉碗盛来琥珀光，直饮到梅梢月上，醉扶归，却为宜会亲友。众人笑推他，说道：“快醒醒儿吃饭去，这潮凳上还睡出病来呢。”湘云慢启秋波，见了众人，低头看了一看自己，方知是醉了。原是来纳凉避静的，不觉的因多罚了两杯酒，娇娜不胜，便睡着了，心中反觉自愧。连忙起身扎挣着同人来至红香圃中，用过水，又吃了两盏酽茶。探春忙命将醒酒石拿来给他衔在口内，一时又命他喝了一些酸汤，方才觉得好了些。

选自《红楼梦》，齐鲁书社 2007 年版

【作者简介】

曹雪芹（1724—1764），清代小说家。名霑，字梦阮，号雪芹，又号芹溪、芹圃。祖籍河北省丰润县。清初，入满洲正白旗籍。他本人生于南京。曹雪芹生活在一个“百年望族”的大官僚地主家庭，从曾祖父起三代世袭江宁织造达 60 年之久。祖父曹寅当过康熙的“侍读”，曾祖母又是康熙的乳母，曹家与皇室的关系非常密切。少年时代，他“锦衣纨绔”、“饫甘餍肥”，过了一段豪门公子的奢侈生活。雍正五年（1727），他父亲曹頫因事受到株连，被革职抄家。从此，家族的权势和财产都丧失殆尽。他的家庭居处屡迁，生活极不安定，有时甚至不得不投亲靠友，以维持生活，还常常受到歧视和凌辱。经历了由锦衣玉食到“举家食粥”的平民百姓的沧桑之变，使他对封建统治阶级的没落命运有了切身感受，对社会上的黑暗和罪恶有了全面而深刻的认识。

【作品鉴赏】

《红楼梦》，中国古代四大名著之一，章回体长篇小说，它原名《石头记》、《情僧录》、《风月宝鉴》、《金陵十二钗》等，全书 120 回，前 80 回是曹雪芹所作，后 40 回据说由高鹗续写。本书是一部具有高度思想性和高度艺术性的伟大作品，以贾、王、史、薛四大家族为背景，以贾宝玉和林黛玉的爱情故事为主线，围绕两个主要人物的感情纠葛，描写了大观园内外一系列青年男女的爱情故事。同时，通过对这些爱情悲剧产生的社会环境描绘，牵涉封建社会政治、法律、宗法、妇女、道德、婚姻等方面的问题，昭示了封建社会末期的世态，暴露了封建贵族阶级及其统治的腐朽与罪恶，歌颂了追求光明的叛逆人物，通过叛逆者的悲剧命运宣告了这一社会必然走向灭亡。可以说，《红楼梦》是一部我国封建社会后期社会生活的百科全书。

《红楼梦》是中国古代最能理解妇女悲剧的书；也再没有谁能和作者曹雪芹一样，创造出那么多的妇女典型。作者笔下所塑造的妇女形象，几乎每一个都很成功。

片段一选自《红楼梦》第三回“林黛玉进贾府”一节。作者写王熙凤的出场是《红楼梦》中极其精彩的一笔。王熙凤的出场是从初到贾府的林黛玉眼中开始的——首先是未见其人，先闻其声，而且人皆屏息，她独放诞。特别是神情活跃，装饰辉煌，气势更高人一等，可见其地位与众人不同。她一出场，立即引起黛玉的特殊感觉，再用他人的恭肃严整加以反衬，张张狂狂的形象显得格外鲜明突出，也显出在老祖宗面前的特殊地位。作品具体细腻地刻画了王熙凤的容貌，在服饰方面，选取头饰、裙饰和服饰三个要点，极力铺陈王熙凤集珍珠宝玉于一身的妆扮，既使读者看出了一位贵族少妇的尊贵，也在珠光宝气之中露出了她的俗气；在容貌方面，则着重写她的那一双“三角眼”，两弯“吊梢眉”，含威不露的“粉面”，未启先笑的“丹唇”，表现了她美丽的外表下隐藏着刁钻和狡黠。敏感的黛玉已觉察到她虽春风满面，讨人喜欢，可隐含着可怕的威势，极有心机，极善做作。

我们再来看贾母对王熙凤的介绍——贾母笑道：“你不认得他，他是我们这里有名的一个泼皮破落户儿，……”这“放胆无理”的王熙凤，由于平日在老祖宗面前的承欢应候，随便说笑，随意阿谀，才深得老祖宗的宠爱。老祖宗对她那戏谑式的介绍，正说明她是深得贾母宠爱的一个特殊人物。

王熙凤的八面玲珑，在她会见黛玉时的言谈举止中表现得十分充分。她先是赞美黛玉“标致”，顺手就恭维了贾母，王熙凤逢场作戏，善于阿谀奉承，做表面文章，明为称赞林黛玉，暗里投合贾母的心意，这是极富个性化的语言；接着又为黛玉幼年丧母伤心拭泪，以此来进一步讨取贾母的欢心；等到贾母责备她不该说这些伤心话来招她时，她又“忙转悲为喜”，自责“竟忘记了老祖宗，该打，该打！”然后又以当家少奶奶的身份，一面安顿黛玉，一面吩咐婆子们——一个善于察言观色、机变逢迎、八面玲珑的人物跃然纸上。她的一哭一笑完全是根据老祖宗的脸色和心情而随机应变的。作者就这样入木三分地描绘了她察言观色、机变逢迎的本领，揭露了她在贾府中得宠的原因。

作者从各个角度对王熙凤这一人物进行了刻画，除了正面描写其肖像之外，林黛玉和贾母对王熙凤的感觉和评价则从侧面很好地配合了正面描写，与那些正面描写共同完成对王熙凤性格特征的刻画。鲁迅先生曾称颂道：“自有《红楼梦》出来以后，使传统的思想和写法打破了。”《红楼梦》这部不朽的著作，不仅给我们留下了高度的思想艺术成就，还留下了一条栩栩如生的人物画廊，塑造了许多不朽的人物典型。

片段二是《红楼梦》里的著名篇章，选自《红楼梦》第六十二回，是诗人画家笔下经常出现的题材。史湘云是贾母史太君娘家的侄孙女，常来贾府作客。她在大观园内以其潇洒脱俗、言行豪爽、襟怀坦荡、才华横溢而自成一格。作为大家闺秀，她不像宝钗那样稳重，也不像黛玉那样清高，她性格豪爽，羡真名士之风流，厌假清高之矫作。而她的这一不同凡响的性格特征在“醉卧”一节中得到了充分的展示。

这段文字不长，从小丫头笑嘻嘻走来报信，到湘云醒来吃了酽茶，衔了醒酒石，喝了醒酒的酸汤，不过四百余字，但却描绘了一幅有声，有色，有花香，有动，有静，有梦境和诗意的美人春睡图。山石僻处，青板石凳上，湘云醉卧花丛。空中弥漫着花香，一群蜂蝶闹嚷嚷的围着。芍药花飞，洒在湘云酒醉的脸上和华美的衣襟上，连掉在地上的扇子，有一半也已埋在落花里，花如人、人似花、花人合一，构成了一幅充满诗情画意的艳丽图画。

美的图画中有美的意境，也有美的性格，醉眠花丛，香梦沉酣的正是也只能是热情爽朗、不拘礼节的史湘云,不是也不可能是林黛玉或薛宝钗。只有史湘云这样豪爽的小姐,才有这种浪漫的举止。湘云醉眠的美,作者用了一个"憨"字来概括。憨就是天真淳朴的意思。湘云醉卧石凳、香梦沉酣,就连梦里还念念不忘说酒令,真是憨态可掬。"慢启秋波"写其香梦方醒时的娇娜慵懒之态;而她的"自愧",表明即使豪爽旷达如湘云者,身上仍免不了大家闺秀所有的庄重、矜持。曹雪芹笔下的"湘云醉眠图",不仅营造了一个如诗如画的意境,更烘托出一个酣睡于青板石凳之上的尤物的美丽与可爱,为我们描绘了一个美的性格、美的心灵。

【平行阅读】

刘姥姥贻笑大观园

曹雪芹

只见一个媳妇端了一个盒子站在当地,一个丫鬟上来揭去盒盖,里面盛着两碗菜。李纨端了一碗放在贾母桌上。凤姐儿偏拣了一碗鸽子蛋放在刘姥姥桌上。贾母这边说声"请",刘姥姥便站起身来,高声说道:"老刘,老刘,食量大似牛,吃一个老母猪不抬头。"自己却鼓着腮不语。众人先是发怔,后来一听,上上下下都哈哈的大笑起来。史湘云撑不住,一口饭都喷了出来,林黛玉笑岔了气,伏着桌子嗳哟,宝玉早滚到贾母怀里,贾母笑的搂着宝玉叫"心肝",王夫人笑的用手指着凤姐儿,只说不出话来,薛姨妈也撑不住,口里茶喷了探春一裙子,探春手里的饭碗都合在迎春身上,惜春离了坐位,拉着他奶母叫揉一揉肠子。地下的无一个不弯腰屈背,也有躲出去蹲着笑去的,也有忍着笑上来替他姊妹换衣裳的,独有凤姐鸳鸯二人撑着,还只管让刘姥姥。刘姥姥拿起箸来,只觉不听使,又说道:"这里的鸡儿也俊,下的这蛋也小巧,怪俊的。我且肏攮一个。"众人方住了笑,听见这话又笑起来。贾母笑的眼泪出来,琥珀在后捶着。贾母笑道:"这定是凤丫头促狭鬼儿闹的,快别信他的话了。"那刘姥姥正夸鸡蛋小巧,要肏攮一个,凤姐儿笑道:"一两银子一个呢,你快尝尝罢,那冷了就不好吃了。"刘姥姥便伸箸子要夹,那里夹的起来,满碗里闹了一阵好的,好容易撮起一个来,才伸着脖子要吃,偏又滑下来滚在地下,忙放下箸子要亲自去捡,早有地下的人捡了出去了。刘姥姥叹道:"一两银子,也没听见响声儿就没了。"众人已没心吃饭,都看着他笑。贾母又说:"这会子又把那个筷子拿了出来,又不请客摆大筵席。都是凤丫头支使的,还不换了呢。"地下的人原不曾预备这牙箸,本是凤姐和鸳鸯拿了来的,听如此说,忙收了过去,也照样换上一双乌木镶银的。刘姥姥道:"去了金的,又是银的,到底不及俺们那个伏手。"凤姐儿道:"菜里若有毒,这银子下去了就试的出来。"刘姥姥道:"这个菜里若有毒,俺们那菜都成了砒霜了。那怕毒死了也要吃尽了。"贾母见他如此有趣,吃的又香甜,把自己的也端过来与他吃。又命一个老嬷嬷来,将各样的菜给板儿夹在碗上。

选自《红楼梦》,齐鲁书社2007年版

【思考与讨论】

1. 从片段一《林黛玉初见王熙凤》中,我们可以看出王熙凤具有什么样的性格特点?
2. 对比片段一和片段二,分析作者曹雪芹是如何刻画女性人物的。

第四节　中国现当代小说欣赏

小说是中国现当代文学史最重要的文学类型。20世纪之前，在中国的文学史上小说历来被视为“小道”，不能与诗文同登文学大雅之堂。在清代，正统的士大夫文体中仍然拒绝用小说的词汇和典故。但到了清末民初，情况发生了变化。1902年梁启超发起“小说界革命”，竭力强调小说的启迪民智的社会功能，认为小说是“文学之最上乘”，“欲新一国之民，不可不先新一国之小说”，“今日欲改良群治，必自小说界革命始，欲新民，必自新小说始”。小说的社会功能被抬到了决定一切的地位。

20世纪中国小说创作有两条线，一明一暗，一主一次，交相辉映。

从现代白话小说的开山之作——鲁迅的《狂人日记》——开始，小说便担负起“启蒙”的任务，用科学和民主来启封建之蒙，其中最深刻最坚韧的代表者鲁迅就提出了“改造国民性”的历史要求，认为小说要以“立人”为目的，刻画四千年沉默的“国民灵魂”，以疗救社会。这也是“五四”文学留给我们的历史传统，在这种传统之下，现代小说的创作内容既包含了关心国家兴亡，民族崛起的政治意识，又切合文学注重人的命运及其心灵的根本特性。通过“干预灵魂”来“干预生活”，便成为20世纪中国小说的使命，同时也是20世纪中国文学的自觉使命。“改造民族的灵魂”成为小说创作的总主题。在这个总主题之下，小说和民族与大众的命运紧密联系在一起，与中华民族争取新生、崛起的时代紧密联系在一起。在这一总主题之下，小说创作一个是沿着否定的方向，继承鲁迅的批判精神，在小说中尖锐而深刻地抨击由长期的封建统治造成的愚昧、落后、怯懦、麻木、自私、保守，并把“哀其不幸怒其不争”的态度，凝聚到类似阿Q、线子娘、曹七巧、陈焕生这样一些形象中去。另一个是沿着肯定的方向以满腔的热忱挖掘“中国人的脊梁”，呼唤一代新人的出现，或者塑造出理想化的英雄来作为全社会效法的楷模。这两个方向所凝聚的两类形象：农民和知识分子，成为20世纪文学中绕不开的话题，《呐喊》、《彷徨》、《子夜》、《骆驼祥子》、《人到中年》、《棋王》等一大批优秀作品显示出这两类形象始终受到密切的关注，并且这两类形象随着时代的发展，文化背景和社会背景的变化呈现出多样性和阶段性。我们从这些作品和形象中体验到的更多的是一种悲凉，在中国，启蒙和个性解放带来的苦闷和彷徨总是多于喜悦，问题展示得很深刻，但启蒙的工作始终做得很差；理性的力量总是被非理性的狂热所打断和干扰；超出常规的历史运动带来了历史性的进步同时也带来某些失误。这也许是小说创作和时代联系得太紧密了。20世纪中国的各个历史时期，都有一些概念来涵盖时代的主题。如“五四”时期的“民主与科学”、“反帝反封建”，抗战时期的“民族救亡”、“爱国主义”，五六十年代的“社会主义革命与建设”、“阶级斗争为纲”、“两条路线斗争”等，直到80年代仍然有一些诸如“拨乱反正”、“改革开放”等，这些重大而统一的时代主题深刻地涵盖了一个时代的精神走向，而中国小说的创作也随着这些主题不断变换。这是中国现当代小说创作的显在主线，这条主线上的小说创作真挚、热情、沉痛，取得的文学成就也最大，但同时由于时代对小说家们的思考和探索问题的制约，时代主题成为作家表达自己社会见解的主要参照。作家通过对时代关键词的阐述，不管艺术能力的高低，其创作的作品都可能被时代认可。但在这种文化状态下作家精神劳动的独创性会被掩盖，使小说有些偏离文学自身的价值。

幸好还有一条线，一条“重建那种重视文学自身价值的立场”的小说创作路线，其实这也是“五四”文学的另一个传统。一个社会是多元的，时代主题只能表明民族的精神走向，但不能涵盖所有。虽然在中国20世纪文学史上，这种小说创作出现的时间非常短暂，30年代的“京派”文人圈文学、南京官方“民族主义”文学、上海左翼文学、海派都市文学、大众消费文学，以及东北流亡文学等多种互相对立的文学思潮并立的格局，这些文学派别的小说创作虽然也互相冲突和激烈斗争，始终不能使文坛统一成一种共同声音，但它始终存在，并且时而和主线交杂在一起，比如吴组缃的小说创作就包含这两种不同类型。这条道路上的创作，也涌现出许多伟大的作家，如沈从文、张爱玲、冯至、钱钟书、茹志鹃、白先勇等。“重视文学自身价值”的传统下的小说创作逐渐在“文革”后走向中心位置，在“文革”后的文学理论和文学创作中表现得十分积极。文学理论上有关“文学主体性”、“小说形式探索”、“现代主义技巧”等问题的讨论，虽然不成熟，却推动了理论界对文学自身价值的关注。相比之下，文学创作的意义更大一些，许多作家对西方现代主义思潮的借鉴，大大地开拓了表现现代人感情意识的艺术空间。起先对西方现代主义技巧的借鉴尚有形式主义的割裂感，但在许多作家的实践中渐渐地圆熟起来，新的语言形式融入了民族语言的表达经验，不是削弱而是丰富了现代文学，特别是小说创作的艺术表现传统。这种传统在90年代表现出新的活力，90年代的小说创作出现了无主潮、无定向、无共名的现象，几种文学同时并存，表达出多元的价值取向。即使作家的社会历史观点非常接近，但他们却以各不相同的方式来抒写并寄托他们所体验到的时代精神状貌，几乎每一个比较优秀的作家都拥有一个独立的精神世界，联系着他们个人生命中最隐秘的经验。个人立场的文学叙事促使文学创作从宏大叙事模式中摆脱出来，转向更贴近生活本身的个人叙事方式，一批新作家和新作品登上了文坛。90年代的小说创作看似有些混乱，作家们站在不同的立场上写作：有的继续坚持传统的精英立场，有的干脆表示要去认同市场经济发展中出现的大众消费文化，有的在思考如何从民间的立场上重新发扬知识分子对社会的责任，或者还有人转向极端化的个人世界，勾画出形色各异的私人生活……无论这种状态初看上去多么陌生，多么混乱，但它毕竟使文学摆脱了时代主题的制约，在社会文化空间中发出了独立存在的声音。作家们在相对自由轻松的环境里逐渐成熟了属于自己的创作风格，写出了越来越多的优秀作品，而在比较稳定、开放、多元的社会环境里，人们的精神生活日益丰富，那种重大而统一的时代主题已经拢不住民族的精神走向，于是价值多元、共生共存的状态就会出现。这种状态里，小说家的声音成为一种个人的声音，但时代是由多种声音构成的，在容忍私人性话语的同时，也应容忍启蒙的声音，多种声音的交响共同构成一个时代多元丰富的文化精神整体。

樊 家 铺(节选)

吴组缃

八月里一个风和日丽的天气，寂寞的桂花香气绕着那个一排茅铺的村子幽淡地飘散着。

这座村子名叫樊家铺，是从西南乡各村镇到县城，或经过县城到外埠去的一条要道。茅铺约有三四十家，坐西朝东，连成长长的一排，面当着乱石砌成的大路。那些低矮的土墙，大都裂开了粗阔的罅隙。有的用一支杉木抵着地。勉强支撑着；有的已掉下大块的泥土；有的甚至露出腐朽的屋梁和顶棚，看去已不象还有人在居住了。

各家茅铺的门前，笼罩着大路，都有用稿草和杉木搭盖的过亭。过亭上面盖着的稿草，和茅铺顶上的一般样:在明丽的阳光里呈现着一片灰黑的颜色。稿草上面络成斜方格子的草索,完全松散断乱;连杉木的梁柱也多半歪歪倒倒不成个样子了。过亭的里面,杂乱地摊着些稿草堆:有的想是从屋顶掉落下来的;有的则是外乡逃荒来的乞丐打田畈里搬来作床褥用的。几张积着厚灰土的薄板台凳,都已残废不堪,零零落落地倒卧在乱草堆里。

……

北路又走来一个人。瘦长的身肢,穿着一件宽大的灰布长领衣;小小的脚,套在圆头鞋里,如同一对小鲫鱼。一走步,打一个踉跄;手里一根龙头拐杖抨击着石路。发出清脆的声响;一个圆光光的头在太阳光下两边晃动着。老婆婆认得她是两亩山地藏王庵的尼姑莲师父,站起来,招呼说:"莲师父。从城里来吗?"

"城里来。——好桂花香!"站住了,左手捻着香珠子说。

"听到消息吗?土匪写信给县衙里,十天之内要五万元,五万元。有钱的人家都搬走了。——路也真难走。莲师父身肢倒结实。歇歇吧。"

"你还是在西门赞治第赵老爷家伺候么?回来看姑娘?"

"就是的呀。莲师父你请坐。"说着让莲师父同在那条狼狈的板凳上坐下来:"我在赞治第头尾帮了九年工。现在赵老爷一家人搬到上海去了。上海去了,昨天走的。东家也舍不得我,我也舍不得东家。太太要带我到上海去。我怎么个去法。我家里大大小小一大窝?我把骨头送到外乡去?给赵老爷拖上一个大累赘?我想想,我不去。东门元康祥三老板说雇我。我今天去问,又说不雇人了。土匪土匪的,家家手头都是难的了。"

"你是个有福气的,也该回家养养老了。"

"莲师父,说那里话!我养老?有那个命根?我养儿子孙子的老!一个女儿不同我红眉毛绿眼睛的。"

……

"六亩八分田,打了二十五担稻。前几天问砻坊,只肯照一块六算价。今天找稻贩子,说一块六也不行了。只抵还砻坊的'放青'就快三十块。东家的租钱只好拿去还了。东家漆黑铁硬,半文钱不肯饶。稻子打一粒,要一粒去。三个朝奉看守着打,都扣在砻坊里。"

"是那一家?"

"问那些做什么呀!——是阜丰泰,又是你赵老爷的店?这些烂了心肝的都一个个是阎王!春上时候,稻了秤出来给我们,两块五两块六算价;现在我们抵账只肯一块六——一块六还不肯!杀人不见血!"说着,把木盆端进板房里:"洗澡吧。"

"他娘的!老子要杀人!老子从阜丰泰开刀!"小狗子嚷着站起来,走过板房里去洗澡。

"是真的呢!这个田种不得了。你们村上这一溜可还有几家是种田的?"

"不种田,做什么?吃什么?"线子娘冷笑着说,"风凉话!我们可不比你老人家呀。我——"

"不种田,做土匪!听陈扁担说,隔壁老四,老三,推车的小三花,大毛子都上了五龙山了。老子也来干;你不杀人,人就杀你。颠倒这么的!"板房里面的声音。

"小心点嘴巴吧!"线子娘看看娘。

老婆婆僵着站了一会儿,重新吐了一口气。一边向外面走着说:

"我走了。现在好了!大家都要饿死了。"

……

线子嫂在床上躺着，听着娘的鼾声，脑子里昏沉沉地发痛。她麻乱地想着一些事，半似梦寐，半似清醒。她清楚地看见小狗子的脸在眼面前，看见他的赤着粗壮的上半身。她看见他穿了自己的竹布褂，在后坦上扮唱各种动人的花鼓戏；看见他在田里佝偻着背脊工作，一边哼着花鼓腔。她看见他愁苦着脸从东家来，从城里来；看见他脸上抹着烟煤，牙齿上流着血。她看见王七爷尴尬的神气。她想着白天隔壁三板奶奶告诉的娘说的那些话。她看见知县的狠毒的胖脸，看见小狗子血污狼藉的尸身。

她转侧了许久，重新又想起那些翻来覆去已经想了千万遍的种种事。娘的浓沉的鼾声连续不断地传入耳里，她觉得心内如火烧着了似地发烦。她翻了一身，向南墙上一个瓮口窗子望一望。窗外映着一片皎白的月光。

她慢慢坐了起来，觉得头脑昏沉欲坠；用两手捧着，闭着眼睛停息了一会，摸着贴枕边的洋火，点起那板桌上的神烛。娘蜷缩着肢体，象一只大兔子似的睡在竹床上，双手伸出被外，捧着额上的包头，嘴脸埋在臂下。突然一个念头跳进了线子嫂的心里。她以一种探求一个秘密，揭发一件阴私和侮弄一个讨厌的动物似的心情，拿了烛台，蹑手蹑脚地走近娘身边。在娘身上覆着的衣裳荷包里摸了一会，摸出一块污秽的手帕和一把钥匙；她失望地把东西放还荷包里。她看见娘双手捧着的额上的包头。她轻轻移开娘的一只手。娘稍稍扭动了一下。她再轻轻摸了摸那包头；在几层折叠的绸子下面，觉触到一沿脆硬的纸票。

她心里跳了几下，一股不可掩息的忿怒从心尖直冲上来；咬着牙，捏住那包头使劲一掀；不曾掀得下来。娘却惊醒了；急剧地抓住她的手，直着喉咙嚷起来："哦呵！哦呵！包头，包头！抢我的包头！"嚷着，就象条鱼似的跌跳着，双手抓住线子嫂的手乱抖；抖得女儿手里烛台上的烛油溅满了脸上，身上，被上。娘死命抓着，只是不放；线子嫂向后一挣，那支神烛从锡台上震落到地上。

房里顿时黑了。南墙上的瓮口窗上一片月色，映衬着线子嫂手里不住抖动的烛台。她看见烛台头上的那根尖尖拔拔的铁签。——说时迟，那时快，她倒过那烛台。对着娘头上猛力一阵乱扎。娘尖叫了两声，倒在床边，没响动了。

线子嫂手里抓着那包头，呆了半晌，浑身剧烈地颤抖起来。她模糊恍惚地看见落在脚边的那支半明不灭的神烛。她拾起那神烛，点着了板床被褥下面的垫草，点着了帐子和被单，……急促喘动着，把包头紧紧卷在手背上，拉开板门，跑出茅铺。

外面光明如昼。过亭下翻着乱稿草，逃荒的乞丐们一个都不在，他们涌进城里去了。线子嫂象被什么推送着似的，两腿不知那里来的劲，不由自已地向北路上飞跑而去。刚刚跑近那山坡，迎头有个剃着秃头的汉子一把拉住了自己。

"往那里跑呀，线子？"是熟稔的声音。

线子嫂眨着疯狂的眼睛。向那汉子脸上望了一下：那是一张熟稔的清秀脸子。

"你你你，啊！是你么！城真的……"她喘着，觉得腿下一软，身体摇晃着，恍惚是在梦里。樊家铺响起一片急乱的锣声，茅铺上探出的火舌已经舐着那棵高大的桂花树了。

一九三四，三月十九

选自《吴组缃小说散文集》，人民文学出版社 1983 年版

【作者简介】

吴组缃，1908 年 4 月 5 日出生于安徽泾县，字仲华。1929 年秋进入清华大学经济系，一年

后转入中文系，他曾与林庚、李长之、季羡林并称“清华四剑客”。1952 年任北京大学教授，潜心于古典文学尤其是明清小说的研究，并历任中国文联与中国作协理事、《红楼梦》研究会会长。“文革”期间被打成“牛鬼蛇神”，遭受迫害。1994 年 1 月 11 日去世。著有小说集《西柳集》、《饭余集》。吴组缃的创作朴素细致，结构严谨，擅长描摹人物的语言和心态，有浓厚的地方特色，堪称写皖南农村风俗场景第一人。

【作品鉴赏】

1930 年左翼文学占领了文坛，新起的小说家几乎一致地敌视旧秩序，不满国民党政府，希望通过革命来改变黑暗的现实，在中国共产党的领导下，左翼文学形成了一种趋势和潮流。并且当时绝大多数作家都是满怀拯救民众、拯救中国的激情在创作，从来不认为文学艺术和宣传之间有矛盾。但是他们在宣传革命的主题时，太流于形式化，只是在勾画一个理想的远景，人云亦云，没有个性化的观点，没有个人的视景，没有个人的真实体验。所以当时大多数给人的感觉总是太空泛，没有实在的内容。只有个别优秀的作家相反，吴组缃便是其中的代表。

吴组缃出生于安徽泾县的一个地主家庭。他在清华大学读中文系时已经结了婚，比一般的青年人更加的成熟，一开始文学创作就避开了流行的革命浪漫式的题材，而拣选了他最熟悉的乡村里的乡绅和农民来作为小说中的人物。这一写，便成为 20 世纪中国文坛上独特的风景。

《樊家铺》是吴组缃的一篇杰作，表现了作家对 20 世纪 30 年代处于凋敝破产之中的农村现实一贯的关注，把线子夫妇这对在土地上生根的普通农民放到了画面的中央，“用重笔描绘了他们平凡而独特的形象，表现了他们对黑暗现实的绝望，以及在绝望中燃烧起来的反抗斗争的火光；风格也在细腻严谨之中显现出粗犷恢弘的特色”。

小说故事是说一对贫穷农民夫妇，线子和她的丈夫小狗子，为贴补生计，在门前盖了一个过亭，以供路人饮茶。但他们生意在衰败的时代下就没兴旺过。小狗子为了生计被迫拦路打劫。不幸第一次出道就被逮捕。为了设法打点衙门差役，让丈夫洗脱罪名，线子必须筹措一大笔钱。线子向母亲借贷，但是女儿的哀求被吝啬的母亲拒绝。一天晚上，线子趁母亲在家借宿过夜，企图从母亲的包头布内窃取 50 块钱，却被狡猾的母亲察觉，线子情急之下用锡烛台将母亲戳死。此时，恰逢土匪攻破县城，连同小狗子在内的囚犯皆获得自由，小狗子赶回家途中，正好和弑母之后的线子相遇。

女儿弑母不仅是一个道德悲剧，更是一个时代的悲剧。这件悲剧的根本原因就在于那个时代的黑暗。吴组缃精彩地刻画了母亲的性格，把她描写成了一个罪恶的化身。因为长久居住在城里，逐渐采取了主人对待奴隶的态度，变得既势力又刻薄，特别是对那不甘守贫、铤而走险的女婿；同时因为失却了善良的本质，她嗜钱如命。

线子娘的出场是冲突的开端。在过亭里母女见面的场面，由表及里层次分明地揭示了她们之间的深刻矛盾。在人与人的关系中，母女之间最是温情脉脉的，但是线子见到娘，脸上不见欣喜，反而态度“冷硬”，言谈之间讥讽毕露；而线子娘见到女儿则不断哭穷，反复说：“东家走了，娘也快要饿死了！”线子看透了娘的私心，便说：“我们饿死了也不问你老娘贷一个。你放心！”随后，又来了个莲花庵的师父，两个老太婆倒是臭味相投，作者通过两个老太婆的谈话交代了原委：去年小狗子交不起田租，东家招呼区公所派人来讨，要拿人。

线子求娘先“填一填”，老娘不肯；线子夫妇养了十盘蚕，挨到三眠，快见老，桑叶不够吃，在这紧要时刻，线子向娘借钱买叶，老娘又是不肯，还说什么“你自己屙的屎，你自吃”。而她却拿出钱来“上人家的会”。她们两个人的谈话,忠实地暴露了她们的吝啬,对于盗贼的恐惧,对于有钱有势阶级的由衷羡慕,以及对于不幸的贫苦人全心的轻侮。

线子娘怨天尤人,是因为“想做奴隶而不得”,她对主人感恩戴德:“东家也舍不得我,我也舍不得东家。”东家赵老爷就是她的救世主,只要东家在,仿佛一切都有办法,都有希望,赵老爷逃走了,她做不成奴隶,于是惶惶然不断念道着:“东家走了!走了!大家都一样了,都要饿死了!”“津津乐道地赞赏美妙的奴隶生活并对和善的好心的主人感激不尽的奴隶是奴才,是无耻之徒。”线子娘就是这样一个被奴才主义吞噬了的可悲又可恨的人物。线子则相反,她不满自己所处的奴隶地位,强烈憎恨“漆黑铁硬”的农村剥削者,她说:“这些烂了心肝的都一个个是阎王!春上时候,稻子称出来给我们,两块五两块六算价;现在我们抵账只肯一块六。一块六还不肯!杀人不见血!”与她相依为命的她的丈夫小狗子,在走投无路的情况下,终于怒吼起来:“老子要杀人!”“不种田,做土匪!……隔壁老四,老三,推车的小三花,大毛子都上了五龙山了。老子也来干;你不杀人,人就杀你,颠倒这么的!”一个意图挣脱奴隶的镣铐,一个却自安于奴隶生活,两个阵营的对比,如此地鲜明。

后来小狗子拦路打劫被抓,王七乘人之危,登门索贿,线子无法,只好去求老娘,结果老娘硬是见死不救,还说:“真的平平安安出来了,这个女婿我也不能认。”甚至女婿关在狱中,就想着要女儿改嫁:“你自己的年纪也不老,你也不必老虎守着个石狮子……”线子娘的自私、势利发展到泯灭亲情的冷酷,处处表现了与奴才主义交织在一起的赤裸裸的市侩主义。连邻居的板奶奶都怀着义愤,指责这老太婆是个“马泊六”。故事更重要的发展,是线子娘置难中的女儿于不顾,冒险进城去“摇会”,得了“五十块洋钱”回来,却对线子说谎压根没有得着会钱。对于因为筹措不到一笔钱去营救丈夫正在忧心如焚的线子来说,这谎言是残忍的,而当线子终于发现了老娘的“包头”里的秘密,这谎言又以极大的反冲力,激起线子心灵的震荡,于是高潮在一种罕见的高度悲剧气氛里爆发了,这便是惊心动魄的线子弑母的场面。

线子与小狗子,原是淳朴善良的农民,他们曾经想靠自己的辛勤劳动来改变贫穷的境遇,但是黑暗现实把他们逼入绝境,最终一个“杀人越货”,一个“逆伦弑母”。这种可悲的发展,深刻有力地揭露了社会的罪恶,同时也反映了伴随着农村破产而来的“人心大变”的现实。小狗子的“杀人越货”,在作品里被明确地处理成对黑暗势力的直接抗争。《樊家铺》独特的思想意义就在于:鲜明地反映出了已经开始的农村大变革及其趋向。小说通过线子母女之间的人伦关系,造成震动人心的悲剧效果,以十分尖锐的方式,把矛盾冲突深刻地揭示出来。

小说在艺术表现上另一个重要特点是心理剖析。吴组缃是一位长于“白描”的作家,但是《樊家铺》里不仅有细致的景物描写,而且有深入的心理刻画,可以说,对线子的性格描写,主要是在对她的心理描写当中完成的。特别是线子“弑母”之前的一段内心活动的描写,更带有心理剖析的特色,写出了在冲突发展到尖锐的时刻,线子所产生的复杂、麻乱,以及心如火烧,不可掩息引起的某种疯狂性的心理活动。先是写她躺在床上,听着母亲的鼾声,头脑里翻涌着半似梦寐,半是清醒的思虑和种种精神幻象的迭印:一边是丈夫小狗子的形象,看见他“愁苦着脸从东家来,从城里来;看见他脸上抹了烟灰,牙齿上流着血”。甚至“看见小狗子血污狼藉的尸身”;一边是知县、衙役和老娘的丑恶的面孔。这一切使她激动不安,翻身坐起,当她看见“娘蜷缩着肢体,象一只大兔子似的睡在竹床上”,突然一个念头跳进心里,“她以一种探求一个秘密,揭发一件阴私和侮弄一个讨厌的动物似的心情”,悄悄地翻检老娘的衣物,果然在老娘的“包头”里“觉触到一沿脆硬的纸票”。于是“一股不可掩息的忿怒从心尖直冲上来!”当“神烛”被震落,在一片月光映照下,烛台上露出那根“尖尖拔拔的铁签”的时候,悲剧就发生了。这一段心理描写,不仅为故事惊人的发展提供了细节的真实性,而且更进一步地揭示了整个作品主要冲突的实质。小说结尾写道:“樊家铺响起一片急乱的锣声,茅铺上探出的火舌已经舐着那棵高大的桂花树了。”这火光具有鲜明的象征性,它是线子在对旧世界旧秩序彻底绝望之中点燃的反抗斗争的火光!

当我们仔细研读《樊家铺》,包括吴组缃的其他作品,如《官官的补品》、《一千八百担》等小说时,我们会发现吴组缃的观察是敏锐又周到的,他的文体简洁清晰,没有一点当时流行的“新文艺腔”。他笔下的农村画面是写实的,不带一点感伤的气息,同时也不像一般农村作品,故意夹带一些粗口,小说中农民的口语最见吴组缃的语言功力。只是新中国成立以后,吴组缃一直是北京大学的教授,致力于古典文学的研究,不再进行小说创作。对于现当代中国文坛来说,这样一个有才华的作家,产量这么少,实在是令人惋惜。

【平行阅读】

菉竹山房(节选)

吴组缃

我说金燕村,就是二姑姑的村;菉竹山房就是二姑姑的家宅。沿着荆溪的石堤走,走个七八里地,回环合抱的山峦渐渐拥挤,两岸葱翠古老的槐柳渐密,溪中暗赭色的大石渐多,哗哗的水激石块声越听越近。这段溪,渐不叫荆溪,而是叫响潭。响潭的两岸,槐树柳树榆树更多更老更葱茏,两面缝合,荫罩着乱喷白色水沫的河面,一缕太阳光也晒不下来。沿着响潭两岸的树林中,疏疏落落点缀着二十多座白垩瓦屋。西岸上,紧临着响潭,那座白屋分外大;梅花窗的围墙上面探露着一丛竹子;竹子一半是绿色的,一半已开了花,变成槁色。——这座村子便是金燕村,这座大屋便是二姑姑的家宅菉竹山房。

阿圆是外乡生长的,从前只在中国山水画上见过的景子,一朝忽然身历其境,欣跃之情自然难言。我一时回想起平日见惯的西式房子,柏油马路,烟囱,工厂,等等,也觉得是重入梦境,作了许多缥缈之想。

二姑姑多年不见,显见得老迈了。

"昨大夜里结了三颗大灯花,今朝喜鹊在屋脊上叫了三四次,我知道要来人。”

那张苍白皱褶的脸没多少表情。说话的语气,走路的步法,和她老人家的脸庞同一调子:阴暗,凄苦,迟钝。她引我们进到内屋里,自己跚跚颤颤地到房里去张罗果盘,吩咐丫头为我们打脸水。——这丫头叫兰花,本是我家的丫头,三十多岁了。二姑姑陪嫁丫头死去后,祖父便拨了身边的这丫头来服侍姑姑,和姑姑作伴。她陪姑姑住守这所大屋子已二十多年,跟姑姑念诗念经,学姑姑绣蝴蝶,她自己说不要成家的。

二姑姑说没指望我们来得如此快,房子都没打扫。领我们参观全宅,顺便叫我们自己拣一间合意的住。四个人分作三排走,姑姑在前,我俩在次,兰花在最后。阿圆蹈着姑姑的步子走,显见得拘束不自在,不时昂头顾我,作有趣的会意之笑。我们都无话说。

屋子高大,阴森,也是和姑姑的人相谐调的。石阶,地砖,柱础,甚至板壁上,都染涂着一层深深浅浅的暗绿,是苔尘。一种与陈腐的土木之气混合的霉气扑满鼻官。每一进屋的梁上都吊有淡黄色的燕子窝，有的已剥落，只留着痕迹；有的正孵着雏儿，叫得分外响。

我们每走到一进房子，由兰花先上前开锁；因为除姑姑住的一头两间的正屋而外，其余每一间房，每一道门都是上了锁的。看完了正屋，由侧门一条巷子走到花园中。邻着花园有座雅致的房，门额上写着“邀月”两个八分字。百叶窗，古瓶式的门，门上也有明瓦纸的册叶小窗。我爱这地方近花园，较别处明朗清新得多，和姑姑说，我们就住这间房。姑姑叫兰花开了锁，两扇门一推开，就噗噗落下三只东西来：两只是壁虎，一只是蝙蝠。我们都怔了一怔。壁虎是悠悠地爬走了；兰花拾起那只大蝙蝠，轻轻放到墙隅里，呓语着似地念了一套怪话：

“福公公，你让让房，有贵客要在这里住。”

阿圆惊惶不安的样子，牵一牵我的衣角，意思大约是对着这些情景，不敢在这间屋里住。二姑姑年老还不失其敏感，不知怎样她老人家就窥知了阿圆的心事：

“不要紧。——这些房子，每年你姑爹回家时都打扫一次。停会，叫兰花再好好来收拾。福公公虎爷爷都会让出去的。”

又说：“这间避月庐是你姑爹最喜欢的地方；去年你姑爹回来，叫我把它修葺一下。你看看，里面全是新崭崭的。”

我探身进去张看，兜了一脸蜘蛛网。里面果然是新崭崭的。墙上字画，桌上陈设，都很整齐。只是蒙上一层薄薄的尘灰罢了。

……

选自《吴组缃小说散文集》，人民文学出版社1983年版

【思考与讨论】

1. 分析《樊家铺》的艺术特点。

2. 分析线子母亲的人物形象。

金锁记（节选）

张爱玲

维持了几天的僵局，到底还是无声无息照原定计划分了家。孤儿寡妇还是被欺负了。

七巧带着儿子长白，女儿长安另租了一幢屋子住下了，和姜家各房很少来往。隔了几个月，姜季泽忽然上门来了。老妈子通报上来，七巧怀着鬼胎，想着分家的那一天得罪了他，不知他有什么手段对付。可是兵来将挡，她凭什么要怕他？她家常穿着佛青实地纱袄子，特地系上一条玄色铁线纱裙，走下楼来。季泽却是满面春风的站起来问二嫂好，又问白哥儿可是在书房里，安姐儿的湿气可大好了。七巧心里便疑惑他是来借钱的，加意防备着，坐下笑道：“三弟你近来又发福了。”季泽笑道：“看我像一点心事都没有的人。”七巧笑道：“有福之人不在忙吗！你一向就是无牵无挂的。”季泽笑道：“等我把房子卖了，我还要无牵无挂呢！”七巧道：“就是你做了押款的那房子，你要卖？”季泽道：“当初造它的时候，很费了点心思，有许多装置都是自己心爱的，当然不愿意脱手。后来你是知道的，那块地皮值钱了，前年把它翻造了弄堂房子，一家一家收租，跟那些住小家的打交道，我实在嫌麻烦，索性打算卖了它，图个清净。”七巧暗地里说道：“口气好大！我是知道你的底细的，你在我跟前充什么阔大爷！”

虽然他不向她哭穷，但凡谈到银钱交易，她总觉得有点危险，便岔了开去道：“三妹妹好

么？腰子病近来发过没有？”季泽笑道：“我也有许久没见过她的面了。”七巧道：“这是什么话？你们吵了嘴么？”季泽笑道：“这些时我们倒也没吵过嘴。不得已在一起说两句话，也是难得的，也没那闲情逸致吵嘴。”七巧道：“何至于这样？我就不相信！”季泽两肘撑在藤椅的扶手上，交叉着十指，手搭凉棚，影子落在眼睛上，深深地唉了一声。七巧笑道：“没有别的，要不就是你在外头玩得太厉害了。自己做错了事，还唉声叹气的仿佛谁害了你似的。你们姜家就没有一个好人！”说着，举起白团扇，作势要打。季泽把那交叉着的十指往下移了一移，两只大拇指按在嘴唇上，两只食指缓缓抚摸着鼻梁，露出一双水汪汪的眼睛来。那眼珠却是水仙花缸底的黑石子，上面汪着水，下面冷冷的没有表情。看不出他在想什么。七巧道：“我非打你不可！”季泽的眼睛里突然冒出一点笑泡儿，道：“你打，你打！”七巧待要打，又掣回手去，重新一鼓作气道：“我真打！”抬高了手，一扇子劈下来，又在半空中停住了，吃吃笑将起来。季泽带笑将肩膀耸了一耸，凑了上去道：“你倒是打我一下罢！害得我浑身骨头痒痒着，不得劲儿！”七巧把扇子向背后一藏，越发笑得格格的。季泽把椅子换了个方向，面朝墙坐着，人向椅背上一靠，双手蒙住了眼睛，又是长长地叹了口气。七巧啃着扇子柄，斜瞟着他道：“你今儿是怎么了？受了暑吗？”季泽道：“你哪里知道？”半晌，他低低的一个字一个字说道：“你知道我为什么跟家里的那个不好，为什么我拼命的在外头玩，把产业都败光了？你知道这都是为了谁？”七巧不知不觉有些胆寒，走得远远的，倚在炉台上，脸色慢慢地变了。季泽跟了过来。七巧垂着头，肘弯撑在炉台上，手里擎着团扇，扇子上的杏黄穗子顺着她的额角拖下来。季泽在她对面站住了，小声道：“二嫂！……七巧！”七巧背过脸去淡淡笑道：“我要相信你才怪呢！”季泽便也走开了，道：“不错。你怎么能够相信我？自从你到我家来，我在家一刻也待不住，只想出去。你没来的时候我并没有那么荒唐过，后来那都是为了躲你。娶了兰仙来，我更玩得凶了，为了躲你之外又要躲她，见了你，说不了两句话我就要发脾气——你哪儿知道我心里的苦楚？你对我好，我心里更难受——我得管着我自己——我不得平白的坑坏了你！家里人多眼杂，让人知道了，我是个男子汉，还不打紧，你可了不得！”七巧的手直打颤，扇柄上的杏黄须子在她额上苏苏摩擦着。季泽道：“你信也罢，不信也罢！信了又怎样？横竖我们半辈子已经过去了，说也是白说。我只求你原谅我这一片心。我为你吃了这些苦，也就不算冤枉了。”

七巧低着头，沐浴在光辉里，细细的音乐，细细的喜悦……这些年了，她跟他捉迷藏似的，只是近不得身，原来还有今天！可不是，这半辈子已经完了——花一般的年纪已经过去了。人生就是这样的错综复杂，不讲理。当初她为什么嫁到姜家来？为了钱么？不是的，为了要遇见季泽，为了命中注定她要和季泽相爱。她微微抬起脸来，季泽立在她跟前，两手合在她扇子上，面颊贴在她扇子上。他也老了十年了，然而人究竟还是那个人呵！他难道是哄她么？他想她的钱——她卖掉她的一生换来的几个钱？仅仅这一转念便使她暴怒起来。就算她错怪了他，他为她吃的苦抵得过她为他吃的苦么？好容易她死了心了，他又来撩拨她。她恨他。他还在看着她。他的眼睛——虽然隔了十年，人还是那个人呵！就算他是骗她的，迟一点儿发现不好么？即使明知是骗人的，他太会演戏了，也跟真的差不多罢？

不行！她不能有把柄落在这厮手里。姜家的人是厉害的，她的钱只怕保不住。她得先证明他是真心不是。七巧定了一定神，向门外瞧了一瞧，轻轻惊叫道：“有人！”便三脚两步赶出门去，到下房里吩咐潘妈替三爷弄点心去，快些端了来，顺便带把芭蕉扇进来替三爷打扇。七巧回到屋里来，故意皱着眉道：“真可恶，老妈子在门口探头探脑的，见了我抹过头去就跑，被我赶上去喝住了。若是关上了门说两句话,指不定造出什么谣言来呢!饶是独门独户住了,还没个清净。”潘妈送了点心与酸梅汤进来,七巧亲自拿筷子替季泽拣掉了蜜层糕上的玫瑰与青梅,道:“我记得你是不爱吃红绿丝的。”有人在跟前,季泽不便说什么,只是微笑。七巧似乎没话找话说似的,问道:“你卖房子,接洽得怎样了?”季泽一面吃,一面答道:“有人出八万五,我还没打定主意呢。”七巧沉吟道:“地段倒是好的。”季泽道:“谁都不赞成我脱手,说还要涨呢。”七巧又问了些详细情形,便道:“可惜我手头没有这一笔现款,不然我倒想买。”季泽道:“其实呢,我这房子倒不急,倒是咱们乡下你那些田,早早脱手的好。自从改了民国,接二连三的打仗,何尝有一年闲过?把地面上糟踏得不成样子,中间还被收租的,师爷,地头蛇一层一层勒啃着,莫说这两年不是水就是旱,就遇着了丰年,也没有多少进账轮到我们头上。”七巧寻思着,道:“我也盘算过来,一直挨着没有办。先晓得把它卖了,这会子想买房子,也不至于钱不凑手了。”季泽道:“你那田要卖趁现在就得卖了,听说直鲁又要开仗了。”七巧道:“急切间你叫我卖给谁去?”季泽顿了一顿道:“我去替你打听打听,也成。”七巧笲了笲眉毛笑道:“得了,你那些狐群狗党里头,又有谁是靠得住的?”季泽把咬开的饺子在小碟子里蘸了点醋,闲闲说出两个靠得住的人名,七巧便认真仔细盘问他起来,他果然回答得有条不紊,显然他是筹之已熟的。

七巧虽是笑吟吟的,嘴里发干,上嘴唇黏在牙仁上,放不下来。她端起盖碗来吸了一口茶,舐了舐嘴唇,突然把脸一沉,跳起身来,将手里的扇子向季泽头上滴溜溜掷过去,季泽向左偏了一偏,那团扇敲在他肩膀上,打翻了玻璃杯,酸梅汤淋淋漓漓溅了他一身,七巧骂道:“你要我卖了田去买你的房子?你要我卖田?钱一经你的手,还有得说么?你哄我——你拿那样的话来哄我——你拿我当傻子——”她隔着一张桌子探身过去打他,然而她被潘妈下死劲抱住了。潘妈叫唤起来,祥云等人都奔了来,七手八脚按住了她,七嘴八舌求告着。七巧一头挣扎,一头叱喝着,然而她的一颗心直往下坠——她很明白她这举动太蠢——太蠢——她在这儿丢人出丑。季泽脱下了他那湿濡的白香云纱长衫,潘妈绞了手巾来代他揩擦,他理也不理,把衣服夹在手臂上,竟自扬长出门去了,临行的时候向祥云道:“等白哥儿下了学,叫他替他母亲请个医生来看看。”祥云吓糊涂了,连声答应着,被七巧兜脸给了她一个耳刮子。

季泽走了。丫头老妈子也都给七巧骂跑了。酸梅汤沿着桌子一滴一滴朝下滴,像迟迟的夜漏——一滴,一滴……一更,二更……一年,一百年。真长,这寂寂的一刹那。七巧扶着头站着,倏地掉转身来上楼去,提着裙子,性急慌忙,跌跌绊绊,不住地撞到那阴暗的绿粉墙上,佛青袄子上沾了大块的淡色的灰。她要在楼上的窗户里再看他一眼。无论如何,她从前爱过他。她的爱给了她无穷的痛苦。单只这一点,就使他值得留恋。多少回了,为了要按捺她自己,她迸得全身的筋骨与牙根都酸楚了。今天完全是她的错。他不是个好人,她又不是不知道。她要他,就得装糊涂,就得容忍他的坏。她为什么要戳穿他?人生在世,还不就是那么一回事?归根究底,什么是真的,什么是假的?

她到了窗前,揭开了那边上缀有小绒球的墨绿洋式窗帘,季泽正在弄堂里往外走,长衫搭在臂上,晴天的风像一群白鸽子钻进他的纺绸裤褂里去,哪儿都钻到了,飘飘拍着翅子。

七巧眼前仿佛挂了冰冷的珍珠帘,一阵热风来了,把那帘子紧紧贴在她脸上,风去了,又把帘子吸了回去,气还没透过来,风又来了,没头没脸包住她——一阵凉,一阵热,她只是淌着眼泪。

……

选自《张爱玲文集》,安徽文艺出版社 1992 年版

【作者简介】

张爱玲,1920 年 9 月 30 日出生于上海,1995 年死于美国洛杉矶。张爱玲的家世显赫,祖父张佩纶是清末名臣,祖母李菊耦是朝廷重臣李鸿章的长女。张爱玲一生创作了大量文学作品。类型包括小说、散文、电影剧本以及文学论著,代表作有小说集《传奇》、散文集《流言》、《张看》等。

【作品鉴赏】

张爱玲出生于封建贵族家庭,父亲是地地道道的封建遗老,母亲却是从法国归来的留学生,中西文化的冲突导致张爱玲父母离异,但中西文化的有机结合却完美地体现在张爱玲身上。张爱玲一开始走上文学道路就置身狭窄的沦陷区生活圈子,似流星般突然划过 20 世纪 40 年代混沌的天际,人们在瞩目其小说独特的意象世界的建构,杂糅了西方现代派技巧和中国古典小说套路的同时,发现在她的作品中,"没有听到民族解放战争的炮火,没有听到民众的怒吼声",反而看到了她"对人性,对情欲世界的揭示",其"态度之冷峻,色调之丰润令人震惊"。的确,张爱玲是一个和政治无关的女人,但她在特殊的时代风云里抓住了自己的人生机会。柯灵在《遥寄张爱玲》中写道:"在从来就与政治浪潮配合在一起的中国新文学运动中,偌大的文坛,那个阶段都放不下一个张爱玲;上海沦陷,才给了她机会。日本侵略者和汪精卫政权把新文学传统一刀切断了,只要不反对他们,有点文学艺术粉饰太平,求之不得,给他们什么,当然是毫不计较的。天高皇帝远,这就给了张爱玲提供了大展身手的舞台。抗战胜利以后,兵荒马乱,剑拔弩张,文学本身成为可有可无,更没有曹七巧、流苏一流人物的立足之地了。张爱玲的文学生涯,辉煌鼎盛时期只有两年(1943—1945),是命中注定,千载一时,'过了这村,没有这店'。"读张爱玲作品久之,必然会赞叹其人的大气,其底座的牢实和笔下经营背后的苍劲气质绝非一般舞文弄墨的小女子能望其项背。张爱玲显示出的艺术涵泳之功底,在 20 世纪文坛,堪称一流。她的叙述老到、世故、平淡,但稍一回味,便觉惊心动魄。以她的素养和天才,不该只有三五个动人的故事,但事实却是那么现实,张爱玲就是像电光火石流星般一闪而过,惜哉!

《金锁记》是张爱玲的中篇杰作,创作于 1943 年,被傅雷认为是张爱玲最完美的作品,是文坛最美的收获之一。《金锁记》的主人公曹七巧出身贫贱,父亲是麻油店的掌柜,但哥嫂图财将她嫁给一个瘫痪的豪门子弟姜二爷,自此断送了她的幸福。她由一个麻油店来到缵缨望族,不仅被姜家主人歧视,甚至丫鬟们也瞧不起她。她虽自卑却从不在外人面前披露,要以自己的方式抗拒姜公馆的歧视。她与姜家还有一层因文化不相容而激起的矛盾。她以麻油店的生活方式处理周围人事,引起众人的不满和蔑视,在姜公馆豪门文化的压制中,她无法调整自己,于是走上了一条可恶可悲的人生道路。曹七巧的丈夫终日形同死尸,她年轻的生命无法忍受,希望和小叔子姜季泽相好,这里面倒有几分反抗的意味。但是这份反抗也被拒绝了,她的生命呼吸被抑制了,她只能在压抑中走向乖戾,走向病态。对周围的人她不无嫉恨,包括她的娘家哥嫂,后来甚至包括她的女儿、儿媳。她要向一切人反抗,这种反抗是变态的,有时甚至是本能的。她骂曹家哥嫂不是人,骂姜家:"别瞧你们家轰轰烈烈,公侯将相的,其实全不是那回事!早就是外强中干,这两年连空架子也撑不起了。人呢,一代坏似一代,眼里哪儿还有天地君亲?少爷们是什么都不懂,小姐们就知道霸钱要男人——猪狗都不如!"她对姜家的揭露客观上具有进步意义,骂得对;但从她的主观上看,却毫无进步可言,她的骂本身体现了人性的恶。她没有情感寄托后,逐渐变成了金钱的奴隶,她人生的目的只是护住自己以青春代价换来的金钱。对任何人,她均有一种本能的防范。她赶走了侄儿,骂跑了姜季泽,怕女儿出嫁后钱财流失,迟迟不嫁女儿,耽搁了女儿的青春,女儿近30岁时,好不容易相中留学归来的童世舫,她却从中破坏,以至于女儿长安像她一样不再有幸福的可能。干预儿子的婚姻生活,不让新婚的儿子回房睡觉,让儿子整夜陪自己抽鸦片。诱导儿子对她讲自己的房中秘事,甚至当众拿那些秘事羞辱儿媳和亲家母,以致儿媳饮辱而死。她是多么疯狂,不可理喻。正如小说中芝寿的大喊:"这是个疯狂的世界,丈夫不像丈夫,婆婆不像婆婆。不是他们疯了,就是她疯了。"在曹七巧的干预下,不但她自己,连她周围的人都变成疯疯狂狂,"三十年来她戴着黄金的枷",可"她用那沉重的枷角劈杀了几个人……"

这是一群人的悲剧,这群人的悲剧根源就是曹七巧内心深处黄金的枷锁与变态的欲望。然而这枷锁和欲望并不必然属于曹七巧,张爱玲在此向读者展示了人世的偶然性。在小说结尾一段,张爱玲有段极具悲剧性的叙述,显示了人世的偶然性正是这场悲剧的由头:行将就木的曹七巧回顾自己的人生,或许是欲望的张力在油尽灯枯之际已彻底消失了吧,她流下了老泪。曹七巧的流泪,既可能是一种痛悔,也可能是面对残酷的人生偶然性而产生的无可奈何花落去之感。曹七巧青春年少时本可以有许多选择,但她得到的是初以为最美好而实际上最恐怖的人生安排:嫁到了避兵上海的前清贵族之家姜公馆,做了二奶奶,丈夫却是一个既不能给她精神之爱又不能给她肉体之爱的废人。她渴望爱的满足,于是把目标锁定在姜公馆的浪荡公子三爷姜季泽上。然而姜季泽由于顾虑重重并不能让她遂愿,反而更让曹七巧倾力捍卫她的钱财,最终使自己的内心世界全面扭曲。是命运的偶然造成了曹七巧内心的扭曲,而她内心的扭曲又必然地牺牲掉她自己,并令她的儿女、儿媳为她殉葬。这是一部处理命运之偶然与人性之必然的小说。但我们从历史的角度来看,这种对于曹七巧的偶然,对于那个时代来讲却是必然,没有这个曹七巧,就会有刘七巧、张七巧的出现。在《狂人日记》中,鲁迅就深刻地揭示出民族病态产生的历史根源,并形象化的概括为"吃人"和"被吃",在封建宗法制度下,人与人之间形成的"吃人被吃"的循环关系,构成一张杀人害命的铁的法网,无论凶悍还是弱小,都会在这张法网中丧生。鲁迅用一系列理性和形象的手段,反复宣讲着反封建的复杂性。在中国,提高民族精神素质,把病态根子从每个国人的灵魂里拔出来,远比推翻一个封建王朝复杂得多。如果说《狂人日记》是以象征手法笼统整体地"暴露了家族制度和礼教的弊害",那么《金锁记》则是复活演示着逝去的凡俗生活来剖析中国传统大家庭及其代表的封建伦理思想的吃人性。而曹七巧就是现实世界中一个被吃又吃人的"狂人",只是其境界无法与鲁迅笔下的狂人同日而语。曹七巧是一个被买卖婚姻制度残害的妇女,但她明知道婚姻是陷阱,是戴着黄金枷锁的监牢,也愿意往里跳,因为她喜欢钱。曹七巧是一边陷落一边反抗,挣扎报复,最后主宰了自己的一生,却用沉重的黄金枷锁的枷角,劈死过好几条人命,不死的也送掉半条命。懒惰、嫉妒、报复、自私都是人性的弱点,是人类精神向上的一种内在破坏力,这是比封建思想本身更可怕的力量,这也是"吃人与被吃"最深邃的源泉,只有将这最深邃的病态根子从每个人灵魂中拔去,鲁迅开创的文化启蒙工程才能获得真正的胜利,但这将是一个多么艰难和漫长的过程。

只是张爱玲的写作与鲁迅、巴金等现代作家的"我控诉"不同,她在文本背后并没有澎湃的激情,张爱玲是冷漠的。正是大家常讲的"冷眼张看",张爱玲不去深挖社会的、阶级的根源，只是把真实冷冷地解剖给众人看，如同自然主义描写一般，但这种“冷眼”却更震动人的灵魂。

张爱玲的杰出就在于她在情感上把握住了中国历史上那一个时代。她对于那个时代的人情风俗的正确了解，不单是自然主义客观描写的成功，她于认识之外，更有强烈的情感。她感觉到了那个时代的可爱和可怕。曹七巧是社会环境的产物，更是自己各种巴望、考虑、情感的奴隶。张爱玲兼顾到曹七巧的性格和社会，使她的一生，更经得起我们文学上和道德上的玩味。

当然，《金锁记》的杰出还在于张爱玲杰出的语言感觉，其极具内蕴而又圆畅流美的语言是《金锁记》成为中国现代小说中的经典的一个重要因素。写曹七巧女儿长安的健康的学生时代以及她与童世舫充满憧憬的接触都由于曹七巧的变态心理而被生生截断，只能成为记忆中“美丽的，苍凉的手势”：

“长安悠悠忽忽听见了口琴的声音，迟钝地吹出了 Long Long Ago——‘告诉我那故事，往日我最心爱的那故事。许久以前，许久以前……’这是现在，一转眼也就变了许久以前了，什么都完了。长安着了魔似的，去找那吹口琴的人——去找她自己。迎着阳光走着……不大的一棵树，稀稀朗朗的梧桐叶在太阳里摇着像金的铃铛。长安仰面看着，眼前一阵黑，像骤雨似的，泪珠一串串的披了一脸。”

还有曹七巧逐走姜季泽时的那几段文字，张爱玲淋漓尽致地把曹七巧和长安的内心剖视出来，同时又诗意盎然，在现代小说家里，唯有张爱玲之手可以写出。

小说中有许多描写一直让人津津乐道，特别是：

“风从窗子里进来，对面挂着的回文雕漆长镜被吹得摇摇晃晃，磕托磕托敲着墙。七巧双手按住了镜子。镜子里反映着的翠竹帘子和一副金绿山水屏条依旧在风中来回荡漾着，望久了，便有一种晕船的感觉。再定睛看时，翠竹帘子已经褪了色，金绿山水换为一张她丈夫的遗像，镜子里的人也老了十年。”

借助一面镜子，张爱玲的叙述在读者美妙的阅读眩晕中默不作声的跨过了十年，其间转接无痕而又妙趣横生，文字流畅、诗意和简洁的表达，委实绝甚。

《金锁记》一首一尾都写了月亮，使小说的叙述洒满了凄凉的月光。而在 20 世纪 40 年代红极一时的张爱玲，晚年与世隔绝地藏身于美国洛杉矶的一栋公寓楼里，生活简单，1995 年去世时，身旁没有一个人，直到几天后才被发现，她凄凉的晚景让我们想起小说结尾凄凉的月光，苍凉的旋律会回荡在每一个读者耳畔。

【平行阅读】

倾城之恋(节选)

张爱玲

在劫后的香港住下去究竟不是久长之计。白天这么忙忙碌碌也就混了过去。一到晚上，在那死的城市里，没有灯，没有人声，只有那莽莽的寒风，三个不同的音阶，“喔……呵……呜……”无穷无尽地叫唤着，这个歇了，那个又渐渐响了，三条骈行的灰色的龙，一直线地往前飞，龙身无限制地延长下去，看不见尾。“喔……呵……呜……”叫唤到后来，索性连苍龙也没有了，只是一条虚无的气，真空的桥梁，通入黑暗，通入虚空的虚空。这里是什么都完了。剩下点断堵颓垣，失去记忆力的文明人在黄昏中跌跌跄跄摸来摸去，像是找着点什么，其实是什么都完了。

流苏拥被坐着，听着那悲凉的风。她确实知道浅水湾附近，灰砖砌的那一面墙，一定还屹然站在那里。风停了下来，像三条灰色的龙，蟠在墙头，月光中闪着银鳞。她仿佛做梦似的，又来到墙根下，迎面来了柳原，她终于遇见了柳原。

……

在这动荡的世界里，钱财、地产、天长地久的一切，全不可靠了。靠得住的只有她腔子里的这口气，还有睡在她身边的这个人。她突然爬到柳原身边，隔着他的棉被，拥抱着他。他从被窝里伸出手来握住她的手。他们把彼此看得透明透亮。仅仅是一刹那的彻底的谅解，然而这一刹那够他们在一起和谐地活个十年八年。

他不过是一个自私的男子，她不过是一个自私的女人。在这兵荒马乱的时代，个人主义者是无处容身的，可是总有地方容得下一对平凡的夫妻。

……

柳原歇下脚来望了半晌，感到那平淡中的恐怖，突然打起寒颤来，向流苏道："现在你可该相信了：'死生契阔'，我们自己哪儿做得了主？轰炸的时候，一个不巧——"流苏嗔道："到了这个时候，你还说做不了主的话！"柳原笑道："我并不是打退堂鼓。我的意思是——"他看了看她的脸色，笑道："不说了，不说了，"他们继续走路，柳原又道："鬼使神差地，我们倒真的恋爱起来了！"流苏道："你早就说过你爱我。"柳原笑道："那不算。我们那时候太忙着谈恋爱了，哪里还有工夫恋爱？"

结婚启事在报上刊出了，徐先生徐太太赶了来道喜，流苏因为他们在围城中自顾自搬到安全地带去，不管她的死活，心中有三分不快，然而也只得笑脸相迎。柳原办了酒菜，补请了一次客。不久，港沪之间恢复了交通，他们便回上海来了。

白公馆里流苏只回去过一次，只怕人多嘴多，惹出是非来。然而麻烦是免不了的，四奶奶决定和四爷进行离婚，众人背后都说流苏的不是。流苏离了婚再嫁，竟有这样惊人的成就，难怪旁人要学她的榜样。流苏蹲在灯影里点蚊香。想到四奶奶，她微笑了。

……

柳原现在从来不跟她闹着玩了，他把他的俏皮话省下来说给旁的女人听。那是值得庆幸的好现象，表示他完全把她当作自家人看待——名正言顺的妻，然而流苏还是有点怅惘。

香港的陷落成全了她。但是在这不可理喻的世界里，谁知道什么是因，什么是果？谁知道呢？也许就因为要成全她，一个大都市倾覆了。成千上万的人死去，成千上万的人痛苦着，跟着是惊天动地的大改革……流苏并不觉得她在历史上的地位有什么微妙之点。她只是笑吟吟的站起身来，将蚊香盘踢到桌子底下去。

传奇里的倾国倾城的人大抵如此。

到处都是传奇，可不见得有这么圆满的收场。胡琴咿咿哑哑拉着，在万盏灯的夜晚，拉过来又拉过去，说不尽的苍凉的故事——不问也罢！

选自《张爱玲全集》，花城出版社 1997 年版

【思考与讨论】

1. 分析小说中造成曹七巧内心扭曲的社会原因。

2. 举例说明张爱玲小说语言的特点。

棋　　王(节选)

阿　城

……

到了棋场，竟有数千人围住，土扬在半空，许久落不下来。棋场的标语标志早已摘除，出来一个人，见这么多人，脸都白了。脚卵上去与他交涉，他很快地看着众人，连连点头儿，半天才明白是借场子用，急忙打开门，连说"可以可以"，见众人都要进去，就急了。我们几个，马上到门口守住，放进脚卵、王一生和两个得了名誉的人。这时有一个人走出来，对我们说："高手既然和三个人下，多我一个不怕，我也算一个。"众人又嚷动了，又有人报名。我不知怎么办好，只得进去告诉王一生。王一生咬一咬嘴说："你们两个怎么样?"那两个人赶紧站起来，连说可以。我出去统计了，连冠军在内，对手共是十人，脚卵说："十不吉利的，九个人好了。"于是就九个人。冠军总不见来，有人来报，既是下盲棋，冠军只在家里，命人传棋。王一生想了想，说好吧。九个人就关在场里。墙外一副明棋不够用，于是有人拿来八张整开白纸，很快地画了格儿。又有人用硬纸剪了百十个方棋子儿，用红黑颜色写了，背后粘上细绳，挂在棋格儿的钉子上，风一吹，轻轻地晃成一片，街上人也嚷成一片。

人是越来越多。后来的人拼命往前挤，挤不进去，就抓住人打听，以为是杀人的告示。妇女们也抱着孩子们，远远围成一片。又有许多人支了自行车，站在后架上伸脖子看，人群一挤，连着倒，喊成一团。半大的孩子们钻来钻去，被大人们用腿拱出去。数千人闹闹嚷嚷，街上像半空响着闷雷。

王一生坐在场当中一个靠背椅上，把手放在两条腿上，眼睛虚望着，一头一脸都是土，像是被传讯的歹人。我不禁笑起来，过去给他拍一拍土。他按住我的手，我觉出他有些抖。王一生低低地说："事情闹大了。你们几个朋友看好，一有动静，一起跑。"我说："不会。只要你赢了，什么都好办。争口气。怎么样？有把握吗？九个人哪！头三名都在这里！"王一生沉吟了一下，说："怕江湖的不怕朝廷的，参加过比赛的人的棋路我都看了，就不知道其他六个人会不会冒出冤家。书包你拿着，不管怎么样，书包不能丢。书包里有……"王一生看了看我，"我妈的无字棋。"他的瘦脸上又干又脏，鼻沟也黑了，头发立着，喉咙一动一动的，两眼黑得吓人。我知道他拼了，心里有些酸，只说："保重！"就离了他。他一个人空空地在场中央，谁也不看，静静的像一块铁。

棋开始了。上千人不再出声儿。只有自愿服务的人一会儿紧一会儿慢地用话传出棋步，外边儿自愿服务的人就变动着棋子儿。风吹得八张大纸哗哗地响，棋子儿荡来荡去。太阳斜斜地照在一切上，烧得耀眼。前几十排的人都坐下了，仰起头看，后面的人也挤得紧紧的，一个个土眉土眼，头发长长短短吹得飘，再没人动一下，似乎都把命放在棋里搏。

我心里忽然有一种很古的东西涌上来，喉咙紧紧地往上走。读过的书，有的近了，有的远了，模糊了。平时十分佩服的项羽、刘邦都目瞪口呆，倒是尸横遍野的那些黑脸士兵，从地下爬起来，哑了喉咙，慢慢移动。一个樵夫，提了斧在野唱。忽然又仿佛见了呆子的母亲，用一双弱手一张一张地折书页。

……

这时有两个人从各自的棋盘前站起来，朝着王一生鞠躬，说："甘拜下风。"就捏着手出去了。王一生点点头儿，看了他们的位置一眼。

王一生的姿势没有变，仍旧是双手扶膝，眼平视着，像是望着极远极远的远处，又像是盯着极近的近处，瘦瘦的肩挑着宽大的衣服，土没拍干净，东一块儿，西一块儿。喉节许久才动一下。我第一次承认象棋也是运动，而且是马拉松，是多一倍的马拉松！我在学校时，参加过长跑，开始后的五百米，确实极累，但过了一个限度，就像不是在用脑子跑，而像一架无人驾驶飞机，又像是一架到了高度的滑翔机只管滑翔下去。可这象棋，始终是处在一种机敏的运动之中，兜捕对手，逼向死角，不能疏忽。我忽然担心起王一生的身体来。这几天，大家因为钱紧，不敢怎么吃，晚上睡得又晚，谁也没想到会有这么一个场面。看着王一生稳稳地坐在那里，我又替他赌一口气：死顶吧！我们在山上扛木料，两个人一根，不管路不是路，沟不是沟，也得咬牙，死活不能放手。谁若是顶不住软了，自己伤了不说，另一个也得被木头震得吐血。可这回是王一生一个人过沟坎儿，我们帮不上忙。我找了点儿凉水来，悄悄走近他，在他跟前一挡，他抖了一下，眼睛刀子似的看了我一下，一会儿才认出是我，就干干地笑了一下。我指指水碗，他接过去，正要喝，一个局号报了棋步。他把碗高高地平端着，水纹丝儿不动。他看着碗边儿，回报了棋步，就把碗缓缓凑到嘴边儿。这时下一个局号又报了棋步，他把嘴定在碗边儿，半晌，回报了棋步，才咽一口水下去，"咕"的一声儿，声音大得可怕，眼里有了泪花。他把碗递过来，眼睛望望我，有一种说不出的东西在里面游动，嘴角儿缓缓流下一滴水，把下巴和脖子上的土冲开一道沟儿。我又把碗递过去，他竖起手掌止住我，回到他的世界里去了。

我出来，天已黑了。有山民打着松枝火把，有人用手电筒照着，黄乎乎的，一团明亮。大约是地区的各种单位下班了，人更多了。狗也在人前蹲着，看人挂动棋子，眼神凄凄的，像是在担忧。几个同来的队上知青，各被人围了打听。不一会儿，"王一生"、"棋呆子"、"是个知青"、"棋是道家的棋"，就在人们嘴上传。我有些发噱，本想到人群里说说，但又止住了，随人们传吧，我开始高兴起来。这时墙上只有三局在下了。

忽然人群发一声喊。我回头一看，原来只剩了一盘，恰是与冠军的那一盘。盘上只有不多几个子儿。王一生的黑子儿远远近近地峙在对方棋营格里，后方老帅稳稳地呆着，尚有一"士"伴着，好像帝王与近侍在聊天儿，等着前方将士得胜回朝；又似乎隐隐看见有人在伺候酒宴，点起尺把长的红蜡烛，有人在悄悄地调整管弦，单等有人跪奏捷报，鼓乐齐鸣。我的肚子拖长了音儿在响，脚下觉得软了，就拣个地方坐下，仰头看最后的围猎，生怕有什么差池。

红子儿半天不动，大家不耐烦了，纷纷看骑车的人来没有，嗡嗡地响成一片。忽然人群乱起来，纷纷闪开。只见一老者，精光头皮，由旁人搀着，慢慢走出来，嘴嚼动着，上上下下看着八张定局残子。众人纷纷传着，这就是本届地区冠军，是这个山区的一个世家后人，这次"出山"玩玩儿棋，不想就夺了头把交椅，评了这次比赛的大势，直叹棋道不兴。老者看完了棋，轻轻抻一抻衣衫，跺一跺土，昂了头，由人搀进棋场。众人都一拥而起。我急忙抢进了大门，跟在后面。只见老者进了大门，立定，往前看去。

王一生孤身一人坐在大屋子中央，瞪眼看着我们，双手支在膝上，铁铸一个细树桩，似无所见，似无所闻。高高的一盏电灯，暗暗地照在他脸上，眼睛深陷进去，黑黑的似俯视大千世界，茫茫宇宙。那生命像聚在一头乱发中，久久不散，又慢慢弥漫开来，灼得人脸热。众人都呆了，都不说话。外面传了半天，眼前却是一个瘦小黑魂，静静地坐着，众人都不禁吸了一口凉气。

半晌，老者咳嗽一下，底气很足，十分洪亮，在屋里荡来荡去。王一生忽然目光短了，发觉了众人，轻轻地挣了一下，却动不了。老者推开搀的人，向前迈了几步，立定，双手合在腹前摩挲了一下，朗声叫道："后生，老朽身有不便，不能亲赴沙场。命人传棋，实出无奈。你小小年纪，就有这般棋道，我看了，汇道禅于一炉，神机妙算，先声有势，后发制人，遣龙治水，气贯阴阳，古今儒将，不过如此。老朽有幸与你接手，感触不少，中华棋道，毕竟不颓，愿与你做个忘年之交。老朽这盘棋下到这里，权做赏玩，不知你可愿意平手言和，给老朽一点面子？"

王一生再挣了一下，仍起不来。我和脚卵急忙过去，托住他的腋下，提他起来。他的腿仍是坐着的样子，直不了，半空悬着。我感到手里好像只有几斤的分量，就暗示脚卵把王一生放下，用手去揉他的双腿。大家都拥过来，老者摇头叹息着。脚卵用大手在王一生身上，脸上，脖子上缓缓地用力揉。半晌，王一生的身子软下来，靠在我们手上，喉咙嘶嘶地响着，慢慢把嘴张开，又合上，再张开，"啊啊"着。很久，才呜呜地说："和了吧。"

……

夜黑黑的，伸手不见五指。王一生已经睡死。我却还似乎耳边人声嚷动，眼前火把通明，山民们铁了脸，肩着柴禾林中走，咿咿呀呀地唱。我笑起来，想：不做俗人，哪儿会知道这般乐趣？家破人亡，平了头每日荷锄，却自有真人生在里面，识到了，即是幸，即是福。衣食是本，自有人类，就是每日在忙这个。可囿在其中，终于还不太像人。倦意渐渐上来，就拥了幕布，沉沉睡去。

选自《改革开放30年短篇小说选》，上海文艺出版社2008年版

【作者简介】

阿城，1949年清明节出生于北京，原名钟阿城，著名电影人钟惦棐之子。"文革"时期到山西农村插队，并开始习画，为了到草原写生而转往内蒙古，后又去云南建设兵团农场落户。"文革"后，在画家范增的帮助下重返北京。1990年后移居美国。著有中篇小说《棋王》、《树王》、《孩子王》和短篇小说《遍地风流》系列。阿城的作品常以白描淡彩的手法渲染民俗文化的氛围，透露出浓厚隽永的人生逸趣，关注传统文化的现时沉淀。他的作品也成为寻根文学的代表。

【作品鉴赏】

小说《棋王》是作家阿城的代表作——化天下大势于方寸棋盘——是其独特魅力。《棋王》讲述了一个叫王一生的知青，下中国象棋的高手，信奉"顿顿饱就是福"，同时又沉迷于棋道，小说结尾，王一生以一人之力对阵九个象棋高手，赢得了一场"车轮大战"。而后王一生又退守"吃好了比什么都好"的世俗愿望，归于平淡。虽然小说中把"车轮大战"写得惊心动魄，但是《棋王》的重点是在于渲染一种氛围、一种境界、一种态势。

小说一开头，就描写了一个嘈杂的画面："车站时乱得不能再乱，成千上万的人都在说话"，"喇叭里放着一首又一首的语录歌儿，唱得大家心更慌"。"乱"是外在世界的嘈杂和喧嚣；"慌"是内心在外在世界的刺激之下而产生的浮躁与茫然。但这"慌"是众人的内心状况，作为叙述者的"我"内心却并不慌乱，相反还为能够乘此火车前往插队的地方解决吃饭问题而"欢喜"。"我"没有"说笑哭泣"，反而感到"冷冷清清"，这自是与众人不同。但这种感受是被动的选择，因为"我"是孤身一人，既无亲人相送，又无朋友作别。可"那个精瘦的"王一生不一样，他是主动超脱于世界的喧嚣之外，有亲人相送却置之度外，"手拢在袖管里，隔窗望着车站南边儿的空车皮"，其静定立刻把"我"比了下去。以嘈杂慌乱的外界去映衬王一生内心的沉

静，一热一冷的气氛在不知不觉之间就点染出来。全篇小说的氛围和感觉一下子就出来了，妙哉！

随后，通过“我”与王一生的接触，三言两语间便直插小说的核心：下棋和吃饭。于嘈杂中能下棋，有饭吃的世俗满足中忘却亲人相送的世俗情感，阿城的叙述含而不露，但王一生对下棋的痴迷和吃饭的重视已然分外突出。下面的情节就是顺着王一生吃饭和下棋的两根主线发展。在随后的叙述中，吃饭成了王一生的人生基座：一天不吃饭，棋路都乱；下棋则成为一种精神超越：何以解忧，唯有象棋；两者构成王一生的奇异与卓绝。这种奇异与卓绝通过阿城亲切而高妙的叙述展现在读者面前。小说最后王一生因为自己对象棋的痴迷和天赋而被推到舞台的中心和自己的人生极顶，同时阿城又描写出这个草莽英雄式的人物内心那份真实的怯意。阿城的叙述使小说从这种怯意中化出一种“风萧萧兮易水寒”的悲壮之气，这种悲壮之气里又渗出一道温暖而辛酸的情感细流：小说中段王一生向“我”回忆自己的“棋路”、已亡的母亲和母亲一粒一粒磨成的无字棋时，已经潜下了一条情感线索，这条线索与王一生执拗地沉迷于象棋的那条英雄线索并行，到了小说最山摇地动的“车轮大战”时，两条线索交会了，而小说前文的铺叙使这种交会虽然言语简洁却是力透纸背，一句“书包里有……我妈的无字棋”挟前文千钧的情感力度拍马杀到，震撼人心。这种描写使王一生不那么高踞如神，而有了感动常人的根据。再回想文中描写的王一生超越常人的那种高妙最终降落在吃饱饭的朴实信条之上，我们从《棋王》得到的是实实在在的小人物的人生感受，这种氛围和感觉让《棋王》在碧空般的底色晕染和闪电般的瞬间照耀之间浸出了滋味。

《棋王》的妙处还在于词语的点染和人物的描摹，点染以使妙趣纵横，描摹以求穷形尽相。特别是描写王一生吃相时，竟如作一幅工笔画，笔笔考究，精细入微，同时又不忘趣味的营造。从“我看他对吃很感兴趣，就注意他吃的时候”到“有时你会可怜那些饭被他吃得一个渣儿都不剩，真有点儿惨无人道”这一长段，读此段我们会为那种冷眼旁观、淋漓尽致的细工刻绘而叹为观止。这一段写法平实而不虚饰，但此番实写又给人以夸张之感，正是字字不奇而整体效果出奇。经过这一番细笔摹写之后，王一生的形貌已然化出，同时又有一种奇幻的色彩在字里行间悄然隐现。王一生如此的与众不同，宛如从另一个时空穿越而来，在一帮凡俗之人中超拔成另类。我们目睹王一生在吃饭问题上的“惨无人道”时感受到了一种冷酷的真实，一种人与食物之间的本源关系，与贪和馋无关，而具有一种神圣感。王一生的出奇之处，在小说中既混合着笑意，又蕴涵着庄严。联系整个小说文本，王一生的奇异举止背后其实有一种深度，既关乎情感，又关乎领悟，如果读者读到此处轻轻翻过，则与小说的妙境擦肩而过。

《棋王》摹写人物笔法表面很冷，质地却常常有温润之感，既考虑了审美意蕴，又点染着人间温情。比如“车轮大战”后王一生的英雄形象：

> 王一生孤身一人坐在大屋子中央，瞪眼看着我们，双手支在膝上，铁铸一个细树桩，似无所见，似无所闻。高高的一盏电灯，暗暗地照在他脸上，眼睛深陷进去，黑黑的似俯视大千世界，茫茫宇宙。那生命像聚在一头乱发中，久久不散，又慢慢弥漫开来，灼得人脸热。众人都呆了，都不说话。外面传了半天，眼前却是一个瘦小黑魂，静静地坐着，众人都不禁吸了一口凉气。

这是一个别具一格的草莽英雄，像礁石一样突兀挺出：王一生既在象棋中获得了精神超越，又对吃饭怀着一种最朴素和最实在的感情。小说关于王一生吃饭的那条线索使得小说有了动人的烟火气，平淡而不纤秾，大俗中见大雅。如写吃蛇肉，既写了“我”之善烹饪，使蛇肉的香气弥散于文字之间，又写脚卵叙说的雅人吃风：中秋时节、吃螃蟹、下棋、品酒、作诗等，以此映衬王一生在吃饭问题上的实而不虚、食而不馋：

我问王一生是不是有些像蟹肉，王一生一边儿嚼着，一边说："我没吃过螃蟹，不知道。"

在笔墨映衬之间，平淡的话语就将王一生的平民吃风活脱描出，平淡语词中陡增许多言外趣味，妙不可言。

【平行阅读】

厕　所

阿　城

北京是皇城，皇城的皇城是紫禁城。说来话近，民国时将宣统逐出后，将这个大院子用作博物院，凡国民都可以去参观。于是，紫禁城里就永远有走着的国民和坐着的国民，坐着的是走累了的国民。只要紫禁城里不通汽车，大院子里就永远有走着的国民和走累了坐着的国民，因为紫禁城大，而且不可能改小。

这个道理，老吴是早就想通了的。

老吴想不通的是，老吴当时在珍宝馆外的公共厕所外排队，生理上有点儿急，所以忽然想不通早年皇上太监三宫六院御林军上朝的文武大臣，这么多人每天在哪儿上厕所？老吴怀了这个心，专门来了三个礼拜天的故宫，结论是当年没厕所，因为考察下来，现在的公共厕所，都是将当年的小间屋改建或新建的。

老吴于是很替皇家古人担心。

老吴从学术的立场上对吃的问题不操心，但一旦吃了，排泄就是一定的了，这个肯定的问题怎么找不到肯定的解决空间呢？吃在皇家不成问题，排泄在老吴的心里倒是个问题了。

老吴于是去找老申。老申八十了，当年在宫中做过粗使太监，现在孤身一人住在朝阳门内大街。老吴找到老申，请教了，老申细着嗓子说，嗄，用桶，桶底铺上炒焦了的枣儿，屎砸下去，枣儿轻，会转圈儿，屎就沉到底下。焦枣儿又香，拉什么味儿的都能遮住。宫里单有太监管把桶抬出去。

老吴问抬到哪儿去？老申说抬出宫去。老吴又问抬出宫再抬到哪儿去？老申就支支吾吾，说自己不是干抬屎专业的。这几年太监成了国宝，经常上电影，老申回答不了老吴的问题，有点挂不住，就转了话题透露老吴太监也有性生活的秘密。

回家后，老吴一边儿感叹焦枣儿粪桶的实际与气派，一边儿到街上公共厕所解决一时之私。

北京人称公共厕所为官茅房。老吴认为这可能是因为最早的街上厕所是官家修的，所以叫官茅房。但这个"最早"早到什么时候，老吴还没考证出来。明清还是民国？也许元大都的时候就有了？总之发明权不在人民政府，要不怎么不叫人民厕所呢？

公共厕所的八个坑儿蹲了四个，都是熟邻居，正议论宣武区虎坊桥新盖了个官茅房，有个小子没房结婚，连夜把男厕所的坑儿填了当洞房，今儿一早大家伙儿一推门，新娘新郎两口子正度蜜月呢！

正笑着，老吴旁边儿的人问老吴，你有富余的纸吗？

老吴明白旁边儿这位没带擦的纸，就直起腰掏兜儿，一掏，才知道自己也没带，就问另外的人,您带的纸有富余吗?

问来问去,原来四个人都没带纸,就又聊起来,等等看再有人来的结果。

果然又来了个人,大家不好意思先问,等那个解了裤子蹲下,老吴问您带的纸有多吗?我们几个巧了都忘了带纸。那人一惊,说,坏了坏了我以为这官茅房里有人就有纸就进来了。

五个人都不说话,听隔壁女厕所有人聊天,也是没办法。

等了近一个钟头,官茅房里居然再没有进来人。大家开始抱怨政府,说官茅房里应该有纸给大家用嘛。老吴说,自己没带就说自己没带,政府管天管地还管擦屁股纸?政府还给你们焦枣儿呢!其他四个人看着老吴,不明白"焦枣儿"是什么意思,也不明白老吴怎么突然站起来了。

老吴系好裤子,说,我的晾干了。

选自《遍地风流》,麦田出版社2001年版

【思考与讨论】

1. 举例说明阿城文字的点染魅力。
2. 小说中哪段文字是表现人物内心活动的?

第五节　外国小说欣赏

西方小说乃至整个欧洲的文学艺术,都起源于古希腊神话。远古时代,科学技术生产力的落后,人们出于对自然的敬畏,便想象出了许多主宰世间的"神",比如"水"有水神,"火"有火神,对神人格化的描写,就是神话;将人神化的描写,就是传说。西方的古希腊、古罗马、北欧神话等都是其中的典型作品。

西方早期比较发达的叙事文学样式——史诗和戏剧,都从古希腊的神话传说中汲取了表现形式和题材。史诗和戏剧在相当程度上决定了后来西方小说的题材、结构和叙述方法等。东西方最初的小说,是与历史紧密相连的,是作为史料的补充记载事件的。比如说古巴比伦的《吉尔伽美什》、古希腊的《荷马史诗》、《伊索寓言》等都属于这一类小说,这类小说已具有小说讲求虚构的特点,但不是文人的创作,而是直接从民间艺人口头叙述,搜集整理记录加工下来的,所以这类小说情节简单,文笔比较粗糙。

在西方,真正意义上的小说的诞生是在文艺复兴时期。作为小说样式出现最早的叙事文学作品是薄伽丘的《十日谈》。中世纪,神学宗教和政治生活对小说产生很大影响,这一时期产生了大量的骑士小说。18世纪的启蒙运动是欧洲文学的一个重要转型期,经历了这个时期后,小说才逐渐成为文学中的主要样式。它的演进历程大致经历了浪漫主义、现实主义、现代主义这样几个阶段。

一、浪漫主义小说

18世纪末到19世纪前30年,欧洲社会动荡,文学的主要潮流是浪漫主义。尽管浪漫主义并不是这一时期唯一的文学思潮,现实主义文学在经历18世纪后期的低潮后,又有了新的发展,但浪漫主义仍然在19世纪初期的欧洲文学中占主导地位。浪漫主义文学的形成有其社

会基础和思想哲学基础,1789 年法国资产阶级革命推翻了封建专制政权,建立了资产阶级统治,但在保卫和巩固这次革命成果的过程中,复辟与反复辟长期斗争,社会动荡不安,在广大社会阶层中引起了一种普遍的失望情绪,浪漫主义正是这种失望情绪在文学上的反映。

另一方面,德国古典哲学和空想社会主义也对浪漫主义文艺思潮的兴起产生了影响。康德、黑格尔、圣西门等人的理论和哲学思想流行一时,18 世纪感伤主义文学对浪漫主义思潮的产生和发展有巨大的影响。

浪漫主义文学的基本特征:

1. 强烈的主观色彩

浪漫主义特别重视表现主观情感、主观理想。他们认为文学要表现自我,着重抒发个人的感受和体验,所以他们特别强调描绘理想,因此席勒喜欢称浪漫主义为“理想主义”,雨果则将其称为文学上的“自由主义”,而当代一些评论家则称其为“表现主义”。浪漫主义文学中重主观、轻客观,重自我表现、轻客观摹仿的特点,对欧美现代派文学产生了极大影响。

2. 喜欢描写和歌颂大自然

浪漫主义作家十分注重人与自然诗意的统一,他们喜欢使自己的理想人物置身于未被工业文明浸染的充满原始色彩的雄伟奇异、淳朴、宁静的大自然中,以此衬托出现实社会的丑恶及自身理想的美好。对自然的描写和歌颂在浪漫主义作品中显得尤为突出。在人与自然的诗意统一方面,英国诗人华兹华斯的作品表现得最为充分。在他的作品中,自然不仅是描写与歌颂的对象,同时也是与作者、与他人交流的对象。

3. 重视中世纪民间文学,喜欢采用民间文学的题材、语言和表现手法

中世纪民间文学在创作上的特点是想象比较丰富,感情真挚,表达自由,语言朴素自然。因此浪漫主义作家对中世纪带有神秘色彩的历史和丰富多彩的民间传说、民歌、民谣极感兴趣。

4. 注重艺术效果

这首先体现为异国情调。在浪漫主义作品中往往出现异国生活,表现异国风光和多彩的风俗。其次还往往体现为对比和夸张手法的运用。这是浪漫主义作家制造强烈的艺术效果惯用的手法。比如法国作家雨果提出创作中的“对比原则”,小说《巴黎圣母院》是一个创作范例。最后还体现为人物形象的超凡性。在浪漫主义文学中,作品的主人公往往具有超出普通人的禀赋,表现出一种超凡的力量,常常震撼读者的心灵。

浪漫主义代表作家有法国的夏多布里昂、斯塔尔夫人、雨果、大仲马等。夏多布里昂是法国浪漫主义小说的先驱,而他们中,最有影响力的应该是雨果。雨果在批判古典主义创作理论的基础上,确立了以对照原则为核心的浪漫主义创作论。他的对照原则的理论要点是:自然中的万物并非都屈从人的意志呈现崇高优美的状态,崇高优美与滑稽丑怪是融于一体的,“丑就在美的旁边,畸形靠近着优美,粗俗藏在崇高的背后,恶与善并存,黑暗与光明相共”。在这些理论的基础上,雨果创作了《巴黎圣母院》和《悲惨世界》这样史诗般的伟大作品。

二、现实主义小说

从 19 世纪 30 年代开始,现实主义文学登上历史舞台,从而形成了一股新的文学思潮,这股思潮带有强烈的揭露和批判现实社会的特点,因此被称为批判现实主义。这股思潮一出现即占据文坛的主导地位,并在欧美文坛上持续发展达 70 年之久。

批判现实主义文学的基本特征：

1. 客观真实地描绘现实生活

批判现实主义作家用平凡的题材，真实具体地反映社会现实生活的本来面目，揭露现实社会矛盾。巴尔扎克强调“严格摹写现实”、“表现自然”，司汤达说“优秀的创作犹如一面路边照路的镜子，既映出蓝色的天空，也映出路上的泥塘”。

2. 强烈的批判性和揭露性

批判现实主义作家以其“锋利的唯理主义和批判精神”，揭露资本主义社会的罪恶、利己主义的生活原则以及人与人之间赤裸裸的利己关系，同时也将锋芒指向封建社会的旧生活。他们特别注意描写社会底层生活和“小人物”的悲剧命运。同过去的文学相比较，19世纪现实主义文学在批判的广度和深度上更集中、更强烈、更尖锐。

3. 塑造典型环境中的典型性格

批判现实主义作家成功地塑造了各种各样的人物，这些人物性格形成和发展都是和他们生活的特定环境有着密切的关系，因为批判现实主义作家认为人是社会环境的产物，所以他们特别重视描写有时代特征的典型环境，描写环境对性格形成和发展的作用。

4. 其思想基础是资产阶级人道主义

批判现实主义是属于资产阶级范畴的文学，它的思想武器是以人性论为基础的人道主义，它的政治主张主要是改良主义，它的创作理论的哲学依据是唯物论的反映论。

批判现实主义作家一般都具有成熟的技巧，他们的作品都有精湛的艺术。西方批判现实主义的最高成就主要集中在法国、英国、美国和俄国。法国是欧洲批判现实主义文学的发源地。1830年，法国著名作家司汤达出版了长篇小说《红与黑》，标志着法国批判现实主义文学的诞生。其后，法国文坛上涌现出了一大批享有世界声誉的批判现实主义作家，如19世纪上半叶出现的梅里美、巴尔扎克和后期的雨果。19世纪70年代以后，在法国文坛上批判现实主义文学开始与刚刚兴起的自然主义文学相交融，涌现出了都德、莫泊桑、左拉、法朗士这样一批批判现实主义文学家。其中左拉虽然是自然主义文学的创始人，但是他在很多文学作品中都灌注了批判现实主义文学的一切特征。

英国批判现实主义文学从19世纪40年代开始进入繁荣期。狄更斯的《艰难时事》、《双城记》，勃朗特的《简·爱》，萨克雷的《名利场》，艾米丽·勃朗特的《呼啸山庄》，乔治·爱略特的《亚当·比德》，哈代的《德伯家的苔丝》等都是这一时期的代表作品。

美国19世纪批判现实主义文学是在工人阶级、劳动人民和资产阶级的矛盾的不断变化发展中逐渐发展起来的。斯托夫人的小说《汤姆叔叔的小屋》，强烈谴责美国蓄奴制，深刻批判了蓄奴制残暴野蛮的本质。19世纪70年代，马克·吐温发表了第一部长篇小说《镀金时代》，后期还创作了现实主义更强的《汤姆·索亚历险记》和《哈克贝利·费恩历险记》。短篇小说家欧·亨利，被誉为美国现代短篇小说的创始人，他创作的《警察和赞美诗》、《最后一片藤叶》、《麦琪的礼物》以日常生活中动人场景的描写扣人心弦。20世纪初，美国文坛还有两位成就卓著的批判现实主义作家，他们是杰克·伦敦和德莱塞，其代表作品分别是《马丁·依登》和《美国的悲剧》。

俄国作家普希金的诗体小说《叶甫盖尼·奥涅金》奠定了俄国批判现实主义的基础。莱蒙托夫的小说《当代英雄》，果戈理的《钦差大臣》、《死魂灵》，赫尔岑的《谁之罪》，屠格涅夫的

《罗亭》、《贵族之家》,屠格涅夫的小说《前夜》、《父与子》,车尔尼雪夫斯基的小说《怎么办》,陀思妥耶夫斯基的小说《罪与罚》、《白痴》、《卡拉马佐夫兄弟》,托尔斯泰的小说《战争与和平》等共同组成了俄国现实主义文学高山。

三、现代主义小说

欧美现代主义文学并不是一个统一的流派,而是对思想上具有强烈的反传统倾向,艺术形式上追求实验、创新的20世纪西方众多文学流派的总称。一般认为,现代主义小说兴起于第一次世界大战前后,有一系列的经济的、社会的、文化的原因。它起源于欧洲,很快越出欧洲,波及北美、拉美、亚洲和世界其他地区,在文学以及其他艺术领域产生了深刻而广泛的影响。现代主义小说流派众多,以第二次世界大战作为分界,可以分为前期和后期两个阶段。

前期现代主义小说的主要流派有意识流、表现主义、超现实主义等,它们在思想内容、艺术形式和表现手法方面有三个基本特征:①思想特征上是反科学、反理性的非理性主义;②社会特征上是反社会、反道德的个性主义;③艺术特征上则是反摹仿说传统、反客观化的有机形式主义。意识流小说流行于20世纪20~40年代的法、英、美诸国,主要代表作家有法国的普鲁斯特,爱尔兰的乔伊斯,美国的福克纳,以及英国女作家伍尔夫等人。意识流的奠基之作是普鲁斯特的《追忆似水年华》。表现主义是第一次世界大战前后流行于欧美各国的文学流派,起源于德国。到了20年代,表现主义的影响扩展到德国以外,欧美各国相继出现了一批受表现主义影响的作家。就文学而言,成就最大的是戏剧,其次为小说和诗歌。卡夫卡的《城堡》、《变形记》是公认的表现主义力作。超现实主义文学产生于20世纪20年代的法国,其以柏格森的直觉主义和弗洛伊德的潜意识学说为思想基础,否认理性的作用,否认客观现实,追求“超现实”。即着力开发人的心灵秘密及梦幻世界。著名的超现实主义作家有:法国的布勒东,代表诗作《永远作为第一次》、《警觉》;阿拉贡,代表小说为《巴黎的农民》。

后期现代主义小说的主要流派有存在主义、新小说派、黑色幽默和魔幻现实主义等。后现代主义文学继续沿袭现代主义的反传统道路前进,在新的历史条件下延伸和发展了现代主义文学。与现代主义比较起来,后现代主义文学在思想上和艺术上有自己鲜明的特征。

1. 反传统性

后现代主义认为世界从本体上说是荒诞无序、毫无意义的。因此,后现代主义不仅否定人类有史以来的社会,而且否定社会这种组织形态本身;不仅否定事物的“本质”,而且否定词语的“意义”;不仅否定上帝和人,而且否定规范的文学艺术本身,其逆反倾向发展到了极端。

2. 荒诞性

科学对人的压抑使人在生理和心理上都产生分裂,而“荒诞本质上是一种分裂,它不存在于对立的两种因素的任何一方,而存在于两者的共存”。当代人由于科学的异化而产生对世界和人的荒诞体验。这种荒诞意识一方面使当代人陷入深刻的痛苦和孤独的处境中,另一方面又导致他们不断地反抗这种现实。后现代主义作品中塑造的“反英雄”形象,正是他们体验的荒诞感的集中体现。

3. 不确定性

后现代主义作家感到世界的意义只是部分的、暂时的,甚至是矛盾的,而且总是有争议的,这样的社会已不适宜明确的定义，因而后现代主义作家更侧重于探究那种混乱的多重复合意义。在艺术表现上他们常常采用事实与虚构交织的拼凑、自相矛盾、不连续性、模糊性等方法来表现这个复杂多变、难于捉摸的世界。

4. 颓废性

后现代主义作家完全失去信仰。对社会现实深感失望，把西方的没落看成是整个人类的末日，对整个社会的前途甚至人类存在本身都感到幻灭和绝望，于是表现得愤世嫉俗而又玩世不恭，虽然对现实的嘲讽挖苦十分辛辣，但同时也自我嘲讽，自我流放，表现出一种病态的、虚无主义的、颓废的思想意识。

代表作品有加缪的《局外人》、《鼠疫》，罗伯·格里耶的《橡皮》，海勒的《第二十二条军规》等。

红与黑（节选）

（法）司汤达

他一走，于连便大哭，为了死亡而哭，渐渐地他对自己说，如果德·莱纳夫人在贝藏松，他定会向她承认他的软弱……

正当他因心爱的女人不在而最感惋惜的时候，他听见了玛蒂尔德的脚步声。

"监狱里最大的不幸，"他想，"就是不能把门关上。"不管玛蒂尔德说什么，都只是让他生气。

她对他说，审判那天，德·瓦勒诺先生口袋里已装着省长任命书，所以他才敢把德·福利莱先生不放在眼里，乐得判他死刑。

"'您的朋友是怎么想的，'德·福利莱先生刚才对我说，'居然去唤醒和攻击这个资产阶级贵族的虚荣心！为什么要谈社会等级？他告诉了他们为维护他们的政治利益应该做什么，这些傻瓜根本没想到，并且已准备流泪了，这种社会等级的利益蒙住了他们的眼睛，他们就看不见死刑的恐怖了。应该承认，索莱尔先生处理事情还太嫩。如果我们请求特赦还不能救他，他的死就无异于自杀了……'"

玛蒂尔德当然不会把她还没有料到的事情告诉于连，原来德·福利莱神甫看见于连完了，不禁动了念头，以为若能接替于连，必对他实现野心有好处。

于连干生气，又有抵触情绪，弄得几乎不能自制，就对玛蒂尔德说："去为我做一回弥撒吧，让我安静一会儿。"玛蒂尔德本来已很嫉妒德·莱纳夫人来探望，又刚刚知道她已离城，便明白了于连为什么发脾气，不禁大哭起来。

她的痛苦是真实的，于连看得出，就更感到恼火。他迫切地需要孤独，可如何做得到？

最后，玛蒂尔德试图让他缓和下来，讲了种种道理，也就走了，然而几乎同时，富凯来了。

"我需要一个人呆着，"他对这位忠实的朋友说……见他迟疑，就又说，"我正在写一篇回忆录，供请求特赦用……还有……求求你，别再跟我谈死的事了，如果那天我有什么特别的需要，让我首先跟你说吧。"

于连终于独处，感到比以前更疲惫懦弱了。这颗已被折磨得虚弱不堪的心灵仅余的一点儿力量，又为了向德·拉莫尔小姐和富凯掩饰他的情绪而消耗殆尽。

傍晚，一个想法使他得到安慰：

"如果今天早晨,当死亡在我看来是那样丑恶的时候,有人通知我执行死刑,公众的眼睛就会刺激我的光荣感,也许我的步态会有些不自然,像个胆怯的花花公子进入客厅那样。这些外省人中若有几位眼光敏锐的,会猜出我的软弱……然而没有人会看得见。"

他于是觉得摆脱了几分不幸。"我此刻是个懦夫,"他一边唱一边反复地说,"但谁也不知道。"

第二天还有一件几乎更令人不快的事等着他呢。很长时间以来,他父亲就说来看他;这一天,于连还没醒,白发苍苍的老木匠就来到了他的牢房。

于连感到虚弱,料到会有最令人难堪的责备。他那痛苦的感觉就差这一点儿了,这天早上,他竟深深地懊悔不爱他父亲。

"命运让我们在这世界上彼此挨在一起,"看守略略打扫牢房时于连暗想道,"我们几乎是尽可能地伤害对方。他在我死的时候来给我最后的一击。"

就剩下他们两个的时候,老人开始了严厉的指责。

于连忍不住,眼泪下来了。"这软弱真丢人!"于连愤怒地对自己说。"他会到处夸大我的缺乏勇气,对瓦勒诺们、对维里埃那些平庸的伪君子们来说,这是怎样的胜利啊!他们在法国势力很大,占尽了种种社会利益。至此我至少可以对自己说:他们得到了金钱,的确,一切荣誉都堆在他们身上,而我,我有的是心灵的高尚。"

"而现在有了一个人人都相信的见证,他将向全维里埃证明我在死亡面前是软弱的,并且加以夸大!我在这个人人都明白的考验中可能成为一懦夫!"

于连濒临绝望。他不知道如何打发走父亲。装假来欺骗这个目光如此锐利的老人,此刻完全是他力所不能及的。

他迅速想遍一切可能的办法。

"我攒了些钱!"他突然高声说。

这句话真灵,立刻改变了老人的表情和于连的地位。

"我该如何处置呢?"于连继续说,平静多了,那句话的效果使他摆脱了一切自卑感。

老木匠心急火燎,生怕这笔钱溜掉,于连似乎想留一部分给两个哥哥。他兴致勃勃地谈了许久。于连可以挖苦他了。

"好吧!关于我的遗嘱,天主已经给了我启示。我给两个哥哥每人一千法郎,剩下的归您。"

"好极了,"老人说,"剩下的归我;既然上帝降福感动了您的心,如果您想死得像个好基督徒,您最好是把您的债还上。还有我预先支付的您的伙食费和教育费,您还没想到呢……"

"这就是父爱呀!"于连终于一个人了,他伤心地反复说道。很快,看守来了。

"先生,父母来访之后,我总是要送一瓶好香槟酒来,价钱略贵一点,六法郎一瓶,不过它让人心情舒畅。"

"拿三个杯子来,"于连孩子般急切地说,"我听见走廊里有两个犯人走动,让他们进来。"

看守带来两个苦役犯,他们是惯犯,正准备回苦役犯监狱。这是两个快活的恶棍,精明,勇敢,冷静,确实非同寻常。

“您给我二十法郎，”其中一个对于连说，“我就把我的经历细细地讲给您听。那可是精品啊。”

“您要是撒谎呢？”

“不会，”他说，“我的朋友在这儿，他看着我的二十法郎眼红，我要是说假话，他会拆穿我的。”

他的故事令人厌恶。然而它揭示了一颗勇敢的心，那里面只有一种激情，即金钱的激情。

他们走后，于连变了一个人。他对自己的一切怒气都消失了。剧烈的痛苦，因胆怯而激化，自德·莱纳夫人走后一直折磨着他，现在一变而为忧郁了。

“如果我能不受表象的欺骗，”他对自己说，“我就能看出，巴黎的客厅里充斥着我父亲那样的正人君子，或者这两个苦役犯那样的狡猾的坏蛋。他们说得对，客厅里的那些人早晨起床时绝不会有这样令人伤心的想法：今天怎么吃饭呢？他们却夸耀他们的廉洁！他们当了陪审官，就得意洋洋地判一个因感到饿得发晕而偷了一套银餐具的人有罪。”

“但是在一个宫廷上，事关失去或得到一部长职位，我们那些客厅里的正人君子就会去犯罪，和吃饭的需要逼迫这两个苦役犯所犯的罪一模一样……”

“根本没有什么自然法，这个词儿不过是过了时的胡说八道而已，和那一天对我穷追不舍的代理检察长倒很相配，他的祖先靠路易十四的一次财产没收发了财。只是在有了一条法律禁止做某件事而违者受到惩罚的时候，才有了法。在有法律之前，只有狮子的力气，饥饿寒冷的生物的需要才是自然的，一句话，需要……不，受人敬重的那些人，不过是些犯罪时侥幸未被当场捉住的坏蛋罢了。社会派来控告我的那个人是靠一桩卑鄙可耻的事发家的……我犯了杀人罪，我被公正地判决，但是，除了这个行动以外，判我死刑的瓦勒诺百倍地有害于社会。”

“好吧！”于连补充说，他心情忧郁，但并不愤怒，“尽管贪婪，我的父亲要比所有这些人强。他从未爱过我。我用一种不名誉的死让他丢脸，真太过分了。人们把害怕缺钱、夸大人的邪恶称作贪婪，这种贪婪使他在我可能留给他的三四百路易的一笔钱里看到了安慰和安全的奇妙理由。礼拜天吃过晚饭，他会把他的金子拿给维里埃那些羡慕他的人看。他的目光会对他们说：以这样的代价，你们当中谁又高兴有一个上断头台的儿子呢？”

这种哲学可能是正确的，但是它能让人希望死。漫长的五天就这样过去了。他对玛蒂尔德礼貌而温和，他看得出来，最强烈的嫉妒使她十分恼火。一天晚上，于连认真地考虑自杀。德·莱纳夫人的离去把他投入到深深的不幸之中，精神变得软弱不堪。不论在现实生活中，还是在想象中，什么都不能使他高兴起来。缺少活动使他的健康开始受到损害，性格也变得像一个德国大学生那样脆弱而容易激动。那种用一句有力的粗话赶走萦绕在不幸者头脑中的某些不适当念头的男性高傲，他正在失去。

“我爱过真理……现在它在哪里？……到处都是伪善，至少也是招摇撞骗，甚至那些最有德的人，最伟大的人，也是如此；”他的嘴唇厌恶地撇了撇……“不，人不能相信人。”

“德·某某夫人为可怜的孤儿们募捐，对我说某亲王刚刚捐了十个路易，瞎说。可是我说什么？圣赫勒拿岛上的拿破仑呢！……为罗马王发表的文告，纯粹是招摇撞骗。”

“伟大的天主！如果这样一个人，而且还是在灾难理应要他严格尽责的时候，居然也堕落到招摇撞骗的地步，对其他人还能期待什么呢？……”

"真理在哪儿？在宗教里……是的，"他说，极其轻蔑地苦苦一笑，"在马斯隆们、福利莱们、卡斯塔奈德们的嘴里……也许在真正的基督教里？在那里教士并不比使徒们得到更多的酬报。但是圣保罗却得到了发号施令、夸夸其谈和让别人谈论他的快乐……"

"啊！如果有一种真正的宗教……我真傻！我看见一座哥特式大教堂，一些令人肃然起敬的彩绘玻璃窗；我那软弱的心想象着玻璃窗上的教士……我的心会理解他，我的灵魂需要他……然而我找到的只是个蓬头垢面的自命不凡的家伙……除了没有那些可爱之处外，简直就是一个德·博瓦西骑士。"

"然而真正的教士，马西庸，费奈隆……马西庸曾为杜瓦祝圣。《圣西蒙回忆录》破坏了我心目中费奈隆的形象；总之，一个真正的教士……那时候，温柔的灵魂在世界上就会有一个汇合点……我们将不再孤独……这善良的教士将跟我们谈天主。但是什么样的天主呢？不是《圣经》里的那个天主，残忍的、渴望报复的小暴君……而是伏尔泰的天主，公正，善良，无限……"

选自《红与黑》，上海译文出版社 2006 年版

【作者简介】

司汤达（1783—1842）是法国 19 世纪杰出的批判现实主义作家。从 1822 年开始，司汤达在英国报刊上发表了不少关于巴黎的时评，这些文章后来以《英国通讯集》为题出版，此外他还出版了《论爱情》、《罗西尼的生平》、《拉辛与莎士比亚》等。1827 年，司汤达发表第一部小说《阿尔芒斯》，1831 年发表了他的代表作《红与黑》。其他作品还有《巴马修道院》、《瓦尼娜·瓦尼尼》。司汤达的作品深刻揭露了 19 世纪法国复辟时期复杂的阶级矛盾，表现了鲜明的进步倾向。他的创作开拓了法国批判现实主义文学的道路。

【作品鉴赏】

《红与黑》是 19 世纪欧洲批判现实主义的奠基作品。小说围绕主人公于连个人奋斗的经历与最终失败，尤其是他的两次爱情的描写，广泛地展现了 19 世纪复辟时期的社会矛盾和阶级斗争，强烈地抨击了复辟王朝时期贵族的反动、教会的黑暗和资产阶级新贵的卑鄙庸俗、利欲熏心。因此小说虽以于连的爱情生活作为主线，但并不是爱情小说，而是一部"政治小说"。

于连是这一时代受压抑的小资产阶级青年的典型形象。于连出身于小资产阶级家庭，他在青年时代是一个有知识有文化积极进取的青年，他崇拜拿破仑希望干出一番大事业。但时代巨变，封建势力向市民阶层猖狂反扑。于连不是统治阶级圈子里的人，那个阶级绝不会容忍于连那样的人实现其宏愿。

于连的两次爱情都与时代风云紧密相连，这是当时阶级角逐的一种表现形式，他对德·莱纳夫人后来的确也产生了真正的感情，但开始是出于小市民对权贵的报复心理。因此，于连第一次占有德·莱纳夫人的手的时候，他感到的并不是爱情的幸福，而是拿破仑式的野心的胜利，是"狂欢"和"喜悦"，是报复心理的满足。如果说于连对德·莱纳夫人的追求还有某些真挚情感的话，那么于连对玛蒂尔德小姐的爱情则纯属政治上的角逐，玛蒂尔德既有贵族少女的傲慢、任性的气质，又受到法国大革命的深刻影响。她欣赏于连身上的冒险气质，而于连认为与玛蒂尔德小姐结婚可以爬上高位，平步青云，因此不惜去骗取她的爱情。于连的两次爱情最终都以失败结束，作者对于连的同情多于批判，认为是社会导致了于连的灭亡，扭曲了他的性格，迫使他放弃了原则和信仰。通过于连的悲剧，反映了复辟时期尖锐复杂的阶级

矛盾。

《红与黑》在艺术上也极具特色,首先是塑造典型环境中的典型性格,其次是匀称的艺术结构和出色的心理描写,同时在白描手法的运用上也有突出的成就,司汤达之所以被评论家称为“现代小说之父”则是因为他在《红与黑》中表现了卓越的心理描写天才。现实主义作家都强调细节的真实,但司汤达着重刻画的不是客观环境,而是人物内心活动的细致和逼真,作者常常三言两语就把人物行动、周围环境交代过去,而对其内心的活动则洋洋洒洒、不惜笔墨,爱情心理描写更是丝丝入扣、动人心弦。通过丰富复杂的内心活动揭示出人物复杂多变的内心世界,表现了人物性格的两重性。

【平行阅读】

瓦妮娜·瓦尼尼

(法)司汤达

一八二×年春季的一天晚上,罗马举城轰动,B公爵这位闻名遐迩的大银行家,在威尼斯广场边新落成的官邸里举行舞会。凡是意大利的艺术、巴黎和伦敦的豪华生活所能产生的辉煌壮丽,都汇集一起,装饰这座宫殿。宾客如云,英国上流社会那些端庄淑静的金发美女,早就渴望享有参加这个舞会的殊荣,她们蜂拥而至。罗马最俏丽的女人与她们争夺美女大奖。有一位年轻女郎由她父亲领着走进舞场,她那明亮的眼睛、乌黑的头发都表明她是个美丽的罗马姑娘。顿时,所有的目光都集中到了她身上,她的一举一动都显露出风度不凡。

人们看到一些外国人,他们一进场就对舞会的富丽堂皇惊叹不已。他们说:“欧洲任何国君的盛典,都远不能与之相比。”

因为国君们没有罗马式的宫殿,而且他们邀请的只是宫中的命妇,而B公爵邀请的却全是美女。这天晚上,他对邀来的宾客心满意足。男人们似乎被弄得眼花缭乱。在这么多超群绝伦的美女中,必须确定谁是最美的人。评选有一阵犹豫不决,但瓦妮娜·瓦尼尼公主,就是那位黑发、亮眼的姑娘终于被宣布为舞会的女王。很快,外国人和罗马的年轻男人纷纷离开自己所在的沙龙,涌入公主所在的舞厅。

她的父亲堂·阿斯德鲁巴尔·瓦尼尼亲王希望她先陪两三位德意志大公跳舞。接着,她接受了几个英俊绝伦、高贵至极的英国人的邀请。但他们一本正经的态度使她厌烦,她似乎更乐意折磨看来已坠入疯狂情网的年轻人堂·李维奥·萨维里。这是罗马最引人注目的青年人,并且是个王子。可是,假若有人给他一本小说,他读不了二十页便会扔掉,说看书使他头晕,在瓦妮娜看来,这是个不足之处。

将近午夜时分,有一个消息在舞会上传播开来,引起了相当大的震动。拘禁在圣昂日城堡的一个年轻的烧炭党人乔装改扮逃跑了。他以传奇般的勇敢,通过了监狱守兵的最后一道防守。他用一柄匕首袭击守兵,但是自己也负了伤。现在警察正循着街上的血迹追捕他,希望把他捉拿归案。

当人们讲述这个传闻时,堂·李维奥·萨维里刚和瓦妮娜跳完舞。他为她的肤貌和魅力所倾倒。当他把瓦妮娜领回座位上时,用几乎变得发狂的声调问:

“行行好。告诉我,您最喜欢谁?”

“刚逃跑的那个年轻的烧炭党人。”瓦妮娜回答道,“至少,他还做了点事儿,没有白活。”

堂·阿斯德鲁巴尔亲王朝女儿走过来。这是个家财万贯的富豪,二十年来从未核对过管家的账目,那管家把他自己的钱复借给他自己,从中赚了一大笔息金。假如您在街上遇见亲王,您一定会把他当作年老的喜剧演员,而不会注意到他手指上戴了五六个大钻石戒指,他的两个儿子当了耶稣会教士,后来都患疯癫死了。他已经将他们遗忘了。只是,他的独生女瓦妮娜不愿嫁人,这使他大为不快。她年届十九,已经拒绝了所有门第最显赫的求婚者。她这样做是出于什么原因?原来她认为:罗马人不值一顾。当年苏拉放弃终身执政,也是出于这个原因。

选自《意大利遗事:司汤达小说选》,上海译文出版社 2004 年版

【思考与讨论】

1. 于连的形象有什么思想意义?

2.《红与黑》在艺术上有什么特色?

傲慢与偏见(节选)

(英)奥斯丁

凡是有钱的单身汉,总想娶位太太,这已经成了一条举世公认的真理。这样的单身汉,每逢新搬到一个地方,四邻八舍虽然完全不了解他的性情如何,见解如何,可是,既然这样的一条真理早已在人们心目中根深蒂固,因此人们总是把他看作自己某一个女儿理所应得的一笔财产。

有一天班纳特太太对她的丈夫说:"我的好老爷,尼日斐花园终于租出去了,你听说过没有?"

班纳特先生回答道,他没有听说过。

"的确租出去了,"她说,"朗格太太刚刚上这儿来过,她把这件事的底细,一五一十地告诉了我。"

班纳特先生没有理睬她。

"你难道不想知道是谁租去的吗?"太太不耐烦地嚷起来了。

"既是你要说给我听,我听听也无妨。"

这句话足够鼓励她讲下去了。

"哦!亲爱的,你得知道,朗格太太说,租尼日斐花园的是个阔少爷,他是英格兰北部的人;听说他星期一那天,乘着一辆驷马大轿车来看房子,看得非常中意,当场就和莫理斯先生谈妥了;他要在'米迦勒节'以前搬进来,打算下个周末先叫几个佣人来住。"

"这个人叫什么名字?"

"彬格莱。"

"有太太的呢,还是单身汉?"

"噢!是个单身汉,亲爱的,确确实实是个单身汉!一个有钱的单身汉;每年有四五千镑的收入。真是女儿们的福气!"

"这怎么说?关女儿们什么事?"

"我的好老爷,"太太回答道,"你怎么这样叫人讨厌!告诉你吧,我正在盘算,他要是挑中

我们一个女儿做老婆,可多好!”

“他住到这儿来,就是为了这个打算吗?”

“打算!胡扯,这是哪儿的话!不过,他倒作兴看中我们的某一个女儿呢。他一搬来,你就得去拜访拜访他。”

“我不用去。你带着女儿们去就得啦,要不你干脆打发她们自己去,那或许倒更好些,因为你跟女儿们比起来,她们哪一个都不能胜过你的美貌,你去了,彬格莱先生倒可能挑中你呢?”

“我的好老爷,你太捧我啦。从前也的确有人赞赏过我的美貌,现在我可不敢说有什么出众的地方了。一个女人家有了五个成年的女儿,就不该对自己的美貌再转什么念头。”

“这样看来,一个女人家对自己的美貌也转不了多少念头喽。”

“不过,我的好老爷,彬格莱一搬到我们的邻近来,你的确应该去看看他。”

“老实跟你说吧,这不是我分内的事。”

“看在女儿的份上吧。只请你想一想,她们不论哪一个,要是攀上了这样一个人家,够多么好。威廉爵士夫妇已经决定去拜望他,他们也无非是这个用意。你知道,他们通常是不会拜望新搬来的邻居的。你的确应该去一次,要是你不去,叫我们怎么去。”

“你实在过分心思啦。彬格莱先生一定高兴看到你的;我可以写封信给你带去,就说随便他挑中我哪一个女儿,我都心甘情愿地答应他把她娶过去;不过,我在信上得特别替小丽萃吹嘘几句。”

“我希望你别这么做。丽萃没有一点儿地方胜过别的几个女儿;我敢说,论漂亮,她抵不上吉英一半;论性子,她抵不上丽迪雅一半。你可老是偏爱她。”“她们没有哪一个值得夸奖的,”他回答道,“他们跟人家的姑娘一样,又傻,又无知;倒是丽萃要比她的几个姐妹伶俐些。”

“我的好老爷,你怎么舍得这样糟蹋自己的亲生女儿?你是在故意叫我气恼,好让你自己得意吧。你半点儿也不体谅我的神经衰弱。”

“你真错怪了我,我的好太太。我非常尊重你的神经。它们是我的老朋友。至少在最近二十年以来,我一直听到你慎重其事地提到它们。”

“啊!你不知道我怎样受苦呢!”

“不过我希望你这毛病会好起来,那么,像这种每年有四千镑收入的阔少爷,你就可以眼看着他们一个个搬来做你的邻居了。”

“你既然不愿意去拜访他们,即使有二十个搬了来,对我们又有什么好处!”

“放心吧,我的好太太,等到有了二十个,我一定去一个个拜望到。”

班纳特先生真是个古怪人,他一方面喜欢插科打诨,爱挖苦人,同时又不拘言笑,变幻莫测,真使他那位太太积二十三年之经验,还摸不透他的性格。太太的脑子是很容易加以分析的。她是个智力贫乏、不学无术、喜怒无常的女人,只要碰到不称心的事,她就以为神经衰弱。她生平的大事就是嫁女儿;她生平的安慰就是访友拜客和打听新闻。

选自《傲慢与偏见》,上海译文出版社 2010 年版

【作者简介】

简·奥斯丁(Jane Austen,1775—1817),英国杰出的现实主义小说家。在英国文学史上,简·奥斯丁是一位承前启后的人物,她生活的时代,正是 18 世纪末 19 世纪初期,英国小说正

处于一个转折时期：现实主义文学传统出现了一个断流，庸俗的假浪漫主义小说在社会上流行，直到奥斯丁的《傲慢与偏见》发表后才打破了这种局面，为英国19世纪30年代现实主义小说高潮的到来扫清了道路。奥斯丁生于乡村小镇斯蒂文顿，父亲是当地教区牧师。奥斯丁没有上过正规学校，在父母指导下阅读了大量文学作品。她20岁左右开始写作，共发表了6部长篇小说。1811年出版的《理智与情感》是她的处女作，随后又接连发表了《傲慢与偏见》(1813)、《曼斯菲尔德花园》(1814)和《爱玛》(1815)。《诺桑觉寺》和《劝导》(1818)是在她去世后第二年发表的，并署上了作者真名。

【作品鉴赏】

将近两个世纪多以来，简·奥斯丁的作品中执意于琐碎而又不失浪漫的情节，揶揄而不乏幽默的风格，细腻的文字描写吸引人们对它一读再读。

奥斯丁的作品既无曲折离奇的情节，也无波澜壮阔的场面，小小的天地，普通的男女，一些人以此加以贬低和排斥，连夏洛蒂·勃朗特都批评说："她全然不知激情为何物。"然而奥斯丁正是以这些琐屑、平淡的细节来反映她周围现实世界的社会和文化的方方面面。她的作品一反当时社会上流行的感伤小说的内容和矫揉造作的写作方法，生动地反映了18世纪末到19世纪初处于保守和闭塞状态下的英国南部中产阶级的生活和世态人情。

"凡是有钱的单身汉，总想娶位太太，这已经成了一条举世公认的真理。"

这是英国著名女作家简·奥斯丁的代表作《傲慢与偏见》的开篇一段话，并由此引出了一段发生在19世纪初英国的关于爱与价值的经典故事。班纳特太太最大的愿望就是把她的五位千金嫁出去。在上流贵族彬格莱举行的舞会上，彬格莱与大女儿吉英一见倾心。彬格莱的好友达西渐渐迷恋上二小姐伊丽莎白，但因性情傲慢以及原家中管家的儿子威克姆的污蔑而招致伊丽莎白的误解和偏见。班家财产的法定继承人、表哥柯林斯向伊丽莎白求婚遭到拒绝，转而与她的朋友夏绿蒂结合。达西在自己的庄园与伊丽莎白再度相逢，他诚恳的态度、周全的礼仪令伊丽莎白大为惊讶，两人最终结为良缘。

但《傲慢与偏见》并不仅仅是一部浪漫的爱情小说，更多的是关于资产阶级婚姻实质的揭露。作为一名女性作家，奥斯丁有着迥异于男性作家的视角和眼光，她以幽默嘲讽的笔调指出女性的经济地位决定了她的社会地位，通过对女性在婚姻过程中被动局面的描述，指出女性在婚姻关系中的依附地位实际上是由她们社会地位的缺失造成的。班纳特太太嫁女成癖，实质是因为根据当时的法律，所有的财产必须由表亲柯林斯牧师继承，五个女儿只有一笔微薄的陪嫁，日后的生活是个大问题，而碍于当时的社会风气，中产阶级女性没有工作的权利，生存现实迫使女性把嫁人视为一种谋生的手段。

如主人公伊丽莎白的好友夏绿蒂是一个明事理的姑娘，但是没有财产，长得又不漂亮，对婚姻的看法就务实得多，只求有一个可靠的"储藏室，日后不至于挨饿受冻"。最后，"理智"地选择了头脑愚钝，却拥有资产的柯林斯，婚后夫妻虽感情淡漠，但是"只要不想起柯林斯牧师，一切都很愉快"。与之相对比的女主人公，可以说尽得作者偏爱，她聪慧、漂亮、具有敏锐的观察力和判断力、强烈的自信心和精神上的优越意识。甚至奥斯丁本人都说伊丽莎白是"我的宝贝"。在她所处的愚人的世界里，她是唯一"有理性"的人，其他人物的滑稽可笑大多是通过伊丽莎白的眼睛看出来的。与夏绿蒂不同，她追求一种有真实感情的婚姻，因此，不仅拒绝了柯林斯牧师的求爱甚至当英俊、富有的单身汉达西先生向她求婚时，她也因其傲慢无理的态度而果断拒绝了。直至达西改变了傲慢的态度，而伊丽莎白也最终看出达西傲慢外表下的真诚，二人才最终喜结良缘。

但是，伊丽莎白和达西的婚姻仍然不是超阶级的，正如恩格斯对资产阶级婚姻的描述："在每个新教国家中通例是允许资产阶级的儿子有或多或少的自由在本阶级去选择妻子，因此，恋爱在某种程度上说是可能成为婚姻的基础，而且根据新教伪善的精神，为了体面，也常以此为前提。"

可以说，夏绿蒂是被过多附加因素扭曲了的伊丽莎白在现实中的镜像。伊丽莎白是作者的理想，而夏绿蒂的故事是严格的、严酷的现实——是生活，而不是罗曼史。

蕴涵的智慧和隽永、激情固然强烈震撼，但有一种宣泄的粗陋和强迫的入侵；理性的趣味平静、睿智、超然，可以长久地玩味。有一种人是以梦幻般的理想精神来写作的，而有一种人是以见识修养写作的。简·奥斯丁是后一种。她世事洞明、涉笔成趣。因为对现实的了解，她对人物的体察从不放过讽刺嘲弄的机会；因为对世俗生活的热爱，她的嘲讽里一直有宽容的底色。奥斯丁的修养是看穿现实的眼光，是对日常细节的投入，也是她坚持的道德准则。奥斯丁无疑是古典主义者，但在贞洁大方、崇尚感情、情操高尚、品德无瑕上，奥斯丁还赞赏爽朗的大笑、机智的挖苦，以及对不尊重别人傲慢愚蠢的权贵的勇敢反抗。奥斯丁的道德准则不是书斋说教，而充满阳光般的健康与蓝天般的纯净。与其说那是一个人为保持自己在社会上的地位而这么做，不如说一个人只有这样做了，才能赢得别人的尊重。在这一点上，奥斯丁显示了她永恒的价值。

凯特尔这样评价说："……产生感人力量的是简·奥斯丁态度背后的感情深度和现实主义，为提出这一看法，我们或许已谈得相当充分了。她以一种一丝不苟，然而又是热情洋溢并具有批判眼光的精确性检验了她的天地中存在的问题。不可否认，这个天地是狭窄的。重要的问题在于其狭窄性到底关系多大。"他接着指出："天地狭小其实毫无关系。重要性是不能用题材大小来衡量的。"

奥斯丁一生都生活在风景秀丽的英国乡村，衣食无忧、日子安闲，与自己的父母、兄弟姐妹相亲相爱，永远写爱情婚姻的题材——奥斯丁的小说也反映了她的生活方式与写作方式。有评论家断言"奥斯丁之所以成为伟大的艺术家，一定是因为有种特殊的、从未被打破的平衡，赋予她足够的冷静、耐心、泰然和安逸心情"。在20世纪末，奥斯丁的作品又重成热门，一部一部被拍成电影与电视，人们的狂热与眷顾，是因为奥斯丁的"绿色田园"远离着纷繁焦虑的当代现实，还是因为奥斯丁的小姐公子们有着与现代人相同的心事与算计，这是一个颇值得玩味的问题。而我更愿意把这股奥斯丁旋风理解为人们的"寻梦"。因为即使有着与现代人相同的婚姻问题、爱情磨难，19世纪的小说主角们因保持高雅的距离与矜持的自尊而没有一种彼此之间赤裸裸的伤害——回到过去，亦即是向往着如此模式的未来。让我们都做绅士淑女吧。

当代的西方评论家指出奥斯丁的作品与莫扎特的音乐有相似之处。这一发现完全不是突发奇想。奥斯丁的小说一贯有着结构上绝妙的和谐对称，人物是一组组的对比反衬，比如《傲慢与偏见》，达西与彬格莱是一个对比，班纳特先生与班纳特太太是一个对比，伊丽莎白和吉英是一个对比，她们两姐妹与更小的几个妹妹又是一种对比。在缜密而节制的人际之网中，自有一种美妙的平衡。把握这种对立中的平衡，便是奥斯丁的天才。奥斯丁的小说与莫扎特的音乐都是一种天籁之音，因为秉性崇高与灵魂的高贵，他们的表达是纯净温煦精致的，对复杂与粗鄙是永远的打击，对人性的启蒙是不厌其烦的。奥斯丁与莫扎特的宗教感就是“节制”。克制宣泄放纵与炫耀一己的悲欢。而美，难道不就是产生于节制吗？

于是又一次羡慕奥斯丁，就写“村庄上三四家人家的故事”，就写“女人怎么嫁人”，是多么过瘾。终生生活在温暖的大家庭里，不结婚又有什么不好。——现在，废气、噪音、车辆、灰尘已经取代了美丽的庄园，绿色早已少见。人与人紧紧挨着的距离，早已使我们不能心平气和欢天喜地开舞会搞茶叙。每天千奇百怪层出不穷的信息又怎能使人把“开进一列军队，有漂亮的男人来临”看做天大的新闻。奥斯丁的优雅是上一个时代造就的，今日的世界再不能诞生奥斯丁，如同今日的世界再不能有莫扎特一样。

道德节制、品位优雅、平和高贵构成了她笔下世界的主旋律，反映了奥斯丁看待世界的态度，也许无力改变但至少怀着豁达、乐观的心情“看世间潮起潮落，望天上云卷云舒”。我们也许要做好多好多的事却独不能做自己喜爱的最简单的一种，但至少我们还可以边看奥斯丁的小说边怀念那逝去的风花雪月。

【平行阅读】

爱　　玛(节选)

(英)奥斯丁

爱玛·伍德豪斯小姐端庄儒雅、才思敏捷、生性欢乐、家境宽裕，仿佛上苍将最美好的恩赐集中施与她一身了。她在这世界已经生活了将近二十一年，极少遭遇苦恼或伤心的事情。

她是两姊妹中年幼的一个，父亲是一位极富慈爱之人，对女儿无比娇惯溺爱。姐姐出嫁后，她早早便担当起家庭女主人的角色。她母亲很久以前就去世了，母亲的爱抚仅仅给她留下一点儿十分模糊的记忆。一位杰出的家庭女教师填补了母亲的空缺，它给予的母爱绝不亚于一位母亲。

泰勒小姐在伍德豪斯家生活已经有十六年，她不仅是个家庭女教师，更是这个家庭的朋友。她非常喜爱两位姑娘，尤其喜欢爱玛。在她们两人之间，姐妹亲情胜于师生关系。泰勒小姐脾气温和，即使在原来执教时期，也难得强加什么限制，现在，教师的权威早已烟消云散，她们就像相依为命的朋友一样生活在一起，爱玛喜欢做什么完全由着自己的性子来，虽然她高度尊重泰勒小姐的判断，但是决定主要由自己做。

悲哀降临了——仅仅是个轻微的悲哀而已——而且还不是以痛苦的方式降临的——泰勒小姐出嫁了，首先感到的是失去泰勒小姐的悲伤，在这位亲爱的朋友结婚的日子里，爱玛才第一次坐下悲哀的想象着未来，婚礼过后新人离去，饭桌上只剩下父亲和她，不可能指望有第三个人在漫长的夜晚来活跃气氛，她父亲饭后便早早上床安息，她只有自己在炉前痛惜自己的损失。

她的朋友在这桩婚姻中面临着种种幸福的前景，维斯顿先生的品格无懈可击，财产富足，年纪适中，态度谦和，爱玛想到自己向来希望本着自我牺牲精神和慷慨的友谊促成这桩婚姻，就感到些许满足，但是那天早上的活动对她来说却是阴郁的，每天的每个时辰都感到需要泰勒小姐，她回忆起她慈祥的音容笑貌——十六年来一直地那样和蔼慈祥——及其自己五岁起她便开始教授知识，陪自己做游戏——回忆起她在自己健康时不惜贡献出全部能力，为了使她高兴而时时相伴——在自己幼年生各种疾病时更是百般照料，无微不至，为此她心中时常洋溢感激之情；在伊莎贝拉出嫁后的七年间，家里只剩下她们两人，两人平等相待，毫无保留，那更是亲切美好的回忆。那是个非常难得的朋友加伴侣，富有才华，知识丰富，乐于助人，态度谦和，对家庭的一切都了如指掌，对家里关心的所有事务全都十分不感兴趣——爱玛尽可以将自己的各种念头统统倾诉给她，而绝对不会发现她的慈爱会产生任何瑕疵。

她该如何忍受这种改变呢？不错，她的朋友离开他们仅仅不足半英里远，但是爱玛意识到，半英里之外的维斯顿太太一定与这所房子中那位泰勒小姐有着天壤之别。尽管她天生便具有优越感，后来更加强了优越意识，然而她却面临精神孤独的极大危险，她热爱自己的父亲，但是他并不是她的伴侣，无论进行理智的还是逗乐的交谈都无法跟上她的思路。

由于伍德豪斯先生娶亲时已不年轻，父女之间年龄的鸿沟被他的老态和习惯衬托得更加显著，他终生病魔缠身，既不能锻炼身体，也无暇培养心智。于是未老便已先衰，虽然他的友善心灵和温和的脾气，处处文明礼貌赢得人们热爱，但他的天资在任何时候都无法受到恭维。与其他人比较起来，她姐姐并不算嫁得很远，仅仅是住在离家十六英里外的伦敦，然而并不能每日随意来访；她不得不在哈特费尔德宅子熬过十月许多漫长的夜晚，最后才能在圣诞节前夕盼来伊莎贝拉夫妇和他们的孩子，享受与人交往的喜悦。

选自《爱玛》，译林出版社 2009 年版

【思考与讨论】

1. 如何理解《傲慢与偏见》的现实主义特色？
2. 如何理解男女主人公的婚姻实质？

了不起的盖茨比（节选）

（美）菲茨杰拉德

西卵和纽约之间大约一半路程的地方，汽车路匆匆忙忙跟铁路会合，它在铁路旁边跑上四分之一英里，为的是要躲开一片荒凉的地方。这是一个灰烬的山谷——一个离奇古怪的农场，在这里灰烬像麦子一样生长，长成小山小丘和奇形怪状的园子。在这里灰烬堆成房屋、烟囱和炊烟的形式，最后，经过超绝的努力，堆成一个个灰蒙蒙的人，隐隐约约地在走动，而且已经在尘土飞扬的空气中化为灰烬了。有时一列灰色的货车慢慢沿着一条看不见的轨道爬行，叽嘎一声鬼叫，停了下来，马上那些灰蒙蒙的人就拖着铁铲一窝蜂拥上来，扬起一片尘土，让你看不到他们隐秘的活动。

但是，在这片灰蒙蒙的土地以及永远笼罩在它上空的一阵阵暗淡的尘土的上面，你过一会儿就看到 T. J. 埃克尔堡大夫的眼睛。埃克尔堡大夫的眼睛是蓝色的，庞大无比——瞳仁就有一码高。这双眼睛不是从一张脸上向外看，而是从架在一个不存在的鼻子上的一副硕大无朋的黄色眼镜向外看。显然是一个异想天开的眼科医生把它们竖在那儿的，为了招徕生意，扩大他在皇后区的业务，到后来大概他自己也永远闭上了眼睛，再不然就是撇下它们搬走了。但是，他留下的那两只眼睛，由于年深月久，日晒雨淋，油漆剥落，光彩虽不如前，却依然若有所思，阴郁地俯视着这片阴沉沉的灰堆。

灰烬谷一边有条肮脏的小河流过，每逢河上吊桥拉起让驳船通过，等候过桥的火车上的乘客就得盯着这片凄凉景色，时间长达半小时之久。平时火车在这里至少也要停一分钟，也正由

于这个缘故,我才初次见到汤姆·布坎农的情妇。

他有个情妇,这是所有知道他的人都认定的事实。他的熟人都很气愤,因为他常常带着她上时髦的馆子,并且,让她在一张桌子旁坐下后,自己就走来走去,跟他认识的人拉呱。我虽然好奇,想看看她,可并不想和她见面——但是我会到她了,一天下午,我跟汤姆同行搭火车上纽约去。等我们在灰堆停下来的时候,他一骨碌跳了起来,抓住我的胳膊肘,简直是强迫我下了车。

"我们在这儿下车,"他断然地说,"我要你见见我的女朋友。"

大概他那天午饭时喝得够多的,因此他硬要我陪他的做法近乎暴力行为。他狂妄自大地认为,我在星期天下午似乎没有什么更有意思的事情可做。

我跟着他跨过一排刷得雪白的低低的铁路栅栏,然后沿着公路,在埃克尔堡大夫目不转睛地注视之下,往回走了一百码。眼前唯一的建筑物是一小排黄砖房子,坐落在这片荒原的边缘,大概是供应本地居民生活必需品的一条小型"主街",左右隔壁一无所有。这排房子里有三家店铺,一家正在招租,另一家是通宵营业的饭馆,门前有一条炉渣小道;第三家是个汽车修理行——"乔治·B·威尔逊、修理汽车、买卖汽车"。我跟着汤姆走了进去。

车行里毫无兴旺的气象,空空如也。只看见一辆汽车,一部盖满灰尘、破旧不堪的福特车,蹲在阴暗的角落里。我忽然想到,这间有名无实的车行莫不是个幌子,而楼上却掩藏着豪华温馨的房间,这时老板出现在一间办公室的门口,不停地在一块抹布上擦着手。他是个头发金黄、没精打采的人,脸上没有血色,样子还不难看。他一看见我们,那对浅蓝的眼睛就流露出一线暗淡的希望。

"哈罗,威尔逊,你这家伙,"汤姆说,一面嘻嘻哈哈地拍拍他的肩膀,"生意怎么样?"

"还可以,"威尔逊缺乏说服力地回答,"你什么时候才把那部车子卖给我?"

"下星期。我现在已经让我的司机在整修它了。"

"他干得很慢,是不是?"

"不,他干得不慢,"汤姆冷冷地说,"如果你有这样的看法,也许我还是把它拿到别处去卖为好。"

"我不是这个意思,"威尔逊连忙解释,"我只是说……"

他的声音逐渐消失,同时汤姆不耐烦地向车行四面张望。接着我听到楼梯上有脚步的声音,过了一会儿一个女人粗粗的身材挡住了办公室门口的光线。她年纪三十五六,身子胖胖的,可是如同有些女人一样,胖得很美。她穿了一件有油渍的深蓝双绉连衣裙,她的脸庞没有一丝一毫的美,但是她有一种显而易见的活力,仿佛她浑身的神经都在不停地燃烧。她慢慢地一笑,然后大摇大摆地从她丈夫身边穿过,仿佛他只是个幽灵,走过来跟汤姆握手,两眼直盯着他。接着她用舌头润了润嘴唇,头也不回就低低地、粗声粗气地对她丈夫说:

"你怎么不拿两张椅子来,让人家坐下。"

"对,对。"威尔逊连忙答应,随即向小办公室走去,他的身影马上就跟墙壁的水泥色打成一片了。一层灰白色的尘土笼罩着他深色的衣服和浅色的头发,笼罩着前后左右的一切——除了他的妻子之外。她走到了汤姆身边。

"我要见你,"汤姆热切地说道,"搭下一班火车。"

"好吧。"

"我在车站下层的报摊旁边等你。"

她点点头就从他身边走开,正赶上威尔逊从办公室里搬了两张椅子出来。

我们在公路上没人看见的地方等她。再过几天就是七月四号了,因此有一个灰蒙蒙的、骨瘦如柴的意大利小孩沿着铁轨在点放一排"鱼雷炮"。

"多可怕的地方,是不是!"汤姆说,同时皱起眉头看着埃克尔堡大夫。

"糟透了。"

"换换环境对她有好处。"

"她丈夫没意见吗?"

"威尔逊?他以为她是到纽约去看她妹妹。他蠢得要命,连自己活着都不知道。"

就这样,汤姆·布坎农和他的情人还有我,三人一同上纽约去——或许不能说一同去,因为威尔逊太太很识相,她坐在另一节车厢里。汤姆做了这一点让步,以免引起可能在这趟车上的那些东卵人的反感。

她已经换上了一件棕色花布连衣裙,到了纽约汤姆扶她下车时那裙子紧紧地绷在她那肥阔的臀部上。她在报摊上买了一份《纽约闲话》和一本电影杂志,又在车站药店里买了一瓶冷霜和一小瓶香水。在楼上,在那阴沉沉的、有回音的车道里,她放过了四辆出租汽车,然后才选中了一辆新车,车身是淡紫色的,里面坐垫是灰色的。我们坐着这辆车子驶出庞大的车站,开进灿烂的阳光里。可是马上她又猛然把头从车窗前掉过来,身子向前一探,敲敲前面的玻璃。

"我要买一只那样的小狗。"她热切地说,"我要买一只养在公寓里。怪有意思的——养只狗。"

我们的车子倒退到一个白头发老头跟前,他长得活像约翰·D·洛克菲勒,真有点滑稽。他脖子上挂着一个篮子,里面蹲着十几条新出世的、难以确定品种的小狗崽子。

"它们是什么种?"威尔逊太太等老头走到出租汽车窗口就急着问道。

"各种都有。你要哪一种,太太?"

"我想要一条警犬。我看你不一定有那一种吧?"

老头怀疑地向竹篮子里望望,伸手进去捏着颈皮拎起一只来,小狗身子直扭。

"这又不是警犬。"汤姆说。

"不是,这不一定是警犬,"老头说,声音又流露出失望情绪,"多半是一只硬毛猎狗。"他的手抚摸着狗背上棕色毛巾似的皮毛。"你瞧这个皮毛,很不错的皮毛,这条狗绝不会伤风感冒,给你找麻烦的。"

"我觉得它真好玩,"威尔逊太太热烈地说,"多少钱?"

"这只狗吗?"老头用赞赏的神气看着它,"这只狗要十美元。"

选自《了不起的盖茨比》,上海译文出版社 2006 年版

【作者简介】

司科特·菲茨杰拉德(F. Scott Fitzgerald,1896—1940),美国著名小说家。《了不起的盖茨比》的问世,奠定了他在现代美国文学史上的地位,成了 20 世纪 20 年代"爵士时代"的发言人和"迷惘的一代"的代表作家之一。菲茨杰拉德生于明尼苏达州圣保罗市,1920 年出版了第一部长篇小说《人间天堂》,从此一举成名,小说出版后他与珊尔达结婚。珊尔达对他的生活与

创作影响很大，他的小说里许多女主人公都有她的影子。婚后携妻寄居巴黎，结识了安德逊、海明威等多位美国作家。以后又出版了两部短篇小说集《姑娘们与哲学家们》(1921)和《爵士时代的故事》(1922)。其他重要作品还有《夜色温柔》、《崩溃》等。菲茨杰拉德塑造的人物形象大多是一群战后追求金碧辉煌生活的青年男女，但他们在生活经历和精神世界方面都与作者有某种相似之处，菲茨杰拉德的小说表现了从追求理想的“美国梦”到梦幻破灭的过程。

【作品鉴赏】

菲茨杰拉德在他的名作《了不起的盖茨比》中生动形象地描绘了“一战”后美国年青一代的生活方式和精神面貌，讲述了一个出身下层的青年盖茨比为了追求“理想”——娶一个上流社会的美丽而富有的千金小姐黛西奋斗，最终却被那位富家小姐抛弃的悲剧故事。因为这部作品，菲茨杰拉德得以和海明威、福克纳一起成为20世纪美国最杰出的三位小说家。这部小说入木三分地刻画了财富和成功掩盖下的未被满足的欲望，反映了20年代“美国梦”的破灭，深刻地揭示了角色性格的矛盾和内心的冲突，同时也淋漓尽致地展现了菲茨杰拉德杰出的才华和写作技巧。《了不起的盖茨比》被誉为当代最出色的美国小说之一，确立了菲茨杰拉德在文学史上的地位。

菲茨杰拉德创造力最旺盛的时期是美国历史上一个特殊的年代。第一次世界大战结束了，经济大萧条还没有到来，传统的清教徒道德已经土崩瓦解，享乐主义开始大行其道。用菲茨杰拉德自己的话来说，“这是一个奇迹的时代，一个艺术的时代，一个挥金如土的时代，也是一个充满嘲讽的时代。”菲茨杰拉德称这个时代为“爵士乐时代”，他自己也因此被称为爵士乐时代的“编年史家”和“桂冠诗人”。由于他本人也热情洋溢地投身到这个时代的灯红酒绿之中，他敏锐地感觉到了这个时代对浪漫的渴求，以及表面的奢华背后的空虚和无奈。

小说的第一叙述者是尼克·卡罗威。他既是故事的叙述者和评论者，又是小说中一个重要人物。他与矛盾着的双方都有千丝万缕的关系。他是盖茨比的邻居和朋友，又是黛西的表哥、汤姆的同学，还热恋着黛西的好友乔丹。读者对于作品中人物的看法很多都是通过尼克的眼睛来看的，是尼克亲眼见到了盖茨比对于虚伪梦幻的追求，看到了黛西的拜金、庸俗，看到了周围世界精神层面的荒芜其代表了美国中西部的传统观念和道德准则。尼克一针见血地指出了社会的虚伪和无情，使读者对于盖茨比所追求的美国梦的必然破灭有了深刻的印象。

《了不起的盖茨比》中运用了大量的象征手法，比如黄色是权力、财富和地位的象征。为了重新得到黛西，盖茨比无时无刻不在向黛西传递着富足的信息：他乘坐的华丽而贵重的汽车是浅黄色的；与黛西见面时戴的领带是金色的；每逢周末，在盖茨比的花园里所举行的豪华、盛大、灯火辉煌的宴会上，轿车、食物、酒吧等都是黄色的，所有这些黄色象征着一种喧嚣、财富、金钱至上的氛围，在这样一种氛围中，一个人要想成功，必须借助金钱的力量。

而白色作为一种基本色在黛西身上重复出现，白色是纯洁的象征，用在黛西的身上则有更深的内涵。表面上，白色代表着纯洁、美丽；但实际上，它又是一种冷色调，代表着冷酷、无情和空洞。所以白色可以象征纯洁，也可以象征颓丧；可以象征单纯，也可以象征缺乏深度和空虚；它可以象征高贵，却又显得缥缈、虚幻甚至虚假；它是白银的颜色，但也正因此而使得一切白色的东西常常与金钱纠缠不清，反而更显得卑污与肮脏。

文学作品经常反映其文化的意识形态冲突，而无论作者是否意图如此，因为作家同样被时代的意识形态所影响。一方面，菲茨杰拉德淋漓尽致的描画了爵士时代对浪漫、自由的渴求，以及表面的奢华背后的空虚和无奈，生动地反映了20世纪20年代“美国梦”的破灭。另一方面，《了不起的盖茨比》同时表现了男权制社会对“一战”后新女性的反感和恐惧。

《了不起的盖茨比》写于“一战”后的十年，第一次世界大战后，美国出现了一个经济繁荣时期，到处呈现一派轻松欢快的气氛。年青一代更是觉得进入了一个欢乐绚丽的新时代，他们丢开了传统的道德标准、价值观念，信奉享乐主义，沉湎于声色犬马、纸醉金迷和新奇的爵士乐之中。菲茨杰拉德称之为“爵士乐时代”。这是一个美国社会巨大变化的时期，尤其在女性权利领域。到了“一战”后两年即1920年，妇女终于获得投票权。“一战”前，妇女的标准服装包括长裙、紧身衣、扣得高高的鞋子、长发，而战后几年，裙子变短了，紧身衣开始消失了，年轻女性剪短了头发，更令大多数旧式生活支持者感到惊慌的是女性行为的改变。小说中女性人物的描写充分表现出对“一战”后违反父权制行为规范的新女性的不安和责难。

黛西被描写成一个性喜掠夺的长不大的孩子和一个残忍的杀手。她习惯于成为人群的焦点而不考虑他人。车祸发生后，黛西不仅没有停车，而是飞速逃逸并让盖茨比承担罪责。一旦她得知盖茨比和她来自不同的社会阶层，她退缩到汤姆财势的保护伞之下，放任情人面对不可知的命运。乔丹·贝克被描述成一个关于撒谎的人。小说最不带同情色彩描写的是默特尔，她令人厌恶、虚伪，举止矫揉造作，欺骗对自己全心全意地丈夫，并且侮辱、嘲笑他。默特尔对汤姆感兴趣的主要原因是金钱。小说的最后，这三个现代女性都受到了惩罚。黛西和汤姆维持着无爱的婚姻，乔丹被尼克抛弃。然而最严厉的惩罚被分配给了违反父权制最严重的人默特尔，即死亡。

【平行阅读】

夜色温柔（节选）

（美）菲茨杰拉德

迪克和尼科尔习惯一块儿去理发店，在毗邻的两个房间里理发和洗头。尼科尔可以听见从迪克所在的那间房子里传来剪发的喀嚓声、计算零钱的声音、还有表示赞许和抱歉的声音。在他回来的那一天，他们进城，在电扇吹送出的阵阵香风中理发、洗头。

在加来登旅馆的正面，为了抵挡夏日的暑热，窗户都紧紧地关着，就像许多地窖的门一样。一辆汽车从他们前面开过，汤米·巴尔邦坐在车里。尼科尔一眼瞥去，见他表情严肃，若有所思，但他一看到她，立时瞪大了眼睛，脸部表情活跃起来，这让她心慌意乱。她想去他所去的地方。在理发店消磨掉的时光似乎是她生命中的一个空白，是另一种牢狱般的生活。穿着白色衣服，嘴唇略微抹了点口红，身上散发出淡淡的香味的女理发师令她回想起许多的护士。

在隔壁房间披着围单，抹着肥皂的迪克打起了瞌睡。尼科尔面前的镜子照出男女理发室之间的过道，她见汤米走进理发室，旋即跨入男子理发间就怦然心跳。她内心一阵喜悦，因为她知道就要做最后的摊牌了。

她听见了开场白的一些只言片语。

“你好，我想跟你谈谈。”

“重要的事？”

“重要的事。”

“完全可以。”

不一会，迪克走进尼科尔的这间理发室，匆匆冲洗过的脸上捂着条毛巾，但仍可看出他气恼的神情。

“你的朋友兴奋得有些等不及了。他要跟我们一起谈谈，所以我同意把事情做个了结。来吧！”

“可我的头发——才剪了一半。”

“没关系——来吧！”

她不悦地让瞪着眼的女理发师把毛巾拿走。

尽管她觉得自己衣着凌乱，未曾打扮，但还是跟着迪克走出了旅馆。门外，汤米俯身吻了她的手。

“我们去阿里埃咖啡馆吧。”迪克说。

“只要没人打搅就行。”汤米同意。

坐在一片遮天的树荫（这可是夏日里最惬意的地方）下，迪克问：“你要喝点什么，尼科尔？”

“一杯柠檬汁。”

“给我来半份。”汤米说。

“我要一份带吸管的勃拉肯威特。”迪克说。

“勃拉肯威特没有，只有乔尼沃凯。”

“也行。”

她打电报并非来凑热闹，

只是为了清静，

你不妨再试试——

“你妻子不爱你，”汤米突然开口，“她爱我。”

两个男人互相对视，都不可思议地流露出心虚气弱的神情。在这种处境下，两个大男人之间有什么好说的呢，因为他们的关系是间接的。这种关系取决于他们各自对引起争议的女人已拥有或将拥有的程度，所以，他们的情绪要穿越她的已经分裂的自我，犹如通过一条性能不佳的电话线进行交流一样。

选自《夜色温柔》，人民文学出版社 2007 年版

【思考与讨论】

1.《了不起的盖茨比》反映了战后美国的何种情绪？

2. 作品中女性人物表现了作者何种思想？

第三章

戏剧欣赏

第一节　戏剧概述

一、戏剧的概念

欣赏戏剧，首先要知道什么是戏剧。

戏剧是人类众多的文化活动方式之一，也是人类众多的艺术创造方式之一。从艺术本质上讲，戏剧是由演员直接面对观众表演某种能引起戏剧美感的内容的艺术。演员与观众之间那种感性的和直接的交流关系是戏剧核心体属性。

戏剧是一门古老的艺术。古希腊戏剧至少已有 2500 年的历史，印度戏剧也有不下 1600 年的历史。中国戏剧包括戏曲和话剧。中国传统的载歌载舞的戏曲，从唐参军戏、元杂剧、宋元南戏、明清昆曲传奇，到清代京剧兴起，有将近 1000 年历史。我们称之为话剧的舞台艺术形式源自古希腊。它以语言为载体，通过演员的对话、形体动作，辅以道具、布景等，当众创造真实的听觉、视觉与感觉效果。这种以对话为主的艺术形式，在 20 世纪初传到中国，成为中国的现代戏剧形式。在众多类型的艺术中，戏剧一直有着崇高的地位，有“艺术的皇冠”之称，并一向是一个国家或民族文化发展水平的标志。虽然戏剧在历史的进程中曾经一度低迷，但随着经济的繁荣发展，戏剧在世界各地再次兴旺起来，特别是中国，近几年戏剧演出已经从北京、上海这些大城市走向中小城市，有人欢呼 21 世纪将是一个全民戏剧的世纪。面对戏剧的时代，我们更应该加深对戏剧的了解，提高我们的戏剧修养和欣赏水平。

二、戏剧的双重性

（一）戏剧的舞台性

前面已经提到演员与观众之间的直接交流关系是戏剧核心体属性，由这一本质产生出戏剧的一系列特征：

（1）从传播方式来看，戏剧艺术是具有现场直观性、双向交流性与不可完全重复的一次性艺术。这是舞台艺术的重要特点。戏剧同电影电视相比，有许多相同之处，比如都要有剧本，都有演员表演，都有特殊的服装化妆效果等。从各自的发展历史看，电影和电视就是在复制戏剧的基础之上兴盛起来的，而且似乎要远远比戏剧更自由、更富有表现力。那么戏剧艺术还有什么看家本领没有被复制过去，戏剧自身的优点何在？著名的英国戏剧理论家马丁 · 艾思林把戏剧比作书籍的手抄版，而电影、电视则是这同一书籍的印刷版。这说明戏剧是“原创”，而

电影电视是“复制”。而戏剧有其看家本领是电影电视无法复制的，这也是戏剧独一无二的长处：戏剧是以活生生的人为演员直接面对现场的观众进行双向交流的演出，这演出是一次性的，不可重复的。电影、电视的演员是面对镜头表演，可以多次重演直到导演满意，制成后又可多次重放。戏剧的演员只有在排练阶段才有可能不断修改自己的演出，而一旦正式登台演出，面对观众，就是一次性的、毫无回旋余地的演出了。下一次演出，由于环境、氛围和演员自身条件的变化，不可能完全相同。当我们坐在剧场里欣赏一场戏剧演出时，观众与演员同处一个时空之内，戏剧的发展给人以“正在发生”的真实感，演员直观的表演与观众的心理感应互动，观众与观众的情绪在不断地持续交流、碰撞、相互影响，演员与观众、观众与观众之间的情感互动感染，交互作用，使整个剧场成为一个巨大的情感交流场。这是电影、电视和阅读文本无法带来的体验和享受。现场直观性、双向交流性与瞬间一次性，是戏剧独特的艺术魅力所在，同时也是戏剧的难度所在，并因此带来了戏剧在商品经济文化市场上的劣势。手抄版的戏剧要功底，要文化底蕴，但成本高、利润薄；印刷版的影视剧可以大批量生产，成本低、利润厚，对功底和文化底蕴也没有那么高的要求。所以跟免费的电视剧，或者几十块钱或一百多元钱的电影比较起来，现在一场话剧演出，动辄六七百元乃至上千元的票价也是无奈之举。

（2）从艺术的构成方式来看，戏剧是一种集众多艺术于一体的综合性舞台艺术。我们把艺术分为十个种类：文学（诗）、音乐、绘画、雕塑、建筑、舞蹈、戏剧、电影、电视、广播。古希腊讲的“五大艺术”，指的是前五种。到了近代，艺术分类上又列出舞蹈和戏剧，所以按这个次序，戏剧被有的人称为“第七艺术”。其实这并不确切，因为古希腊中的“诗”是包括戏剧的。不过“第七艺术”有其一定道理。戏剧一下子囊括了前“六家艺术”，兼备了从第一到第六的各种艺术形态的一切因素。它兼有诗和音乐的时间性、听觉性，以及绘画、雕刻、建筑的空间性、视觉性，而且同舞蹈一样，具有以人的形体作媒介的本质特性。德国著名的戏剧理论家史雷格尔以满怀激情的语言指出：“剧场是多种艺术结合起来以产生奇妙效果的地方，是最崇高、最深奥的时不时借着千锤百炼的演技来解释的地方，这些演技同时表现滔滔的辩才和活生生的图景；在剧场里，建筑师贡献出最壮丽的装饰，绘画家贡献出按照透视法配制的幻景，音乐的帮助来配合心境，曲调用来加强已经使心境激动的情绪。剧场把一个民族所拥有的全部社会和艺术的文明、千百年来不断努力而获得的成就，在几小时演出中表现出来。”

（3）戏剧艺术的这种特征是由于它是在观众面前直接“观”与“演”的生动交流中——也即前面我们提到的现场直观性和双向交流性——产生戏剧审美效果这一本质决定的。这种交流只有在舞台表演中才能实现，一旦登上舞台，各种艺术手段有机的统一成为一体。戏剧不是书面案头文学，戏剧中的语言成为立体的、可见的诗，音乐也成了有色彩能看得见的音乐，舞台美术是能言的绘画、运动的浮雕。观众欣赏的是一出完整的戏，而不是分别去体味其中各种艺术手段所能达到的成就，离开戏剧演出的整体，这种“成就”毫无意义。戏剧的综合性特征是艺出多门而达于一，是“一支强大的、严密的、武装齐全的军队同时影响着观众”。戏剧中各种艺术的融合和分化由于历史时期不同，表现出不同的面貌。中国戏曲和古希腊戏剧大都综合着诗歌舞三位一体。这种综合性中国戏曲一直延续到今天。而西方戏剧在文艺复兴之后，逐渐分为以文学为主干的话剧、以音乐为主干的歌剧与以舞蹈为主干的芭蕾舞剧。但随着戏剧的发展，又有了融合为一体的趋势，目前在世界各地流行的音乐剧，就是这种新的综合趋势发展的结果。不过即使是以对话为主体的话剧，在舞台上演出时依然表现为一种综合性，除了传统话剧的综合性之外，在吸收其他艺术手段上表现出更大的开放性和包容性。

(4)我们从戏剧是综合性的舞台表演艺术可以进一步得出，戏剧是囊括编、导、演、舞台美术甚至包括观众在内的多方面艺术人才的集体性创造。这种集体性正是戏剧艺术综合性的另一种表现。长久以来，剧本、演员、观众在戏剧理论中被称为戏剧三要素，再加上戏剧表演的物理空间即剧场就成为四要素。在现代戏剧中，导演的作用是非常关键和重要的，也是戏剧要素之一。于是剧本、演员、导演、剧场和观众就成为戏剧的主导要素，而作曲、舞台美术、灯光等，可视为戏剧的附属性要素。这些要素统一在戏剧表演之下，形成活生生的艺术整体。文学运用语言刻画人物，表达思想，是戏剧艺术之精神内涵的来源，导演和演员通过“二次创作”，充分调动附属性因素，创造性地赋予精神内涵以最合适的物质外壳，使一出戏被观众当场地“看”到。戏剧的剧本不但可以在舞台上存活，而且可以借助口头流传和书面印刷永远留存下去。但导演和演员的工作只能在当场表演的那个特定时空被人们看到，即使有录像和文字的介绍，但那艺术创造的本身却已随演出的结束而消逝。

综上所述，我们可以得出戏剧艺术具有双重性，即舞台性和文学性。舞台性使戏剧成为活生生的艺术，但却是一次性即逝的，但它的文学性可以使戏剧代代相传，当然相传的是剧本，而不是表演本身。文学史和戏剧史上所谓戏剧经典名著，其实都是流传下来的剧本。现在大多数论戏剧的书都是谈剧本的，但是在具体的运作中，如果只抓住剧本而忽视了表演、导演和舞台设计，再好的剧本也只能是案头阅读的书斋剧。没有舞台化的文学不是真正的戏剧文学。当然，戏剧的文学性是戏剧艺术的精神内涵，优秀的戏剧艺术需要独特的个性、清晰的视野、犀利的观点、独一无二的敏感性以及对个人信仰的执著追求，这些都需要通过文学语言来表现。从古希腊时期，戏剧就被看做是文学艺术的，西方第一本谈论戏剧理论的书籍是亚里士多德《诗学》，戏剧最初是被称为诗的。这也是戏剧的文学性。

(二)戏剧的文学性

从美学观点来看，戏剧是诗。这是戏剧本体属性之一。无论当年亚里士多德的《诗学》，开西方美学和戏剧学研究之先河，还是中国古代戏剧理论家，都将戏剧称作“诗”。美学家狄德罗有长篇巨作《论戏剧诗》，别林斯基也对戏剧诗发表过精辟的论述。黑格尔构筑的美学体系，也将戏剧作为其美学研究的主体内容。黑格尔指出：“戏剧无论在内容上还是形式上都要成为最完美的整体，所以应该看做诗乃至一般艺术的最高层。”这些论述都充分阐述了戏剧文学性的特点。尽管现代社会，似乎人们很少再将戏剧作为诗来看待，但戏剧的诗本性从未消失。戏剧“创造了一切诗所具有的基本幻想——虚幻的历史。戏剧实质上是人类生活——目的、手段、得失、浮沉以至死亡的映像。”戏剧是“一种特殊的诗的表现形式”。戏剧的诗本性负载于剧本的文学语言，那是诗的语言。从古希腊悲剧到拉辛和莎士比亚都用诗体写剧。激烈的戏剧冲突、变化的戏剧情节凭借剧中人的诗体语言展开，剧中人的大段对白与长篇独白成为最精彩的诗篇。演员用朗诵调来念台词，以求充分传达诗意。而古希腊悲剧直接就是由歌队合唱来展现诗歌，中国和西方同样的历史表明诗最初是演唱的。西方研究戏剧的学问被称为“诗学”，几乎没有一位西方美学家探索美学问题、诗学理论时，不是以戏剧为主要研究对象的。

从“戏剧是诗”的美学观念出发，中国戏曲史最理想的戏剧诗形态。本来中国古典戏曲的剧本文学就是诗体文学。在古代知识分子眼中，戏曲就是诗，诗之余为词，词变为曲，都是同一种文体。作剧，是剧作诗人“浇胸中之块垒”，是用来抒情言志的。“盖诗以道性情，而能道性情者，莫如曲。”中国古典戏曲是用词曲的形式创作的，剧中人被作者赋予诗人的心态、诗人的敏感，他们出言吐语都是诗的语言，曲词书写的是剧中人的情志。中国古典戏曲创造的是诗的意境、诗的情景，并不以构思复杂激烈的戏剧冲突取胜。戏曲是由剧本奠定的诗意，在舞台演出中运用唱腔、曲调的音乐手段和虚拟化的舞蹈手段传达剧中人的诗情。中国古代两汉乐府、唐诗、宋词、元曲都是供吟唱的诗，而这些吟唱的诗成为中国戏曲的主体，并且通过唱腔彻底地将这些诗音乐化了。戏曲的表演也不追求逼真酷肖现实生活，而是通过虚拟写意化的舞蹈来表现。诗追求空灵虚脱，而虚拟写意化的戏曲表演更有利于表达诗的意境，调动观众对诗的想象和欣赏，甚至戏曲绚丽的服装和脸谱都是诗化的，以虚代实的道具、舞美配合表演，更能让观众在声色俱佳的表演中感受到剧本的诗情画意。在中国，即使是缺少文化的观众也能从中感受到诗意的强烈存在。现存的世界戏剧样式中，还没有其他戏剧形态能像中国戏曲一样运用多种形式创造诗意的。

20 世纪才传播到中国并发展起来的话剧和戏曲是两种完全不同的表演体系。话剧是写实性的，演员的一言一行一招一式都跟现实生活有着直接的联系。如果说戏曲追求的是诗意的美，那么话剧更多的是追求反映生活的真，其所摹仿的是现实生活中的具有戏剧性的冲突。话剧的一个显著特点就是叙述日常生活琐事来展现潜伏的内心冲突和内在的戏剧性。戏剧性是戏剧的本体特征，而富有诗意与张力的戏剧性就来源于冲突。“没有冲突就没有戏剧”。黑格尔曾指出：“戏剧动作的情境使个别人物的目的要从其他个别人物方面受到阻力，有一个同样要求实现的对立目的在挡住它达到实现的路，于是这种冲突就要求产生互相冲突和纠纷。因此，戏剧动作在本质上须是引起冲突的。”话剧不仅要求演员逼真的再现现实生活，而且要求致力于人的心灵的抒写和雕塑。戏剧性冲突形态是多元化的，最富有戏剧性的冲突应源于心灵，来源于剧中人心灵欲望的喷发、伸展和心理动机的指向。因此，剧中人物之间的心灵交锋和人物心灵的自我交战和探索最能够获得上佳的戏剧效果。剧中人物之间和自我心灵的这种较量，互相给予对方或自我以痛切相关的影响，参与并推动了剧情的发展，它所创造的命运的幻象，引导诗的“悬念形式”持续地向命运走去。莎士比亚的剧作《哈姆雷特》、易卜生的现实主义话剧《玩偶之家》、曹禺的《雷雨》以及大多数话剧的戏剧性冲突都是如此，这些剧作不以刻板地摹写生活表象为满足，而是致力于人的心灵的抒写，剧作透入人类精神生活的领域，描写人性的追求与毁灭、心灵的压抑与燃烧，让观众真切地感受到剧中人心灵的颤动，也感受到剧作家诗情心灵的颤动。

第二节　戏剧欣赏方法

戏剧的欣赏是观众为了艺术审美的需要，通过观看戏剧作品而产生的有创造性的感悟，从而获得审美感知、艺术体悟和精神享受的活动。欣赏任何一种艺术形式，必须充分把握那种艺术的本质规定性。通过第一节的阐述，我们已经了解了戏剧的本质属性和特点，知道戏剧是一门综合的艺术，必然和其他艺术产生千丝万缕的联系，但是由于它的双重属性即舞台性和文学性，戏剧欣赏具有其独特的欣赏方法。

一、从文学角度欣赏戏剧

目前大量的戏剧欣赏是偏向于文学性的欣赏。我们在从文学角度欣赏戏剧时,最主要的是要抓住以下三点:

1. 看戏剧情节是否集中

戏剧演出要受舞台条件和演出时间的限制,所以戏剧的结构比其他文学样式要更紧凑,情节更集中。因此,剧本的篇幅不能过长,人物不能太多,情节线索不能很复杂。要在较短的篇幅内表现一个完整的故事,就必须删繁就简,法国古典主义戏剧学派极力推行的戏剧"三一律"就集中反映了这一要求。"三一律"要求戏剧创作在时间、地点和情节三者之间保持一致性,即要求一出戏所叙述的故事发生在一天(一昼夜)之内,地点在一个场景,情节服从于一个主题。虽然"三一律"过于严格和僵硬,但戏剧的确在创作时要突出主要的人物和事件,把那些与主要人物和事件关系比较密切、不做交代则会使观众看不出剧情的次要人物和事件进行暗场处理,使剧本的结构集中、严谨。只有集中简练的剧本才能产生强烈的戏剧效果,才能激发观众的兴趣和聚焦观众的期待。

2. 看戏剧矛盾冲突是否强烈

没有冲突就无"戏"可看,观众会中途退场。要想使戏剧演出像磁石一样把观众紧紧吸住而不中途离去,除了演员要有精湛的演技外,最根本的是剧本要有尖锐激烈的矛盾冲突。冲突越激烈,观众就越感到有"戏"可看,兴致就会更高。而情节集中的要求也使得剧情必须在矛盾冲突中充分体现人物性格。

3. 看戏剧中人物语言是否高度个性化并富有表现力

高度个性化的语言是指剧中人物所说的话必须切合他的身份、地位、思想性情和特定环境;富有表现力指剧中人物的语言要简单明了,能够恰如其分地表达此时此地人物的思想感情。小说可以借助作者的叙述来刻画人物性格和内心活动,但是戏剧却只能依靠演员的表演和说唱来表现,剧中人的形象和性格也只能通过演员的语言来塑造。因此,戏剧人物只有使用高度个性化且富有表现力的语言,才能使人物性格特征在观众的心里打下深刻的烙印。

二、从舞台角度欣赏戏剧

我们欣赏戏剧时,不但要欣赏它的文学性和诗意的美,更要欣赏戏剧的舞台美。戏剧通过演员的动作在舞台上呈现,而动作是在场面中实现的,所以在欣赏戏剧时,场面是戏剧表演的基本构成单位,场面欣赏成为戏剧欣赏的关键内容,也是戏剧欣赏的独特之处。

1. 看戏剧场面的时空环境的设计

单靠演员的表演和剧本并不能创造出辉煌的演出效果,即使最原始的戏剧,也是由看的和听的诸方面组成。戏剧大幕拉开,舞台呈现在观众面前,具体的时空环境一览无余。特定时空与戏剧中的人物形象联系起来,与事件联系起来,给人物提供一个活动空间。这个空间是经过精心设计的,在欣赏一出戏剧时,仅仅考虑"这出戏是讲什么的"是远远不够的,我们还必须要注意它看起来怎么样,听起来怎么样,是怎么运转的,即戏剧的舞美设计如何。戏剧是一门综合性舞台艺术,我们必须要欣赏这出戏剧的布景、灯光、服装、音乐、化妆等方面是否创造了一个真实的戏剧空间,是否能够烘托出戏剧氛围,是否恰当地表达了戏剧主题,这些都是创造性的艺术活动。

2. 看戏剧明暗场戏的选择

戏剧场面的演出时间和剧情发展时间基本相等，它的空间又是封闭的，永远是一个全景镜头。时间的变化、场景的转换往往发生在场与场、幕与幕的间歇。为了让戏剧展现的时空无限绵延，戏剧演出必然选择一些场面作为戏剧舞台展现的场面，而将一些场面放到后台，这就是明场戏和暗场戏。如果两者布局合理，可以发挥观众的想象力，增加剧本的容量。比如莎士比亚戏剧《麦克白》中就把麦克白弑君的场面放到暗场，而将麦克白内心灵魂深处的自我搏斗放到了明场。这位天性高尚、勇敢无比的苏格兰大将从荣誉的顶峰跌入罪恶的深渊，其天性泯灭、精神沉沦与其自省自责激烈地搏斗，惊心动魄，对于明场和暗场的选择无疑使观众见证了麦克白精神世界的斗争过程。明暗场的选择必须要借助观众的想象力，越能激发观众想象力的场面，就越能使观众真正沉浸在戏剧世界中，使戏剧散发出迷人的光彩。这也是最能见导演和编剧的功底之处。

3. 看场面塑造的人物

戏剧艺术的对象永远是人而非事。戏剧场面表现的并非事件本身，而是表现事件对人心灵的影响。所以场面的首要任务就是展现人物。老舍的《茶馆》获得巨大成功的原因就是以人带事，在展开剧情时选择能纠结起茶馆中各种人物关系的那些场面，在人物关系中揭示人物的内心世界，而不是简单地用场面展开事件。只有那些能为人物设置出最尖锐的戏剧情境，深刻揭示出人物的隐秘动机，塑造出具有丰富情感和精神状态的人物，才是戏剧应该选择的场面。所以我们在欣赏戏剧时，要看这个场面是否适合展开人物关系、刻画人物性格、揭示人物的内心，能否塑造出最丰富的人物性格。而场面展现人物性格时，最具有主动因素的就是演员，优秀的演员能按照刻画戏剧人物的需要，侃侃而谈，或者扣人心弦，或者精确细腻地表达出人物欢喜若狂、魅力四射，或者暴跳如雷、疾言厉色，或者柔情似水、温情脉脉，那么就能像施魔法一样，让观众为之着魔痴迷。

总之，戏剧美的欣赏是所有艺术欣赏活动中最直观、最感性，也是最动情的。它是观众与演员活生生的交流，剧场的照明灯光熄灭，开幕的铃声响起，观众就进入了欣赏的氛围，观赏着展示在他们面前的一切，对于舞台上发生的情节，他们是默不作声的参与者，在某种意义上说，他们变成了戏剧的一部分，和舞台上的演员建立起一条交流的路线，有演员的表演，有观众的想象，有演员与观众的交流，戏剧具有这种特殊的与众不同的品格和魔力。要领略这种魔力，我们更应该走进剧院，在现场体验戏剧的美，而戏剧观众的本质就在于“在演员的表演之中，看到自己内心世界的展现”。这是戏剧欣赏的最大特点，也是戏剧欣赏最大的魅力。

第三节　中国古典戏剧欣赏

戏曲的形成，最早可以追溯到秦汉时代，但其形成过程相当漫长，到了宋元之际才得成型。成熟的戏曲要从元杂剧算起，经历明、清的不断发展成熟而进入现代，历八百多年繁盛不败，如今有360多个剧种。中国古典戏曲在其漫长的发展过程中，曾先后出现了宋元南戏、元代杂剧、明清传奇、清代地方戏及近、现代戏曲四种基本形式。

1. 宋元南戏

宋元南戏大约产生在北宋末年和南宋初年，浙江的温州以及福建的泉州、福州一带。

南戏，又有戏文、南曲戏文、温州杂剧、永嘉杂剧等名称。南戏产生于浙江的温州以及福建的泉州、福州一带，这些地区地处东南沿海，在宋代都是工商业发达、城市经济繁荣的地区。南戏的剧本一般都为长篇，一场戏为一出，早期的南戏虽有段落可分，但不注明出数，往往牵连而下。一本戏长的可达五十多出，短的则为二三十出。南戏的演唱方式较自由，不仅上场角色皆可唱，而且还可独唱、接唱或合唱，全视剧情需要而定。南戏是联曲体的音乐结构，它所使用的曲调全为南曲，到了后期，由于受北曲杂剧的影响，才吸收了一些北曲曲调，出现了南北合套的形式，但仍以南曲为主。南戏的角色，通常为生、旦、净、丑、末、外、贴七种。其中以生、旦为主，展开剧情，其他角色皆为配角。现在全本流存的南戏剧本有《张协状元》、《小孙屠》、《荆钗记》、《白兔记》等。

2. 元代杂剧

元代杂剧也叫北曲杂剧，其最早产生于金朝末年河北正定、山西平阳一带，盛行于元代，元杂剧是中国戏曲的第一个黄金时代。

元杂剧的剧本体制，绝大多数是由“四折一楔”构成。四折，是四个情节的段落，像做文章讲究起承转合一样。楔子的篇幅短小，通常放在第一折之前，这有点类似于后来的“序幕”。元杂剧在艺术上是以歌唱为主、结合说白表演的形式。每一折由同一宫调的若干支曲子联成一个套曲。全套只押一个韵，由扮演男主角的正末或扮演女主角的正旦演唱。这种“一人主唱”可以极大地发挥歌唱艺术的特长，酣畅淋漓地塑造主要人物形象。念白部分受参军戏传统的影响，常常插科打诨，富于幽默趣味。将音乐结构与戏剧结构统一起来，达到体制上的规整，这表明元杂剧的艺术成熟和完善。元杂剧主要代表作家有关汉卿、王实甫、马致远、白朴等。主要代表作有《窦娥冤》、《汉宫秋》、《西厢记》等。

3. 明清传奇

传奇的本意是记述奇人奇事，唐人用此指小说，称“唐传奇”。到了明清，“传奇”的意义发生了变化。明清传奇是以唱南曲为主的长篇戏曲形式，是宋元南戏的进一步发展。随着南戏四大声腔（海盐腔、余姚腔、弋阳腔、昆山腔）的流播远扬，明嘉靖、隆庆时期，声腔越变越繁。此后，不断有文人加入创作队伍之中，使南戏剧本体制不断规范，音乐体制也逐渐格律化，剧本中的民间性减少，文人雅性增加。

传奇与杂剧有着明显的区别：杂剧体制的通例是四折一楔子，不标折目；传奇不称“折”而称“出”，并加出目，出数不定，多是四五十出的长篇。传奇与杂剧相比，规模更宏大，曲调更丰富，角色分工更细致，形式更自由灵活，因此更便于表现生活。

明清传奇独领风骚大约350年，涌现了数以百计的作家，数以千计的作品，大致可以分为三个阶段：明代前期、明中叶至清初、清代中叶。第一阶段，明初一百年间，这一时期的代表作品有高明的《琵琶记》、邵璨的《香囊记》等。第二阶段，明代中叶至清代初年，这是传奇发展的黄金时期，这个时期的代表作品有李开先的《宝剑记》、无名氏的《鸣凤记》、梁辰鱼的《浣纱记》、汤显祖的《牡丹亭》、洪升的《长生殿》和孔尚任的《桃花扇》等。第三个阶段，清代中叶乾隆以后，统治阶级加强了文化专制，传奇创作受到沉重打击，朝廷命御用文人编撰《劝善金科》、《升平宝筏》、《鼎峙春秋》、《忠义璇图》等宫廷大戏。

4. 清代地方戏及近、现代戏曲

清代地方戏是古典戏曲的第三个阶段，它和近、现代戏曲有着共同的艺术形式。清康熙末叶，各地的地方戏蓬勃兴起，被称为花部，进入乾隆年代开始与称为雅部的昆剧争胜。至乾隆末叶，花部压倒雅部，占据了舞台统治地位，直至道光末叶。这150多年就是清代地方戏的时代。1840年至1919年的戏曲称近代戏曲，内容包括同治、光绪年间形成的京剧以及20世纪初出现的一段戏曲改良运动。

"五四"新文化运动中，传统戏曲受到激烈的批判，此后戏曲进入现代戏曲时代。京剧的形成是清代地方戏发展的结果，而京剧成为全国性的代表剧种后一点也没有压抑地方戏的发展。从清代地方戏到京剧，是中国戏曲极度繁盛的时代。

感天动地窦娥冤（节选）

关汉卿

〔外扮监斩官上，云〕下官监斩官是也。今日处决犯人，着做公的把住巷口，休放往来人闲走。〔净扮公人，鼓三通，锣三下科，刽子磨旗、提刀、押正旦带枷上，刽子云〕行动些，行动些，监斩官去法场上多时了。〔正旦唱〕

【正宫·端正好】没来由犯王法，不提防遭刑宪，叫声屈动地惊天。顷刻间游魂先赴森罗殿，怎不将天地也生埋怨。

【滚绣球】有日月朝暮悬，有鬼神掌着生死权。天地也，只合把清浊分辨，可怎生糊突了盗跖、颜渊！为善的受贫穷更命短，造恶的享富贵又寿延。天地也，做得个怕硬欺软，却元来也这般顺水推船。地也，你不分好歹何为地！天也，你错勘贤愚枉做天！哎，只落得两泪涟涟。

〔刽子云〕快行动些，误了时辰也。〔正旦唱〕

【倘秀才】则被这枷纽的我左侧右偏，人拥的我前合后偃。我窦娥向哥哥行有句言。〔刽子云〕你有什么话说？〔正旦唱〕前街里去心怀恨，后街里去死无冤，休推辞路远。

〔刽子云〕你如今到法场上面，有什么亲眷要见的，可教他过来见你一面也好。〔正旦唱〕

【叨叨令】可怜我孤身只影无亲眷，则落的吞声忍气空嗟怨。〔刽子云〕难道你爷娘家也没的？〔正旦云〕止有个爹爹，十三年前上朝取应去了，至今杳无音信。〔唱〕早已是十年多不睹爹爹面。〔刽子云〕你适才要我往后街里去，是什么主意？〔正旦唱〕怕则怕前街里被我婆婆见。〔刽子云〕你的性命也顾不得，怕他见怎的？〔正旦云〕俺婆婆若见我披枷带锁赴法场餐刀去呵，〔唱〕枉将他气杀也么哥，枉将他气杀也么哥。告哥哥，临危好与人行方便。

〔卜儿哭上科，云〕天那，兀的不是我媳妇儿！〔刽子云〕婆子靠后。〔正旦云〕既是俺婆婆来了，叫他来，待我嘱付他几句话咱。〔刽子云〕那婆子，近前来，你媳妇要嘱付你话哩。〔卜儿云〕孩儿，痛杀我也。〔正旦云〕婆婆，那张驴儿把毒药放在羊肚儿汤里，实指望药死了你，要霸占我为妻。不想婆婆让与他老子吃，倒把他老子药死了。我怕连累婆婆，屈招了药死公公，今日赴法场典刑。婆婆，此后遇着冬时年节，月一十五，有瀽不了的浆水饭，瀽半碗儿与我吃；烧不了的纸钱，与窦娥烧一陌儿。则是看你死的孩儿面上。〔唱〕

【快活三】念窦娥葫芦提当罪愆，念窦娥身首不完全，念窦娥从前已往干家缘；婆婆也，你只看窦娥少爷无娘面。

【鲍老儿】念窦娥伏侍婆婆这几年，遇时节将碗凉浆奠；你去那受刑法尸骸上烈些纸钱，只当把你亡化的孩儿荐。〔卜儿哭科,云〕孩儿放心,这个老身都记得。天那,兀的不痛杀我也。〔正旦唱〕婆婆也,再也不要啼啼哭哭,烦烦恼恼,怨气冲天。这都是我做窦娥的没时没运,不明不暗,负屈衔冤。

〔刽子做喝科,云〕兀那婆子靠后,时辰到了也。〔正旦跪科〕〔刽子开枷科〕〔正旦云〕窦娥告监斩大人,有一事肯依窦娥,便死而无怨。〔监斩官云〕你有什么事?你说。〔正旦云〕要一领净席,等我窦娥站立,又要丈二白练,挂在旗枪上。若是我窦娥委实冤枉,刀过处头落,一腔热血休半点儿沾在地下,都飞在白练上者。〔监斩官云〕这个就依你,打甚么不紧。〔刽子做取席,站科,又取白练挂旗上科〕〔正旦唱〕

【耍孩儿】不是我窦娥罚下这等无头愿,委实的冤情不浅。若没些儿灵圣与世人传,也不见得湛湛青天。我不要半星热血红尘洒,都只在八尺旗枪素练悬。等他四下里皆瞧见,这就是咱苌弘化碧,望帝啼鹃。

〔刽子云〕你还有甚的说话,此时不对监斩大人说,几时说那?〔正旦再跪科,云〕大人,如今是三伏天道,若窦娥委实冤枉,身死之后,天降三尺瑞雪,遮掩了窦娥尸首。〔监斩官云〕这等三伏天道,你便有冲天的怨气,也召不得一片雪来,可不胡说!〔正旦唱〕

【二煞】你道是暑气暄,不是那下雪天;岂不闻飞霜六月因邹衍?若果有一腔怨气喷如火,定要感的六出冰花滚似绵,免着我尸骸现;要什么素车白马,断送出古陌荒阡?

〔正旦再跪科,云〕大人,我窦娥死的委实冤枉,从今以后,着这楚州亢旱三年。〔监斩官云〕打嘴!那有这等说话!〔正旦唱〕

【一煞】你道是天公不可期,人心不可怜,不知皇天也肯从人愿。做什么三年不见甘霖降?也只为东海曾经孝妇冤。如今轮到你山阳县。这都是官吏每无心正法,使百姓有口难言。

〔刽子做磨旗科,云〕怎么这一会儿天色阴了也?〔内做风科,刽子云〕好冷风也!〔正旦唱〕

【煞尾】浮云为我阴,悲风为我旋,三桩儿誓愿明题遍。〔做哭科,云〕婆婆也,直等待雪飞六月,亢旱三年呵,〔唱〕那其间才把你个屈死的冤魂这窦娥显。

〔刽子做开刀,正旦倒科〕〔监斩官惊云〕呀,真个下雪了,有这等异事!

〔刽子云〕我也道平日杀人,满地都是鲜血,这个窦娥的血,都飞在那丈二白练上,并无半点落地,委实奇怪。〔监斩官云〕这死罪必有冤枉,早两桩儿应验了,不知亢旱三年的说话,准也不准?且看后来如何。左右,也不必等待雪晴,便与我抬他尸首,还了那蔡婆婆去罢。〔众应科,抬尸下〕

选自《元人杂剧选》,人民文学出版社 2007 年版

【作者简介】

关汉卿(约 1220—1300),号已斋(一作一斋)、己斋叟,元代杂剧作家,是中国古代戏曲创作的代表人物。与马致远、郑光祖、白朴并称为“元曲四大家”,关汉卿位于“元曲四大家”之首。关汉卿编有杂剧 67 部,现存 18 部。个别作品是否出自关汉卿手笔,学术界尚有分歧。其中《窦娥冤》、《救风尘》、《望江亭》、《拜月亭》、《鲁斋郎》、《单刀会》、《调风月》等是他的代表作。

【作品鉴赏】

《感天动地窦娥冤》(又名《窦娥冤》)是关汉卿的代表作,也是中国古典戏曲悲剧中的典

范。近代著名戏曲理论家王国维在《宋元戏曲考》中曾指出:“元则有悲剧在其中……其最有悲剧之性质者,则如关汉卿之《窦娥冤》,纪君祥之《赵氏孤儿》。”这是首先从悲剧理论的高度,对《窦娥冤》的艺术成就所作的公允评价。

《感天动地窦娥冤》写窦娥被无赖诬陷,又被官府错判斩刑的冤屈故事。全剧四折一楔子。剧情是:楚州贫儒窦天章因无钱进京赶考,无奈之下将幼女窦娥卖给蔡婆家为童养媳。窦娥婚后丈夫去世,婆媳相依为命。蔡婆外出讨债时遇到流氓张驴儿父子,被其胁迫。张驴儿企图霸占窦娥,见她不从便想毒死蔡婆以要挟窦娥,不料误毙其父。张驴儿诬告窦娥杀人,官府严刑逼讯婆媳二人,窦娥为救蔡婆自认杀人,被判斩刑。窦娥在临刑之时指天为誓,死后将血溅白练、六月降雪、大旱三年,以明己冤,后来果然都应验。三年后窦天章任廉访使至楚州,见窦娥鬼魂出现,于是重审此案,为窦娥申冤。本文节乃《感天动地窦娥冤》第三折。

关汉卿是我国戏剧史上最早也是最伟大的戏剧作家。他的很多杂剧作品都反映了社会底层劳动妇女的命运,表达了对生活在社会底层劳动妇女的深切同情。《窦娥冤》是中国古典四大悲剧之一,窦娥这一艺术形象是世界文学画廊中一个著名的悲剧典型。

窦娥善良、温顺、守礼节、懂孝道、明事理、善克制,就是这样一个人人皆怜爱、赞扬,对世道毫无触犯的女性,却被大千世界所不容,遭受了人世间的诸多不幸,直到最终被残暴的恶势所吞噬。作者通过窦娥这一悲剧,揭露了封建统治者的草菅人命,地痞无赖的凌逼迫害等封建社会的黑暗面,借窦娥之口对当时的现实世界发出了控诉:“有日月朝暮悬,有鬼神掌着生死权。天地也,只合把清浊分辨,可怎生糊突了盗跖颜渊:为善的受贫穷更命短,造恶的享富贵更寿延。天地也,做得个怕硬欺软,却原来也这般顺水推船,地也,你不与好歹何为地!天也,你错勘贤愚枉做天!哎,只落得两泪涟涟。”这是震动人心的怒吼,它充分写出了窦娥无辜受害,含冤难诉的心情,它对封建社会世俗观念中最公正无私的事物——天地日月都彻底地加以否定,因此,它既是窦娥以及和窦娥同样命运的人们愤怒情绪的猛烈迸发,也是觉醒了的妇女的呼喊,窦娥绝不甘心不明不白地死去。她坚信正义是属于自己的,她更相信,总有一天真理之光会照临人间,她的冤屈总会昭雪的,因此,她在临刑时发下三桩誓愿:一要刀过处头落,一腔热血飞溅悬挂在旗枪上的丈二白练上;二要在三伏天,降下三尺瑞雪,以证其冤;三要楚州亢旱三年,窦娥死后,三誓皆验。千方百计寻父申冤等这些情节都反映了窦娥对命运的抗争,表现了她不屈的斗争精神。在窦娥身上,既有封建思想的烙印,又有反抗性格的影子,既有温柔贤惠的一面,又有刚烈坚毅的一面,这种既认命又不认命的矛盾性格,才使窦娥这个人物形象更真实可信。

【平行阅读】

望江亭　中秋切鲙

关汉卿

【中吕】【粉蝶儿】不听的报喏声齐,大古里坐衙来恁时节不退;你便要接新官,也合通报咱知。又无甚紧文书、忙公事,可着我心儿里不会。转过这影壁偷窥,可怎生独自个死临侵地?(云)我且不要过去,且再看咱。呀!相公手里拿着一张纸,低着头左看右看,我猜着了也!(唱)

【醉春风】常言道“人死不知心”,则他这海深也须见底。多管是前妻将书至,知他娶了新妻,他心儿里悔、悔。你做的个弃旧怜新;他则是见咱有意,使这般巧谋奸计。(做见科,云)相公！（白士中云）夫人，有甚么勾当，自到前厅上来？（正旦云）敢问相公：为甚么不回后堂中去？敢是你前夫人寄书来么？（白士中云）夫人，并无甚么前夫人寄书来，我自有一桩儿摆不下的公事，以此纳闷。（正旦云）相公，不可瞒着妾身，你定有夫人在家，今日捎书来也。（白士中云）夫人不要多心，小官并不敢欺心也。（正旦唱）

【红绣鞋】把似你则守着一家一计，谁着你收拾下两妇三妻？你常好是七八下里不伶俐。堪相守留着相守，可别离与个别离，这公事合行的不在你！（白士中云）我若无这些公事呵，与夫人白头相守。小官之心，惟天可表！（正旦云）我见相公手中将着一张纸，必然是家中寄来的书。相公休瞒妾身，我试猜这书中的意咱！（白士中云）夫人，你试猜波！（正旦唱）

【普天乐】弃旧的委实难，迎新的终容易。新的是半路里姻眷，旧的是绾角儿夫妻。我虽是个妇女身，我虽是个裙钗辈，见别人眨眼抬头，我早先知来意。不是我卖弄所事精细，（带云）相公，你瞒妾身怎的？（唱）直等的恩断意绝，眉南面北，恁时节水尽鹅飞。（白士中云）夫人，小官不是负心的人，那得还有前夫人来！（正旦云）相公，你说也不说？（白士中云）夫人，我无前夫人，你着我说甚么！（正旦云）既然你不肯说，我只觅一个死处便了！（白士中云）住、住、住！夫人，你死了，那里发付我那？我说则说，夫人休要烦恼。（正旦云）相公，你说，我不烦恼。（白士中云）夫人不知，当日杨衙内曾要图谋你为妾，不期我娶了你做夫人。他怀恨小官，在圣人前妄奏，说我贪花恋酒，不理公事。现今赐他势剑金牌，亲到潭州，要标取我的首级。这个是家中老院公，奉我老母之命，捎此书来，着我知会；我因此烦恼。（正旦云）原来为这般，相公，你怕他做甚么？（白士中云）夫人，休惹他，则他是花花太岁。（正旦唱）

【十二月】你道他是花花太岁，要强逼的我步步相随。我呵，怕甚么天翻地覆，就顺着他雨约云期。这桩事，你只睁眼儿觑者，看怎生的发付他赖骨顽皮！

【尧民歌】呀，着那厮得便宜翻做了落便宜，着那厮满船空载月明归。你休得便乞留乞良捶跌自伤悲，你看我淡妆不用画蛾眉。今也波日，我亲身到那里，看那厮有备应无备！（白士中云）他那里必然做下准备，夫人，你断然去不得。（正旦云）相公，不妨事。（做耳暗科）则除是恁的！（白士中云）则怕反落他彀中。夫人，还是不去的是。（正旦云）相公，不妨事。（唱）

【煞尾】我着那厮磕着头见一番，恰便似神羊儿忙跪膝；直着他船横缆断在江心里，我可便智赚了金牌，着他去不得！（下）（白士中云）夫人去了也。据着夫人机谋见识，休说一个杨衙内，便是十个杨衙内，也出不得我夫人之手。正是：眼观旌节旗，耳听好消息。（下）

选自《元杂剧精选》，三晋出版社 2008 年版

【思考与讨论】

1.《窦娥冤》中有两句唱词，两个版本文字不同，试分析其优劣。《古名家杂剧》本："地也，你不分好歹难为地；天也，我今日负屈衔冤哀告天！"《元曲选》本："地也，你不分好歹何为地！天也，你错勘贤愚枉做天！"

2. 窦娥的反抗精神在剧中集中体现在何处？

长生殿（节选）

洪 升

（丑上）玉楼天半起笙歌，风送宫嫔笑语和。月殿影开闻夜漏，水晶帘卷近秋河。咱家高

力士,奉万岁爷之命,着咱在御花园中安排小宴。要与贵妃娘娘同来游赏,只得在此伺候。(生、旦乘辇,老旦、贴随后,二内侍引,行上)

【北中吕粉蝶儿】天淡云闲,列长空数行新雁。御园中秋色斓斑:柳添黄,苹减绿,红莲脱瓣。一抹雕阑,喷清香桂花初绽。

(到介)(丑)请万岁爷娘娘下辇。(生、旦下辇介)(丑同内侍暗下)(生)妃子,朕与你散步一回者。(旦)陛下请。(生携旦手介)(旦)

【南泣颜回】携手向花间,暂把幽怀同散。凉生亭下,风荷映水翩翻。爱桐阴静悄,碧沉沉并绕回廊看。恋香巢秋燕依人,睡银塘鸳鸯蘸眼。

(生)高力士,将酒过来,朕与娘娘小饮数杯。(丑)宴已排在亭上,请万岁爷娘娘上宴。(旦作把盏,生止住介)妃子坐了。

【北石榴花】不劳你玉纤纤高捧礼仪烦,只待借小饮对眉山。俺与你浅斟低唱互更番,三杯两盏,遣兴消闲。妃子,今日虽是小宴,倒也清雅。回避了御厨中,回避了御厨中烹龙炰凤堆盘案,咿咿哑哑乐声催趱。只几味脆生生,只几味脆生生蔬和果清肴馔,雅称你仙肌玉骨美人餐。

妃子,朕与你清游小饮,那些梨园旧曲,都不耐烦听他。记得那年在沉香亭上赏牡丹,召翰林李白草《清平调》三章,令李龟年度成新谱,其词甚佳。不知妃子还记得么?(旦)妾还记得。(生)妃子可为朕歌之,朕当亲倚玉笛以和。(旦)领旨。(老旦进玉笛,生吹介)(旦按板介)

【南泣颜回】花繁,秾艳想容颜。云想衣裳光璨,新妆谁似,可怜飞燕娇懒。名花国色,笑微微常得君王看。向春风解释春愁,沉香亭同倚阑干。

(生)妙哉,李白锦心,妃子绣口,真双绝矣。宫娥,取巨觞来,朕与妃子对饮。(老旦、贴送酒介)(生)

【北斗鹌鹑】畅好是喜孜孜驻拍停歌,喜孜孜驻拍停歌,笑吟吟传杯送盏。妃子干一杯,(作照干介)不须他絮烦烦射覆藏钩,闹纷纷弹丝弄板。(又作照杯介)妃子,再干一杯。(旦)妾不能饮了。(生)宫娥每,跪劝。(老旦、贴)领旨。(跪旦介)娘娘,请上这一杯。(旦勉饮介)(老旦、贴作连劝介)(生)我这里无语持觞仔细看,早只见花一朵上腮间。(旦作醉介)妾真醉矣。(生)一会价软咍咍柳亸花欹,软咍咍柳亸花欹,困腾腾莺娇燕懒。

妃子醉了,宫娥每,扶娘娘上辇进宫去者。(老旦、贴)领旨。(作扶旦起介)(旦作醉态呼介)万岁!(老旦、贴扶旦行)(旦作醉态介)

【南扑灯蛾】态恹恹轻云软四肢,影蒙蒙空花乱双眼,娇怯怯柳腰扶难起,困沉沉强抬娇腕,软设设金莲倒褪,乱松松香肩亸云鬟,美甘甘思寻凤枕,步迟迟倩宫娥搀入绣帏间。

(老旦、贴扶旦下)(丑同内侍暗上)(内击鼓介)(生惊介)何处鼓声骤发?(副净急上)渔阳鼙鼓动地来,惊破霓裳羽衣曲。(问丑介)万岁爷在那里?(丑)在御花园内。(副净)军情紧急,不免径入。(进见介)陛下,不好了。安禄山起兵造反,杀过潼关,不日就到长安了。(生大惊介)守关将士何在?(副净)哥舒翰兵败,已降贼了。(生)

【北上小楼】呀,你道失机的哥舒翰……称兵的安禄山,赤紧的离了渔阳,陷了东京,破了潼关。唬得人胆战心摇,唬得人胆战心摇,肠慌腹热,魂飞魄散,早惊破月明花粲。

卿有何策,可退贼兵?(副净)当日臣曾再三启奏,禄山必反,陛下不听,今日果应臣言。事起仓卒,怎生抵敌?不若权时幸蜀,以待天下勤王。(生)依卿所奏。快传旨,诸王百官,即时随驾幸蜀便了。(副净)领旨。(急下)(生)高力士,快些整备军马。传旨令右龙武将军陈元礼,统领羽林军士三千扈驾前行。(丑)领旨。(下)(内侍)请万岁爷回宫。(生转行叹介)唉,正尔欢娱,不想忽有此变,怎生是了也!

【南扑灯蛾】稳稳的宫庭宴安,扰扰的边廷造反。冬冬的鼙鼓喧,腾腾的烽火黫。的溜扑碌臣民儿逃散,黑漫漫乾坤覆翻,磣磕磕社稷摧残,磣磕磕社稷摧残。当不得萧萧飒飒西风送晚,黯黯的一轮落日冷长安。

(向内问介)宫娥每,杨娘娘可曾安寝?(老旦、贴内应介)已睡熟了。(生)不要惊他,且待明早五鼓同行。(泣介)天那,寡人不幸,遭此播迁,累他玉貌花容,驱驰道路。好不痛心也!

【南尾声】在深宫兀自娇慵惯,怎样支吾蜀道难!(哭介)我那妃子啊,愁杀你玉软花柔,要将途路趱。

殿参差落照间,(卢纶)渔阳烽火照函关。(吴融)

遏云声绝悲风起,(胡曾)何处黄云是陇山。(武元衡)

选自《长生殿》,金盾出版社 2010 年版

【作者简介】

洪升(1645—1704),清代戏曲作家、诗人。字昉思,号稗畦,又号稗村、南屏樵者。钱塘(今浙江杭州)人。出身世宦之家,高祖洪椿曾任明都察院右都御史,父亲洪起鲛也曾在清初做过官,母亲黄氏是大学士黄机之女。家里藏书甚富。

【作品鉴赏】

《长生殿》是洪升的代表作。它本于白居易的《长恨歌》及陈鸿的《长恨歌传》,参以白朴的《梧桐雨》杂剧和有关传说,重新演绎唐明皇、杨贵妃的故事,从中展现深邃的历史内蕴,寄寓"乐极哀来,垂戒来世"(《自序》)的思想。该剧场面壮阔,虚实相生,章法井然,排场有致,语言精美,音律和谐,是明清传奇中的上品。作品规模宏大,全景式反映历史,是一部唐朝天宝年间史诗性的鸿篇巨制。全剧共分五十出,每一出的标题仅两个字:定情,贿权,春睡,幸恩,权哄,合围,夜怨,侦报,密誓,陷关,惊变,埋玉,献饭,冥追,骂贼,闻铃,情海,剿寇,哭像,刺逆,收京,看袜,弹词,私祭,仙忆,改葬,雨梦,觅魂,补恨,寄情,得信,重圆等。

《长生殿》的思想内容主要是借离合之情,写兴亡之感,歌颂李杨爱情,寄寓作者劝惩思想。《长生殿》不仅仅是要讲述李隆基和杨玉环悲欢离合的故事,而是要写出天宝年间的全景式的历史。作者继承了白居易的《长恨歌》以及白朴的《梧桐雨》的艺术成就,用人间天上、现实与幻景交错的艺术手法,将唐朝皇帝李隆基和贵妃杨玉环之间"在天愿为比翼鸟,在地愿为连理枝"缠绵悱恻的生死恋情描绘得淋漓尽致、凄婉动人。同时,作品用全景式的描述,以李杨故事为中心,反映了长期以来积聚的社会矛盾不断激化,皇帝却纵情声色,听信谗言,特别是重用了杨玉环的堂兄杨国忠,弄得朝政日非,人心涣散,最终导致爆发了"安史之乱",使百姓遭受生灵涂炭、民不聊生的浩劫。揭示出朝廷内外复杂的矛盾斗争,是导致社会动荡、国事衰微的原因,以及因此而产生的悲欢离合国破家亡的必然悲剧。

本节选《惊变》是其中第二十四出,写李隆基和杨玉环在《密誓》之后,爱情发展到高潮,正在忘情欢乐之际,"渔阳鼙鼓动地来",安史叛军杀过潼关,李隆基吓得"魂飞魄散",决定入蜀避乱。这是全剧剧情发展中关键一出,集中表现了作者的寓意。情节安排上从乐到悲,形成强烈对比,增强了戏剧性冲突的张力。作品文字优美,情景交融,如[粉蝶儿]"天淡云闲,列长空数行新雁。

御园中秋色斓斑：柳添黄，苹减绿，红莲脱瓣。一抹雕阑，喷清香桂花初绽”把秋景中队队归雁南飞的壮美景象和花园中柳叶黄、桂花怒放的典雅之美描写得呼之欲出，读之陶醉。

【平行阅读】

长　生　殿(节选)

洪　升

(丑内叫介)军士每趱行，前面伺候。(内鸣锣，应介)(丑)万岁爷，请上马。(生骑马，丑随行上)

【双调近词·武陵花】万里巡行，多少悲凉途路情。看云山重叠处，似我乱愁交并。无边落木响秋声，长空孤雁添悲哽。寡人自离马嵬，饱尝辛苦。前日遣使臣赍奉玺册，传位太子去了。行了一月，将近蜀中。且喜贼兵渐远，可以缓程而进。只是对此鸟啼花落，水绿山青，无非助朕悲怀。如何是好！(丑)万岁爷，途路风霜，十分劳顿。请自排遣，勿致过伤。(生)唉，高力士，朕与妃子，坐则并几，行则随肩。今日仓卒西巡，断送他这般结果，教寡人如何撇得下也！(泪介)提起伤心事，泪如倾。回望马嵬坡下，不觉恨填膺。(丑)前面就是栈道了，请万岁爷挽定丝缰，缓缓前进。(生)袅袅旗旌，背残日，风摇影。匹马崎岖怎暂停，怎暂停！只见阴云黯淡天昏暝，哀猿断肠，子规叫血，好教人怕听。兀的不惨杀人也么哥，兀的不苦杀人也么哥！萧条恁生，峨眉山下少人经，冷雨斜风扑面迎。

(丑)雨来了，请万岁爷暂登剑阁避雨。(生作下马、登阁坐介)(丑作向内介)军士每，且暂驻扎，雨住再行。(内应介)(生)独自登临意转伤，蜀山蜀水恨茫茫。不知何处风吹雨，点点声声迸断肠。(内作铃响介)(生)你听那壁厢，不住的声响，聒的人好不耐烦。高力士，看是什么东西。(丑)是树林中雨声，和着檐前铃铎，随风而响。(生)呀，这铃声好不做美也！

【前腔】淅淅零零，一片凄然心暗惊。遥听隔山隔树，战合风雨，高响低鸣。一点一滴又一声，一点一滴又一声，和愁人血泪交相迸。对这伤情处，转自忆荒茔。白杨萧瑟雨纵横，此际孤魂凄冷。鬼火光寒，草间湿乱萤。只悔仓皇负了卿，负了卿！我独在人间，委实的不愿生。语娉婷，相将早晚伴幽冥。一恸空山寂，铃声相应，阁道崚嶒，似我回肠恨怎平！

(丑)万岁爷且免愁烦。雨止了，请下阁去罢。(生作下阁、上马介，丑向内介)军士每，前面起驾。(众内应介)(丑随生行介)(生)

【尾声】迢迢前路愁难罄，招魂去国两关情。(合)望不尽雨后尖山万点青。

(生)剑阁连山千里色，(骆宾王)离人到此倍堪伤。(罗邺)

空劳翠辇冲泥雨，(秦韬玉)一曲淋铃泪数行。(杜牧)

选自《长生殿·桃花扇》，万卷出版公司2009年版

【思考与讨论】

1. 联系作品实际，说说《长生殿》爱情描写的特点。
2. 简述《长生殿》的艺术特点。

第四节 中国现代戏剧欣赏

19 世纪末 20 世纪初，中国戏剧开始向现代化转变，原有的中国古典戏曲已经不能适应新时代的要求，其形式僵化、内容陈旧，成为封建王朝装饰“太平盛世”和“治民”的工具。一些具有改革思想、受到现代意识洗礼的文化人，对古典戏曲的腐败表示强烈的不满，发起了猛烈的批判。到“五四”时期，这种批判成为一种热潮。在时代巨变的历史环境下，在改革现实的要求和西方文化的刺激下，中国产生了全新的戏剧价值观念：要求戏剧必须以启蒙精神表现新的生活题材与新的精神内涵，以启蒙主义的批判眼光审视历史和现实，真实地表达“人”的思想感情和精神世界。全新的戏剧价值观念要求戏剧必须面向现代社会与现代人，以人道主义、民主主义、社会主义等现代思想取代古典戏曲中的封建主义思想，在舞台上展现的应该是来自生活真实中的各种各样、丰富复杂、个性鲜明的人物形象，尤其是各种普通人、各种有独立人格和个性的人物，而不再是古典戏曲中简单地用“生旦净末丑”来区分人物的模式，要求戏剧艺术的表现形态要由古典戏曲的写意化、程式化和脸谱化转向现代戏剧的生活化、散文化和写实化。于是，在历史的呼唤下，西方舶来的话剧在中国诞生了。

1907 年，中国留日学生的戏剧社团春柳社在日本东京演出《茶花女》、《黑奴吁天录》，揭开了中国话剧的序幕。“五四”时期，随着早期话剧文明戏的衰落，一批体现“五四”精神的现代话剧开始登场。欧阳予倩、熊佛西、丁西林、田汉、余上沅等创作了一批新的话剧剧本，这些剧作以新的思想内容与突出的文学性吸引着青年学生和有志之士。20 世纪 30 年代中期，话剧渐成气候，新的剧作家崭露头角。田汉的《回春之曲》，曹禺的《雷雨》、《日出》、《原野》，李健吾的《这不过是春天》，夏衍的《上海屋檐下》的成功，显示出中国现代话剧文学样式的成熟，话剧成为戏剧创作的主流，中国戏剧进入了崭新的历史时期。中国戏剧近千年来一直以戏曲为主的局面，变为戏曲和话剧两个戏剧体系共同在舞台上绽放光彩。

但是由于特殊的历史原因，中国现代戏剧的发展并不是一帆风顺。首先中国戏剧的现代化进程与 20 世纪的中国革命紧紧的联系在一起。在 20 世纪初，戏剧的现代化刚刚起步，核心精神是启蒙，也即爱国、民主、人道三大主义。而这种中国现代启蒙主义精神成为 20 世纪优秀戏剧作品的思想伦理价值判断标准和作为经典的依据，同时也是这些作品收到良好社会效果的根本原因。没有启蒙主义，中国现代戏剧就只剩下了僵死的躯壳。

但是，中国的启蒙运动是和中国的民族革命结合在一起的，启蒙屡次被更加迫切的政治革命扰乱甚至是打断，特别是到了中华民族生存危亡关头的抗日战争时，这种情况达到顶点。于是中国的启蒙运动在急迫的政治革命运动中变了味，成了单纯的“政治导向”的手段。现代启蒙往往被革命所覆盖以至于消失。30 年代的“左翼”戏剧、40 年代的“抗战”戏剧，其成就都是以政治上的“战斗性”取胜的。只有站在“边缘”上的非主流作家，如曹禺、李健吾、丁西林一类的非左翼作家，才保持了对艺术的追求，他们的作品才有较深厚的启蒙主义的文化底蕴。回首戏剧历史，只有这些作品才是 20 世纪我们民族拿得出手的、能代表我们民族成就的戏剧作品。新中国成立以后，政治化的倾向更强有力，连曹禺这样的现实主义戏剧大师也无法坚持现代意义上的创作。新中国成立后到“文革”前的 17 年里，除了老舍的《茶馆》、《关汉卿》之外，几乎没有值得一提的好戏。即使是老舍也要创作诸如《龙须沟》这样迎合政治的戏剧作品，而田汉只能用历史题材来借古喻今。“文革”十年，中国基本上是没有戏剧创作的，所谓的“样板戏”不过是当权者推行专制主义的一种工具而已。而老舍、田汉等人更是悲惨地被迫害致死。“文革”结束后，以及80年代，曾一度重演“五四”时期的思想解放，以科学、民主、人性为要义的启蒙重新给予戏剧以生机，政治化的倾向被对艺术本体的关注所代替。出现了话剧《于无声处》、《假如我是真的》、《桑树坪纪事》、《狗儿爷涅槃》等一批面貌一新的优秀剧目。然而90年代，中国戏剧又出现了精神委靡、激情消退的现象。90年代的剧作开始走向两个极端，一个极端是沦落为纯粹的为政治服务的“形象工程”戏，另一个极端是“去政治化”后受到商业大潮的影响，一部分剧作连思想和精神都不要了。在“五四”精神消退、启蒙被“消解”、文学被“市场化”之下，90年代的戏剧成为失魂的十年。不少戏作只能称之为佳构剧，没有个性独特的人物和丰富的内涵，甚至相当一部分剧作连佳构剧都算不上，只能以豪华的外包装掩盖艺术上的苍白与精神上的贫困。在20世纪拥有光辉和昂扬向上的开端的戏剧，到了世纪末的最后十年却是暗淡的、衰颓的。

进入21世纪，中国戏剧再一次复兴，新剧作层出不穷，一些先锋剧作更是取得了瞩目的成就。究其原因，一方面是中国经济的不断发展为戏剧奠定了良好的物质基础，另一方面，在21世纪，文学包括戏剧在内，不但远离了政治中心，也远离了经济中心，反而让关注的中心集中在艺术的本质属性上，戏剧被压抑的潜藏力量开始爆发。虽然前进的道路依然曲折，但21世纪是戏剧孕育希望的一个世纪，戏剧会更加繁荣、更加贴近我们的生活。

雷　　雨(节选)

曹　禺

朴：周朴园　鲁：鲁妈

第二幕

……

朴　(看她不走)你不知道这间房子底下人不准随便进来么？

鲁　(看着他)不知道，老爷。

朴　你是新来的下人？

鲁　不是的，我找我的女儿来的。

朴　你的女儿？

鲁　四凤是我的女儿。

朴　那你走错屋子了。

鲁　哦。——老爷没有事了？

朴　(指窗)窗户谁叫打开的？

鲁　哦。(很自然地走到窗户，关上窗户，慢慢地走向中门)

朴　(看她关好窗门，忽然觉得她很奇怪)你站一站，(鲁妈停)你——你贵姓？

鲁　我姓鲁。

朴　你好像有点无锡口音。

鲁　我自小就在无锡长大的。

朴　(沉思)无锡？嗯，无锡(忽而)你在无锡是什么时候？

鲁　光绪二十年，离现在有三十多年了。

朴　哦，三十年前你在无锡？

鲁　是的，三十多年前呢，那时候我记得我们还没有用洋火呢。

朴　（沉思）三十多年前，是的，很远啦。

鲁　老爷是那个地方的人？

朴　嗯，（沉吟）无锡是个好地方。

鲁　哦，好地方。

朴　三十年前，在无锡有一件很出名的事情——你知道么？

鲁　也许记得，不知道老爷说的是哪一件？

朴　哦，很远的，提起来大家都忘了。

鲁　说不定，也许记得的。

朴　我问过许多那个时候到过无锡的人，我想打听打听。可是那个时候在无锡的人，到现在不是老了就是死了，活着的多半是不知道的，或者忘了——不过也许凑巧你会知道。三十年前在无锡有一家姓梅的。

鲁　姓梅的？

朴　梅家的一个年轻小姐，很贤惠，也很规矩，有一天夜里，忽然地投水死了，后来，后来，——你知道么？

鲁　不敢说。

朴　哦。

鲁　我倒认识一个年轻的姑娘姓梅的。

朴　哦？你说说看。

鲁　可是她不是小姐，她也不贤惠，并且听说是不大规矩的。

朴　也许，也许你弄错了，不过你不妨说说看。

鲁　这个梅姑娘倒是有一天晚上跳的河，可是不是一个，她手里抱着一个刚生下三天的男孩。听人说她生前是不规矩的。

朴　（苦痛）哦！

鲁　这是个下等人，不很守本分的。听说她跟那时周公馆的少爷有点不清白，生了两个儿子。生了第二个，才过三天，忽然周少爷不要了她，大孩子就放在周公馆，刚生的孩子抱在怀里，在年三十夜里投河死的。

朴　（汗涔涔地）哦。

鲁　她不是小姐，她是无锡周公馆梅妈的女儿，她叫侍萍。

朴　（抬起头来）你姓什么？

鲁　我姓鲁，老爷。

朴　（喘出一口气，沉思地）侍萍，侍萍，对了。这个女孩子的尸首，说是有一个穷人见着埋了。你可以打听得她的坟在哪儿么？

鲁　老爷问这些闲事干什么？

朴　这个人跟我们有点亲戚。

鲁　亲戚？

朴　嗯,——我们想把她的坟墓修一修。

鲁　哦——那用不着了。

朴　怎么?

鲁　这个人现在还活着。

朴　(惊愕)什么?

鲁　她没有死。

朴　她还在?不会吧?我看见她河边上的衣服,里面有她的绝命书。

鲁　不过她被一个慈善的人救活了。

朴　哦,救活啦?

鲁　以后无锡的人是没见着她,以为她那夜晚死了。

朴　那么,她呢?

鲁　一个人在外乡活着。

朴　那个小孩呢?

鲁　也活着。

朴　(忽然立起)你是谁?

鲁　我是这儿四凤的妈,老爷。

朴　哦。

鲁　她现在老了,嫁给一个下等人,又生了个女孩,境况很不好。

朴　你知道她现在在哪儿?

鲁　我前几天还见着她!

朴　什么?她就在这儿?此地?

鲁　嗯,就在此地。

朴　哦!

鲁　老爷,你想见一见她么?

朴　不,不,谢谢你。

鲁　她的命很苦。离开了周家,周家少爷就娶了一位有钱有门第的小姐。她一个单身人,无亲无故,带着一个孩子在外乡什么事都做,讨饭,缝衣服,当老妈,在学校里伺候人。

朴　她为什么不再找到周家?

鲁　大概她是不愿意吧?为着她自己的孩子,她嫁过两次。

朴　以后她又嫁过两次?

鲁　嗯,都是很下等的人。她遇人都很不如意,老爷想帮一帮她么?

朴　好,你先下去。让我想一想。

鲁　老爷,没有事了?(望着朴园,眼泪要涌出)

……

选自《雷雨　日出》,人民文学出版社2010年版

【作者简介】

曹禺,1910年9月24日出生于天津一个没落的封建官僚家庭,原名万家宝。中国现代杰出的话剧家。代表作有《雷雨》、《日出》、《北京人》、《原野》等,是20世纪中国现代话剧的经

典。新中国成立后,任北京人民艺术剧院院长。1996 年 12 月 13 日逝世。为表彰曹禺的杰出贡献,1992 年,全国优秀剧本创作奖更名为“曹禺戏剧文学奖”。

【作品鉴赏】

曹禺是杰出的中国现代戏剧家,他的代表作《雷雨》是一部杰出的现实主义悲剧,一经发表,就被誉为经典。著名戏剧家兼评论家刘西渭(李健吾)发表《雷雨》一文称:这是“一出动人的戏,一部具有伟大性质的长剧”。这部戏集中于一天时间——上午到午夜两点钟,两个舞台环境——周家客厅和鲁家住房,围绕周朴园家庭成员之间前后三十年的纠葛来展开人性的悲剧,冲突发生在三十年历史的积累和酝酿中,探索了人性的复杂和人的生存悲剧。

周朴园是《雷雨》的中心人物,他与剧中各个人物都发生冲突。他与侍萍的冲突是三十年前结下的恩怨,成为悲剧爆发的根源。周朴园与繁漪的冲突,表现为他作为一个家长为了维持家庭的秩序和自己的尊严,冷酷到毫不顾忌他人的意志。他与周萍、周冲的冲突都是这种冲突的延续。这是周朴园作为封建家长的个性,恰恰也是他的悲剧。

曹禺通过描绘周朴园对家人的态度揭示了周朴园复杂的心灵。三十年前周朴园是真正地爱上侍萍,侍萍被逼投河自尽,周朴园的内疚、忏悔是真诚的。但活着的侍萍再次出现在他面前时,他立即逼问:“你来干什么?”这又暴露出他的本性,那就是他的自私,他的一切都是自私,再珍贵的爱也不能损害到他的自身利益。而周朴园极力维护封建家长统治是他本性的集中体现。周朴园在《雷雨》中的贯穿动作就是维持家庭的固有秩序,“我的家庭是我认为最圆满,最有秩序的家庭”。这句话深刻地揭示了周朴园的性格,这就使周朴园在剧中形成了对他人精神意志的压抑。戏剧通过周朴园威逼繁漪“喝药”这个典型动作,让观众看到他的封建家长统治和对他人的精神意志的压抑。

繁漪是《雷雨》中一个悲剧灵魂。在这个悲剧女性身上,散发出独特的光辉。作为一个追求自由的女性,繁漪在家庭生活中陷入了周朴园的精神折磨与压抑的悲剧;周萍背弃爱情的行径,又使这位要求摆脱封建压迫的女性在爱情追求中遭受抛弃,又一次陷入绝望的悲剧。双重的打击和痛苦,使繁漪成为一个忧郁阴鸷性格的女性,终于从她那颗受尽蹂躏的心灵中升腾起不可抑制的力量。她在剧中的贯穿动作是抓住周萍不放。戏剧着力表现她不顾一切地追求周萍的爱情,不顾一切地反抗与报复,表现对生活与爱情的热切渴望。她绝望中的反抗,充满着一个被压迫女性的血泪控诉,表现出对封建势力及其道德观念的勇敢蔑视与反叛。她反驳周萍的话:“我不反悔”、“我的良心不让我这样看”,发出了她内心的呐喊。曹禺要赞颂的是繁漪反叛封建道德的勇气。她那“雷雨”式的激情摧毁了封建家庭秩序,也毁灭了自己。繁漪这一悲剧形象是曹禺对现代戏剧的一大贡献,深刻传达出反封建与个性解放的“五四”主题。

在繁漪悲剧的形成中,周萍是重要因素,他不但造成繁漪的悲剧,也造成了四凤的悲剧,同时他自己也是个悲剧,尽管他的悲剧不同于他人。封建家长总是按照自己的意志用软硬兼施的手段控制和铸造子弟的灵魂。周萍空虚、忧郁、卑怯、矛盾的灵魂始终被笼罩在周朴园精神统治严压的阴影中。这是一个在封建专制主义环境里,人的灵魂被压抑的悲剧。剧中年轻的周冲的追求,寄寓着曹禺的憧憬。周冲单纯、理想,但他的理想和做法不但被父亲周朴园打击,同时也得不到四凤等人的理解,也不被鲁大海接受,处处碰壁,也许在剧中周冲的死亡反而是最好的归宿。他的死亡,既是对封建势力的控诉,也流露出曹禺面对社会现实的苦闷、悲愤、茫然之情。

《雷雨》的结构严密,矛盾冲突集中紧张。剧作从事件的危机开幕,在危机发展中交代复杂的前因,最后一切矛盾在剧作结尾爆发。将现在进行的事件和过去发生的事件巧妙地交织在一起,并以过去的戏来推动现在的戏,而所有的矛盾冲突,都浓缩在早晨至半夜的二十四小时之内,集中在周公馆的客厅和鲁贵的家中发生。全剧周朴园与繁漪矛盾冲突的主干线索十分突出,由此牵连出的其他线索将全剧八个人都卷入紧张的矛盾冲突之中,形成了牵一发而动全身的集中严密的结构。表面上的危机发展和三十年前的前因形成明暗双线,纵横交错,引人入胜。剧作中各个人物的冲突是一条明线,周朴园和侍萍的关系则是一条暗线。这两条线索同时并存,彼此交织,互为影响,交相钳制,使剧情紧张曲折、引人入胜。

《雷雨》的戏剧语言也具有个性特色。由于剧中人物个个怀着深仇宿怨,语言具有强烈的动作性和浓郁的抒情性。感情的巨大冲击力呈现出紧张激荡的浓郁风格,无论是繁漪和周萍之间的对话,还是侍萍与周朴园之间、侍萍逼四凤起誓等这些场面的对话都是如此。《雷雨》的第二幕,侍萍在周公馆突然发现这家主人就是周朴园时,内心陷入极大的痛苦。她强忍悲痛以四凤母亲的身份回答周朴园关于30年前往事的询问,一句一句都刺痛着她的心。她的回答也使周朴园陷入沉痛的回忆中。最后周朴园发现面前就是30年前被其抛弃的梅侍萍时,内心也是巨大的震撼。这场戏,曹禺写得精彩绝伦,一百多句台词全是口语,朴素而精练,每一句话都含着丰富的潜台词。侍萍的每一句回答,表面都是平静的,似乎波澜不惊,其实每一个字都是强忍着悲痛与内心的煎熬,都刺激着周朴园的心,撕破了两人包裹30年的层层创伤。这场戏两人的内心都经历了几层转折,心血淋漓。这样的台词有着丰富的戏剧性和抒情性。

由此可见,《雷雨》的语言是典范的话剧语言,是口语化的、朴素自然、简洁明净的规范现代汉语。剧中人物的对话不仅表现出人物的身份、个性、文化教养,而且每一场对话都富有心灵动作性与抒情性,构成了戏剧性冲突,出色地塑造了戏剧人物。

曹禺以《雷雨》、《日出》、《原野》和《北京人》等一系列剧作,显示出了自己的独特艺术风格,也标志着现代话剧的成熟。

【平行阅读】

日　出(节选)

曹　禺

第四幕

……

陈白露　(勉强地)好!好!你就当做我亲自向你借的吧。

张乔治　你?露露要跟我借钱?跟张乔治借钱?

陈白露　嗯,为什么不呢?

张乔治　得了,这我绝对不相信的。露露会要这么几个钱用,No, No, I can never believe it!这我是绝不相信的。你这是故意跟我开玩笑了。(大笑)你真会开玩笑,露露会跟我借钱,而且跟我借这么一点点的钱。啊,露露,你真聪明,真会说笑话,世界上没有再像你这么聪明的人。好了,再见了。(拿起帽子)

陈白露　好,再见。(微笑)你倒是非常聪明的。

张乔治　谢谢!谢谢!(走到门口)哦,对了,我想起来了。我告诉你,到了后来,我实在缠不过她,我还是答应她了。我想,我们想明天就去结婚。不过,我说过,我是一定要你当伴娘的。

陈白露　要我当伴娘？

张乔治　自然是你，除了你找不着第二个合适的人。

陈白露　是的，我知道。好，再见。

张乔治　好，再见。就这么办。Good night！哦！Good morning！我的小露露。

（乔治挥挥手由中门走出。）

（晨光渐渐由窗户透进来，日影先只射在屋檐上。白露把门关好，走到中间的桌旁坐下，愣一下，她立起走了两步，怜惜地望望屋内的陈设。她又走到沙发的小几旁，拿起酒瓶，倒酒。尽量地喝了几口。她立在沙发前发愣。）

（中门呀地开了，福升进。）

陈白露　（低哑的声音）你来干什么？

王福升　天亮了，太阳都出来了，您还不睡觉？

陈白露　是，我知道。

王福升　您不要打点豆浆喝了再睡么？

陈白露　不，我不要，你去吧。

王福升　（由身上取出一卷账条）小姐！这……这是今天要还的那些账条，我……我搁在这里，您先合计合计。（把账条放在中间的桌子上）

陈白露　好！你搁在那儿吧。

王福升　您不要什么东西啦？

陈白露　（摇摇头）

（福升背着白露很疲倦地打了一个呵欠由中门走出）

（白露把酒喝尽，放下酒杯。走到中桌前慢慢翻着账条，看完了一张就扔在地下，桌前满铺着是乱账条。）

陈白露　（嘘出一口气）嗯。

（她由桌上拿起安眠药瓶，走到窗前的沙发，拔开塞，一片两片地倒出来。她不自主地停住了，她颓然跌在沙发上，愣愣地坐着。她抬头。在沙发左边一个立柜的穿衣镜里发现了自己，立起来，走到镜子前。）

陈白露　（左右前后看了看里面一个美丽的妇人，又慢慢正对着镜子，摇摇头，叹气，凄然地）生得不算太难看吧。（停一下）人不算得太老吧。可是（很悠长地嘘出一口气。她不忍再看了，她慢慢又踱到中桌前，一片一片由药瓶数出来，脸上带着微笑，声音和态度仿佛自己是个失了父母的女孩子，一个人在墙角落的小天井里，用几个小糖球自己哄着自己，极甜蜜地而又极凄楚地怜惜着自己），一片，两片，三片，四片，五片，六片，七片，八片，九片，十片。（她紧紧地握着那十片东西，剩下的空瓶当啷一声丢在痰盂里。她把胳膊平放桌面，长长伸出去，望着前面，微微点着头，哀伤地）这——么——年——青，这——么——美，这——么——（眼泪悄然流下来。她振起精神，立起来，拿起茶杯，背过脸，一口，两口，把药很爽快地咽下去。）

（这时阳光渐渐射过来，照在什物狼藉的地板上。天空非常明亮，外面打地基的小工们早聚集在一起，迎着阳光由远处“哼哼唷，哼哼唷”地又以整齐严肃的步伐迈到楼前。木夯一排一排地砸在土里，沉重的石硪落下，发出闷塞的回声，随着深沉的“哼哼唷，哼哼唷”的呼声是做工的人们战士似地那样整齐的脚步。他们还没有开始“叫号”。）

陈白露（扔下杯子，凝听外面的木夯声，她挺起胸走到窗前，拉开帘幕，阳光照着她的脸。她望着外面，低声地）“太阳升起来了，黑暗留在后面。（她吸进一口凉气，打了个寒战，她回转头来）但是太阳不是我们的，我们要睡了”。

选自《雷雨　日出》，人民文学出版社 2010 年版

【思考与讨论】

1. 在鲁侍萍讲述往事的过程中，周朴园经历了怎样的心理变化？

2. 周朴园在赶走侍萍 30 年后，仍在家中保存昔日房间旧状，表示“想把她的坟墓修一修”，应怎样理解他的感情？

假如我是真的（节选）

沙叶新等著

第五场

……

（传来刹车声。少顷，孙局长上。）

郑场长　等了好几天，就知道你会来！

孙局长　嗬，你在喝酒？

郑场长　怎么样，你也来喝两口？

孙局长　上班时间喝酒，你不怕影响不好，我还怕呢！

郑场长　又假正经了！什么上班时间？现在是无班可上！你瞧瞧窗子外面这一片农田，有谁在上班，有谁在干活？来来来，喝两口！

孙局长　（边喝酒边说）那你也不该喝酒，应该到各个连队跑跑，做做思想工作，深入深入群众嘛！

郑场长　群众？都让回城风刮跑了！顶替的顶替，抽调的抽调，开后门的开后门。

孙局长　发什么牢骚！这是你管理不善嘛！

郑场长　管理不善？你来管理！这个位子让你坐，我给你磕几个响头！

孙局长　好了，好了，（拿出吴书记开的条子递给郑场长）喏！

郑场长　（接过，大吃一惊）哦？市委书记还真开了条子？

孙局长　来这儿之前，我还到劳动局去了一趟，凭这个把调令也拿来了。快给李小璋转关系吧，吴书记说要越快越好！

郑场长　不行呀，你迟来了一步。

孙局长　什么？

郑场长　场党委决定，目前关于知识青年上调问题正在调整阶段。要大力缩短开后门的战线，因此决定今年下半年开后门的名额不得超过二十人。

孙局长　吴书记交办的这件事不属于开后门！

郑场长　哎呀，我的老孙，你就不要不好意思了。（抖动吴书记的条子）这是百分之百的开后门！

孙局长　你敢说市委书记开后门！？

郑场长　别说市委书记，部长、中央委员也有开后门的！

孙局长　你喝醉了！这不是开后门！

郑场长　是开后门！

孙局长　不是！

郑场长　是的！

孙局长　不是！

郑场长　是的！

孙局长　肯定不是！是送上门！（自觉失口）哦，不对，不对！我也喝醉了。好了，好了，你看这事怎么办呢？

郑场长　除非把别人挤掉。

孙局长　这怎么能叫挤掉？这叫照顾重点。把名单拿出来看看！

郑场长　（将一份名单递给孙局长）二十个人的名字都在上头。你看挤谁吧？

孙局长　（指名单）这个怎么样？

郑场长　挤不动，军区冯参谋长的侄子！

孙局长　嗬！（指名单）这个呢？

郑场长　卫生部副部长妹妹的外甥女儿！

孙局长　好家伙！（指名单）那这个呢？

郑场长　副总理表兄弟女婿的儿子。

孙局长　越来越大！（指名单）这个的亲戚也是高级干部吗？

郑场长　不，不是大官。

孙局长　哦，太好了！

郑场长　也不行，她是我们农场党委书记儿子的女朋友。

孙局长　咳，那有没有一般干部的……

郑场长　（指名单）这个，他爸爸是房管局的第八副局长。

孙局长　副局长，而且又是第八？行，就这个吧。请他明年再说，先让给李小璋，怎么样？

郑场长　（苦笑）行，第八副局长当然要让给市委书记。官越大，权越大，权利，权利，有权就有利。这就是有些人的真理，而且是经过实践检验过的！

孙局长　那就这样了！

郑场长　（打开抽屉，取出一些材料）李小璋的档案、油粮关系、户口迁移证都在这儿，你拿去吧！

孙局长　哦！你早就把离场手续都办了？

郑场长　上面交办的，来头大，能不闻风而动？

孙局长　你呀，倒瞒着我！

郑场长　不，我是在等市委书记的条子。

孙局长　（拿起档案等材料）是不是现在就通知李小璋，叫他尽快离场。

……

尾声

审判席上，坐着审判员和两名陪审员。被告席上坐着被告李小璋，他的背后站着两名法警。证人席上坐着证人吴书记、钱处长、孙局长、赵团长、郑场长。辩护人席上坐着辩护人张老。公诉席上坐着公诉人。幕启时,公诉人正在宣读起诉书。

公诉人 ……根据调查,证据确凿。因此,特向法院提起公诉。完了。

审判员 刚才,公诉人已经宣读了起诉书,对案犯李小璋的作案经过作了说明。被告李小璋,你认为公诉人所说的是否属实?

李小璋 (站起)全都是事实。

审判员 你认为你的行为是否构成了犯罪?

李小璋 我对法律不熟悉,但我承认我错了。

钱处长 什么?你错了?这么轻巧!

赵团长 你错在哪里?你说!

审判员 肃静!

李小璋 我错就错在我是个假的,假如我是真的,我真的是张老或者其他首长的儿子,那我所做的一切就将会是完全合法的。

赵团长 这是什么意思?!

钱处长 还这么嚣张!

孙局长 应当从严处理!

审判员 未经本庭许可,证人不得随意发言!

李小璋 在此,我要对本案的证人们表示我的谢意!我之所以能够作案,并且差点从农场调上来,是因为赵团长帮我出的点子,孙局长给我通的路子,钱处长和吴书记给我开的条子,郑场长给我发的上调单子。(向几位证人深深地一鞠躬)我再一次感谢你们的好意,感谢你们所提供的方便,感谢你们的大力支持!

选自《阅世戏言》,华东师范大学出版社 1995 年版

【作者简介】

沙叶新,出生于 1939 年,江苏南京人,回族。当代剧作家。国家一级编剧。中国戏剧家协会常务理事、上海戏剧家协会副主席。1961 年毕业于华东师范大学中文系,后保送进入上海戏剧学院戏曲创作研究班读研究生课程。1980 年发表《陈毅市长》,获第一届全国优秀剧本评奖首奖、首届全国少数民族文学创作奖。1987 年创作的话剧《耶稣·孔子·披头士列侬》发表于《十月》杂志 1988 年第 2 期,同年 4 月由上海人民艺术剧院首演。该剧获加拿大"1988 年舞台奇迹与里程碑"称号。其剧作《假如我是真的》、《大幕已经拉开》、《马克思秘史》、《寻找男子汉》等,曾引起强烈反响。这些作品被译为英、日等国文字。

【作品鉴赏】

六场话剧《假如我是真的》由沙叶新、李守成、姚明德集体创作完成。这个剧本创作于 1979 年夏天,1979 年 9 月由上海人民艺术剧院搬上舞台。

《假如我是真的》是一出精彩的社会讽刺喜剧。农场知青李小璋原本可以按政策回城,但他的名额却被一些干部子弟挤占。李小璋的女友已回城当工人,并且已经有孕,但他们的婚事却因为李小璋的不能回城而遭女方父母的反对。李小璋在焦急无奈间偶尔在剧场门口听到话剧团赵团长、文化局孙局长和组织部钱处长的谈话,便冒充中纪委"张老"的儿子张小理,并很快取得了信任。因为钱处长的丈夫市委书记吴某与"张老"是老战友,"张小理"便住进了吴

家。由于赵、钱、孙、吴都有求于这位张公子，故对他提出的要把“好友李小璋”从农场调回的事十分热心，在吴书记违反“暂停上调”的规定亲自批条后，农场郑场长向中纪委举报了此事，“张老”亲往调查，揭穿了李小璋的骗局。李小璋在法庭上说：我错就错在是个假的，假如我是真的，那我所做的一切就都会是合法的。

这部剧作是以发生在上海的一宗骗子冒充高干子弟招摇撞骗的案件为本，经艺术加工而成。真实的事件是上海籍知青张泉龙冒充中国人民解放军副总参谋长李达的儿子，招摇撞骗，要小车、要戏票，要把他的知青伙伴“张泉龙”调回上海。原上海市委书记夏征农、歌唱家朱逢博都上了当。案件破获以后，其行径在民众中广为流传，并转化为社会上对干部阶层以权谋私等不正之风的愤慨。剧作家沙叶新等便以这一事件为创作出发点，在艺术虚构和加工的基础上编出了这个剧本，并发表在《戏剧艺术》杂志上。剧本对现实生活中盛行的干部特权思想、以权谋私行为、干部阶层蝇营狗苟互相为用的党内腐败作风给予了辛辣的嘲弄。《假如我是真的》先在上海、北京“内部上演”，不久在全国很多城市公演。此剧伴随着激烈的争论在思想文化领域“掀起了一场轩然大波”，直到 1981 年停演为止，在观众和读者中产生了很大反响。

剧作者巧妙地通过李小璋的行骗和被戳穿的过程，对干部中存在的特权现象予以无情的剖析和辛辣的嘲笑，体现了剧作者出色的喜剧才能。作家通过一系列的情节安排、戏剧手段和人物语言来达到强烈的讽刺效果。比如，一开始李小璋虽然有意行骗，却并没有一套完整的计划，甚至也没有立即想到要通过诈骗来达到从农场调回城里的目的，他起初只是为了骗得两张戏票。但李小璋却惊奇地发现，他的骗局连连成功，而且看来简直是轻而易举，更多的不是精心谋划，只要顺水推舟就行了。李小璋成功的关键是他已经掌握了特权阶层的弱点和他们的交往原则、交往语言，这不仅反映了现实社会存在的特权特行是一种普遍现象，而且尖锐地揭示了以权谋私、相互利用的党内腐败之风的危害性。沙叶新还设计了一些精彩的细节增强讽刺和喜剧效果，一瓶由李小璋灌制的假茅台酒，在这个特权圈子里几经辗转，最后竟又回到了他的手中。这一细节的设计，既符合现实主义戏剧道具设置的经典规范，即一个道具应该贯彻剧情的始终，又赋予道具巧妙的象征意味，可以说这瓶假酒就是特权人群的交往规范、交往语言和交往实质的集中体现，其中浓缩了丰富的喜剧因素和讽刺意味。另外，剧本还让李小璋在骗局被揭穿后在法庭上为自己辩护，他的一句辩护词“假如我是真的”，道出了那种社会特权现象的实质，它的“无可否认”更增加了剧本的讽刺效果。

《假如我是真的》是“把无价值的东西毁灭给人看”，但剧作者的用意显然不仅于此。剧本开头引用的一段话，很可以表明作者在此剧中的用意，它引自俄国讽刺剧作家果戈理在《剧院门前》的话：“难道正面的和反面的不能为同一个目的服务？难道喜剧和悲剧不能表达同样的崇高思想？难道剖析无耻之徒的心灵不有助于勾画仁人志士的形象？难道所有这一切违法乱纪、丑行秽迹不能告诉我们法律、职责和正义该是何物？”这段话表明，作者提供的这面现实社会的哈哈镜，不仅为了照出可笑和丑恶，还是为了反衬出崇高。在剧中，作者显然没有为我们提供这一类的人物，虽然其中的“张老”和郑场长是剧中仅有的两个“正剧人物”，但作者显然并未在他们身上赋予多少“崇高”因素。但如果把此剧和作者在同时期创作的《陈毅市长》放在一起，就可以看出作者“借剖析无耻之徒的心灵”以“勾画仁人志士的形象”的用意，他是要从英雄的缺失中呼唤英雄，在对一些陷身于特权和私利的干部形象的揭露和批判中，呼唤理想的人民公仆。与那些直接塑造理想的改革者形象的文学作品相比，作者的用意可谓别出心裁。在戏剧手法上，剧作者也进行了富于新意的尝试。作者巧妙地设计了“戏中戏”的开场，既把舞台和观众、剧情和现实作出乎意料的沟通，给人以形式上的新颖感，同时又与剧情巧妙地相吻合。

所以这部戏剧一面世就引起了轰动。剧本主要执笔者沙叶新后来回忆说：“《假如我是真的》是我的第一部引起社会关注和激烈争议的作品，当时全国十几个城市、几十个剧团争相上演此剧。它的上演掀起了一场轩然大波，以致惊动了有关部门的最高领导，并在全国性的座谈会上展开了争议。”但是在那个特殊的历史时期，《假如我是真的》的演出命运非常地曲折，先是只能“内部公演”，后来干脆就被禁止演出。同是暴露社会现实的话剧《于无声处》，也是在上海开始公演，却成为中国当代文学史上的经典作品，屡次受到称赞，不断演出，风靡全国，被誉为“改革开放第一声春雷”。沙叶新在同一年创作的话剧《陈毅市长》作为新中国成立三十周年献礼剧目在上海公演。《假如我是真的》的命运也许是特殊时代留给我们的遗憾。

艺术遵循的是真、善、美，是永恒的，是恪守真实的。曾经《假如我是真的》的命运也有挽救的余地，那就是：剧本必须修改。可是沙叶新没有接受这个命运。多年之后，他还为此庆幸：不少大作家都改了，巴金、老舍……我一个小编剧，没改。这也是历史的幸运，《假如我是真的》将在历史的轨迹中留下浓重的一笔。

【平行阅读】

耶稣·孔子·披头士列侬(节选)

沙叶新

由于豪斯的暴卒，耶稣、孔子、列侬得以脱险，离开了金人国，又来到了紫人国。紫人国里不但居民的皮肤是紫色的，它所有的一切也都是紫色的，紫天、紫地、紫山、紫水，紫色的房屋、紫色的服装、紫色的食品、紫色的用具，这是一个紫色的世界！不但颜色是紫的、统一的，服装的式样、房屋的外观、街道的形状、用具的规格甚至每个居民的思想、行为也都是统一的。最伟大的是性别也是统一的，不分男女。一踏上紫人国的领土，你就深感这个国家的统治者治国有方、驭民有术，敬佩之情不觉油然而生。两个佩戴女皇像章，身着紫色军服的士兵在用紫色油漆刷厕所的外墙。

……

（耶稣、孔子、列侬悄悄上。

列　侬　（低声地）可真是个紫人国！什么都是紫的，连厕所也是紫的，大概放个屁也是紫的！

孔　子　下车伊始，切莫乱说乱道！

耶　稣　接受在金人国的教训，还是小心为好！我要实在告诉你们，每到一个陌生的地方，就像羊进了狼群，因此，我们既要像鸽子那样温良，又要像蛇那样机警。

列　侬　怎么见不到人？到处都是山！

耶　稣　紫人国是人口最少的山国。

列　侬　对不起，我要小便了！

（正在此时，挂在树上的紫色高音喇叭开始广播，突然出现的高音使耶稣、孔子、列侬都吓了一跳。

（在单调、强烈的音乐声中，响起了广播声：“女皇万岁，万万岁！公民们，请注意了！公民们,请注意了!女皇方便的时间到了,女皇方便的时间到了!请大家做好准备,请大家做好准备!”

(突然从东南西北跑出四个百姓,看不出性别,又像男又像女。他们迅速站在厕所门口,排成一队,做好上厕所的准备。与此同时,两个士兵也拎着油漆桶从厕所内跑出,站在队伍后边,也做好上厕所的准备。大家都因尿急而显得难以忍受。

(耶稣、孔子、列侬立即藏在一个巨大的标语牌后边。标语牌上写着:“净化灵魂,清除杂念!”

(高音喇叭传出报时的声音:“嘟、嘟、嘟、嘟……”

(广播声:“刚才最后一响,是紫人国标准时间十点整。女皇更衣小解!”

(高音喇叭传出小便的声音。

(广播声:“公民们,紫人国的全体公民们,现在开始方便了。”

(厕所外的四个百姓和两个士兵急不可待地跑进厕所。不一会传出众人的小便声。

列　侬　怪事,女皇小便,大家都小便。十点一到,全国一片小便声,倒还真他妈的悦耳动听!

孔　子　上下一致,倒也令人感动。

列　侬　咦,这是男厕所还是女厕所?

孔　子　怪哉,如厕者也莫辨男女。

列　侬　好像都是男的。

耶　稣　不,更像女的。

列　侬　管它男的女的,我可憋不住了!

耶　稣　别急,等他们出来!

(小便声持续不断。

列　侬　怎么还没完?

耶　稣　耐心点,他们憋了一夜了。

列　侬　难怪流量这么大,像瀑布一样!

(两名士兵和三个百姓陆续从厕所走出,每人脸上都呈现出解脱负担之后的轻松模样。然后各自离去。

……

(军官和二士兵押百姓甲上。

百姓甲　(绘形绘色地)他们三个是金人国的间谍。早在五年前,我就加入了他们的情报组织。昨天半夜,是我接应他们潜入国境的。在边境,(指耶稣)是他交给了我十万元。要我在三天之内,给每户人家投进十元,造成全国上下思想动乱,然后一举夺取政权。

部　长　怎么夺取?

百姓甲　(指孔子)他对我说,三天之后,他再送十枚核弹来,将紫人国炸为平地!

孔　子　啊?!

部　长　十枚核弹头?好险呀!你们还有什么话说?嗯?!

(百姓甲被一士兵押下。耶稣、孔子、列侬目瞪口呆。

部　长　准备手术!

（军官、士兵、护士将耶稣、孔子、列侬绑在手术床上。

列　侬　（挣扎）干什么？干什么？

孔　子　泰山其颓乎？梁木其坏乎？哲人其萎乎？

耶　稣　世界的末日也许就要到了！

列　侬　你们要干什么？究竟要干什么？

部　长　阉割！

列　侬　啊，阉割？

部　长　（举起手术刀）你最方便，先给你开刀。

列　侬　你不能这样，不能这样！

部　长　我们不允许任何人跟我们不一样。凡是跟我们不一样的，便是我们的敌人。

列　侬　不能，不能！

部　长　等把那玩意儿阉割了，再给你们注射女皇的脑汁针剂，这样，你们就跟我们完全一样了！

列　侬　啊，不但要阉割我们的身体，还要阉割我们的思想。（对耶稣）团长呀，如今只有你才能拯救我们大家了！难道你还犹豫吗？还要再把左边的脸也凑过去吗？

耶　稣　你是要我显现神迹吗？

列　侬　这个国家布满了警察和士兵，他们控制了每一扇门，控制了每一条路，控制了空气，控制了希望，任何人也没办法摆脱他们的控制了，唯一的办法只有借助神力了！

耶　稣　借助神力来解决人的问题是可悲的呀！自古以来，人为了摆脱灾难，都借助神力。神已经疲劳不堪了。人，早就长大了呀，他还要依靠神吗？

列　侬　当人不能认识自己力量，不能正确使用自己力量的时候，还是需要神的呀！

孔　子　当年，中国山西的愚公，在挖山之际，也曾感动过上帝，得助于神力。你就答应我们吧！

耶　稣　好吧！上帝，我的父，请拯救你的儿子吧！

（突然一声巨响，天崩地裂，烟雾弥漫，耶稣、孔子、列侬冉冉升天，立于云端。）

列　侬　看，该死的紫人国！喏，那边，万恶的金人国！人类他妈的是真没希望了！

孔　子　一个似虎，一个如狼。人类的罪恶也许就在于各执一端，如果也能中庸一下嘛，那……

耶　稣　也许人类正处在转折点上，不论金人国还是紫人国，都要受这转折的影响。我希望这转折不要再依仗神力了，人类还是依靠自己的力量吧。（突然）哎呀，糟糕！

列　侬　怎么了？

孔　子　怎么了？

耶　稣　忘记给上帝买空调了！

——幕落剧终

选自《耶稣·孔子·披头士列侬》，上海文艺出版社 1989 年版

【思考与讨论】

1.《假如我是真的》中李小璋成功的原因何在？

2.《假如我是真的》的主题是什么？

第五节　外国戏剧欣赏

戏剧是一种比较复杂、比较后起的文艺形态，在它产生之前，人们已经创造了舞蹈、歌谣、绘画、雕刻、音乐、神话、民间故事、史诗等文艺样式。戏剧不是作为一个纯粹陌生的文艺样式赫然出世的，它是诸种单项艺术有机结合的结果。世界上最早产生戏剧并随之而产生戏剧理论的，是西方的希腊、罗马和东方的印度。古希腊是欧洲文化的摇篮，同时也是欧洲戏剧的发源地。

一、古希腊戏剧

古希腊戏剧主要分为悲剧和喜剧两种，它们都起源于酒神祭祀。从远古开始，希腊人每年春秋两季都要举行祭祀酒神的活动，在祭祀时时常表演合唱和舞蹈，希腊戏剧即起源于此。悲剧的前身是酒神颂歌，喜剧的前身是民间祭神歌舞和滑稽戏。相对于喜剧来说，希腊悲剧对后世影响更大。到公元前5世纪，希腊悲剧的结构程式基本形成。其基本特征为：每部剧作分为4个组成部分，即开场，由出场人物介绍剧情；进场曲，有合唱队大段的合唱曲；3至7个戏剧场面和3至7个合唱歌；退场。戏剧表演和合唱队的歌唱构成悲剧的基本成分。合唱队有十几人，主要用来说明剧情、烘托气氛，还起着分幕分场的作用。随着戏剧的发展，合唱队的作用越来越弱，戏剧表演对白越来越占主导地位。在外在结构上，希腊悲剧一般采用“三联剧”的形式，相当于今天的“三部曲”。三个剧本是相对独立的，在情节、人物上又是连贯的。悲剧全部为诗体。

古代希腊悲剧大多取材于神话和英雄史诗，内容往往带有命运观念或其他迷信色彩，但它反映的却是当代的社会斗争和生活。这一时期，成就最高的是埃斯库罗斯、索福克勒斯和欧里庇得斯这三大悲剧诗人。这三位悲剧诗人及其创作分别标志着雅典民主政治发展过程中三个不同的历史阶段：埃斯库罗斯是民主政治成长时期的悲剧诗人；索福克勒斯是民主政治繁荣时期的悲剧诗人；欧里庇得斯则是民主政治发生危机时期的悲剧诗人。

埃斯库罗斯被称为希腊“悲剧之父”。他出身贵族，少年时经历过雅典君主希庇阿斯的暴政，青年时期参加过反对波斯侵略的战争。他拥护民主制度，赞美爱的精神。埃斯库罗斯对希腊悲剧艺术做出了重大贡献。他把演员从一个增加到两个，加强了对白部分。他在演出技巧上做了不少改革，他首先采用布景、道具、戏剧服装，演员面具也初步定型化。据说他共写了90部悲剧和笑剧，但传世的只有7部，大都取材于神话故事。其中最杰出的作品是《被缚的普罗米修斯》，它描写普罗米修斯被钉在悬崖上被天帝宙斯惩罚受苦刑的情景，渲染出浓重的悲剧气氛。作品歌颂了普罗米修斯为人类不惜牺牲一切的崇高精神，肯定了雅典奴隶主民主派反对专制统治的正义性，同时无情地揭露了宙斯的残暴和专横。

索福克勒斯的作品是希腊悲剧进入成熟阶段的标志，是雅典民主制由盛而衰时期社会生活的反映，他的剧作据说有120余部，但至今仅存7部。《俄狄浦斯王》是他的代表作品。索福克勒斯的悲剧深刻地表现了人们主客观之间的冲突。在这种冲突之中，人们独立自主地选择自己的道路，根据自己的原则去解决问题，他塑造的悲剧英雄在一般雅典人的水平之上，是理想的人物，这种人物对群众具有教化作用。索福克勒斯善于在人物自身的成长过程中塑造人物性格。悲剧英雄即使在艰难的命运之中,也不会失去坚强的性格。相反,他们反抗命运的决心,随着命运残酷性的加强而愈发显现出来。索福克勒斯对于戏剧艺术的发展有很多贡献。他把演员人数从两个增加到三个,剧中人物的增多,使对话和剧情复杂化,人物的性格从多方面反映出来。索福克勒斯进一步打破埃斯库罗斯的“三部曲”形式,将故事叙述成三出独立的悲剧,使每出戏剧的情节更为复杂,结构也更为完整。在艺术上索福克勒斯的悲剧结构较复杂,布局非常巧妙,被史学家誉为“戏剧艺术的荷马”。

欧里庇得斯一生写了92部作品,流传到今的仅有18部。他的创作题材广泛,有新意,尤其对妇女问题较为关心。现存的18部剧作中竟有12部是以妇女问题为题材的,其中最有代表性的是《美狄亚》。它描写了传说中的一个令人敬爱的英雄伊阿宋,在美狄亚的帮助下,克服重重困难取回金羊毛,并娶美狄亚为妻。《美狄亚》一剧的重点是伊阿宋回国后由勇敢的英雄变成了卑劣的小人,美狄亚由一个多情的少女发展成一位敢于反叛的妇女。原来歌颂英雄的故事,变成了谴责社会罪恶、控诉不平等现象、赞美反叛精神的悲剧。欧里庇得斯的作品强化了悲剧的批判倾向,体现了比前人更进一步的民主思想。他的悲剧由重点写神变为重点写人,表现了现实生活中的普通人,并真实地表现了人物的内心世界,具有很强的感染力。

古希腊喜剧的起源与悲剧大体相似,与酒神庆典有不可分割的血缘,又从民间滑稽形式的演出中吸取过营养,发展得比悲剧晚一些。古希腊喜剧多取材于现实生活,比悲剧现实性强,大多是政治讽刺剧和社会讽刺剧,特别是旧喜剧,针砭时弊,甚至直接批评当权者。喜剧情节荒诞离奇,风格幽默滑稽,表演形式轻松,但主题是严肃的。

古希腊最著名的喜剧作家是阿里斯托芬。阿里斯托芬是古希腊最重要的喜剧作家、旧喜剧的代表作家,恩格斯称他为“喜剧之父”。据说他一生共写了44部剧作。他的喜剧作品题材广泛,对战争与和平较关心,有反战喜剧中最著名的作品《阿卡奈人》。《鸟》是阿里斯托芬唯一的一部以神话为题材的喜剧,描写林间飞鸟建立了一个理想社会——“云中鹁鸪国”,在这里没有贵贱,没有剥削。这是欧洲最早表现了乌托邦思想的作品,也反映了作者的自由民主的思想。作品构思奇特,情节曲折,色彩绚丽,抒情气氛很浓,具有很高的艺术价值。

古罗马戏剧是古希腊戏剧的传承和变异,比较著名的作品有普拉图斯的《孪生兄弟》和《一坛金子》。

二、文艺复兴戏剧

文艺复兴时期艺术家们继承了古希腊、古罗马文学的优良传统,大量汲取中世纪民间文学包括骑士文学的丰富营养,并加以创新,形成了近代资产阶级文学的第一座高峰。这一时期,西班牙戏剧得到了繁荣,建立了公众剧场,形成了民族戏剧。其中成就最大的是洛佩·德·维加,他是西班牙人文主义戏剧最完善的标志,欧洲文艺复兴时期最重要的戏剧家之一。据说维加写过1800多部剧本,现在留下的有400多部。取材于1476年西班牙的一次农民暴动的历史事件的《羊泉村》,是维加的代表剧作,《羊泉村》围绕着反封建的主题,表现了西班牙人民团结一致的斗争精神和不屈不挠的英雄气概,同时也歌颂了君主政治。

文艺复兴时期戏剧的高峰则是英国戏剧。16世纪后期在英国出现了一批人文主义剧作家。他们大都受过大学教育,具有人文主义思想,学识渊博,在戏剧创作上颇有创新,他们被称为“大学才子派”。克里斯托夫·马洛是“大学才子派”中最有才华、成就最大的一个,在文学史上享有“诗剧的晨星”、“英国悲剧之父”的美誉。他是莎士比亚以前英国戏剧界最重要的人物，也是英国文艺复兴戏剧的真正创始人，其代表作有《帖木儿》、《浮士德博士的悲剧》。而文艺复兴时期，成就最高的就是莎士比亚。莎士比亚代表了文艺复兴戏剧的最高成就，他的作品几乎涉及当时所有的重大社会问题，集中表现了人文主义思想。马克思要求戏剧“莎士比亚化”，这是对其艺术成就的极高评价。

三、古典主义戏剧

所谓古典主义是指17世纪在法国产生并发展起来，其后流行于欧洲各国的一种文学思潮。因为它在文艺理论和创作实践上，以古希腊罗马文学为典范，故被称为古典主义。它在政治上拥护和歌颂绝对王权；在思想上提倡“理性”，尊重君主专制政治所需要的道德规范；在题材上借用古代的故事，突出宫廷和贵族阶级的生活；在艺术上，要求结构严谨完整，语言简洁明晰。古典主义者秉承亚里士多德，尤其是贺拉斯的思维模式，制定出许多规则来约束作家的创作，其中影响最大的是“三一律”，即“三整一律”，指时间一律、地点一律、情节一律，也就是说剧情包含的时间只能在24小时以内，时间要发生在同一地点，全剧只能有一条情节线索。

17世纪的法国，是西欧典型的封建君主制国家，资产阶级与贵族既妥协又矛盾，反映在文学领域，出现了复杂的情况。古典主义体现君主专制的要求，它是17世纪法国文学的最主要的流派，法国提供了这一文学流派的典范，古典主义在法国达到高度完美的程度，古典主义理论也是在法国形成和完善的。当时在法国有两个彼此对立的文学流派，即以揉造为特点的贵族沙龙文学和以自由为特点的市民写实文学。这两个文学流派的对立是贵族阶级和资产阶级在意识形态上的反映，它们作为两个阶级的不同意识形态从思想内容到艺术风格很多方面都是针锋相对的，由于历史条件不可能使这两派占有文坛的统治地位，所以在君主专制政权扶植下的古典主义文学，便迅速兴盛起来。

古典主义的主要表现体裁是戏剧，它在法国文学史上具有较高的地位。悲剧作家主要有高乃依，代表作主要是四大悲剧：《熙德》、《贺拉斯》、《西拿》、《波利厄克特》；拉辛，代表作有《昂朵马格》、《费得尔》。喜剧作家则是莫里哀，代表作有《伪君子》、《悭吝人》等；而文艺理论家是布瓦洛。古典主义文学具有一定的历史进步意义，它抵制了封建贵族矫饰文学的恶性发展，曲折反映了资产阶级某些情趣和愿望，为18世纪启蒙思潮的到来开辟了道路。

四、启蒙和浪漫主义戏剧

18世纪的欧洲，作为资产阶级革命的先导，爆发了第二次全欧资产阶级反封建反教会的思想革命运动，即启蒙运动。启蒙运动是文艺复兴反封建反教会斗争的延续和发展，但是比文艺复兴带有更强烈的政治革命性，其特征是强烈的批判精神。启蒙主义直接影响了19世纪批判现实主义的形成和发展。这一时期的重要作家有法国的狄德罗、博马舍，德国的莱辛，意大利的哥尔多尼等。

狄德罗是法国18世纪杰出的启蒙思想家、文学家。在文学、哲学、伦理学、戏剧、美学、文艺批评、小说和政治学等领域，狄德罗均有突出的贡献。他提出真善美统一的理论，主张把美建立在真与善的基础上。狄德罗非常重视戏剧，主张打破悲剧与喜剧的严格界限，建立一种用日常语言表现市民家庭生活的“市民戏剧”，他的主张为欧洲近代戏剧开辟了道路。法国大革命前夕启蒙主义文学中的著名喜剧作家博马舍在剧本创作方面深受狄德罗戏剧理论的影响，他继狄德罗之后，提倡戏剧改革。他的作品，预报着革命风暴的即将来临。虽然博马舍一生的大部分时间从事其他各项经营活动与社会活动，但他的文学作品，尤其是几部主要剧作被公认为法国戏剧史上有影响的杰作，他代表作是以费加罗为主人公的三部喜剧《有罪的母亲》、《塞维勒的理发师》、《费加罗的婚姻》；戏剧论著有《论严肃的戏体裁》、《对〈塞维勒的理发师〉的失败和批评克制的信》、《〈费加罗的婚姻〉的序言》等。

戏剧成了德国在这一时期文学上的主要成就。莱辛是德国启蒙运动的领袖和启蒙文学的代表人物。在莱辛将德国戏剧创作引向现实主义的民族戏剧道路之后，几乎所有重要的德国作家都写过剧本。莱辛的现实主义戏剧理论和市民悲剧《明娜·冯·巴尔赫姆》、《爱米丽雅·迦洛蒂》、《智者纳旦》一起，合称莱辛的三大著作。席勒是具有世界影响的德国剧作家，他著有历史著作和美学论文，但他主要是写戏剧，并且主要从事历史剧创作。席勒代表作有《强盗》、《阴谋与爱情》等。

哥尔多尼是意大利启蒙时期杰出的喜剧作家，其一生留下了一百多部喜剧，这些作品真实而广泛地反映了18世纪意大利的社会风貌，塑造了各阶层人物栩栩如生的艺术形象，是世界戏剧宝库中的珍贵财富。

浪漫主义作为启蒙精神的延续，其成就主要体现在小说和诗歌方面，戏剧上的成就主要体现在雨果身上。他提出了浪漫剧的主张，创作了奠定浪漫主义戏剧胜利的作品，他的戏剧代表作是《欧那尼》。

五、现实主义和现代派戏剧

19世纪30年代，在法国、英国等先进的资本主义国家里出现了一股新的文学潮流——批判现实主义。它迅速发展成全欧性的“19世纪一个主要的，而且是最壮阔、最有益的”（高尔基语）文学潮流。现实主义在小说和戏剧领域都取得了举世瞩目的艺术成就。

俄国革命民主主义文艺理论家别林斯基在戏剧理论上有突出贡献。亨利·易卜生则是19世纪挪威杰出的戏剧家，他以其辉煌的戏剧成就赢得了“现代戏剧之父”的美誉。戏剧大师萧伯纳不但是英国现代伟大的戏剧家，同时也是一位优秀的音乐评论家和政治、经济、社会学等方面的杰出的演说家兼论文作家。俄国19世纪批判现实主义最后一个杰出的作家契诃夫是世界文学史上难得的短篇小说大师和优秀剧作家，作品有《伊凡诺夫》、《海鸥》、《万尼亚舅舅》等。另外俄罗斯著名戏剧家还有果戈理、奥斯特洛夫斯基和托尔斯泰，虽然果戈理和托尔斯泰的文学成就主要在小说领域，但他们的戏剧创作也相当出色。奥斯特洛夫斯基被誉为“俄国戏剧之父”，他开创了俄国戏剧创作的崭新局面。

20世纪，文学进入现代主义时期。现代主义，是20世纪欧美诸多流派的总称。戏剧在20世纪主要有以下几个流派：象征主义、表现主义、存在主义、荒诞派。

梅特林克是比利时法语诗人、象征派剧作家，前期象征主义文学运动在戏剧领域的代表。《青鸟》是他最著名的作品，主题是歌颂人们对幸福和光明的追求。德国最著名的戏剧家和诗人布莱希特是著名的“史诗剧”的创始人，他在戏剧试验的基础上创立了一整套“史诗剧”理论体系。这是20世纪戏剧创作的一种独特理论，其核心是“间离效果”，与此相适应的是许多情节故意夸大，矛盾冲突复杂，对演员的要求也与众不同。所谓“间离效果”，就是使观众在看戏时要保持清醒的头脑，不要因演员的逼真表演而陷入感情的旋涡。布莱希特的作品主要有《卡拉尔大娘的枪》、《第三帝国的恐怖和灾难》、《大胆妈妈和她的孩子们》等。

表现主义作为一种艺术运动，主要形成于第一次世界大战后的德国，在20世纪20—30年代达到全盛。表现主义的理论纲领是“艺术是表现而不是再现”，主张文学不应再现客观现实，而应表现人的主观精神和内在激情，表现主义戏剧常采用抽象的象征手法表现深刻的哲理和主题。表现主义戏剧的先驱者是瑞典作家斯特林堡，其著名的三部曲《到大马士革去》是欧洲最早的表现主义戏剧。另外还有意大利表现主义剧作家皮蓝德娄、捷克剧作家恰佩克等。美国表现主义剧作家奥尼尔的《琼斯皇》、《毛猿》也非常著名。

存在主义文学是在存在主义哲学基础上产生的现代主义文学流派之一。它产生于第二次世界大战前夕，战后盛行于西方世界。从时间上来看，存在主义文学几乎与存在主义哲学同时产生。存在主义戏剧是存在主义文学的重要组成部分。存在主义文学与其他文学流派不一样的地方就是：文学与哲学之间的关系紧密且明显。萨特和加缪是这个时期最著名的存在主义哲学家和文学家。为了更全面地展示戏剧舞台上人物的境遇，以及在特定的境遇中剧中人物所进行的“自由选择”，萨特把自己的戏剧称之为“境遇剧”，或者叫做“自由剧”。

荒诞派戏剧第二次世界大战后，步存在主义的后尘而在法国舞台上出现的一种新的戏剧流派。荒诞派戏剧的先驱是皮兰德娄。荒诞派戏剧是延续了存在主义文学的“荒诞”的主题。概括起来，荒诞的主题有两个方面，一是人对其所处世界的陌生感；二是价值观念丧失后，人对自我的失落感。这种失落感表现为一切都变得不可思议、不可理喻、毫无意义，活着只是为了走向死亡而已。代表人物是法国的尤奈斯库和贝克特等。尤奈斯库是荒诞派戏剧最重要的作家之一，作品《秃头歌女》、《椅子》、《犀牛》都表现了人与人之间的难以沟通和非理性。

俄狄浦斯王（节选）

（希腊）索福克勒斯

一　开场

〔祭司携一群乞援人自观众右方上，俄狄浦斯偕众侍从自宫中上。

俄狄浦斯　孩儿们，老卡德摩斯的现代儿孙，城里正弥漫着香烟，到处是求生的歌声和苦痛的呻吟，你们为什么坐在我面前，捧着这些缠羊毛的树枝？孩儿们，我不该听旁人传报，我，人人知道的俄狄浦斯，亲自出来了。

（向祭司）老人家，你说吧，你年高德劭，正应当替他们说话。你们有什么心事，为什么坐在这里？你们有什么忧虑，有什么心愿？我愿意尽力帮助你们，我要是不怜悯你们这样的乞援人，未免太狠心了。

祭　啊，俄狄浦斯，我邦的君主，请看这些坐在你祭坛前的人都是怎样的年纪：有的还不会高飞；有的是祭司，像身为宙斯祭司的我，已经老态龙钟；还有的是青壮年。其余的人也捧着缠羊毛的树枝坐在市场里，帕拉斯的神庙前，伊斯墨诺斯庙上的神托所的火灰旁边。因为这城邦，像你亲眼看见的，正在血红的波浪里颠簸着，抬不起头来；田间的麦穗枯萎了，牧场上的牛瘟死了，妇人流产了；最可恨的带火的瘟神降临到这城邦，使卡德摩斯的家园变为一片荒凉，幽暗的冥土里充满了悲叹和哭声。

我和这些孩子并不是把你看作天神，才坐在这祭坛前求你，我们是把你当作天灾和人生祸患的救星；你曾经来到卡德摩斯的城邦，豁免了我们献给那残忍的歌女的捐税；这件事你事先并没有听我们解释过，也没有向人请教过；人人都说，并且相信，你靠天神的帮助救了我们。

现在，俄狄浦斯，全能的主上，我们全体乞援人求你，或是靠天神的指点，或是靠凡人的力量，为我们找出一条生路。在我看来，凡是富有经验的人，他们的主见一定是很有用处的。

啊，最高贵的人，快拯救我们的城邦！保住你的名声！为了你先前的一片好心，这地方把你叫做救星；将来我们想起你的统治，别让我们留下这样的记忆：你先前把我们救了，后来又让我们跌倒。快拯救这城邦，使它稳定下来。

你曾经凭你的好运为我们造福，如今也照样做吧。假如你还想像现在这样治理这国土，那么治理人民总比治理荒郊好；一个城堡或是一只船，要是空着没有人和你同住，就毫无用处。

俄狄浦斯　可怜的孩儿们，我不是不知道你们的来意；我了解你们大家的疾苦：可是你们虽然痛苦，我的痛苦却远远超过你们大家。你们每人只为自己悲哀，不为旁人；我的悲痛却同时是为城邦，为自己，也为你们。

我睡不着，并不是被你们吵醒，须知我是流过多少眼泪，想了又想。我细细思量，终于想到了一个唯一的挽救办法，这办法我已经实行。我已经派克瑞翁，墨诺叩斯的儿子，我的内兄，到福玻斯的皮托庙上去求问：要用怎样的言行才能拯救这城邦。我计算日程，很是焦心，因为他耽搁得太久，早超过适当的日期了，也不知他在做什么。等他回来，我若不是完全按照天神的启示行事，我就算失德。

祭　你说得真巧，他们的手势告诉我，克瑞翁回来了。

俄狄浦斯　阿波罗王啊，但愿他的神采表示有了得救的好消息。

祭　我猜想他一定有了好消息；要不然，他不会戴着一顶上面满是果实的桂冠。

俄狄浦斯　我们立刻可以知道；他听得见我们说话了。

（克瑞翁自观众左方上。）

亲王，墨诺叩斯的儿子，我的亲戚，你从神那里给我们带回了什么消息？

克瑞翁　好消息！告诉你吧：一切难堪的事，只要向着正确的方向进行，都会成为好事。

俄狄浦斯　神示怎么样？你的话既没有叫我放心，也没有使我惊慌。

克瑞翁　你愿意趁他们在旁边的时候听，我现在就说；不然就到宫里去。

俄狄浦斯　说给大家听吧！我是为大家担忧，不单为我自己。

克瑞翁　那么我就把我听到的神示讲出来：福玻斯王分明是叫我们把藏在这里的污染清除出去，别让它留下来，害得我们无从得救。

俄狄浦斯　怎样清除？那是什么污染？

克瑞翁　你得下驱逐令，或者杀一个人抵偿先前的流血；就是那次的流血，使城邦遭了这番风险。

俄狄浦斯　阿波罗指的是谁的事？

克瑞翁　主上啊，在你治理这城邦以前，拉伊俄斯原是这里的王。

俄狄浦斯　我全知道，听人说起过；我没有亲眼见过他。

克瑞翁　他被人杀害了，神分明是叫我们严惩那伙凶手，不论他们是谁。

俄狄浦斯　可是他们在哪里？这旧罪的难寻的线索哪里去寻找？

克瑞翁　神说就在这地方；去寻找就擒得住，不留心就会跑掉。

俄狄浦斯　拉伊俄斯是死在宫中，乡下，还是外邦？

克瑞翁　他说出国去求神示，去了就没有回家。

俄狄浦斯　有没有报信人？有没有同伴见过这件事？如果有，我们可以问问他，利用他的话。

克瑞翁　都死了，只有一个吓坏的人逃回来，也只能肯定亲眼看见的一件事。

俄狄浦斯　什么事呢？只要有一线希望，我们总可以从一件事里找出许多线索来。

克瑞翁　他说他们是碰上强盗被杀害的，那是一伙强盗，不是一个人。

俄狄浦斯　要不是有人从这里出钱收买，强盗哪有这样大胆？

克瑞翁　我也这样猜想过；但自从拉伊俄斯遇害之后，还没有人从灾难中起来报仇。

俄狄浦斯　国王遇害之后，什么灾难阻止你们追究？

克瑞翁　那说谜语的妖怪使我们放下了那没头的案子，先考虑眼前的事。

俄狄浦斯　我要重新把这案子弄明白。福玻斯和你都尽了本分，关心过死者；你会看见，我也要正当的和你们一起来为城邦，为天神报复这冤仇。这不仅是为一个并不疏远的朋友，也是为我自己清除污染；因为，不论杀他的凶手是谁，也会用同样的毒手来对付我的。所以我帮助朋友，对自己也有利。

孩儿们，快从台阶上起来，把这些求援的树枝拿走；叫人把卡德摩斯的人民召集到这里来，我要彻底追究；凭了天神帮助，我们一定成功——但也许会失败。

〔俄狄浦斯偕众侍从进宫，克瑞翁自观众右方下。

祭　孩儿们，起来吧！我们是为这件事来的，国王已经答应了我们的请求。福玻斯发出神示，愿他来做我们的救星，为我们消除这场瘟疫。

〔众乞援人举起树枝随着祭司自观众右方下。

选自《外国文学名著选读》，中国人民大学出版社 2007 年版

【作者简介】

索福克勒斯(公元前 496—前 406)，他是一位赋有高度艺术才华的悲剧诗人，出生于雅典西北郊科罗诺斯乡。他的父亲索菲罗斯是一家兵器制造厂厂主，家境殷实。因此索福克勒斯受过良好的教育。他积极参与政治活动，热烈崇拜民主派领袖伯利克里，曾被选为雅典的十将军之一。索福克勒斯的作品反映的是公元前 5 世纪伯里克里时代的风尚：提倡民主精神，反对君主专制，但他的世界观又是很矛盾的，既相信神又相信人的力量。索福克勒斯在其悲剧作品中侧重于描写人而不是神，这同他的世界观并不完全一致。索福克勒斯作为雅典民主政治繁荣时期意识形态最完善的代表人物，他一方面承认人的力量，歌颂英雄主义；另一方面又存在一种命运观念，认为命运是不可抗拒的，人的悲剧无法避免。他的剧作不直接涉及当代政治问题，而是反映民主盛世自由民的思想意识及伦理观念。

【作品鉴赏】

《俄狄浦斯王》(公元前 428 年)是索福克勒斯的代表作，其以希腊神话中关于忒拜王室的故事为题材。俄狄浦斯的父亲是忒拜城的巴赛勒斯拉伊俄斯。神示说，他的儿子将要杀父娶

母,于是俄狄浦斯刚一出生就被用铁钉穿上脚跟扔到荒野里,结果他被转送给科任托斯的巴赛勒斯。为了预防那杀父娶母的"神示"成为事实,他离开了科任托斯的王宫,逃到忒拜城来。然而事实上科任托斯的国王是他的养父,他的亲生父亲正是忒拜的国王。由于一时的争执,他在路上打死了他的亲生父亲。后来,他又猜中了人面狮身妖怪的谜语,替忒拜人解除了灾难。因此,他成为忒拜的国王,并娶他的母亲为妻。不幸的俄狄浦斯再次难逃厄运。不久忒拜城又遭天灾,关心人民疾苦的俄狄浦斯尽力为人们寻求消灾解难的办法;可是他杀父娶母的行为终于逐渐暴露出来。当这件事被完全证实以后,俄狄浦斯便亲手刺瞎双眼,实行自我流放。

亚里士多德认为《俄狄浦斯王》是希腊悲剧的典范。剧中的悲剧冲突、悲剧性格和悲剧效果集中表现了希腊悲剧的特点。这部剧作结构复杂,布局严密巧妙,一环紧扣一环。作者从追查凶手这件事入手,写发生在忒拜王宫前的事,把几十年的事件演变交代清楚,解开了俄狄浦斯杀父娶母的疑团。剧中运用了动机与效果相反的手法,每一种想帮助他得到解脱的努力,都为他的有罪提供了新的证据。妻子为了使他不信先知的话,说出了前夫被杀死的地点,而这正好是他杀死一个老人的地方;报信人要帮他解除娶母之虑,告诉他与养父母无血缘关系,反而泄露了他的身世:妻子和报信人都提到婴儿脚跟钉了钉子。剧情发展很快,而且是俄狄浦斯亲自加速悲剧的完成。他逼着先知讲谁是凶手,他不顾妻子的阻止,逼着仆人讲婴儿的来历,眼看着自己一步步走向万丈深渊。发现自己是凶手固然不幸,更可怕的是"杀父娶母"预言的应验。因此,有人说没有任何一部希腊悲剧比《俄狄浦斯王》更为痛苦与可怕。亚里士多德在谈到悲剧情节安排的两大要素(除了"激动人心"以外)是"发现"与"突转"——情节向相反方向转化——的时候指出,《俄狄浦斯王》中的"发现"为最佳,因为它与"突转"同时出现。的确,俄狄浦斯"发现"的对象不是别人,正是俄狄浦斯本人。主人公的最终自我发现导致剧情的颠倒乾坤的转变。从表面看,案件的逐步澄清构成剧情的基本线索,而实际上,俄狄浦斯对自己的发现才是主要的表现内容。就艺术结构而言,《俄狄浦斯王》不仅在题材上围绕着一个谜语展开,而且,从它的序幕、展开、结局来看,它本身就是以谜语的形式构成的。发现、突转相互呼应,与作品的谜语结构融为一体,从而成为一种剧情发展的逆转模式——正面意义向反面意义的转化。索福克勒斯通过合理的布局和一环扣一环、环环相连的"突转"和"发现",揭开矛盾,推向高潮,最后引导到惊心动魄的结局。

通过这个悲惨的故事,作者表达了人与命运的冲突。俄狄浦斯是一位诚实正直、意志坚强、热爱人民的国王,他为了解除忒拜人民的灾难,不顾一切的追查凶手。他的动机是崇高而又无私的,行动是坚决的。但效果却恰恰相反,他越是认真地进行追查,他就越把自己杀父娶母的行为暴露出来,一步步陷入了不可抗拒的命运的罗网。但他敢于正视现实,敢于承担责任,不逃避惩罚。这是一个理想的英雄形象。作者对他倾注了同情,以他的顽强意志和英雄行为鼓舞人们面对厄运;但也通过他的毁灭宣扬了神力不可抗拒。人的意志在命运面前的无能为力的思想、具有坚强意志的英雄对无法抗拒的命运的斗争构成了尖锐的悲剧冲突。诗人通过俄狄浦斯的悲剧深刻地表现了人们主客观之间的冲突。在这种冲突之中,人们独立自主地选择自己的道路,根据自己的原则去解决问题,俄狄浦斯虽然有着顽强的性格敢于同困难作斗争,但命运似乎有意捉弄他,一时把他捧得很高,一时又使他摔得很惨,他的一切努力都无法改变其命运注定的生活道路。这种对命运抗争的英雄精神的肯定和在客观上对命运的合理性的怀疑表现了雅典自由民面对正萌发的社会危机的矛盾心理:一方面相信自己的力量,另一方面担忧愤懑。

《俄狄浦斯王》在艺术上非常出色,可以说是一部高超的希腊悲剧的典范作品。它具有深邃的情感力量和崇高的思想内容,具有丰富的想象力和活生生的人物形象。《俄狄浦斯王》的结构复杂、紧凑、完美,一环扣一环。情节富于戏剧性,利用发现和突转推动剧情向前发展。即使在现在,它的艺术上所达到的高度也是让人赞叹的。索福克勒斯同时对古希腊的戏剧不断加工,使用更多和更恰当的道具,采用巧妙的布局,避免夸张的标新立异。他的文风严峻和精美,人物性格塑造得鲜明生动。他的语言细腻,采用抑扬格的三音步诗句、柔和的尾音以及富于变化的节奏停顿,因此诗句有一种非同一般的音乐感。

【平行阅读】

安提戈涅

(希腊)索福克勒斯

开场

【安提戈涅和伊斯墨涅自宫中上】

安提戈涅　啊,伊斯墨涅,我的亲妹妹,你看俄狄浦斯传下来的诅咒中所包含的灾难,还有哪一件宙斯没有在我们活着的时候使它实现?在我们的苦难中,没有一种痛苦、灾祸、羞耻和侮辱我没有亲眼见过。听说我们的将军刚才向全城的人颁布了一道命令。是什么命令?你听见没有?你是不是不知道敌人应受的灾难正落到我们的朋友们身上?

伊斯墨涅　自从两个哥哥同一天死在彼此手中,我们姐妹俩失去了骨肉以后,我还没有听见什么关于我们的朋友们的消息,不论是好是坏,自从昨夜阿耳戈斯军队退走以后,我还不知道自己的命运是好转还是恶化呢。

安提戈涅　我很清楚,因此把你叫到院门外面,讲给你一个人听。

伊斯墨涅　什么?看来是有什么坏消息使你感到苦恼。

安提戈涅　克瑞翁不是认为我们的一个哥哥应当享受葬礼。另一个不应当享受吗?据说他已经按照公道和习惯把厄忒俄克勒斯埋葬了,使他受到下界鬼魂的尊敬,我还听说克瑞翁已经向全体市民宣布,不许人埋葬或哀悼那不幸的死者波吕涅刻斯,使他得不到眼泪和坟墓。他的尸体被猛禽望见的时候,那是块多么美妙的贮藏品,吃起来多么痛快啊!

听说这就是高贵的克瑞翁针对你和我——特别是针对我——宣布的命令,他就要到这里来。向那些还不知道的人明白宣布;事情非同小可,谁要是违反禁令,谁就会在大街上被群众用石头砸死。你现在知道了这消息,立刻就得表示你不愧为一个出身高贵的人,要不然,就表示你是个贱人吧。

伊斯墨涅　不幸的姐姐,那么有什么结要我帮着系上,还是解开呢?

安提戈涅　你愿不愿意同我合作,帮助我做这件事?你考虑考虑吧。

伊斯墨涅　冒什么危险?你是什么意思?

安提戈涅　你愿不愿意帮助我用双手把尸首抬起来?

伊斯墨涅　全城的人都不许埋他,你倒要埋他吗?

安提戈涅　我要对哥哥尽我的义务,也是替你尽你的义务,如果你不想尽的话;我不愿意人们看见我背弃他。

伊斯墨涅　你是这样大胆吗，在克瑞翁颁布禁令以后？

安提戈涅　他没有权力阻止我同我的亲人接近。

伊斯墨涅　哎呀！姐姐啊，你想想我们的父亲死得多么不光荣，多么可怕。他发现自己的罪过，亲手刺瞎了眼睛，他的母亲和妻子——两个名称是一个人——也上吊了；最后我们两个哥哥在同一天自相残杀，不幸的人呀，彼此动手，造成了共同的命运。现在只剩下我俩了，你想想，如果我们触犯法律，反抗国王的命令或权力，就会死得更凄惨。首先，我们得记住我们生来是女人，斗不过男子；其次，我们处在强者的控制下，只好服从这道命令，甚至更严厉的命令。因此我祈求下界鬼神原谅我，既然受压迫，我只好服从当权的人，不量力是不聪明的。

安提戈涅　我再也不求你了，即使你以后愿意帮忙，我也不欢迎。你打算做什么人就做什么人吧；我要埋葬哥哥。即使为此而死，也是件光荣的事；我遵守神圣的天条而犯罪，倒可以同他在一起，亲爱的人陪伴着亲爱的人，我将永久得到地下鬼魂的欢心，胜似讨凡人欢喜，因为我将永久躺在那里。至于你，只要你愿意，你就藐视天神所重视的天条吧。

伊斯墨涅　我并不藐视天条，只是没有力量和城邦对抗。

安提戈涅　你可以这样推托，我现在要去为我最亲爱的哥哥起个坟墓。

伊斯墨涅　哎呀，不幸的人啊，我真为你担忧！

安提戈涅　不必为我担心，好好安排你自己的命运吧。

伊斯墨涅　无论如何，你得严守秘密，别把这件事告诉任何人，我自己也会保守秘密。

安提戈涅　呸！尽管告发吧！你要是保持缄默，不向大众宣布，我就更加恨你。

伊斯墨涅　你是热心去做一件寒心的事。

安提戈涅　可是我知道我可以讨好我最应当讨好的人。

伊斯墨涅　只要你办得到，但你是心有余而力不足。

安提戈涅　我要到力量耗尽时才住手。

伊斯墨涅　不可能的事不应当去尝试。

安提戈涅　你这样说，我会恨你，死者也会恨你，真是活该。让我和我的愚蠢担当这可怕的风险吧，充其量是光荣地死。

伊斯墨涅　你要去就去吧，你可以相信，你这一去虽是愚蠢，你的亲人却认为你是可爱的。

【安提戈涅自观众左方下，伊斯墨涅进宫】

……

【思考与讨论】

1.《俄狄浦斯王》描写了什么悲剧故事？

2.《俄狄浦斯王》表现了什么主题？

哈姆雷特（节选）

（英）莎士比亚

第一幕

第一场　艾尔西诺。城堡前的露台

(弗兰西斯科立台上守望。勃那多自对面上。)

勃那多　那边是谁?

弗兰西斯科　不,你先回答我;站住,告诉我你是什么人。

勃那多　国王万岁!

弗兰西斯科　勃那多吗?

勃那多　正是。

弗兰西斯科　你来得很准时。

勃那多　现在已经打过十二点钟;你去睡吧,弗兰西斯科。

弗兰西斯科　谢谢你来替我;天冷得厉害,我心里也老大不舒服。

勃那多　你守在这儿,一切都很安静吗?

弗兰西斯科　一只小老鼠也不见走动。

勃那多　好,晚安!要是你碰见霍拉旭和马西勒斯,我的守夜的伙伴们,就叫他们赶紧来。

弗兰西斯科　我想我听见了他们的声音。喂,站住!你是谁?

(霍拉旭及马西勒斯上。)

霍拉旭　都是自己人。

马西勒斯　丹麦王的臣民。

弗兰西斯科　祝你们晚安!

马西勒斯　啊!再会,正直的军人!谁替了你?

弗兰西斯科　勃那多接我的班。祝你们晚安!(下。)

马西勒斯　喂!勃那多!

勃那多　喂,——啊!霍拉旭也来了吗?

霍拉旭　有这么一个他。

勃那多　欢迎,霍拉旭!欢迎,马西勒斯!

马西勒斯　什么!这东西今晚又出现过了吗?

勃那多　我还没有瞧见什么。

马西勒斯　霍拉旭说那不过是我们的幻想。我告诉他我们已经两次看见过这一个可怕的怪象,他总是不肯相信;所以我请他今晚也来陪我们守一夜,要是这鬼魂再出来,就可以证明我们并没有看错,还可以叫他和它说几句话。

霍拉旭　嘿,嘿,它不会出现的。

勃那多　先请坐下;虽然你一定不肯相信我们的故事,我们还是要把我们这两夜来所看见的情形再向你絮叨一遍。

霍拉旭　好,我们坐下来,听听勃那多怎么说。

勃那多　昨天晚上,北极星西面的那颗星已经移到了它现在吐射光辉的地方,时钟刚敲了一点,马西勒斯跟我两个人——

马西勒斯　住声!不要说下去;瞧,它又来了!

(鬼魂上。)

勃那多　正像已故的国王的模样。

马西勒斯　你是有学问的人,去和它说话,霍拉旭。

勃那多　它的样子不像已故的国王吗？看，霍拉旭。

霍拉旭　像得很；它使我心里充满了恐怖和惊奇。

勃那多　它希望我们对它说话。

马西勒斯　你去问它，霍拉旭。

霍拉旭　你是什么鬼怪，胆敢僭窃丹麦先王出征时的神武的雄姿，在这样深夜的时分出现？凭着上天的名义，我命令你说话！

马西勒斯　它生气了。

勃那多　瞧，它昂然不顾地走开了！

霍拉旭　不要走！说呀，说呀！我命令你，快说！（鬼魂下。）

马西勒斯　它走了，不愿回答我们。

勃那多　怎么，霍拉旭！你在发抖，你的脸色这样惨白。这不是幻想吧？你有什么高见？

霍拉旭　凭上帝起誓，倘不是我自己的眼睛向我证明，我再也不会相信这样的怪事。

马西勒斯　它不像我们的国王吗？

霍拉旭　正和你像你自己一样。它身上的那副战铠，就是它讨伐野心的挪威王的时候所穿的；它脸上的那副怒容，活像它有一次在谈判决裂以后把那些乘雪车的波兰人击溃在冰上的时候的神气。怪事怪事！

马西勒斯　前两次它也是这样不先不后地在这个静寂的时辰，用军人的步态走过我们的眼前。

霍拉旭　我不知道究竟应该怎样想；可是大概推测起来，这恐怕预兆着我们国内将要有一番非常的变故。

马西勒斯　好吧，坐下来。谁要是知道的，请告诉我，为什么我们要有这样森严的戒备，使全国的军民每夜不得安息；为什么每天都在制造铜炮，还要向国外购买战具；为什么征集大批造船匠，连星期日也不停止工作；这样夜以继日地辛苦忙碌，究竟为了什么？谁能告诉我？

霍拉旭　我可以告诉你；至少一般人都是这样传说。刚才它的形象还像我们出现的那位已故的王上，你们知道，曾经接受骄矜好胜的挪威的福丁布拉斯的挑战；在那一次决斗中间，我们的勇武的哈姆雷特，——他的英名是举世称颂的——把福丁布拉斯杀死了；按照双方根据法律和骑士精神所订立的协定，福丁布拉斯要是战败了，除了他自己的生命以外，必须把他所有的一切土地拨归胜利的一方；同时我们的王上也提出相当的土地作为赌注，要是福丁布拉斯得胜了，那土地也就归他所有，正像在同一协定上所规定的，他失败了，哈姆雷特可以把他的土地没收一样。现在要说起那位福丁布拉斯的儿子，他生得一副未经锻炼的烈火似的性格，在挪威四境召集了一群无赖之徒，供给他们衣食，驱策他们去干冒险的勾当，好叫他们显一显身手。他的唯一的目的，我们的当局看得很清楚，无非是要用武力和强迫性的条件，夺回他父亲所丧失的土地。照我所知道的，这就是我们种种准备的主要动机，我们这样戒备的唯一原因，也是全国所以这样慌忙骚乱的缘故。

勃那多　我想正是为了这个缘故。我们那位王上在过去和目前的战乱中间，都是一个主要的角色，所以无怪他的武装的形象要向我们出现示警了。

霍拉旭　那是扰乱我们心灵之眼的一点微尘。从前在富强繁盛的罗马，在那雄才大略的裘力斯·凯撒遇害以前不久，披着殓衾的死人都从坟墓里出来，在街道上啾啾鬼语，星辰拖着火尾，露水带血，太阳变色，支配潮汐的月亮被吞蚀得像一个没有起色的病人；这一类预报重大变故的朕兆，在我们国内的天上地下也已经屡次出现了。可是不要响！瞧！瞧！它又来了！

选自《哈姆雷特》，南京大学出版社2009年版

【作者简介】

威廉·莎士比亚(1564—1616)，文艺复兴时代最伟大的戏剧家和诗人，是人文主义最杰出的代表，近代欧洲文学的奠基者之一。莎士比亚于1564年4月23日出生于英国中部沃里克郡艾文河上的斯特拉福镇一个中产阶级家庭。家道中落先是辍学经商，后于1586年前往伦敦。从剧院门口马童，逐渐成为剧院的杂役、演员、剧作家和股东。1597年回家乡定居直到辞世。他的创作分可以分为三个时期。

早期(1590—1600)一般称为历史剧、喜剧时期。这时期正是英国伊丽莎白女王统治的极盛时期。莎士比亚对生活充满乐观主义情绪，相信人文主义思想可以实现。社会表面繁荣的景象，使他对祖国的前途充满信心，对现实抱乐观的态度。因此这时期他的创作基调是明朗乐观的。历史剧有《理查三世》、《亨利四世》等；重要的喜剧作品有《仲夏夜之梦》、《威尼斯商人》、《无事生非》、《皆大欢喜》、《第十二夜》等。《罗密欧与朱丽叶》也写于这个时期，这是一部具有强烈的反封建意识的爱情悲剧，但该悲剧的喜剧色彩较浓，悲喜混合的特色比较突出。

中期(1601—1607)是莎士比亚创作的全盛时期。这时期创作以悲剧为主，一般称为悲剧时期。这时是伊丽莎白统治末期，资产阶级与王权间的矛盾逐渐加深，英国的社会矛盾表面化、尖锐化。莎士比亚越来越清楚地意识到人文主义理想与黑暗的社会现实之间的深刻矛盾及不可调和性，创作风格也从明快乐观变为阴郁悲愤，这一时期的主要作品有被称为“四大悲剧”的《哈姆雷特》、《奥赛罗》、《李尔王》、《麦克白》和揭露资本主义金钱作用的《雅典的泰门》。

晚期(1608—1612)是浪漫主义传奇剧时期，这时詹姆士一世王朝更加腐败、社会矛盾更加尖锐。莎士比亚深感人文主义理想的破灭，其创作风格也随之表现为浪漫空幻。这一时期代表作品有《辛白林》、《冬天的故事》、《暴风雨》等。

【作品鉴赏】

《哈姆雷特》是莎士比亚的代表作。丹麦王子哈姆雷特为父报仇的故事，最早见于12世纪丹麦历史学家撒克索·格拉马提库斯的《丹麦史》中。莎士比亚把个人复仇的悲剧提升为饱含人文主义思想的社会悲剧，大大深化了故事的主题。

主人公哈姆雷特是丹麦国王的王子，在德国的威登堡大学接受人文主义教育。一天，他接到父王暴死的消息，匆匆赶回丹麦奔丧，却连遭打击。他的生母即王后在老国王尸骨未寒时又同新王——他的叔父结婚，接着老国王的鬼魂出现了，告诉他真正的凶手是新王克劳狄斯，并嘱咐他替父报仇。接连而来的几次打击使哈姆雷特对生活的态度发生了巨大的变化，动摇了他以前的人生观。哈姆雷特为了隐藏自己假意发疯，新王害怕自己的阴谋被他发现，派他情人——奥菲利娅去试探他，结果一无所获。一次，哈姆雷特改编了一出阴谋杀兄的旧戏文，试探自己的叔父，克劳狄斯果然做贼心虚，匆匆离开。宫内大臣波洛涅——奥菲利娅的父亲偷听哈姆雷特母子的谈话时，被哈姆雷特误杀。新王利用此事件，派哈姆雷特到英国，哈姆雷特在途中甩掉两个监视者，偷偷返回了丹麦。回来之后，又得知自己的情人奥菲利娅因为父亲被刺、情人远离溺水而死。波洛涅的儿子雷欧提斯受新王煽动，要为父亲和妹妹报仇，与哈姆雷

特进行决斗。结果，哈姆雷特和雷欧提斯两人双双中了毒剑，王后饮下毒酒而亡，新王也被刺死。哈姆雷特在临死的时候，要求他的好朋友霍拉旭把一切阴谋和恶性公之于世。他要为父亲报仇的愿望渐渐转变为一种伟大的社会责任心：应当改变这个让犯罪和不义者、谎言和伪善猖獗一时的社会，改变这个充斥着谄媚者和阴谋家的世界。

《哈姆雷特》内容非常丰富，包括家庭、爱情、友谊、社会关系、义务、复仇、信义等主题，因此它被称为政治悲剧、以道德问题为基础的复仇戏、哲理剧本等。主人公哈姆雷特，是文艺复兴时期人文主义者的典型形象，在当时新文化中心的威登堡大学接受人文主义教育，有着自己的一系列人文观，可是父亲的猝死、母亲的改嫁以及鬼魂出现三件骇人听闻的事使哈姆雷特恍然大悟，对人世间罪恶的加深了解导致他对生活的美好幻想突然破灭，动摇了他以前对人生的全部观点。本来他认为生活的意义在于相信美好的理想，首先是相信人，但现实生活中人的行为与他的理想并不一致，他看到人的堕落，决心要扭转这一混乱的局面，拯救整个濒于崩溃的国家。这是一个病入膏肓的时代，全民民怨沸腾，反抗情绪高涨。《哈姆雷特》一开始，莎士比亚就展示给我们一个敌军压境的动乱局面。而当雷欧提斯为了替父亲和妹妹报仇，利用群众的不满情绪掀起暴动时，王权统治风雨飘摇、朝不保夕的政治局面更是清清楚楚地展现在我们面前。在哈姆雷特看来，丹麦是一个"荒芜不治的花园，长满了恶毒的莠草"，而他所处的时代则是一个"颠倒混乱的时代"。在很大程度上，这正是伊丽莎白女王统治末年的英国现实。因此，他与新王克劳狄斯的个人仇恨冲突超出原有的个人恩怨范围，哈姆雷特要替父复仇，肃清整个国度，改造整个社会道德体系，与新王阴谋杀死哈姆雷特，继续维持现有罪恶局面的矛盾对立，变成了两种道德原则和社会原则的斗争。他想铲除以克劳狄斯为代表的强大的邪恶势力，只好装疯卖傻，以隐蔽自己的思想，躲过对方的耳目。此外，作为一个人文主义者，哈姆雷特具有文艺复兴时代的科学方法论思想，他必须获得证实克劳狄斯罪行的现实依据，因而，他采用"戏中戏"的计划，进一步证实了新王的罪行。一旦证明的结果是正确的，哈姆雷特立即行动。只是由于他要寻找消灭邪恶的正义手段，错过了在新王祈祷时把他杀死的机会，反而引来了新王的阴谋。最终因中了新王的毒计而牺牲，"重整乾坤的责任"最终没有完成。

哈姆雷特的悲剧是一个人文主义者的悲剧，从理想到现实的冲突、"重整乾坤"的志向与强大的敌对势力的冲突，构成了悲剧的基础条件。恶势力过于强大，而时代与人文主义的局限性又决定莎士比亚不能依靠、发动群众，因此只能孤军奋战，最后终于被恶势力吞没。

《哈姆雷特》还塑造了克劳狄斯、波洛涅、奥菲利娅、霍拉旭等不同性格的典型人物。克劳狄斯的阴险狠毒、笑里藏刀，波洛涅的昏庸老朽、趋炎附势，奥菲利娅的天真无邪、纯情柔弱，霍拉旭的理智冷静、正义聪颖都给人留下了深刻的印象。通过这些人物形象与哈姆雷特的对比、衬托，更突出了作品的主题。另外，《哈姆雷特》还生动地反映了莎士比亚当时的英国社会的现状与矛盾。

对于哈姆雷特在杀死新王时候的"延宕"问题，要从多种原因考虑。他离开丹麦到代表人文主义运动中心的德国威登堡大学读书，接受了许多与传统和教会截然不同的人文主义新思想与新观念，认为人是个"了不起的杰作"，是"宇宙的精华！万物的灵长"！作为统治阶级重要人物的丹麦王子哈姆雷特，却能不计尊贵，与人朋友相称，表现出当时人文主义者所特有的民主意识与人性光辉。他是"朝臣的眼睛、学者的辩舌、军人的利剑、国家所瞩望的一朵娇花；时流的明镜、人伦的雅范、举世瞩目的中心"。然而就是这么一个对人和社会充满理想、满怀信心的优秀青年回国后却一连遭受到父死母嫁、叔叔篡位的三重打击。在理想与现实的残酷碰撞下,哈姆雷特原先对人和社会的美好看法受到了严峻挑战并陷入了深刻的精神危机。原来天神般的父亲被一个丑怪似的小人所取代;原本圣洁高贵的母亲在丈夫尸骨未寒时就迫不及待地投入了杀死自己亲夫的奸王怀抱;奥菲利娅受父亲利用做了奸王的工具;老同学又趋炎附势出卖了自己。所有这一切都将把他对正义、忠诚、爱情、友谊、家庭、义务等的人文主义美好信念击得粉碎。原先美好的人这时成了一个毫无意义的泥塑品——人类对他失去了意义。原先和谐健康的王国已变成了一个"不毛的荒岬","一大堆污浊的瘴气的集合";原先美好的世界也成了一个"可厌、陈腐、乏味而无聊"的荒原。在这个严酷的现实面前,哈姆雷特理想幻灭,开始了痛苦的探索。当他那忧郁的目光从天上那"覆盖众生的苍穹"落到世间的枯骨荒坟时,便悲哀地意识到世间的一切是多么短暂,死亡是多么不可避免,命运的力量是多么强大,人是多么无奈,理想与现实的距离又是多么的遥远。在这深刻的精神危机中,哈姆雷特不禁开始对生命的意义本身提出疑问:"活下去还是不活"。然而他随即又意识到死亡并不意味着痛苦的解脱,没完没了的思索丝毫无助于矛盾的解决。"重重的顾虑使我们全变成了懦夫,决心的赤热光彩,被审慎的思维盖上了一层灰色,伟大的事业在这一种考虑之下也会逆流而退,失去了行动的意义。"况且在经过了戏中戏后,他"明明有理由、有决心、有力量、有方法"为父报仇,然而哈姆雷特并没有抓住克劳狄斯独自祈祷的机会进行复仇,而是贻误战机,造成了行动上的"延宕",也因此引起了后人对此的各种推测。

除了担心在奸王祷告之际复仇会使奸王的灵魂进天堂,因而他犹豫不决外,哈姆雷特的"延宕"有其更深刻的社会原因,那就是在复仇的过程中他渐渐意识到自己的行动已不简单是为父报仇,而是与整个国家与民族的命运联系在一起:"这是一个颠倒混乱的时代,唉,倒霉的我却要负起重整乾坤的责任。"一旦杀死了国王,哈姆雷特自然就要接替王位,而一旦接过王位,他就有责任、有义务在这个颠倒混乱的时代来改造现实重整乾坤。相比之下,仅仅为父报仇就要简单得多。因此在这一重大历史关头,哈姆雷特就必须超越复仇,对整个国家的命运做出全盘考虑。哈姆雷特决心用人文主义理想来改造现实改造世界,这就比单纯的复仇有意义得多也困难得多。这说明,哈姆雷特不仅思想深刻而且是具有高度责任感的青年,他并非长于思考而短于行动,正如黑格尔所说哈姆雷特所怀疑的不是应该做什么,而是如何做好它。正因为哈姆雷特意识到自己肩负的重大社会责任,意识到周围环境的险恶,才造成他的"延宕",哈姆雷特的悲剧是这种理想与现实的冲突,恩格斯所说的"历史的必然要求与这个要求的实际上不可能实现之间的悲剧性的冲突"。从这个意义上说,哈姆雷特的悲剧已不仅仅是一出个人的悲剧,而是人文主义者和整个时代的必然悲剧。

【平行阅读】

皆大欢喜(节选)

(英)莎士比亚

第二幕

第一场 亚登森林

(老公爵、阿米恩斯及众臣作林居人装束上)

公爵 我的流放生涯中的同伴和弟兄们,我们不是已经习惯了这种生活,觉得它比虚饰的浮华有趣得多吗？这些树林不比猜忌的朝廷更为安全吗？我们在这儿所感觉到的，只是时序的改变，那是上帝加于亚当的惩罚；冬天的寒风张舞着冰雪的爪牙，发出暴声的呼啸，即使当它砭刺着我的身体，使我冷得发抖的时候，我也会微笑着说，"这不是谄媚啊；它们就像是忠臣一样，谆谆提醒我所处的地位。"逆运也有它的好处，就像丑陋而有毒的蟾蜍，它的头上却顶着一颗珍贵的宝石。我们的这种生活，虽然远离尘嚣，却可以听树木的谈话，溪中的流水便是大好的文章，一石之微，也暗寓着教训；每一件事物中间，都可以找到些益处来。我不愿改变这种生活。

阿米恩斯　殿下真是幸福，能把运命的顽逆说成这样恬静而可爱。

公爵　来，我们打鹿去吧；可是我心里却有些不忍，这种可怜的花斑的蠢物，本来是这荒凉的城市中的居民，现在却要在它们自己的家园中让它们的后腿领略箭镞的滋味。

臣甲　不错，那忧愁的杰奎斯很为此伤心，发誓说在这件事上跟您那篡位的兄弟相比，您才是个更大的篡位者；今天阿米恩斯大人跟我两人悄悄地躲在背后，瞧他躺在一株橡树底下，那古老的树根露出在沿着林旁潺潺流去的溪水上面，有一只可怜的失群的牡鹿中了猎人的箭受伤，奔到那边去喘气；真的，殿下，这头不幸的畜生发出了那样的呻吟，真要把它的皮囊都胀破了，一颗颗又大又圆的泪珠怪可怜地争先恐后流到它的无辜的鼻子上；忧愁的杰奎斯瞧着这头可怜的毛畜这样站在急流的小溪边，用眼泪添注在溪水里。

公爵　但是杰奎斯怎样说呢？他见了此情此景，不又要讲起一番道理来了吗？

臣甲　啊，是的，他作了一千种的譬喻。起初他看见那鹿把眼泪浪费地流下了水流之中，便说，"可怜的鹿，他就像世人立遗嘱一样，把你所有的一切给了那已经有得太多的人。"于是，看它孤苦零丁，被它那些皮毛柔滑的朋友们所遗弃，便说，"不错，人倒了霉，朋友也不会来睬你了。"不久又有一群吃得饱饱的、无忧无虑的鹿跳过它的身边，也不停下来向它打个招呼；"嗯，"杰奎斯说，"奔过去吧，你们这批肥胖而富于脂肪的市民们；世事无非如此，那个可怜的破产的家伙，瞧他做什么呢？"他这样用最恶毒的话来辱骂着乡村、城市和宫廷的一切，甚至于骂着我们的这种生活；发誓说我们只是些篡位者、暴君或者比这更坏的人物，到这些畜生们的天然的居处来惊扰它们，杀害它们。

公爵　你们就在他作这种思索的时候离开了他吗？

臣甲　是的，殿下，就在他为了这头啜泣的鹿而流泪发议论的时候。

公爵　带我到那地方去，我喜欢趁他发愁的时候去见他，因为那时他最富于见识。

臣甲　我就领您去见他。（同下）

选自《莎士比亚全集》，译林出版社 1998 年版

【思考与讨论】

1. 为什么说哈姆雷特是人文主义者的典范？

2. 哈姆雷特复仇延宕的原因是什么？

第四章 散文欣赏

第一节 散文概述

散文是文学殿堂中一种影响广泛、备受广大读者青睐的文体。散文在各国文学史上都是发源最早的。古今中外的文学大师们，以其洞幽入微的观察力、超脱尘世的秉性、细腻激扬的情愫、凭借生花的妙笔，写下了无数文采斐然、脍炙人口的散文名篇。这些经历了时间考验的散文佳作，不仅丰富了世界文学宝库，而且还感染和影响了成千上万的人们，叩击着一代又一代人的心灵，给人们以精神上的享受和艺术上的熏陶。

一、中国散文概述

散文这一概念的含义古今有所不同。在中国古代，散文是一个宽泛的概念，韵文、骈文之外的各种文体都属于散文。现代散文则专指诗歌、小说、戏剧之外的文学作品。它是最自由的文体，不讲究音韵，不讲究排比，没有任何的束缚及限制，也是中国最早出现的行文体例。它的历史可以追溯到甲骨文，可以说中国是一个散文传统非常深厚的国度，先秦时代的史家和思想家，大抵同时也是散文家，先秦诸子中的老子、孔子、墨子、孟子、庄子、荀子等都是思想家兼散文家，他们的作品也成为古代散文的典范。先秦时期的历史典籍《左传》、《国语》、《战国策》也被称为历史散文，作者诸如左丘明等人也被称为历史散文家。两汉魏晋时代的司马迁、诸葛亮、陶渊明等人，不仅是历史学家、政治家和政论家，同时也是散文家。《史记》、《出师表》、《桃花源记》更是成为中国散文的经典。从此中国散文像长江大河一样，越奔流江面越见开阔，到唐宋又涌现了一次散文创作的高潮，于是就有了“唐宋八大家”，欧阳修、苏轼等一代大家发扬光大了散文的历史传统，并大大推进了散文的发展。比如宋代的随笔小品就盛极一时，开了后代的滥觞。到了明清时期，又涌起了新的高潮，笔记文集的出版，蔚为大观。历代散文作家，当然各有各的特殊风格。在散文发展史中我们可以看到，一代散文有一代散文的特点，先秦散文表现为宏丽激越，唐宋散文显得隽逸清新，明清散文又出落得洒脱自如。

作为中国文学中繁荣最早、数量最多、影响最广的一种文学形式，散文在悠长的历史中熏陶和滋润了一代又一代生生不息的人民，而且不断地发扬光大，孕育了一代又一代的文学新秀。“五四”以后，“散文小品的成功，几乎在小说、戏曲和诗歌之上”。这一时期的散文创作，由于社会生活节奏的加快，白话文的兴起又扩大了写作人的队伍，几乎继承和发展了中国传统散文的所有精华，再加上各国优秀散文作品的迻译和借鉴，散文艺术的发展呈现出了兼收并蓄、互相激荡的局面。从“五四”到中华人民共和国建立前夕，整个现代时期，出现了李大钊、鲁迅、瞿秋白、朱自清、夏衍、冰心、郁达夫、巴金、许地山、梁遇春、梁实秋、林语堂、周作人等风格迥异的散文作家，成为中国现代文学史上的一大特色。当代散文，六十年来的发展，正像大河曲折奔流一样，有时显得缓慢，有时显得迅速，总的成绩也是巨大的。

二、西方散文概述

在西方国家，散文同样也是一文学大类，包括一切非韵的文章，甚至小说、戏剧等，这是广义的散文。同时也存在狭义的散文，即文学性的散文，它是与诗歌、小说、戏剧并列的文学样式，被称为非小说性散文，比如说“随笔”(Essay)。外国散文以厚重的个性，浓郁的情愫，思辨的色彩，雍容絮谈的文风，一直受到人们的欢迎，在外国文学中有着重要的地位。外国散文的发展，大体可分为广义散文和狭义散文两大流向。

广义散文早在古希腊、古罗马时代就产生了。随着语言文字的产生和人们日常生活的交际，散文也就自然而然地产生了。人们日常生活的活动、话语用非韵的文字记载下来，加以整理，便成了散文。广义散文在英国、法国、德国都取得了一定的发展，早期从拉丁文翻译而来，成为开创各国散文的先河。

直到 13 世纪，从情趣、审美和德育等目的出发，首先在法国开始出现了一种非小说性散文。非小说性散文(狭义散文)，其形式有政论、辩论、传记、自传、宗教经典、普及哲学和伦理的著作等，比之于广义散文，它排除了长篇的记叙和单纯逻辑的说理，而增强了情感的因素和文学的色彩。

从 16 世纪的文艺复兴开始，散文在欧洲蓬勃发展起来，其中法国和英国在散文上取得的成就最大，出现了以蒙田和培根为代表的一批散文家。从 19 世纪开始，俄国和美国的散文获得了巨大的发展，创作了大量优秀的散文作品，至今为人所称道。20 世纪是一个科学经济大发展时期，也是社会矛盾重重、世界多元化发展加剧的时期，两次世界大战给全人类带来深重的灾难，物质和精神的对立与冲突尖锐复杂，文学发展也呈现出复杂而繁荣的景象。特别是现代主义文学思潮兴起，它具有极强的反叛性和挑战性。作家们强烈要求摆脱西方文化和西方艺术的传统基础，对支撑西方社会结构、宗教、道德和人生价值观念等的传统意识提出疑问。他们打破公认的规范和正统，不断引进遭禁止的题材，创新艺术形式，表现出“离异”既定的秩序，宣布自己的主体性，向传统文化的教条和信念发起挑战的姿态。散文创作也受这股文学思潮的影响，散文家们对现实存在表现了极大的怀疑，对想象和虚幻给予了极大的重视，这一时期尤其是小品散文得到了较大发展。

总之，由于政治、经济和社会思想的发展，现代科学技术改变了生活，散文作品的情感因素和文学色彩受到了一定的影响。不过，散文由于有着深厚的传统，密切地联系着人们的日常生活和情感，必将突破“应用”的樊篱回归到情感的世界中来。

第二节　散文的本质特征与欣赏技巧

一、散文的本质特征

从中西方的散文发展历史中，我们可以得出，散文包括政论、史论、传记、游记、书信、日记、奏疏、小品、表、序等各体论说、杂文,可以说是范围广、种类多,这些文章既是美好思想情操的载体,也是语言艺术的典范,“集诸美于一身”,具有很高的审美价值。在长期流传过程中,它浇灌了各个时代的文学园地,也沾溉了历代文人,至今仍使人们受益。那么究竟什么是散文,散文具有哪些本质特征?我们可以通过散文跟其他文学样式的比较来把握。

1. 散文和诗歌相比较

诗歌有以下特点:双句对称,句句分行,并且必须押韵,语言形式整齐划一。而散文不讲究句子的对称、句数的奇偶和句式的长短,排列方式以行满为限,一行可以多句,一句亦可以跨行,语言形式散而不齐,而且不要求句末押韵。总结为一句话就是:单句散行,不求押韵。这个特征是散文与诗歌区别开来的明显标志,是散文在语言形式方面的显著特点。散文的这一形式特征,既为作家创作减少了限制,又能够产生错落有致,活泼自然的流动美。

2. 散文和小说、戏剧相比较

小说和戏剧也是单句散行、不求押韵的文学样式,但是,散文与其有本质的不同,一方面,小说和戏剧的主要任务是通过完整的故事情节塑造典型人物。为了使人物形象更具有典型性,需要对情节和人物进行必要的艺术概括。这种艺术概括往往是通过虚构实现的。换言之,小说、戏剧的人物和情节大多是虚构的。散文则不然,它要求所写的人和事基本上都是真实的,只能在细节上进行一些艺术加工。另一方面,散文不要求叙写完整的故事情节和塑造典型的人物形象,而是通过一些生活片段来抒写作者的真实感受。由此可见,写真人真事、抒发真情实感是散文与小说、戏剧之间的分水岭,是散文在题材内容方面显著的特征。

3. 从散文本身来看

散文在表现形式上比小说、戏剧更为多样化,笔记、杂感、日记、书信、随笔、游记等众多文体都属于散文的范畴,作者可以自由地选用。散文创作没有固定的程式,叙述、描写、抒情、议论、说明等各种表达方式,平铺直叙、夹叙夹议、铺陈夸张、渲染白描等各种表现手法,都可以听凭作者随意调遣,只要能够恰到好处地表达作者的真知灼见、奇思妙想,都可以不受限制地灵活运用,所以在表现形式和章法结构上散文非常的自由灵活。从散文的内容来看,表面上散文散淡、散漫,无拘无束,材料繁杂凌乱,章法不够严谨,大到军国政事,小到花鸟虫鱼,远在天边,近在眼前,长久可在千年之前,短暂可在转瞬之间,三教九流之人,各种各样之事,形形色色之物,都可以写到一篇文章之中。有时甚至会给人一种“天南地北随意书,黄泉碧落任驰笔”的感觉。然而,这只是一种表象,这些看似散乱的材料是内在有机统一的,作者用他所要表达的思想感情把散乱的材料凝聚为一个有机的艺术整体,是外形散而内神聚,即形散而神不散。由此我们可以得出散文“与人有别”的这一个重要特征,一般都被通俗地称为“形散而神不散”。就是因此特点,创作散文既贵散又忌散。所“贵”在于创作散文,材料要丰富多样,行文要波澜起伏,越自由越好,越灵活越见作者的功力;所“忌”是指,材料杂乱堆砌而无“神”的统领,文章写得再自由、再灵活,也必须要有一个统率全文的领袖,也就是作者想要表达的思想感情。

综上所述,我们总结散文的本质特征是:单句散行,不求押韵;写真人真事、抒发真情实感;自由灵活,形散神不散。具有以上特征的文章就是散文。

二、散文的分类

为了易于把握,可以依据选材立意的不同和所侧重使用的表达方式的差异把散文划分为叙事散文、抒情散文和说理散文三类。以写人记事为主的散文称为叙事散文。这类散文对人和事的叙述和描绘较为具体、突出，同时表现作者的认识和感受，也带有浓厚的抒情成分，字里行间充满饱满的感情。叙事散文侧重于从叙述人物和事件的发展变化过程中反映事物的本质，具有时间、地点、人物、事件等因素，从一个角度选取题材，表现作者的思想感情。抒情散文是指注重表现作者的思想感受、抒发作者的思想感情的散文。这类散文有对具体事物的记叙和描绘，但通常没有贯穿全篇的情节，其突出的特点是强烈的抒情性。它或直抒胸臆，或触景生情，洋溢着浓烈的诗情画意，即使描写的是自然景物，也赋予了深刻的社会内容和思想感情。优秀的抒情散文感情真挚、语言生动，还常常运用象征和比拟的手法，把思想寓于形象之中，具有强烈的艺术感染力。而说理散文以种种形象来参与生命的真理，从而揭露万物之间的永恒相似，它因其深邃性和心灵透辟的整合，给我们一种透过现象深入本质、揭示事物的底蕴、观念具有震撼性的审美效果。

散文作为文学殿堂中一种举足轻重、影响广泛的文体，是人们不可或缺的精神食粮之一。读一篇优美的散文，就是和一颗至纯至美的心灵在晤谈。因为优秀的散文，是文学大师们至情至性的杰作，它们或讴歌自然，或解析社会；或赞颂真善美，或鞭挞假恶丑，其优美文辞的背后，总是蕴蓄或阐释着深刻的自然或社会哲理，给人以思想上的启迪和行为上的观照。一个人在其一生中，阅读若干篇文辞优美、思想深邃的散文，不仅可以开阔自己的视野，拓宽自己的知识面，还可以净化自己的思想，荡涤自己的心灵，从而摆脱尘世观念的侵染，使自己的思想进入一个高尚博大的境界，以此静观社会，审视人生，检视自己的言语和行为，使自己的人生臻于完美。

三、散文的欣赏方法

在欣赏散文时，主要的方法有三种：

1. 要反复涵泳，熟读成诵

常言道："书读百遍，其义自见。"这里的"读"，不仅指一般意义上的阅读，而且更为重要的是指欣赏性的诵读，即涵泳。涵泳，本义是潜水行走，借用到文学欣赏领域，是说欣赏文学作品，尤其是欣赏散文和诗歌，不能浮光掠影、浅尝辄止，而要像沉入水底行走那样深入地品味其精义，领略其意趣。优秀的散文，意蕴深厚，余味悠长，通常不是一两次诵读所能悟解的。因而，必须反复涵泳，乃至熟读成诵。这样才能像牛羊反刍那样在身闲心静之时细细咀嚼，渐入佳境。

2. 要由表及里，理清思路

与诗歌相比，散文的篇幅一般都比较长，并且内容驳杂，缺乏严密的逻辑结构。倘若理不清作者的思路，就会治丝益棼，犹如坠入云雾中，作者要表达的主题、抒发的感情还没有了解，审美愉悦更无从产生。因此，欣赏散文，首先要由表及里，理清作者的思路，也就是透过作品所提供的看似互不关联的事物，找到它们之间的内在联系，发现包蕴在材料之中的内在之"神"，即作者想要表达的思想感情。这内在之"神"，往往就是贯穿全文的主要线索。抓住了这条线，纷乱的材料便会调理通达，朦胧的心情就会豁然开朗，审美的愉悦也会油然而生。

3. 要辨明类型，选准角度

前面提到，以选材立意和侧重使用的表达方式为标准，可以把散文分为三种类型。不同类型的散文，欣赏角度也要有所区别。比如，欣赏叙事散文要着眼于人物、情节和环境，欣赏说理散文则需要透过意象领略理趣。所以，欣赏散文作品应当辨明类别，以选定准确的切入点。不过，不少散文名篇的归类是难以划定的。如苏轼的《前赤壁赋》，叙事、抒情、说理三种内容几乎平分秋色，归入哪一类都可以。这就需要我们善于抓住作品的主导方面，既突出重点又不顾此失彼，尽量发掘作品的艺术美、人格美、情感美和理趣美，使自己在获得多方面审美享受的同时得到性情的陶冶和哲理的启迪。

优秀的散文作品能带给人美的图画、美的情景、美的感受，能陶冶情操、启人哲思、发人深省，能抚慰心灵、给人欢乐、温暖和爱，能激发斗志，催人上进……优秀的散文有着无尽的魅力，犹如一颗青橄榄，咀嚼愈久，滋味愈醇厚甜美。

我们诚挚地期望通过本书，能够引领读者领略中外散文的真貌，同时启迪心智，陶冶性情，进而提高个人的审美意识、文学素养、写作水平、鉴赏能力、人生品位，为自己的人生添上光彩亮丽的一笔。

第三节　中国古代散文欣赏

我国古代把与韵文、骈体文相对的散体文章称为“散文”，即除诗、词、曲、赋之外，不论是文学作品还是非文学作品，都一概称之为“散文”。在我国古代，为区别于韵文、骈文，凡不押韵、不重排偶的散体文章，包括经、传、史书在内，一律称之为散文。

我国古代散文的发展大致经历了以下几个时期：

1. 先秦散文

先秦散文从甲骨卜辞、易卦爻辞发展而来，从内容和表现形式上又可分为历史散文和诸子散文两大类。历史散文是以历史题材为主的散文，凡记述历史事件、历史人物的文章和书籍都是历史散文，如《左传》、《国语》、《战国策》。

诸子散文是一种带有强烈的政治性、哲理性的论辩性散文，它是伴随春秋战国百家争鸣局面的出现而产生发展起来的。其代表作有《论语》、《孟子》、《荀子》、《老子》、《庄子》、《商君书》、《韩非子》、《墨子》、《吕氏春秋》、《孙子兵法》、《孙膑兵法》、《公孙龙子》等。其中以《孟子》和《庄子》文学成就最高。

2. 两汉散文

两汉时代，又是散文大发展的另一个时期。西汉早期，政论散文蓬勃兴起，内容多为政论和史论，而表现形式一般为策、疏等。代表作家有贾谊和晁错，他们的政论散文思想敏锐、直言时弊、文采飞扬。《过秦论》、《治安策》、《论贵粟疏》都是他们针砭时弊的政论名篇。西汉中期，司马相如的散文则表现出对仗工整的特色。西汉后期，著名的学者、文学家刘向，其散文叙事简约、议论畅达、风格深沉，对唐宋古文有较大影响。东汉时期，班固是有贡献的一位大家，他的《汉书》成就虽逊于《史记》，但对后代的影响也很大。

两汉散文成就最高的，是司马迁的《史记》。《史记》开创了纪传体这种以人物为中心的史书编写体例。它敢于批判、敢于歌颂的不虚美、不隐恶的实录精神为人们所称道。从文学的角度看，司马迁以饱满的情感和丰富的历史知识，塑造了一大批出身不同、性格各异的人物形象，使它成为我国传记文学的典范。《史记》对后世的散文、小说、戏曲都产生了深远影响。

3. 唐宋散文

在古文运动的推动下，散文的写法日益繁复，出现了文学散文，产生了不少优秀的山水游记、寓言、传记、杂文等作品，著名的“唐宋八大家”也在此时涌现。

唐代散文，既革除六朝旧习，又开辟了宋、元以后散文的发展道路，在中国文学发展史上起着承前启后的作用，占有重要地位。唐散文风格多样，名篇佳作数量可观。韩愈的《师说》、《杂说》、《送孟东野序》是议论文的上乘。《张中丞传后叙》是公认的记叙名篇。《祭十二郎文》是颇具感染力的佳作。柳宗元的《封建论》被称为“古今至文”，“永州八记”最为脍炙人口，在中国文学史上具有特殊的地位。唐散文作家除韩、柳外，魏征、王勃、刘知几、李峤、刘禹锡、杜牧、白居易、孙樵等，也都有名篇传世。

宋代散文有显著的成就和重要特色，历来为人们所重视。北宋初年第一个起来提倡古文的是柳开。欧阳修是宋代散文的第一位大师，是宋代散文的奠基者。北宋后期是宋代散文发展的黄金时代，活跃在这时文坛上的有苏洵、曾巩、王安石、苏轼、苏辙等人，其中苏轼为散文创作开拓了新天地，是北宋最杰出的大作家。南宋时期的文天祥、郑思肖、谢翱等人的散文迸发出爱国主义的光芒。

4. 明清散文

明清散文取材更为广泛，表现手法也更为多样。明代散文先有“七子”以拟古为主，后有唐宋派主张作品“皆自胸中流出”，较为有名的是归有光。明代散文中亦不少佳作，尤其是晚明小品，是中国散文发展史上的一项重大突破，从观念到创作实践都有显著的变化。

清代散文上承秦汉唐宋，较明代有所发展，形成自己的时代风格和特点，作家辈出，佳作甚多，在古代散文史上有重要地位。清初散文有“学人之文”与“文人之文”两派。清中叶出现了“桐城派”。这一散文流派的代表人物是方苞、刘大櫆、姚鼐。以桐城派为代表的清代散文，注重“义理”的体现。桐城派的代表作家姚鼐对我国古代散文文体加以总结，分为13类，包括论辩、序跋、奏议、书说、赠序、诏令、传状、碑志、杂说、箴铭、颂赞、辞赋、哀奠。清后期散文都与“桐城派”有渊源关系。鸦片战争前夕，以龚自珍、魏源为代表的启蒙思想家，讲求“经世致用”之学，文章糅合子、史和佛家言，打破陈规旧貌，为清文一大变化，开了近代散文的先河。

《论语》三则

孔子曰：“益者三友，损者三友。友直、友谅①、友多闻，益矣；友便辟②、友善柔③、友便佞④，损矣。”

孔子曰：“侍于君子有三愆⑤：言未及之而言谓之躁，言及之而不言谓之隐，未见颜色而言谓之瞽⑥。”

孔子曰：“君子有三戒。少之时，血气未定，戒之在色；及其壮也，血气方刚，戒之在斗；及其老也，血气既衰，戒之在得。”

选自《论语》，中华书局2006年版

---

① 谅：原谅，包容。
② 便辟：惯于走邪道。
③ 善柔：善于和颜悦色骗人。
④ 便佞：惯于花言巧语。
⑤ 愆(qiān)：过失。
⑥ 瞽(gǔ)：盲人。

【作品简介】

《论语》是孔子与其弟子的语录结集，儒家重要经典之一。结集工作是由孔子门人及再传弟子完成的。《论语》名称的来由：班固《汉书·艺文志》说："《论语》者，孔子应答弟子时人及弟子相与言而接闻于夫子之语也。"

现在通行的《论语》20 篇，内容以伦理、教育为主。它以语录体和对话文体为主，记录了孔子及其弟子的言行，集中体现了孔子的政治主张、伦理思想、道德观念及教育原则等。与《大学》、《中庸》、《孟子》、《诗经》、《尚书》、《礼记》、《易经》、《春秋》并称"四书五经"。

【作品鉴赏】

第一则可翻译成孔子说："有益的朋友有三种。结交正直的朋友，诚信的朋友，知识广博的朋友，是有益的。结交谄媚逢迎的人，结交表面奉承而背后诽谤人的人，结交善于花言巧语的人，是有害的。"

这一则讲的是朋友之道，一个人有什么样的朋友，直接反映着他的为人。要了解一个人，你只要观察他的社交圈子就够了，从中可以看到他的价值取向。这就是我们经常说的"物以类聚，人以群分"。孔夫子非常看重一个人成长过程中朋友的作用。孔子教育自己的学生要交好的朋友，不要结交不好的朋友。他说，这个世界上对自己有帮助的有三种好朋友，就是所谓"益者三友"，是友直、友谅、友多闻。

第一，友直。直，指的是正直。这种朋友为人真诚、坦荡、刚正不阿，有一种朗朗人格，没有一丝谄媚之色。他的人格可以影响你的人格。他可以在你怯懦的时候给你勇气，也可以在你犹豫不前的时候给你果决。

第二，友谅。《说文解字》说："谅，信也。"信，就是诚实。这种朋友为人诚恳，不作伪。与这样的朋友交往，我们内心是妥帖的、安稳的，我们的精神能得到一种净化和升华。

第三，友多闻。这种朋友见闻广博，用今天的话说就是知识面宽。

孔夫子说，还有三种坏朋友，叫做友便辟、友善柔、友便佞。

第一种叫友便辟，指的是专门喜欢谄媚逢迎，溜须拍马的人。这种人特别会察言观色，见风使舵，细心体会别人的心情，以免违逆了别人的心意。"友便辟"和"友直"正好相反，这种人毫无正直诚实之心，没有是非原则。他们的原则就是让人高兴，以便从中得利。

第二种叫友善柔。这种人是典型的"两面派"。这种人当着别人的面时永远是和颜悦色、满面春风，"巧言令色"，净说好听话，但是在背后却传播谣言，恶意诽谤。这种人虚假伪善，与"谅"所指的诚信坦荡正好相反。但是，这种人往往会打扮出一副善良面孔。由于他内心有所企图，所以他对人的热情，比那些没有企图的人可能要高好几十倍。

第三种叫友便佞。便佞，指的就是言过其实、夸夸其谈的人，就是老百姓说的"光会耍嘴皮子"的人。这种人又和上面讲的"多闻"有鲜明的区别，就是没有真才实学。便佞之人就是巧舌如簧却腹内空空的人。孔夫子从来就非常反感花言巧语的人。君子应该少说话，多做事。他最看重的，不是一个人说了什么，而是一个人做了什么。

第二则可翻译成孔子说："侍奉在君子旁边陪他说话，要注意避免犯三种过失：还没有问到你的时候就说话，这是急躁；已经问到你的时候你却不说，这叫隐瞒；不看君子的脸色而贸然说话，这是瞎子。"

所谓"言未及之而言"，谓之躁，意思是说，根据对时间、地点、条件的分析，本不当说的话，你说了，是犯了“躁”的毛病。由于犯了这种毛病，在历史上引来杀身之祸的不在少数。杨修耍小聪明，凭借曹操在饭桌上抛鸡肋，回去与夏侯淳说撤兵，结果引来涣散军心的罪名而被曹操杀掉了，曹操杀了杨修，果然撤兵了，这就是“躁”引来的悲剧。另一个例子是：从前，郑武公想侵略胡国，故意事先把女儿嫁给胡国的国君做妻子，取得他的欢心。一天他向群臣说：“我想对外用兵，哪一个国可以攻打呢？”大夫关其思坦率地回答说：“胡国可以攻打。”结果武公大发脾气说：“胡国是兄弟国家，你说可以攻打，为什么呢？”为此，把关其思杀了。关其思为什么被杀？是因为说了不应当说的话，犯了“躁”的错误。胡国听说杀了关其思，以为郑国和自己很亲密，便不加防备，结果，郑国突然出兵，把胡国消灭了，关其思之死也成为一个悲剧。真理无不以时间、条件、地点为转移，所以，发言不是光凭借说什么，而且要考虑说与不说，在什么情况下说什么。对于有识之士，躁就要泄露“天机”，泄露“天机”必然引来杀身之祸。

所谓“言及之而不言”，谓之隐，意思是说，应当说的时候而不说。由于话当说而不说，就会错过时机，铸成大错。

所谓“未见颜色而言谓之瞽”是说，没有察言观色了解接受信息一方的心态就说起来了，这叫没有眼力，没有见地。没有眼力，没有见地就是瞽，就是“看不见”。韩非子在《说难》中指出：“说说的难处，不在于知识不足，不在于对意思表达不清，而在于不了解对方的心理状态，更怕无意中说出对方所要保守的秘密。”“触龙说赵太后”是历史上有名的说服成功的例子，为什么他能说服成功呢？是因为触龙了解了赵太后的心态。关其思说服郑武公为什么不成功呢？是因为他无意中泄露了郑武公内心的秘密（天机）。这种喜剧、悲剧均导源于观察对方心态的眼力，眼明则了解对方的心态说服成功，眼不明则瞽，必然说服失败。

以上两则主要讲的是社会交往过程中应当注意的问题。交朋友要结交那些正直、诚信、见闻广博的人，而不要结交那些逢迎谄媚、花言巧语的人，与人交往要注意不急躁、不隐瞒等，这些对我们都有一定的参考价值。

第三则可以翻译成孔子说：“君子有三种事情应引以为戒：年少的时候，血气还不成熟，要戒除对女色的迷恋；等到身体成熟了，血气方刚，要戒除与人争斗；等到老年，血气已经衰弱了，要戒除贪得无厌。”

人在少年的时候，很容易冲动，这个时候要注意不要在情感上出现问题。人到中年，家庭稳定了，职业稳定了，这个时候想得最多的是谋求更好更大的空间，这就极易与他人产生矛盾和争斗，争斗的结果很可能是两败俱伤。所以孔子提醒说，人在这个时期，最重要的就是告诫自己，不要跟别人争斗。与其跟他人斗，不如跟自己斗，想办法提高自己的素质和修养。人老了，心态就容易走向平和，像罗素所说，湍急的河流冲过山峦，终于到了大海的时候，表现出来的就是一种平缓和辽阔。

这是孔子对人从少年到老年这一生中需要注意的问题做出的忠告，这对今天的人们还是很有劝诫作用的。

【平行阅读】

《论语》（节选）

子曰：“鄙夫可与事君也与哉？其未得之也，患得之。既得之，患失之。苟患失之，无所不至矣。”

子曰：“唯女子与小人为难养也，近之则不孙，远之则怨。”

子曰："不在其位，不谋其政。"曾子曰："君子思不出其位。"

选自《论语》，中华书局2006年版

【思考与讨论】

1. 结合第一则，谈谈你对交友的认识。

2."言及之而不言"这种现象在现代社会中是否常见？它一般都出现在哪种场合？谈谈你对这种现象的认识。

郑伯克段于鄢

《左传》

初①，郑武公娶于申②，曰武姜。生庄公及共叔段③。庄公寤生④，惊姜氏，故名曰寤生，遂恶之。爱共叔段，欲立之⑤。亟请于武公⑥，公弗许⑦。

及庄公即位，为之请制⑧。公曰："制，岩邑也，虢叔死焉；他邑唯命。"请京⑨，使居之，谓之京城大叔。

祭仲曰："都城过百雉，国之害也。先王之制，大都不过参国之一；中，五之一；小，九之一。今京不度⑩，非制也，君将不堪。"公曰："姜氏欲之，焉辟害⑪？"对曰："姜氏何厌之有！不如早为之所，无使滋蔓！蔓，难图也。蔓草犹不可除，况君之宠弟乎！"公曰："多行不义，必自毙。子姑待之。"

既而大叔命西鄙北鄙贰于己⑫。公子吕曰："国不堪贰，君将若之何？欲与大叔，臣请事之。若弗与，则请除之，无生民心。"公曰："无庸，将自及⑬。"大叔又收贰以为己邑，至于廪延。子封曰："可矣！厚将得众⑭。"公曰："不义不暱，厚将崩⑮。"

大叔完聚⑯，缮甲兵⑰，具卒乘⑱，将袭郑。夫人将启之⑲。公闻其期⑳，曰："可矣！"命子封

---

① 初：当初，时间副词。

② 郑武公娶于申：郑武公：姓姬，名掘突，郑国第二代国君。娶于申，从申国娶妻。申，国名，在今河南省阳县。

③ 生庄公及共叔段：庄公，郑国第三代国君，公元前743—前701年在位；共叔段，庄公同母弟。段是名，叔是排行，共是国名，在今河南卫辉市。叔段与庄公争夺王位失败，出奔共国，所以称"共叔段"。

④ 寤生：倒着生，即胎儿出生时脚先出来，这是难产。

⑤ 立之：立他（为太子）。

⑥ 亟（qì）请于武公：亟，屡次。请于武公：向武公请求。于，向。

⑦ 公弗许：弗，不。许，答应。按周朝宗法制度的规定，王位应有嫡长子（正妻所生的长子）继承，所以武公不答应。

⑧ 为之请制：（武姜）替共叔段请求封于制。为，替。之，代词，代共叔段。制，地名，即虎牢，在今河南荥阳市西北。

⑨ 京：地名，在今河南荥阳市东南。

⑩ 不度：不符合（先王的）法度。指京的城墙超过百雉。

⑪ 焉辟害：焉，疑问代词，怎么，哪里。辟：同"避"。

⑫ 贰于己：意思是原属于郑庄公管辖的西、北边邑也同时属于自己管辖，这是越权行为。贰：两属，臣属于二主。

⑬ 无庸，将自及：庸，用。自及：自及于祸，意即自取灭亡。

⑭ 可矣！厚将得众：可以动手了，（共叔段的）领土扩大后，将得到更多的民众。

⑮ 不义不暱：是"不义则不暱"的意思，即多行不义之事，（民众）就不会亲近他。暱，同"昵"，亲近。崩，崩溃，垮台。

⑯ 完聚：完，修葺（qì），指修城。聚，聚集，指聚集百姓。

⑰ 缮甲兵：缮，修理。甲兵，作战用的盔甲和兵器。

⑱ 具卒乘（shèng）：准备兵马。

⑲ 夫人将启之：武姜将为他（共叔段）开门。

⑳ 其期：共叔段偷袭的日期。

帅车二百乘以伐京。京叛大叔段，段入于鄢。公伐诸鄢。五月辛丑，大叔出奔共①。

书曰："郑伯克段于鄢。"段不弟，故不言弟；如二君，故曰克；称郑伯，讥失教也；谓之郑志，不言出奔，难之也。

遂置姜氏于城颍②，而誓之曰："不及黄泉，无相见也！"既而③悔之。颍考叔为颍谷封人，闻之，有献于公。公赐之食，食舍肉。公问之。对曰："小人有母，皆尝小人之食矣，未尝君之羹，请以遗④之。"公曰："尔有母遗，繄我独无⑤！"颍考叔曰："敢问何谓也？"公语之故，且告之悔。对曰："君何患焉！若阙地及泉，隧而相见⑥，其谁曰不然？"公从之。公入而赋："大隧之中，其乐也融融⑦！"姜出而赋："大隧之外，其乐也洩洩！"遂为母子如初。

君子曰："颍考叔，纯孝也，爱其母，施及庄公。《诗》曰：'孝子不匮，永锡尔类。'其是之谓乎？"

选自《左传》，岳麓出版社 2006 年版

【作品简介】

《左传》是《春秋左氏传》的简称。它的作者，《史记》说是比孔子稍后的鲁国太史左丘明。《左传》是一部编年体历史著作。这部著作记叙了春秋时期自鲁隐公元年（前 722）至鲁悼公四年（前 464）250 多年间各诸侯国的政治、军事、经济、外交等方面的历史事实，着重记叙当时诸侯列国之间的矛盾和争夺，内容相当丰富，具有很高的史学价值。《左传》又是一部有很高文学价值的历史散文著作。它善于叙事，能把历史的真实性、倾向的鲜明性和表达的形象性结合起来，通过叙写具体的人物活动去展现历史画面，并富有故事性。它叙写战争尤为出色，总是围绕战争的起因和性质，把军事和政治结合起来写。《左传》还善于在叙事中写人，能通过人物的语言和行动表现人物的性格。《左传》的语言简练而丰润、含蕴而畅达、曲折而尽情、极富表现力。尤其是外交辞令，十分委婉，富有情趣。《左传》的这些叙事方法、人物刻画技巧和精美纯熟的语言，都为后世史传文学和小说创作提供了艺术借鉴，有着深远的影响。

【作品鉴赏】

本文选自《左转》，记叙了春秋时期发生在郑国的一次争权之争。文中叙写了郑庄公同其胞弟共叔段之间为了争夺君权而进行的一场你死我活的斗争。事情的起因，是郑庄公的母亲武姜，因厌恶庄公，偏爱小儿子共叔段，于是帮助共叔段谋取王位。共叔段暗中积蓄力量，阴谋发动叛乱，夺取君位。郑庄公欲擒故纵，以退为进，等待时机，最后一举打败共叔段，共叔段逃离郑国。这一历史事件，客观上反映了春秋初期，周王室逐渐衰微，各诸侯国内部争夺权势的斗争也加剧起来的社会现实。

本文刻画人物极为成功，作者围绕着庄公和共叔段的王位之争，将各种人物置于尖锐复杂

---

① 共：本为国名，后为卫国别邑，即今河南卫辉市。

② 遂置姜氏于城颍：于是就把姜氏囚禁在城颍。

③ 既而：不久。

④ 遗：送给。

⑤ 繄我独无：繄，句首语气词。独，唯独。

⑥ 隧而相见：挖个地道，在那里见面。

⑦ 融融：同下文的"洩（yì）洩"都是形容和乐自得的心情。

的矛盾冲突之中,通过人物的各自言行来刻画不同人物的性格特征。

人们评价郑庄公,一般都认为他是个阴险狡诈、老谋深算、胸有城府、工于心计、伪孝伪悌、善于应变的政治家。“老谋深算,阴险狡猾”主要表现在对自己的同胞兄弟“纵其欲而使之放,养其恶而使其成”(宋人吕祖谦语,见《东莱博议》),充分暴露共叔段的“不义”。所以当姜氏“请京”,太叔“收贰”时,他都尽量满足,并驳回大臣们的建议。但当共叔段“将袭郑”时,他先发制人,一举把他赶到了“共”,绝除后患。庄公的阴险,还表现在对待母亲明显违反原则的请求(如“请京”),也不劝阻;对待弟弟的越轨行为(如“收贰”等),从不进行教育。他是有意养成共叔段的恶性。

共叔段贪婪狂妄、得寸进尺、愚昧无知。他在母亲的溺爱下,恣意妄为。在得到京城后,肆意扩大势力范围,并发展到举兵起事,想夺取整个郑国。他的愚蠢表现在他只知“贪”而无一点“谋”。他丝毫不了解庄公已为他布下了天罗地网,让他“自及”,结果只落得“出奔共”的下场。

姜氏褊狭昏聩,以私情干政,任性偏心。生庄公难产,就视若仇人,并且置立嫡立长的宗法制度原则于不顾,想废长立幼;没有达到目的,又为共叔段“请制”、“请京”,甚至做共叔段的内应,企图灭掉庄公,与庄公毫无母子之情。

为了突出主要人物郑庄公,作者还注意以其他人物为反衬,在相互的对比映衬中来突出其性格特征。祭仲的老成持重、公子吕的率直急躁、颍考叔的聪慧机敏,在文中都表现得鲜明生动。此外,作者还选择一些细节描写,如“庄公寤生”、颍考叔“食舍肉”、庄公和姜氏“隧中相见”等,不仅使人物形象血肉丰满,而且对深化主题也起了重要作用。

本文通过郑庄公与其弟共叔段争斗并取胜,与其母姜氏反目而后和好的过程的生动记叙,展现了郑国王室内部为争夺最高权力而钩心斗角以至兵戎相见的情况,揭露了春秋时期统治者残酷无情和虚伪卑鄙的丑恶面目,对我们今天了解奴隶社会的后期情况有一定的认识作用。

【平行阅读】

宫之奇谏假道

晋侯复假道于虞以伐虢。

宫之奇谏曰:“虢,虞之表也。虢亡,虞必从之。晋不可启,寇不可翫。一之谓甚,其可再乎?谚所谓‘辅车相依,唇亡齿寒’者,其虞、虢之谓也。”

公曰:“晋,吾宗也,岂害我哉?”

对曰:“大伯、虞仲,大王之昭也。大伯不从,是以不嗣。虢仲、虢叔,王季之穆也,为文王卿士,勋在王室,藏于盟府。将虢是灭,何爱于虞!且虞能亲于桓、庄乎,其爱之也?桓、庄之族何罪,而以为戮,不唯逼乎?亲以宠逼,犹尚害之,况以国乎?”

公曰:“吾享祀丰絜,神必据我。”

对曰:“臣闻之,鬼神非人实亲,惟德是依。故《周书》曰:‘皇天无亲,惟德是辅。’又曰:‘黍稷非馨,明德惟馨。’又曰:‘民不易物,惟德繄物。’如是,则非德民不和,神不享矣。神所冯依,将在德矣。若晋取虞,而明德以荐馨香,神其吐之乎?”

弗听,许晋使。

宫之奇以其族行，曰：“虞不腊矣。在此行也，晋不更举矣。”

冬，十二月丙子朔，晋灭虢，虢公丑奔京师。师还，馆于虞，遂袭虞，灭之。执虞公，及其大夫井伯，从媵秦穆姬。而修虞祀，且归其职贡于王，故书曰：“晋人执虞公。”罪虞，言易也。

选自《左传》，岳麓出版社2006年版

【思考与讨论】

1.《郑伯克段于鄢》尾声部分所描写的郑庄公母子隧中相见，在“郑伯克段于鄢”故事的范围之外，其作用是什么？

2. 谈谈你对郑庄公的认识。

李斯列传（节选）

司马迁

李斯者，楚上蔡人也。年少时，为郡小吏，见吏舍厕中鼠食不絜①，近人犬，数惊恐之。斯入仓，观仓中鼠，食积粟，居大庑②之下，不见人犬之忧。于是李斯乃叹曰：“人之贤不肖③譬如鼠矣，在所自处耳！”

乃从荀卿学帝王之术。学已成，度楚王不足事④，而六国皆弱，无可为建功者，欲西入秦。辞于荀卿曰：“斯闻得时无怠，今万乘方争时，游者主事。今秦王欲吞天下，称帝而治，此布衣驰骛之时而游说者之秋也。处卑贱之位而计不为者，此禽鹿视肉，人面而能彊行者耳。故诟⑤莫大于卑贱，而悲莫甚于穷困。久处卑贱之位，困苦之地，非世而恶利，自托于无为，此非士之情也。故斯将西说秦王矣。”

至秦，会⑥庄襄王卒，李斯乃求为秦相文信侯吕不韦舍人；不韦贤之，任以为郎。李斯因以得说，说秦王曰：“胥人⑦者，去其几也。成大功者，在因瑕衅而遂忍之。昔者秦穆公之霸，终不东并六国者，何也？诸侯尚众，周德未衰，故五伯迭兴，更尊周室。自秦孝公以来，周室卑微，诸侯相兼，关东为六国，秦之乘胜役诸侯，盖六世矣。今诸侯服秦，譬若郡县。夫以秦之彊，大王之贤，由灶上骚除，足以灭诸侯，成帝业，为天下一统，此万世之一时也。今怠而不急就，诸侯复彊，相聚约从，虽有黄帝之贤，不能并也。”秦王乃拜斯为长史，听其计，阴遣谋士赍持金玉以游说诸侯。诸侯名士可下以财者，厚遗⑧结之；不肯者，利剑刺之。离其君臣之计，秦王乃使其良将随其后。秦王拜斯为客卿。

会韩人郑国来间⑨秦，以作注溉渠，已而觉。秦宗室大臣皆言秦王曰：“诸侯人来事秦者，

---

① 絜：同“洁”。

② 大庑：堂下周围有走廊的大房子。

③ 不肖：不才，没本事，不正派。

④ 度楚王不足事：度，揣测，估计。事，侍奉，服侍。

⑤ 诟：耻辱。

⑥ 会：恰巧，正逢。

⑦ 胥人：小人，平庸的人。

⑧ 厚遗：多赠送礼品。

⑨ 间：做间谍。

大抵为其主游间于秦耳,请一切[1]逐客。”李斯议亦在逐中。斯乃上书曰:

臣闻吏议逐客,窃以为过[2]矣。昔缪公求士,西取由余于戎,东得百里奚于宛,迎蹇叔于宋,来丕豹、公孙支于晋。此五子者,不产[3]于秦,而缪公用之,并国二十,遂霸西戎。孝公用商鞅之法,移风易俗,民以殷盛,国以富彊,百姓乐用,诸侯亲服,获楚、魏之师,举地千里,至今治彊。惠王用张仪之计,拔三川之地,西并巴、蜀,北收上郡,南取汉中,包[4]九夷,制鄢、郢,东据成皋之险,割膏腴之壤,遂散六国之从,使之西面事秦,功施到今。昭王得范雎,废穰侯,逐华阳,彊公室,杜私门,蚕食诸侯,使秦成帝业。此四君者,皆以客之功。由此观之,客何负于秦哉!向使四君却客而不内,疏士而不用,是使国无富利之实而秦无彊大之名也。

今陛下致昆山之玉,有随、和之宝,垂明月之珠,服太阿之剑,乘纤离之马,建翠凤之旗,树灵鼍之鼓。此数宝者,秦不生一焉,而陛下说[5]之,何也?必秦国之所生然后可,则是夜光之璧不饰朝廷,犀象之器不为玩好,郑、卫之女不充后宫,而骏良駃騠不实外厩,江南金锡不为用,西蜀丹青不为采。所以饰后宫充下陈娱心意说耳目者,必出于秦然后可,则是宛珠之簪,傅玑之珥,阿缟之衣,锦绣之饰不进于前,而随俗雅化佳冶窈窕赵女不立于侧也。夫击瓮叩缶弹筝搏髀,而歌呼呜呜快耳者,真秦之声也;郑、卫、桑间、昭、虞、武、象者,异国之乐也。今弃击瓮叩缶而就郑卫,退弹筝而取昭虞,若是者何也?快意当前,适观而已矣。今取人则不然。不问可否,不论曲直,非秦者去,为客者逐。然则是所重者在乎色乐珠玉,而所轻者在乎人民也。此非所以跨海内制诸侯之术也。

臣闻地广者粟多,国大者人众,兵彊则士勇。是以太山不让土壤,故能成其大;河海不择细流,故能就其深;王者不却众庶,故能明其德。是以地无四方,民无异国,四时充美,鬼神降福,此五帝、三王之所以无敌也。今乃弃黔首[6]以资敌国,却宾客以业诸侯,使天下之士退而不敢西向,裹足不入秦,此所谓“藉寇兵而赍盗粮”者也。

夫物不产于秦,可宝者多;士不产于秦,而愿忠者众。今逐客以资敌国,损民以益雠,内自虚而外树怨于诸侯,求国无危,不可得也。

秦王乃除逐客之令,复李斯官,卒[7]用其计谋。官至廷尉。二十馀年,竟并天下,尊主为皇帝,以斯为丞相。夷郡县城,销其兵刃,示不复用。使秦无尺土之封,不立子弟为王,功臣为诸侯者,使后无战攻之患。

选自《史记》,中州古籍出版社 1996 年版

【作者简介】

司马迁(前 145—前 87),字子长,又称太史公,汉朝著名的史学家,与司马光并称“史界两司马”,与司马相如合称“文章西汉两司马”,以其“究天人之际,通古今之变,成一家之言”的史识,成就了《史记》——中国历史上第一部纪传体通史。全书 130 篇,52 万余字,包括十二本

---

① 一切:一概,一律。
② 过:过失,错误。
③ 产:出生。
④ 包:吞并之意。
⑤ 说:同“悦”。
⑥ 黔首:庶民,平民。
⑦ 卒:最后。

纪、十表、八书、三十世家和七十列传，主要记诸侯之事，对后世的影响极为巨大。其被称为“实录、信实”，被鲁迅誉为“史家之绝唱，无韵之《离骚》”，史学“双璧”之一，前“四史”之首。

【作品鉴赏】

《李斯列传》是《史记》中的名篇之一，有很高的史学价值和文学价值。

《李斯列传》的社会政治背景是极其广阔的，实际上几乎涉及了整个秦王朝的兴亡史，而秦王朝的兴亡，与李斯又有很大关系，如李斯谏阻逐客，总结了秦国重用客卿、变法图强的历史经验，实际上提出了不论国别、用人唯贤的总方针，秦始皇采用这一方针，“二十余年，竟并天下”。而秦王朝的灭亡与大野心家赵高的阴谋作乱有直接关系，赵高的阴谋之所以能得逞，又和李斯贪图禄位、助纣为虐紧密相连。

本传在文学上的主要特点是以心理描绘见长，如本传一开始，作者选取了李斯早年生活中的一个典型事件，就是他看到了厕所中的老鼠和粮仓中的老鼠，同为鼠类但境遇不同，由此认识到人也同老鼠一样，有出息与没出息是由所处的环境决定的，意思也就是，爬上高位的自然有出息，沦落下层的自然没本领，表现了李斯倾慕富贵荣华的心理。这是一件生活琐事，但却集中反映了李斯的人生观、价值观。由于不愿安于现状，他从观鼠所悟出的人生哲学，便是要善“自处”，作“仓中之鼠”。基于此而从荀卿学“帝王之术”，学成之后，欲西入秦时向荀卿告辞时说过一段话：“诟莫大于卑贱，而悲莫甚于贫穷。”这两句话说得非常坦率，和他把厕鼠、仓鼠进行对比时所发的感慨是一脉相承的。苦于贫贱而贪恋富贵是李斯人生观、价值观的核心。这种思想是他人生之梦得以实现的动力，也是葬送他身家性命的祸根。

李斯青少年时为一郡小吏，由于不愿安于现状，便追从当时的儒学大师荀卿去学习“帝王之术”。学成之后，审时度势，抓住“得时无待”的机遇，毅然西入秦而说秦王。他凭借胸中才学，经过一番努力，赢得了秦王的信任。“秦王乃拜斯为长史，听其计。”秦王采用了李斯的建议后，秦国取得了立竿见影之效，离间了各诸侯国君臣之间的关系，为后来兼并天下打下了基础。在李斯的帮助下，秦国历经二十余年，终于统一天下，“尊主为皇帝，以斯为丞相”。其后致力帮助始皇“明法度，定律令”，“攘四夷”，巩固了秦国的统治地位。从这一切可以看出，李斯确实有安邦定国的雄才大略。

但是之后，以秦始皇的驾崩为其人生的转折点，李斯“仓中鼠”的人生哲学观也终酿苦果。秦始皇二十七年（前210），始皇在沙丘（今河北平乡东北）病死，遗诏命公子扶苏回咸阳奔丧。而赵高扣留诏书，想立胡亥为皇帝，以便自己篡权。但这必须经过李斯的同意，阴谋才能得逞。因此，赵高施展全部本领，用威胁利诱、软硬兼施的手段劝说李斯。李斯开始斥之为“亡国之言”，继之，责令曰：“君反其位！”接着，劝说：“君其勿复言，将令斯得罪。”然后告诫道：“斯其犹人哉，安足为谋！”情绪由盛怒到平息，语气由严厉到温和，心理变化的轨迹清晰可见。赵高最后说：“君听臣之计，即长有封侯，世世称孤，必有乔松之寿，孔、墨之智。令释此而不从，祸及子孙，足以为寒心。善者因祸为福，君何处焉？”贵贱穷通，全在“自处”，这正是李斯自己的理论，赵高用它彻底击垮了李斯，李斯仰天长叹，垂泪太息道：“嗟乎！独遭乱世，既以不能死，安托命哉！”至此为止，李斯已完全屈服了。

李斯当初从荀卿学习帝王之术，帮助秦始皇建功立业，是为了得到功名富贵，而后来曲意逢迎，畏缩保身，也是为了保住即将得到的荣华富贵。因为李斯既懂得“厕中鼠”与“仓中鼠”的大不同，又认为一个人最耻辱的莫过于身份卑贱，最悲哀的莫过于处境困穷，甚至还主张人在卑贱困穷时就不应该再信守所谓立身处世的教条，而为了摆脱困境就不计原则。不论是有为的奋斗也好，还是无为的退缩也罢，李斯的一生都在为地位功名而挣扎。李斯由当初的光彩夺目而变得黯然失色，由一个立国奇才而至于满身污迹，其一味地贪恋爵禄，唯恐失去既得的功名权势，是一个重要的主观因素。这就是李斯人生哲学的悲剧所在，也就是由此而形成的悲剧性格的必然结果。

纵观李斯的一生，文章开头从一件生活琐事上集中反映他的人生观、价值观。他从观鼠悟出的人生哲学，伴随他一生的浮沉成败。从全篇来看，尽管作者对李斯的为人及其处世哲学是不赞成的，但对他的描写和评论却是客观、公正的，这正体现了司马迁的良史风范。

【平行阅读】

孟尝君列传（节选）

齐湣王二十五年，复卒使孟尝君入秦，昭王即以孟尝君为秦相。人或说秦昭王曰："孟尝君贤，而又齐族也，今相秦，必先齐而后秦，秦其危矣。"于是秦昭王乃止。囚孟尝君，谋欲杀之。孟尝君使人抵昭王幸姬求解。幸姬曰："妾愿得君狐白裘。"此时孟尝君有一狐白裘，直千金，天下无双，入秦献之昭王，更无他裘。孟尝君患之，徧问客，莫能对。最下坐有能为狗盗者，曰："臣能得狐白裘。"乃夜为狗，以入秦宫臧（储藏室）中，取所献狐白裘至，以献秦王幸姬。幸姬为言昭王，昭王释孟尝君。孟尝君得出。即驰去，更封传（变更通行证），变名姓以出关。夜半至函谷关。秦昭王后悔出孟尝君，求之已去，即使人驰传（驿车）逐之。孟尝君至关，关法鸡鸣而出客，孟尝君恐追至，客之居下坐者有能为鸡鸣，而鸡齐鸣，遂发传出。出如食顷，秦果追至关，已后孟尝君出，乃还。始孟尝君列此二人于宾客，宾客尽羞之，及孟尝君有秦难，卒此二人拔之。自是之后，客皆服。

选自《史记》，中州古籍出版社 1996 年版

【思考与讨论】

1. 试评价李斯的为人。
2. 如何看待李斯的悲剧？

秋　声　赋

欧阳修

欧阳子方夜读书，闻有声自西南来者，悚然而听之，曰："异哉！"初淅沥以萧飒，忽奔腾而砰湃，如波涛夜惊，风雨骤至。其触于物也，鏦鏦铮铮，金铁皆鸣；又如赴敌之兵，衔枚疾走，不闻号令，但闻人马之行声。予谓童子："此何声也？汝出视之。"童子曰："星月皎洁，明河在天，四无人声，声在树间。"

予曰："噫嘻悲哉！此秋声也，胡为而来哉？盖夫秋之为状也：其色惨淡，烟霏云敛；其容清明，天高日晶；其气慄冽，砭人肌骨；其意萧条，山川寂寥。故其为声也，凄凄切切，呼号愤发。丰草绿缛而争茂，佳木葱茏而可悦；草拂之而色变，木遭之而叶脱。其所以摧败零落者，乃其一气之馀烈。夫秋，刑官也，于时为阴；又兵象也，于行用金，是谓天地之义气，常以肃杀而为心。天之于物，春生秋实，故其在乐也，商声主西方之音，夷则为七月之律。商，伤也，物既老而悲

伤;夷,戮也,物过盛而当杀。”

“嗟乎!草木无情,有时飘零。人为动物,惟物之灵;百忧感其心,万事劳其形;有动乎中,必摇其精。而况思其力之所不及,忧其智之所不能;宜其渥然丹者为槁木,黟然黑者为星星。奈何以非金石之质,欲与草木而争荣?念谁为之戕贼,亦何恨乎秋声!”

童子莫对,垂头而睡。但闻四壁虫声唧唧,如助予之叹息。

选自《欧阳修集》,凤凰出版社 2006 年版

【作者简介】

欧阳修(1007—1072),字永叔,号醉翁,又号六一居士,庐陵(今江西吉安)人。北宋著名文学家、史学家。幼年丧父,家境贫困,读书刻苦,宋仁宗天圣八年(1030)中进士,后以右正言(谏官)充任知制诰(主管给皇帝起草诏令)。由于上书为先后被排挤出朝的杜衍、范仲淹、韩琦、富弼等名臣分辩,被贬为滁州太守。后又至扬州、颍州,再回朝廷任翰林学士、史馆修撰。晚年曾任枢密副使、参知政事(副宰相)等高官,死后追赠太子太师、谥文忠。

欧阳修继承唐代韩愈“文以载道”的精神,发扬唐代古文运动传统,被公认为北宋中期的文坛领袖,在散文、诗词、史传等方面都有较高成就,曾与宋祁合修《新唐书》并独撰《新五代史》,尤以散文对后世影响最大,是“唐宋八大家”之一。

【作品鉴赏】

《秋声赋》是宋代文学中写的一篇较早的赋。散文赋是在古赋的基础上,吸取了散文因素而形成的一种新的赋体。它的形式是赋,而实质是散文。在结构上主客问答,抑客扬主;语言上骈散结合,韵脚并不一定全在句末,这是散文赋在形式上的特点。

《秋声赋》可以说是宋代散文赋中的典范作品。它那对无声秋风的动人描绘、严密而自然的构思、新颖而独特的立意,都给我们留下了十分难忘的印象。

此赋作于 1059 年秋,此时作者在政治上很不得志,思想十分矛盾,内心十分痛苦。《秋声赋》所表现出来的写作技巧却是前无古人的,作者以独特的目光,由秋声起兴,极力描写渲染了秋风的萧瑟,万物的凋零;并且联系人生,发出了世事艰难、人生易老的沉重感慨。文章采用第一人称手法,由自己夜间读书听见秋声的惊异感受入笔,从秋风初起到秋风越来越大,比喻对比,声色渲染,为我们营造了一幅秋声“悚然”、秋声“异哉”的动人心魄的秋声图。全文描绘了山川寂寥、草木零落的萧条景象,借景抒写了对人事忧劳和与秋关联的音声情象的悲感,但最后“念谁为之戕贼,亦何恨乎秋声!”却转喻祸根在人。全文语言流畅、声情并茂,不愧为佳作。

悲秋是中国古典文学的永恒题材。欧阳修选择了新的角度入手。《秋声赋》写秋立意新颖,虽然承袭了写秋天肃杀萧条的传统,但却烘托出人事忧劳更甚于秋的肃杀这一主题。作者用风声、波涛、金铁、行军四个比喻,从多方面和不同角度,由小到大,由远及近形象地描绘了秋声状态,生动鲜明地写出了作者听觉中的秋声的个性特点,融入了作者主观情感。作者在本篇把无形的秋声描写得绘声绘色,把秋夜的萧瑟和凄清的气氛渲染得生动优美。总之,欧阳修的《秋声赋》,集写景、抒情、叙事、议论于一体,不落斧凿的痕迹在句法上,整齐而富有变化,参差而不散乱,具有独特的音乐美,从而增强了艺术的感染力。

【平行阅读】

醉翁亭记

欧阳修

环滁皆山也。其西南诸峰,林壑尤美。望之蔚然而深秀者,琅琊也。山行六七里,渐闻水声潺潺,而泻出于两峰之间者,酿泉也。峰回路转有亭翼然临于泉上者,醉翁亭也。作亭者谁?山之僧智仙也。名之者谁?太守自谓也。太守与客来饮于此,饮少辄醉,而年又最高,故自号曰"醉翁"也。醉翁之意不在酒,而在乎山水之间也。山水之乐,得之心而寓之酒也。

若夫日出而林霏开,云归而岩穴暝,晦明变化者,山间之朝暮也。野芳发而幽香,佳木秀而繁阴,风霜高洁,水落而石出者,山间之四时也。朝而往,暮而归,四时之景不同,而乐亦无穷也。

至于负者歌于途,行者休于树,前者呼,后者应,伛偻提携,往来而不绝者,滁人游也。临溪而渔,溪深而鱼肥;酿泉为酒,泉香而酒洌;山肴野蔌,杂然而前陈者,太守宴也。宴酣之乐,非丝非竹,射者中,弈者胜,觥筹交错,起坐而喧哗者,众宾欢也。苍颜白发,颓然乎其间者,太守醉也。

已而夕阳在山,人影散乱,太守归而宾客从也。树林阴翳,鸣声上下,游人去而禽鸟乐也。然而禽鸟知山林之乐,而不知人之乐;人知从太守游而乐,而不知太守之乐其乐也。醉能同其乐,醒能述以文者,太守也。太守谓谁?庐陵欧阳修也。

选自《欧阳修集》,凤凰出版社 2006 年版

【思考与讨论】

1.《秋声赋》写秋之状分别从哪几个方面来写的?

2. 为什么作者没有直接写秋之声,而运用那么多的笔墨来写秋之状呢?是不是离题了?

第四节　中国现当代散文欣赏

在中国文学史上,诗歌、散文、戏剧、小说,像四大河流流灌在中国的土地上,流灌于中国文学史上。其中散文的传统最为源远流长。如果穷本溯源来说,戏剧、小说还可以说是在诗歌、散文的园地里衍生出来的。因为诗歌、散文出现在中国文学史上,比戏剧和小说要早。最初的略具雏形的小说、寓言、杂记之类,它们常常夹杂在散文论著之中,到了后来才独立发展,发扬光大。

中国现代散文,发轫于 1917 年新文化运动中的"白话文"运动。20 世纪以来,诗歌、小说、戏剧跟古典文学相比变化是明显的,甚至是与古典文学传统相割裂的,而散文由于与古典散文传统最为接近,很快就达到了极高的成就。叙事、抒情、说理、嘲讽,迅速打破了"白话不能写美文"的偏见,显示了新文学的实绩。散文是作家个性最自然的流露,因而在个性得到大解放的时代,散文得以繁荣是毫不足奇的。20 世纪一流的散文家都有深厚的古典文学修养,都精通外国文学,受过现代高等教育,有丰富的人生阅历。如果说诗歌是一个时代情感水平的标志,那么,散文则是一个时代智慧水平的标志。散文的发展显示出一个时代个性的发展程度和

文化素养程度。并且由于散文在体裁上有极大的宽容性,所以散文形式创新遇到的阻力较小,同时也由于缺少压力转化而来的动力,某些新的艺术形式,比如鲁迅开创的《野草》式的散文诗未能得到坚韧的推进,成熟的甚至是模式化的散文形式也就较少遇到新旧交替的挑战。所以在20世纪文学史上,诗歌、戏剧、小说等文体潮涨潮落,而散文却不温不火地发展着,在各个时期总有无数的爱好者。这也可见出散文的持久生命力以及巨大魅力了。

散文的形式多种多样、活泼轻巧,具有高度的灵活性。有人把它比喻为文学轻骑,有人把它比喻为“文学的通行证”。它和诗歌在文学史上最先出现,又不断在各个时代涌现高峰。它既可以是低级形式,又可以是高级形式,它规范极少,抒写灵便,它不像诗歌、小说、戏剧那样,在结构、人物塑造上有比较复杂的要求,常常需要作者有较长时间的酝酿,往往得之于心即可以迅速打写成篇。由于20世纪报刊业的迅速发展,大量的报纸刊物都需要散文,丰富的社会生活,外忧内患的煎迫,促使许多人要抒写积愤,或反映各种生活风貌,这些条件都促进了近代散文的发展。因此,鲁迅曾经评价说:“五四”以来“散文小品的成功,几乎在小说、戏剧和诗歌之上”(《南腔北调集·小品文的危机》)。鲁迅的一生,在文学创作上主要就是致力于写作较广义的散文(其中主要是杂文),他一生写了600多篇散文。

鲁迅的巍然崛起,为散文的成就开辟了一个新的纪元。它不但震动一时,对后世的影响也是十分深远的。这使得散文既有古老的传统,又开创了现代的传统。和鲁迅大体同一时期的郭沫若、茅盾、巴金、冰心、朱自清、夏衍、叶圣陶、郑振铎、王统照、老舍、沈从文、许地山等人都写了大量的散文。众多具有代表性作家的涌现,说明了散文创作的兴盛。其中有些人是在写作其他体裁文学作品的同时涉猎散文的,而有些人则完全以写作散文为主。个别人在散文创作的数量上还超过了鲁迅,例如巴金就是,到了20世纪80年代,他出版的散文集子已经有20多本了。

新中国建立以后,对于“五四”以后到1949年的散文创作被概括地称为“现代散文”,以区别1949年以后至今的“当代散文”。上面提到的作家群,有一定的代表性,但是却不能以他们概括全貌。其他有代表性的散文家大体有好几十人,他们大抵都形成了自己的风格,这正是作家们达到成熟境界的标志。这个时期的好些散文,直到现在还被选进大、中学校的语文课本。

但即使如此,这样一串名字是远不足以代表中国散文作家队伍的概貌的。经常发表散文作品的作家,比这张名单要大许许多多倍。而且,就是非文学类的杂志,许多描述海洋、大漠、边城、森林、航空、探险生活的报告,作者们其实也都是用的散文体裁。许多不怎样为人熟知的散文新秀,运用这一文学形式,驾驭这一文学轻骑反映了生活的各种风貌。惟其散文是这样一种轻便灵活的表现形式:“举凡国际国内的大事,社会家庭的细事,掀天之浪,一物之微,自己的一段经历,一丝感触,一撮悲欢,一星冥想,往日的凄惶,今朝的欢快,都可以移于纸上,贡献读者。”因此,在生活风貌复杂多样的日子里,它就有了大可驰骋的辽阔的原野。

生活丰富多彩的时代需要多种多样、五光十色的散文来反映它。叱咤风云的,剖析事理的,讴歌赞美的,谈笑风生的,给人以思想启发和美感陶冶的,我们都需要。从新中国建立到现在,由于社会的变化,人们在生活的激流中感受多了,执笔写作的人大大增加了,散文创作的繁荣程度,又远远超过已往的几十年。特别是进入21世纪,散文创作正在进入一个日益繁荣的境界。散文的写作、出版、研究、评论越来越多,散文成为我们日常生活中阅读文章和书籍的主流。

阅读散文,能使人从困境中奋起热血沸腾,勇敢地直面苦难和挫折;能使我们思想敏锐深刻,学会真正的幽默,了解人生的乐趣;能使我们认识美和丑,辨别真和假,分清善和恶。中国现当代文学史诞生了数以百计的散文家,他们中间每一位的作品,都值得读者长久地细细品味。

跑警报

汪曾祺

西南联大有一位历史系的教授,——听说是雷海宗先生,他开的一门课因为讲授多年,已经背得很熟,上课前无需准备;下课了,讲到哪里算哪里,他自己也不记得。每回上课,都要先问学生:“我上次讲到哪里了?”然后就滔滔不绝地接着讲下去。班上有个女同学,笔记记得最详细,一句不落。雷先生有一次问她:“我上一课最后说的是什么?”这位女同学打开笔记夹,看了看,说:“您上次最后说:‘现在已经有空袭警报,我们下课。’”

这个故事说明昆明警报之多。我刚到昆明的头二年,一九三九、一九四〇年,三天两头有警报。有时每天都有,甚至一天有两次。昆明那时几乎说不上有空防力量,日本飞机想什么时候来就来。有时竟至在头一天广播:明天将有二十七架飞机来昆明轰炸。日本的空军指挥部还真言而有信,说来准来!一有警报,别无他法,大家就都往郊外跑,叫做“跑警报”。“跑”和“警报”联在一起,构成一个语词,细想一下,是有些奇特的,因为所跑的并不是警报。这不像“跑马”、“跑生意”那样通顺。但是大家就这么叫了,谁都懂,而且觉得很合适。也有叫“逃警报”或“躲警报”的,都不如“跑警报”准确。“躲”,太消极;“逃”又太狼狈。唯有这个“跑”字于紧张中透出从容,最有风度,也最能表达丰富生动的内容。

有一个姓马的同学最善于跑警报。他早起看天,只要是万里无云,不管有无警报,他就背了一壶水,带点吃的,夹着一卷温飞卿或李商隐的诗,向郊外走去。直到太阳偏西,估计日本飞机不会来了,才慢慢地回来。这样的人不多。

警报有三种。如果在四十多年前向人介绍警报有几种,会被认为有“神经病”,这是谁都知道的。然而对今天的青年,却是一项新的课题。一曰“预行警报”。

联大有一个姓侯的同学,原系航校学生,因为反应迟钝,被淘汰下来,读了联大的哲学心理系。此人对于航空旧情不忘,曾用黄色的“标语纸”贴出巨幅“广告”,举行学术报告,题曰《防空常识》。他不知道为什么对“警报”特别敏感。他正在听课,忽然跑了出去,站在“新校舍”的南北通道上,扯起嗓子大声喊叫:“现在有预行警报,五华山挂了三个红球!”可不!抬头望南一看,五华山果然挂起了三个很大的红球。五华山是昆明的制高点,红球挂出,全市皆见。我们一直很奇怪:他在教室里,正在听讲,怎么会“感觉”到五华山挂了红球呢?——教室的门窗并不都正对五华山。

一有预行警报,市里的人就开始向郊外移动。住在翠湖迤北的,多半出北门或大西门,出大西门的似尤多。大西门外,越过联大新校门前的公路,有一条由南向北的用浑圆的石块铺成的宽可五六尺的小路。这条路据说是古驿道,一直可以通到滇西。路在山沟里。平常走的人不多。常见的是驮着盐巴、碗糖或其他货物的马帮走过。赶马的马锅头侧身坐在木鞍上,从齿缝里嘘嘘地吹出口哨(马锅头吹口哨都是这种吹法,没有撮唇而吹的),或低声唱着呈贡“调子”:

哥那个在至高山那个放呀放放牛,妹那个在至花园那个梳那个梳梳头。

哥那个在至高山那个招呀招招手,妹那个在至花园点那个点点头。

这些走长道的马锅头有他们的特殊装束。他们的短褂外部套了一件白色的羊皮背心,脑后挂着漆布的凉帽,脚下是一双厚牛皮底的草鞋状的凉鞋,鞋帮上大都绣了花,还钉着亮晶晶的“鬼眨眼”亮片。——这种鞋似只有马锅头穿,我没见从事别种行业的人穿过。马锅头押着马帮,从这条斜阳古道上走过,马项铃哗棱哗棱地响,很有点浪漫主义的味道,有时会引起远客的游子一点淡淡的乡愁……有了预行警报,这条古驿道就热闹起来了。从不同方向来的人都涌向这里,形成了一条人河。走出一截,离市较远了,就分散到古道两旁的山野,各自寻找一个合适的地方呆下来,心平气和地等着,——等空袭警报。

联大的学生见到预行警报,一般是不跑的,都要等听到空袭警报:汽笛声一短一长,才动身。新校舍北边围墙上有一个后门,出了门,过铁道(这条铁道不知起迄地点,从来也没见有火车通过),就是山野了。要走,完全来得及。——所以雷先生才会说“现在已经有空袭警报”。只有预行警报,联大师生一般都是照常上课的。

跑警报大都没有准地点,漫山遍野。但人也有习惯性,跑惯了哪里,愿意上哪里。大多是找一个坟头,这样可以靠靠。昆明的坟多有碑,碑上除了刻下坟主的名讳,还刻出“×山×向”,并开出坟茔的“四至”。这风俗我在别处还未见过。这大概也是一种古风。

说是漫山遍野,但也有几个比较集中的“点”。古驿道的一侧,靠近语言研究所资料馆不远,有一片马尾松林,就是一个点。这地方除了离学校近,有一片碧绿的马尾松,树下一层厚厚的干了的松毛,很软和,空气好,——马尾松挥发出很重的松脂气味,晒着从松枝间漏下的阳光,或仰面看松树上面的蓝得要滴下来的天空,都极舒适外,是因为这里还可以买到各种零吃。昆明做小买卖的,有了警报,就把担子挑到郊外来了。五味俱全,什么都有。最常见的是“丁丁糖”。“丁丁糖”即麦芽糖,也就是北京人祭灶用的关东糖,不过做成一个直径一尺多,厚可一寸许的大糖饼,放在四方的木盘上,有人掏钱要买,糖贩即用一个刨刃形的铁片楔入糖边,然后用一个小小铁锤,一击铁片,丁的一声,一块糖就震裂下来了,——所以叫做“丁丁糖”,其次是炒松子。昆明松子极多,个大皮薄仁饱,很香,也很便宜。我们有时能在松树下面捡到一个很大的成熟了的生的松球,就掰开鳞瓣,一颗一颗地吃起来。——那时候,我们的牙都很好,那么硬的松子壳,一嗑就开了!

另一个集中点比较远,得沿古驿道走出四五里,驿道右侧较高的土山上有一横断的山沟(大概是哪一年地震造成的),沟深约三丈,沟口有二丈多宽,沟底也宽有六七尺。这是一个很好的天然防空沟,日本飞机若是投弹,只要不是直接命中,落在沟里,即便是在沟顶上爆炸,弹片也不易蹦进来。机枪扫射也不要紧,沟的两壁是死角。这道沟可以容数百人。有人常到这里,就利用闲空,在沟壁上修了一些私人专用的防空洞,大小不等,形式不一。这些防空洞不仅表面光洁,有的还用碎石子或碎瓷片嵌出图案,缀成对联。对联大都有新意。我至今记得两副,一副是:

人生几何
恋爱三角

一副是:

见机而作
入土为安

对联的嵌缀者的闲情逸致是很可叫人佩服的。前一副也许是有感而发,后一副却是记实。

警报有三种。预行警报大概是表示日本飞机已经起飞。拉空袭警报大概是表示日本飞机进入云南省境了,但是进云南省不一定到昆明来。等到汽笛拉了紧急警报:连续短音,这才可以肯定是朝昆明来的。空袭警报到紧急警报之间,有时要间隔很长时间,所以到了这里的人都不忙下沟,——沟里没有太阳,而且过早地像云冈石佛似的坐在洞里也很无聊,大都先在沟上看书、闲聊、打桥牌。很多人听到紧急警报还不动,因为紧急警报后日本飞机也不定准来,常常是折飞到别处去了。要一直等到看见飞机的影子了,这才一骨碌站起来,下沟,进洞。联大的学生,以及住在昆明的人,对跑警报太有经验了,从来不仓皇失措。

上举的前一副对联或许是一种泛泛的感慨,但也是有现实意义的。跑警报是谈恋爱的机会。联大同学跑警报时,成双作对的很多。空袭警报一响,男的就在新校舍的路边等着,有时还提着一袋点心吃食,宝珠梨、花生米……他等的女同学来了,"嗨!"于是欣然并肩走出新校舍的后门。跑警报说不上是同生死,共患难,但隐隐约约有那么一点危险感,和看电影、遛翠湖时不同。这一点危险感使两方的关系更加亲近了。女同学乐于有人伺候,男同学也正好殷勤照顾,表现一点骑士风度。正如孙悟空在高老庄所说:"一来医得眼好,二来又照顾了郎中,这是凑四合六的买卖。"从这点来说,跑警报是颇为罗曼蒂克的。有恋爱,就有三角,有失恋。跑警报的"对儿"并非总是固定的,有时一方被另一方"甩"了,两人"吹"了,"对儿"就要重新组合。写(姑且叫做"写"吧)那副对联的,大概就是一位被"甩"的男同学。不过,也不一定。

警报时间有时很长,长达两三个小时,也很"腻歪"。紧急警报后,日本飞机轰炸已毕,人们就轻松下来。不一会,"解除警报"响了:汽笛拉长音,大家就起身拍拍尘土,络绎不绝地返回市里。也有时不等解除警报,很多人就往回走:天上起了乌云,要下雨了。一下雨,日本飞机不会来。在野地里被雨淋湿,可不是事!一有雨,我们有一个同学一定是一马当先往回奔,就是前面所说那位报告预行警报的姓侯的。他奔回新校舍,到各个宿舍搜罗了很多雨伞,放在新校舍的后门外,见有女同学来,就递过一把。他怕这些女同学挨淋。这位侯同学长得五大三粗,却有一副贾宝玉的心肠。大概是上了吴雨僧先生的《红楼梦》的课,受了影响。侯兄送伞,已成定例。警报下雨,一次不落。名闻全校,贵在有恒。——这些伞,等雨住后他还会到南院女生宿舍去敛回来,再归还原主的。

跑警报,大都要把一点值钱的东西带在身边。最方便的是金子,——金戒指。有一位哲学系的研究生曾经作了这样的逻辑推理:有人带金子,必有人会丢掉金子,有人丢金子,就会有人捡到金子,我是人,故我可以捡到金子。因此,他跑警报时,特别是解除警报以后,他每次都很留心地巡视路面。他当真两次捡到过金戒指!逻辑推理有此妙用,大概是教逻辑学的金岳霖先生所未料到的。

联大师生跑警报时没有什么可带,因为身无长物,一般大都是带两本书或一册论文的草稿。有一位研究印度哲学的金先生每次跑警报总要提了一只很小的手提箱。箱子里不是什么别的东西,是一个女朋友写给他的信——情书。他把这些情书视如性命,有时也会拿出一两封来给别人看。没有什么不能看的,因为没有卿卿我我的肉麻的话,只是一个聪明女人对生活的感受,文字很俏皮,充满了英国式的机智,是一些很漂亮的 Essay,字也很秀气。这些信实在是可以拿来出版的。金先生辛辛苦苦地保存了多年,现在大概也不知去向了,可惜。我看过这个女人的照片,人长得就像她写的那些信。

联大同学也有不跑警报的，据我所知，就有两人。一个是女同学，姓罗。一有警报，她就洗头。别人都走了，锅炉房的热水没人用，她可以敞开来洗，要多少水有多少水！另一个是一位广东同学，姓郑。他爱吃莲子。一有警报，他就用一个大漱口缸到锅炉火口上去煮莲子。警报解除了，他的莲子也烂了。有一次日本飞机炸了联大，昆明北院、南院，都落了炸弹，这位郑老兄听着炸弹乒乒乓乓在不远的地方爆炸，依然在新校舍大图书馆旁的锅炉上神色不动地搅和他的冰糖莲子。

抗战期间，昆明有过多少次警报，日本飞机来过多少次，无法统计。自然也死了一些人，毁了一些房屋。就我的记忆，大东门外，有一次日本飞机机枪扫射，田地里死的人较多。大西门外小树林里曾炸死了好几匹驮木柴的马。此外似无较大伤亡。警报、轰炸，并没有使人产生血肉横飞，一片焦土的印象。

日本人派飞机来轰炸昆明，其实没有什么实际的军事意义，用意不过是吓唬吓唬昆明人，施加威胁，使人产生恐惧。他们不知道中国人的心理是有很大的弹性的，不那么容易被吓得魂不附体。我们这个民族，长期以来，生于忧患，已经很"皮实"了，对于任何猝然而来的灾难，都用一种"儒道互补"的精神对待之。这种"儒道互补"的真髓，即"不在乎"。这种"不在乎"精神，是永远征不服的。

为了反映"不在乎"，作《跑警报》。

选自《汪曾祺自选集》，漓江出版社 1987 年版

【作者简介】

汪曾祺，1920 年 3 月 5 日出生于江苏高邮，当代作家、散文家、戏剧家。1930 年考入西南联大中国文学系，师从沈从文等名家学习写作。1940 年开始发表小说、诗和散文。1948 年出版第一个作品集《邂逅集》，1963 年出版第二个作品集《羊舍的夜晚》。曾参与过样板戏《沙家浜》的剧本写作。1980 年发表小说《受戒》，受到普遍赞誉，随后一发不可收。现已出版《汪曾祺短篇小说选》、《晚饭花集》、《汪曾祺自选集》以及多卷本《汪曾祺文集》等十几个作品集。

汪曾祺的作品不追求反映时代精神的最强音，而是以含蓄、空灵、淡远的风格，去努力建构作品的深厚的文化意蕴和永恒美学价值。汪曾祺凭着对事物的独到颖悟和审美发现，从小的视角切入，写凡人小事，记乡情民俗，谈花鸟虫鱼，考辞章典故，即兴偶感，娓娓道来，于不经心、不刻意中设传神妙笔，成就了当代小品文的经典和高峰。

【作品鉴赏】

在 20 世纪中国文坛上，汪曾祺与绝大多数不同：他是新文坛的旧文人，写白话的传统作家。20 世纪 80 年代，汪曾祺像一阵清风在中国文坛刮过，让人眼前一亮。他承继了乃师沈从文之风，而又以白描见长，别成一家。他的趣味比 80 年代古旧数十年到数百年。汪曾祺不是现代知识分子，是个传统文人，虽然不是彻底的琴棋书画，诗酒风流，但骨子里是旧日士大夫的底蕴，被誉为"抒情的人道主义者，中国最后一个纯粹的文人，中国最后一个士大夫"。

汪曾祺的散文没有结构的苦心经营，也不追求题旨的玄奥深奇，平淡质朴，娓娓道来，如话家常。汪曾祺曾说过："我觉得伤感主义是散文的大敌。挺大的人，说些姑娘似的话……我是希望把散文写得平淡一点，自然一点，家常一点的。"因此品读汪曾祺的散文好像聆听一位性情和蔼、见识广博的老者谈话，虽然话语平常，但饶有趣味。他的散文语言如同水中磨洗过的白石子，干净圆润清清爽爽。这种语言魅力显然得益于日常口语和方言、民间文学和古典文学

的完美化合。汪曾祺将精练的古代语言词汇自然地消融在文本中，又从日常口语、方言、民间文学中吸取甘美的乳汁，兼收并蓄，克刚化柔，扫除诗歌、散文、小说的界限，独创一种新文体。豪华落尽见真淳。轻盈流丽，小巧精致，如生生燕语，呖呖莺歌，滑而不腻，令人一读之下而悠然神往。汪曾祺那信马由缰、干净利索的文字，淡而有味，飘而不散，有初发芙蓉之美，可谓俗极，雅极，炉火纯青。汪曾祺对中国文坛的影响，特别是对年青一代作家的影响是巨大的。在风行现代派的20世纪80年代，汪曾祺以其优美的文字和叙述唤起了年青一代对母语的感情，唤起了他们对母语的重新热爱，唤起了他们对民族文化的热爱。

《跑警报》便是汪曾祺的一篇奇文。写的是抗日战争期间躲避日本飞机轰炸的故事，可以想象，有纷扰、有紧张、有血肉横飞的惨状，应该是很痛苦和恐怖的事，但是观其全文，却不见恐怖，不见紧张。相反，倒是悠闲之状比比皆是。整篇文章我们看到的是从容不迫、雍容大度，如不食人间烟火。

全篇文章，写了一件又一件的趣事。本身题目就很有趣，正如文中所言，“逃警报”、“躲警报”都不如“跑警报”准确，“躲”太消极，“逃”又太狼狈，唯有这个“跑”字于紧张中透出从容，最有风度。

趣味首先集中在跑警报的地点上。在山沟里的古驿道上，有赶马帮的口哨，有风土化的装束，有情歌，有马项上的铃声，“很有点浪漫主义的味道，有时会引起远客游子的淡淡的乡愁”。很显然，趣味里渗透感情，知识分子对于民俗的欣赏追求的是情感和趣味的结合，接下去，是“漫山遍野”中的几个“点”，古驿道的一侧，“极舒适”，可以买到小吃，“五味俱全，样样都有”；横断的山沟，是天然防空沟，能容纳几百人；沟壁上，有一座座私人的防空洞。

其次，汪曾祺用谐趣的笔法描写了“跑警报”中的人——西南联大师生——的各种逸事奇闻：有用第六感觉先行预告警报的，有利用警报作小食品买卖的，有忙里偷闲谈恋爱的，更有运用逻辑学推理捡到金戒指的！最为叫绝的是不跑警报的两个同学，姓罗的女生，用锅炉房的热水敞开来洗头；姓郑的男生，竟能在隆隆的炸弹声中不动声色地煮他的冰糖莲子！这种置生死于度外的大无畏气概，真令人敬仰。两副对联的引用更是锦上添花：“人生几何，恋爱三角”用数学名词的双关效果来描述空袭下的爱情，既浪漫又睿智，而“见机而作，入土为安”以即兴的诗意来调侃轰炸的恐怖，简直是妙笔生花，把汉语和革命英雄主义运用到了极限。《跑警报》简直就成了联大师生与日机游击式的快乐周旋。

全文字里行间透露着一种悠然自得、见物生情、世界多美好的感觉。《跑警报》把当年抗日中残酷的生活写得温情脉脉，与40年代众多的“见机而作”的国防文学相比，与那些愤怒的声讨和悲痛的呼喊相比，它充满了轻松愉快和浪漫情致的情趣。

对空袭的恐怖有如此诗意的感受和描绘，不能不说与他的生活经验有关。汪曾祺对昆明生活一直有美好的印象，一是在那里经历了青春时光和消闲的生活，二是在学业上遇到了沈从文这样的知遇者，正是在沈的指引和影响下，汪曾祺踏上了终其一生的文学道路。昆明既可以看做是汪曾祺人生道路的一个美好起点，又可以看做是他人生理想的一个归宿。汪曾祺的作品中，有关昆明的很多，比如《翠湖心影》、《昆明的雨》，这些文章中对昆明早年生活的回忆，美好和舒适的感觉跃然纸上。作为一个普通人，长久地在内心中存留这种美好的人生回忆是自然而然的。

文章快到结尾时，几乎全是趣事，轻松无比。忽然笔锋一转：飞机也炸死过人。田地里死过不少人，但没有太大的伤亡。这一笔，从文章构思上来说，可以叫做补笔。飞机空袭是一件恐怖的事情。但汪曾祺却一连串写了许多轻松的故事，轻松、幽默、情趣不断强化。读者也可能发生疑问，在那样的民族灾难面前，作家怎么能够幽默得起来、轻松得起来。

作家的这一笔，应该是一个交代。因为没有太大的伤亡，所以才幽默得起来，如果每一次都是血肉横飞，尸横遍野，这样轻松幽默，就是歪曲现实了。鲁迅在世时，对林语堂提倡幽默一直怀着警惕，就是担心，把刽子手的凶残化作大家的一笑。看来汪曾祺对这一点是很有警惕。除了这一笔以外，还有最为重要的一笔：

日本人派飞机来轰炸昆明，其实没有什么实际的军事意义，用意不过是吓唬吓唬昆明人，施加威胁，使人产生恐惧。他们不知道中国人的心理是有很大的弹性的，不那么容易被吓得魂不附体。我们这个民族，长期以来，生于忧患，已经很“皮实”了，对于任何猝然而来的灾难，都用一种“儒道互补”的精神对待之。这种“儒道互补”的真髓，即“不在乎”。这种“不在乎”精神，是永远征不服的。

为了反映“不在乎”，作《跑警报》。

“不在乎”，是全文的注解，是全文的思想精华。文章写了那么多的有趣的人和事，并不是低级趣味的搞笑，而是相反有着深刻的、哲学性的思考的。在这种“不在乎”的谐趣中，作者揭示我们民族在灾难中顽强不屈的精神的深厚文化基础。以类似开玩笑的笔墨写出儒道互补，出世和入世相结合的精神传承。这就不是调侃，不是幽默，也不是抒情，而是文章的理性的基座。《跑警报》所演绎的那种中国平民惯有的“不在乎”态度，及它所散发的乐观主义精神，同样符合汪曾祺本人的性格。他虽然经历了抗日战争、解放战争、“文革”等重大历史事件，但对生活却始终充满一种乐观主义的平民化生活态度。对日常生活的热爱，对民间审美观念的认同，使他从民间吸取了这种“不在乎”的营养，使他能从复杂的时事中解脱出来，展现出自己在严酷现实面前超然的精神境界。

这就是《跑警报》，在战争年代发掘生活中的浪漫与诗意，宣扬乐观通达的人生态度。这就是汪曾祺，追求淳朴自然、清淡委婉与和谐的意趣。他力求淡泊，脱离外界的喧哗和干扰，精心营构自己的艺术世界。

【平行阅读】

昆明的雨

汪曾祺

宁坤要我给他画一张画，要有昆明的特点。我想了一些时候，画了一幅：右上角画了一片倒挂着的浓绿的仙人掌，末端开出一朵金黄色的花；左下画了几朵青头菌和牛肝菌。题了这样几行字：

“昆明人家常于门头挂仙人掌一片以辟邪，仙人掌悬空倒挂，尚能存活开花。于此可见仙人掌生命之顽强，亦可见昆明雨季空气之湿润。雨季则有青头菌、牛肝菌，味极鲜腴。”我想念昆明的雨。

我以前不知道有所谓雨季。“雨季”，是到昆明以后才有了具体感受的。

我不记得昆明的雨季有多长，从几月到几月，好像是相当长的。但是并不使人厌烦。因为是下下停停、停停下下，不是连绵不断，下起来没完。而且并不使人气闷。我觉得昆明雨季气压不低,人很舒服。

昆明的雨季是明亮的、丰满的,使人动情的。城春草木深,孟夏草木长。昆明的雨季,是浓绿的。草木的枝叶里的水分都到了饱和状态,显示出过分的、近于夸张的旺盛。

我的那张画是写实的。我确实亲眼看见过倒挂着还能开花的仙人掌。旧日昆明人家门头上用以辟邪的多是这样一些东西:一面小镜子,周围画着八卦,下面便是一片仙人掌,——在仙人掌上扎一个洞,用麻线穿了,挂在钉子上。昆明仙人掌多,且极肥大。有些人家在菜园的周围种了一圈仙人掌以代替篱笆。——种了仙人掌,猪羊便不敢进园吃菜了。仙人掌有刺,猪和羊怕扎。

昆明菌子极多。雨季逛菜市场,随时可以看到各种菌子。最多,也最便宜的是牛肝菌。牛肝菌下来的时候,家家饭馆卖炒牛肝菌,连西南联大食堂的桌子上都可以有一碗。牛肝菌色如牛肝,滑,嫩,鲜,香,很好吃。炒牛肝菌须多放蒜,否则容易使人晕倒。青头菌比牛肝菌略贵。这种菌子炒熟了也还是浅绿色的,格调比牛肝菌高。菌中之王是鸡枞,味道鲜浓,无可方比。鸡枞是名贵的山珍,但并不真的贵得惊人。一盘红烧鸡枞的价钱和一碗黄焖鸡不相上下,因为这东西在云南并不难得。有一个笑话:有人从昆明坐火车到呈贡,在车上看到地上有一棵鸡枞,他跳下去把鸡枞捡了,紧赶两步,还能爬上火车。这笑话用意在说明昆明到呈贡的火车之慢,但也说明鸡枞随处可见。有一种菌子,中吃不中看,叫做干巴菌。乍一看那样子,真叫人怀疑:这种东西也能吃?!颜色深褐带绿,有点像一堆半干的牛粪或一个被踩破了的马蜂窝。里头还有许多草茎、松毛,乱七八糟!可是下点功夫,把草茎松毛择净,撕成蟹腿肉粗细的丝,和青辣椒同炒,入口便会使你张目结舌:这东西这么好吃?!还有一种菌子,中看不中吃,叫鸡油菌。都是一般大小,有一块银圆那样大的溜圆,颜色浅黄,恰似鸡油一样。这种菌子只能做菜时配色用,没甚味道。

雨季的果子,是杨梅。卖杨梅的都是苗族女孩子,戴一顶小花帽子,穿着扳尖的绣了满帮花的鞋,坐在人家阶石的一角,不时吆唤一声:"卖杨梅——"声音娇娇的。她们的声音使得昆明雨季的空气更加柔和了。昆明的杨梅很大,有一个乒乓球那样大,颜色黑红黑红的,叫做"火炭梅"。这个名字起得真好,真是像一球烧得炽红的火炭!一点都不酸!我吃过苏州洞庭山的杨梅、井冈山的杨梅,好像都比不上昆明的火炭梅。

雨季的花是缅桂花。缅桂花即白兰花,北京叫做"把儿兰"(这个名字真不好听)。云南把这种花叫做缅桂花,可能最初这种花是从缅甸传入的,而花的香味又有点像桂花,其实这跟桂花实在没有什么关系。——不过话又说回来,别处叫它白兰、把儿兰,它和兰花也挨不上呀,也不过是因为它很香,香得像兰花。我在家乡看到的白兰多是一人高,昆明的缅桂是大树!我在若园巷二号住过,院里有一棵大缅桂,密密的叶子,把四周房间都映绿了。缅桂盛开的时候,房东(是一个五十多岁的寡妇)就和她的一个养女,搭了梯子上去摘,每天要摘下来好些,拿到花市上去卖。她大概是怕房客们乱摘她的花,时常给各家送去一些。有时送来一个七寸盘子,里面摆得满满的缅桂花!带着雨珠的缅桂花使我的心软软的,不是怀人,不是思乡。

雨,有时是会引起人一点淡淡的乡愁的。李商隐的《夜雨寄北》是为许多久客的游子而写的。我有一天在积雨少住的早晨和德熙从联大新校舍到莲花池去。看了池里的满池清水,看了作比丘尼装的陈圆圆的石像(传说陈圆圆随吴三桂到云南后出家,暮年投莲花池而死),雨又下起来了。莲花池边有一条小街,有一个小酒店,我们走进去,要了一碟猪头肉,半市斤酒

(装在上了绿釉的土瓷杯里),坐了下来。雨下大了。酒店有几只鸡,都把脑袋反插在翅膀下面,一只脚着地,一动也不动地在檐下站着。酒店院子里有一架大木香花。昆明木香花很多。有的小河沿岸都是木香。但是这样大的木香却不多见。一棵木香,爬在架上,把院子遮得严严的。密匝匝的细碎的绿叶,数不清的半开的白花和饱胀的花骨朵,都被雨水淋得湿透了。我们走不了,就这样一直坐到午后。四十年后,我还忘不了那天的情味,写了一首诗:莲花池外少行人,野店苔痕一寸深。浊酒一杯天过午,木香花湿雨沉沉。

我想念昆明的雨。

选自《汪曾祺自选集》,漓江出版社1987年版

【思考与讨论】

1. 抗战期间,日本空袭给我们的是血肉横飞、一片焦土的印象,本文给我们的感受却是轻松的诗意和趣味,为什么?

2.《跑警报》中的"跑"能否换成"躲"、"藏"、"逃"等词,为什么?

一只特立独行的猪

王小波

插队的时候,我喂过猪,也放过牛。假如没有人来管,这两种动物也完全知道该怎样生活。它们会自由自在地闲逛,饥则食渴则饮,春天来临时还要谈谈爱情;这样一来,它们的生活层次很低,完全乏善可陈。人来了以后,给它们的生活做出了安排:每一头牛和每一口猪的生活都有了主题。就它们中的大多数而言,这种生活主题是很悲惨的:前者的主题是干活,后者的主题是长肉。我不认为这有什么可抱怨的,因为我当时的生活也不见得丰富了多少,除了八个样板戏,也没有什么消遣。有极少数的猪和牛,它们的生活另有安排。以猪为例,种猪和母猪除了吃,还有别的事可干。就我所见,它们对这些安排也不大喜欢。种猪的任务是交配,换言之,我们的政策准许它当个花花公子。但是疲惫的种猪往往摆出一种肉猪(肉猪是阉过的)才有的正人君子架势,死活不肯跳到母猪背上去。母猪的任务是生崽儿,但有些母猪却要把猪崽儿吃掉。总的来说,人的安排使猪痛苦不堪。但它们还是接受了:猪总是猪啊。

对生活做种种设置是人特有的品性。不光是设置动物,也设置自己。我们知道,在古希腊有个斯巴达,那里的生活被设置得了无生趣,其目的就是要使男人成为亡命战士,使女人成为生育机器,前者像些斗鸡,后者像些母猪。这两类动物是很特别的,但我以为,它们肯定不喜欢自己的生活。但不喜欢又能怎么样?人也好,动物也罢,都很难改变自己的命运。

以下谈到的一只猪有些与众不同。我喂猪时,它已经有四五岁了,从名分上说,它是肉猪,但长得又黑又瘦,两眼炯炯有光。这家伙像山羊一样敏捷,一米高的猪栏一跳就过;它还能跳上猪圈的房顶,这一点又像是猫——所以它总是到处游逛,根本就不在圈里呆着。所有喂过猪的知青都把它当宠儿来对待,它也是我的宠儿——因为它只对知青好,容许他们走到三米之内,要是别的人,它早就跑了。它是公的,原本该阉掉。不过你去试试看,哪怕你把阉猪刀藏在身后,它也能嗅出来,朝你瞪大眼睛,噢噢地吼起来。我总是用细米糠熬的粥喂它,等它吃够了以后,才把糠兑到野草里喂别的猪。其他猪看了嫉妒,一起嚷起来。这时候整个猪场一片鬼哭狼嚎,但我和它都不在乎。吃饱了以后,它就跳上房顶去晒太阳,或者模仿各种声音。它会学

汽车响、拖拉机响，学得都很像；有时整天不见踪影，我估计它到附近的村寨里找母猪去了。我们这里也有母猪，都关在圈里，被过度的生育搞得走了形，又脏又臭，它对它们不感兴趣；村寨里的母猪好看一些。它有很多精彩的事迹，但我喂猪的时间短，知道得有限，索性就不写了。总而言之，所有喂过猪的知青都喜欢它，喜欢它特立独行的派头儿，还说它活得潇洒。但老乡们就不这么浪漫，他们说，这猪不正经。领导则痛恨它，这一点以后还要谈到。我对它则不止是喜欢——我尊敬它，常常不顾自己虚长十几岁这一现实，把它叫做"猪兄"。如前所述，这位猪兄会模仿各种声音。我想它也学过人说话，但没有学会——假如学会了，我们就可以做倾心之谈。但这不能怪它。人和猪的音色差得太远了。

后来，猪兄学会了汽笛叫，这个本领给它招来了麻烦。我们那里有座糖厂，中午要鸣一次汽笛，让工人换班。我们队下地干活时，听见这次汽笛响就收工回来。我的猪兄每天上午十点钟总要跳到房上学汽笛，地里的人听见它叫就回来——这可比糖厂鸣笛早了一个半小时。坦白地说，这不能全怪猪兄，它毕竟不是锅炉，叫起来和汽笛还有些区别，但老乡们却硬说听不出来。领导上因此开了一个会，把它定成了破坏春耕的坏分子，要对它采取专政手段——会议的精神我已经知道了，但我不为它担忧——因为假如专政是指绳索和杀猪刀的话，那是一点门都没有的。以前的领导也不是没试过，一百人也逮不住它。狗也没用：猪兄跑起来像颗鱼雷，能把狗撞出一丈开外。谁知这回是动了真格的，指导员带了二十几个人，手拿五四式手枪；副指导员带了十几人，手持看青的火枪，分两路在猪场外的空地上兜捕它。这就使我陷入了内心的矛盾：按我和它的交情，我该舞起两把杀猪刀冲出去，和它并肩战斗，但我又觉得这样做太过惊世骇俗——它毕竟是只猪啊；还有一个理由，我不敢对抗领导，我怀疑这才是问题之所在。总之，我在一边看着。猪兄的镇定使我佩服之极：它很冷静地躲在手枪和火枪的连线之内，任凭人喊狗咬，不离那条线。这样，拿手枪的人开火就会把拿火枪的打死，反之亦然；两头同时开火，两头都会被打死。至于它，因为目标小，多半没事。就这样连兜了几个圈子，它找到了一个空子，一头撞出去了；跑得潇洒之极。以后我在甘蔗地里还见过它一次，它长出了獠牙，还认识我，但已不容我走近了。这种冷淡使我痛心，但我也赞成它对心怀叵测的人保持距离。

我已经四十岁了，除了这只猪，还没见过谁敢于如此无视对生活的设置。相反，我倒见过很多想要设置别人生活的人，还有对被设置的生活安之若素的人。因为这个原故，我一直怀念这只特立独行的猪。

选自《王小波经典作品》，当代世界出版社 2005 年版

【作者简介】

王小波，1952 年 5 月 13 日出生于北京。当代著名作家、学者。1978 年考入中国人民大学学习商业管理。1984 年至 1988 年在美国匹兹堡大学学习，获得文学硕士学位后回国。曾任教于北京大学和中国人民大学，后辞职专事写作。1997 年 4 月 11 日病逝于北京。代表作品有长篇小说《时代三部曲》、电影剧本《东宫西宫》以及数十万字的杂文随笔文字。

【作品鉴赏】

"对生活做种种设置是人特有的品性。不光是设置动物，也设置自己。"

王小波的随笔《一只特立独行的猪》阐述的是一个形似幽默，其实极严正的主题，是一种人生境况的揭示。这篇文章如同作者王小波本人一样，外表不事修饰、目光散漫，生活骨子里却严肃坚定、井然有序。

中国文坛几十年来谈人生选择、谈价值选择的文章众多。这些文章摆出一副大架势，讲一套空泛的理论；气势十足，但难以服人，或干枯不堪卒读。有多少能让人记住呢？王小波的文章不同，他将个人化的思考与人类命运的大势结合起来，将个人的经验融入了对社会、对人生深入真切的思考当中，他的文字既富有个性又具有超越性，更难得的是还很幽默。

猪之为物，一向被视作胡吃闷睡、少心没肺、任人宰割、供人啖食，其命运千百年来已经注定，而王小波却隆重推出一只特立独行的猪。这是王小波插队时侍候过的一位"猪兄"，不接受人的安排，不但没被人劁掉，而且"吃饱了以后，它就跳上房顶去晒太阳；或者模仿各种声音"。这位知青都喜欢的"猪兄"不是种猪，却常跑到附近的村寨找母猪，而且学汽笛叫扰乱收工制度，破坏春耕，但当人们要围歼它时，它又以超人的智慧潇洒地逃进山里，彻底告别了人类为它设置的生活。

这是一只成功突围人类设置的藩篱的猪，一只超凡脱俗、随心所欲的猪，一只用智慧抗争人类安排的死亡征程胜利的猪。文章的结尾，王小波感叹："我已经四十岁了，除了这只猪，还没见过谁敢于如此无视对生活的设置。相反，我倒见过很多想要设置别人生活的人，还有对被设置的生活安之若素的人。因为这个原故，我一直怀念这只特立独行的猪。"

这段话让世人觉得自己与猪相比，是那么的卑微，无不汗颜。猪的鸣叫，惊醒了我们，猪的潇洒、猪的冷静、猪的警惕，比照出我们的浑浑噩噩、躁动不宁，却惘然无知。我们很多时候都在设置中，或者被设置中，或畏缩，或顺从，或苟且偷生，为了种种身外的利益、关系、人情，龟缩在一个干瘪的皮囊里，还津津有味的残喘。

其实这段文字是理解王小波的一把钥匙，王小波的内心和他的写作正好相似于这只特立独行的猪。王小波想特立独行，想不被人设置，或者逃出别人所设置的生活。现实中的王小波当然不可能像"猪兄"一般潇洒、无所顾忌，但是他追求这个。所以他于 1992 年从别人为他设置的大学讲台上主动撤了下来，成为一个自由作家，直到 45 岁永远的睡去，不再回归人世的设置，那一年是 1997 年。他如同一颗流星划过中国文坛，被视为"浪漫骑士"、"行吟诗人"和"自由思想家"。

王小波的文章以无限的想象来实现自由的飞扬，他以文字的欢乐和有趣来超越现实的枯槁、滞重和"设置"，他的随笔用漫不经心的黑色幽默，把蕴藏于常识中的力量清晰地展示在读者面前，字里行间透露出一种有趣，让人百读不厌，不但可乐，而且提神。

王小波极善于从人们司空见惯、见怪不怪的地方，刺上一刀，使麻木的神经因疼痛而恢复知觉，显示出他在写作中充满智慧和自信。这种写作态度下产生的文章，才能在表达个人见解的同时，对他人的心智有所启发，增强人的自信。极严肃的主题，却又出之以幽默诙谐之笔。这正是王小波文章的特点和好处。王小波的文章是思想的随笔，所以有深度，但又因是"随"笔，故任意而谈，无所顾忌，甚至放言高论，滑稽突梯，常常从人所常见、却又有所不见的地方着笔。乍一读，以为是滑稽故事，搞笑、讽刺，不由你不觉得好笑，乃至忍俊不禁，但读下去，再读下去，读之再三，却品味出其中的别具匠心，体会出其中饱蕴着的一腔辛酸，甚至满腹悲愤。幽默有时可以直捣荒谬，深入生活的底里。

《一只特立独行的猪》就是其中的代表，幽默严肃，活泼平实，犀利深刻而又具有温情与善意。说的是猪事，实则讲的全是人事。王小波不急不躁，缓缓说猪事，徐徐道猪情，没有真理在手、睥睨一切的作态，也不剑拔弩张，却是冷冷地挑破遮蔽，绵里藏针，思想的锋芒已是脱颖而出，寒光闪处，如快刀斩乱麻般，使纠缠不清的、貌似丰富的事理显其荒谬，遂一刀斩断而后快。文章中常出幽默之语，调侃是这篇文章也是王小波随笔普遍具有的特色，如“这不能怪猪兄，它毕竟不是锅炉，叫起来和汽笛还有些区别，老乡们却硬说听不出来”，“还有一个理由，我不敢对抗领导，我怀疑这才是问题之所在”，“这种冷淡使我痛心，但我也赞成他对心怀叵测的人保持距离”，等等。这使文章具有一种冷幽默。可这种幽默不是搞笑，也不是一般的风趣，其所喻示的道理，又是颇为严正的，这种文章风格既使人忍俊不禁，又使人深思不已。王小波以鲜活而平庸的生活琐事做比喻，引出严肃的论题，又以跳荡活跃的幽默一针见血直指问题核心，这也是王小波文章议论深刻而不显枯燥的原因之一。

读者在阅读《一只特立独行的猪》时，初读使人觉得好笑，甚至觉得有些油滑，然而再三读之，却让人品味出各种辛酸甚至悲愤。文章最后揭示出令人警醒的主题，被他人安排或设置的生活是不幸的，因为那意味着自由被扼杀。而人们往往对这样的生活安之若素，很难也很少见特立独行者。人们对此应有省悟，敢于无视别人对你的生活的“正义的”却是粗暴的设置，否则连猪都不如！

如果是猪，就要做一头特立独行的猪。

如果是人，也要做一个浪漫自由的“王小波”。

【平行阅读】

关于崇高

王小波

七十年代发生了这样一回事：河里发大水，冲走了一根国家的电线杆。有位知青下水去追，电线杆没捞上来，人却淹死了。这位知青受到表彰，成了革命烈士。这件事在知青中间引起了一点小小的困惑：我们的一条命，到底抵不抵得上一根木头？结果是困惑的人惨遭批判，不瞒你说，我本人就是困惑者之一，所以对这件事记忆犹新。照我看来，我们吃了很多年的饭才长到这么大，价值肯定比一根木头高；拿我们去换木头是不值的。但人家告诉我说：国家财产是大义之所在，见到它被水冲走，连想都不要想，就要下水去捞。不要说是木头，就是根稻草，也得跳下水。他们还说，我这种值不值的论调是种落后言论——幸好还没有说我反动。

实际上，我在年轻时是个标准的愣头青，水性也好。见到大水冲走了木头，第一个跳下水的准是我，假如水势太大，我也可能被淹死，成为烈士，因为我毕竟还不是鸭子。这就是说，我并不缺少崇高的气质，我只是不会唱那些高调。时隔二十多年，我也读了一些书，从书本知识和亲身经历之中，我得到了这样一种结论：自打孔孟到如今，我们这个社会里只有两种人。一种编写生活的脚本，另一种去演出这些脚本。前一种人是古代的圣贤，七十年代的政工干部；后一种包括古代的老百姓和近代的知青。所谓上智下愚、劳心者治人劳力者治于人，就是这个意思吧。从气质来说，我只适合当演员，不适合当编剧，但是看到脚本编得太坏时，总禁不住要多上几句嘴，就被当落后分子来看待。这么多年了，我也习惯了。

在一个文明社会里，个人总要做出一些牺牲——牺牲“自我”，成就“超我”——这些牺牲就是崇高的行为。我从不拒绝演出这样的戏，但总希望剧情合理一些——我觉得这样的要求并不过分。举例来说，洪水冲走国家财产，我们年轻人有抢救之责，这是没有疑问的，但总要问问捞些什么。捞木头尚称合理，捞稻草就太过分。这种言论是对崇高唱了反调。现在的人会同意,这罪不在我:剧本编得实在差劲。由此就可以推导出:崇高并不总是对的,低下的一方有时也会有些道理。实际上,就是唱高调的人见了一根稻草被冲走,也不会跳下水,但不妨碍他继续这么说下去。事实上,有些崇高是人所共知的虚伪,这种东西比堕落还要坏。

人有权拒绝一种虚伪的崇高,正如他有权拒绝下水去捞一根稻草。假如这是对的,就对营造或提倡社会伦理的人提出了更高的要求:不能只顾浪漫煽情,要留有余地;换言之,不能够只讲崇高,不讲道理。举例来说,孟子发明了一种伦理学,说亲亲敬长是人的良知良能,孝敬父母、忠君爱国是人间的大义。所以,臣民向君父奉献一切,就是崇高之所在。孟子的文章写得很煽情,让我自愧不如,他老人家要是肯去做诗,就是中国的拜伦;只可惜不讲道理。臣民奉献了一切之后,靠什么活着?再比方说,在七十年代,人们说,大公无私就是崇高之所在。为公前进一步死,强过了为私后退半步生。这是不讲道理的:我们都死了,谁来干活呢?在煽情的伦理流行之时,人所共知的虚伪无所不在;因为照那些高调去生活,不是累死就是饿死——高调加虚伪才能构成一种可行的生活方式。从历史上我们知道,宋明理学是一种高调。理学越兴盛,人也越虚伪。从亲身经历中我们知道,七十年代的调门最高。知青为了上大学、回城,什么事都干出来了。有种虚伪是不该受谴责的,因为这是为了能活着。现在又有人在提倡追逐崇高,我不知道是在提倡理性,还是一味煽情。假如是后者,那就是犯了老毛病。

与此相反,在英国倒是出现了一种一点都不煽情的伦理学。让我们先把这相反的事情说上一说——罗素先生这样评价功利主义的伦理学家:这些人的理论虽然显得卑下,但却关心同胞们的福利,所以他们本人的品格是无可挑剔的。然后再让我们反过来说——我们这里的伦理学家既然提倡相反的伦理,评价也该是相反的。他们的理论虽然崇高,但却无视多数人的利益;这种偏执还得到官方的奖励,在七十年代,高调唱得好,就能升官——他们本人的品行如何,也就不好说了。我总觉得有煽情气质的人唱高调是浪费自己的才能:应该试试去写诗——照我看,七十年代的政工干部都有诗人的气质——把营造社会伦理的工作让给那些善讲道理的人,于公于私,这都不是坏事。

选自《王小波经典作品》,当代世界出版社 2005 年版

【思考与讨论】

1. 自己安排和设置自己的生活和由别人来安排和设置自己的生活有什么区别?
2. 作者在文中写了许多“闲篇”,这些“闲篇”是否影响了对主题的充分阐述?

第五节　外国散文欣赏

散文与诗歌、小说、戏剧,并列为文学的四大样式,如果说诗歌起源于劳动中的吟唱,戏剧起源于模仿,那么散文的起源便是人们观察生活并且思考的本能了。在西方,散文的含义有广狭两种。广义的散文是指除韵文外的一切文体形式:评论、新闻、纪实甚或小说都可称为散文体。狭义的散文是指与诗歌、小说、戏剧相对的文学形式的散文。另外,这种具有文学性的狭义散文其外延也比我们所理解的散文要宽泛得多。

外国散文的源起,可以追溯到古希腊罗马时期。没有古希腊罗马散文奠定的基础,就没有现代欧洲散文的发展。当然,与现代散文相比,古希腊散文的外延要宽泛得多,它包括了历史

散文、演说词、哲学文章和文艺论述等。西方学者认为，希罗多德的《历史》是最早的历史散文，而修昔底德的《伯罗奔尼撒战争史》和色诺芬的《希腊史》、《远征记》也独树一帜。他们的作品记叙了希腊和各城邦的社会生活，内容十分丰富，文中还穿插了许多生动有趣的传说和故事，它们既是史传作品的典范，也为后世散文家的散文创作提供了经验。演说是古希腊政治家、活动家和绅士们必备的文化素质与政治才能，演说在古希腊的方方面面起着极为重要的作用，这一时期出现了像吕西阿斯、伊索格拉底、狄摩西尼这样伟大的演说家。古希腊还有哲学和政治散文，以柏拉图、亚里士多德为代表，从柏拉图的作品《对话》为开端。柏拉图创造了对话体这种独特的文学样式，被誉为“希腊文学由文艺高峰转向哲学高峰时代”的代表人物，为西方文学的发展作出了重要贡献。而亚里士多德的文艺理论则奠定了西方文艺理论的基石，他的作品与言论至今被许多文艺理论家广泛引用或借鉴。

古罗马文学继承了古希腊文学的传统，即历史与文学融为一体。塔西陀的《历史》、《编年史》，李维的历史散文《罗马史》，虽是历史，却都是作为艺术作品来创作的，因而都具有较强的艺术感染力和较高的艺术鉴赏价值，被后世学者誉为史诗式的散文。古罗马除了史传散文闻名于世，其对话录、书简体散文及演说词同样影响巨大，为西方文学的发展奠定了良好的基础。

文艺复兴时期，意大利是文学的中心，意大利散文深受古希腊散文的影响，更是对古罗马散文的继承与发展。薄伽丘的《但丁传》融历史、文学与评论为一体，借助灵活的艺术手段，凭借浪漫而丰富的想象，成功地刻画出一代巨人但丁的形象，堪称传记文学的先导；马可·波罗的经典名作《马可·波罗游记》被誉为西方世界第一部介绍东方文明的游记散文集，开创了欧洲游记散文之先河；但丁、康帕内拉等意大利人文主义者利用手中之笔，大力宣传新思想、新文化、新科学，弘扬人文主义精神，他们的散文作品通过对话辩论的方式，将情与理、诗意与科学自然地结合起来，从而创造了意大利新的散文类型——科学散文。

而散文（essay）这一名称是因法国作家蒙田 1580 年发表的《随笔集》（*Essais*）而得名。蒙田是法国文艺复兴后期的代表人物，也是法国启蒙运动的先驱，他被人们认定为法国乃至世界现代散文的奠基者。培根于 1597 年将自己笔录的一些随想定名为 essay 出版，共十篇，后来陆续增加，至 1625 年最后一版共有 25 篇，这标志了英国散文的真正诞生。蒙田和培根都用了 essay 这个词的原意，即尝试（to attempt）。散文是他们尝试反思、审视特定时期内自己有所思有所感的话题，进行自我探索的手段。培根的代表作为哲理散文《新工具》和抒情散文集《随笔集》。与蒙田在自己的精神世界里探索为自己而写作不同，培根的散文则是面对普通的大众读者，根据自己的阅历，向他人传授各类知识、智慧及文明，其语言总体上是中性的，几乎是围绕观念运行，而且他在作品中很少举例，其散文标题即表明文章中心或作者所关注的问题。培根的创作在继承了蒙田散文中张扬个性自由、张扬人的理性的同时，也在强调散文文体在文明批评和人的精神建设中的作用。由于思辨力与逻辑性的加强，蒙田散文中那种随意散漫的特质在培根的手中渐趋减弱，文体显得更缜密、凝练，也更为沉稳、华贵、简洁、直接。培根之前，英国甚少像样的散文，而培根之后，效仿其散文风格者众多，故培根被誉为“英国散文之父”。

法国真正将文学散文发扬光大的是维尔阿杜安，他与儒安维尔、福华萨及三百年后的柯米纳并称为“法国散文四大家”。

启蒙运动时期，也是法国散文大家辈出的时代，孟德斯鸠是这一时期的代表人物。他的代表作《波斯人信札》充满了机智、风趣与讽刺；另一作品《论法的精神》则文笔简朴淳正、逻辑清晰严密，将散文的艺术魅力发挥到了极致。法国另一位代表人物是伏尔泰，他的哲理小说和包括随笔在内的各种散文作品充满机智和嘲讽。伏尔泰的作品以其尖锐的嘲笑"结束了一个时代，而卢梭则开始了一个时代"（歌德语）。卢梭被称为是"孤独的散步者"，他的散文充满了对传统观念的反叛，其成名作《论科学和艺术》就把思考的锋芒直指当时的社会。他的最重要的哲学著作《社会契约论》强调人是独立的，拥有天赋的权利，政府存在是为了推行公意。卢梭在其作品中始终高举着"自然"这面旗帜，只不过他笔下的自然是理想化了的社会生活——理想化了的自由和平等的秩序。他认为自然是永恒的，因此人的天性——"自然理性"的自由平等，也是永恒的。卢梭还是第一个发现并确立法国散文音乐性的作家，他的作品讲究音乐的节奏，语句也特别富有乐感。

19 世纪英国散文的成就不仅仅体现在上述个性化的随笔上，由于资本主义发展过程中弊端日显，社会矛盾日益激化，人们对自己所处的时代感到绝望，于是一大批作家如卡莱尔、罗斯金、阿诺德等，通过散文创作揭露时弊，提倡教育，呼吁保护环境，维护妇女权利，可以说，他们的散文已经突破了个人感受的交流，而成为对大是大非问题的阐述与论战，也就是我们现在所说的文论。

法国浪漫主义先驱夏多布里昂的《墓外回忆录》为法国散文树起了一座丰碑。夏多布里昂曾经把《墓外回忆录》称作"我生活的时代之史诗"。《墓外回忆录》不但具有史诗的规模与格局，而且具有史诗的气魄与灵魂。语句疾徐有致，抑扬顿挫；描写深入开阔；表达细致入微。

大文豪雨果的散文成就也是非常突出的。雨果一生创作了三百多万字的散文，而且文体丰富，包括政论、游记、日记、演讲词、悼词、回忆录、纪念文章、杂文等，形形色色，多姿多彩，令人目不暇接。雨果的散文博大精深，涉及面极广；形式自由灵活，丰富多变。在叙事方面，他的散文大起大落、细腻绵密而又雄健有力；其散文语言更是丰富多彩，独具一格，体现出语言大师十足的功力。其中，游记散文《莱茵河游记》文笔十分优美。

现代主义文学和现代诗歌鼻祖波德莱尔在散文方面也颇有建树。他的作品明快清晰，汩汩滔滔，庄谐并举，凉爽可人，少有做作，更无矫情。他的《巴黎的忧郁》宣示散文向诗靠近，或诗向散文渗透。他第一次提出"散文诗"这一概念。《巴黎的忧郁》卷首献词中波德莱尔说："我们谁没有梦想过创造那种诗的散文的奇迹呢？它没有节律和韵脚，非常柔和，相当灵活，对比性强，足以适应灵魂的抒情性的激荡、梦幻的波动和意识的惊跳。"波德莱尔的散文诗创作将散文提高到了与诗同等的审美地位上来，使散文具有了更多的感性因素。19 世纪的法国科学散文也闻名于世，代表作为法布尔撰写的《昆虫记》。《昆虫记》共十一册，充满了对自然奥妙的好奇与探索，对生命的尊重与热爱。作者以细腻准确的观察，自然凝练的文笔，热情洋溢的笔触，描写并讴歌了种种微不足道的昆虫，并从中提炼出一些人生的哲理和生命的真谛。

19 世纪是俄国文学的鼎盛时期，诗人普希金继承拉季舍夫的散文风格，追求自由，揭示胸中块垒，表达人民意志。散文大师屠格涅夫的散文创作以简练的语句、优美的辞章、诗的意境，启迪读者去深入思考人类的命运。此外，19 世纪俄国赫赫有名的作家、文艺理论家如别林斯基、果戈理、陀思妥耶夫斯基、托尔斯泰等，也创作了大量优秀的散文作品，丰富了世界散文的宝库。

在德国，浪漫派领袖人物施莱格尔对散文文体进行了深入的研究，散文开始在德国受到广泛的关注。尤其是著名的哲学家叔本华和尼采,他们常将哲学、美学和小说统一于散文创作之中,并糅进了许多格言警句,闪烁着耀眼的思想火花。海涅和冯达诺创作的散文同样精彩,对欧洲散文的发展功不可没。

美国在19世纪初,诞生了真正意义上的散文作家——华盛顿·欧文。他的散文细腻有致,略带伤感。其后的"超验主义"思潮的首领爱默生则发表了大量演说,虽然其中不少演说词缺乏严密的逻辑,又显得过于抽象,但他在演说中所表现出来的独特的个性,使其散文仍然能给读者、听众相当的艺术冲击力。他的弟子梭罗的创作要显得更朴实自然,其散文长篇《瓦尔登湖》被文艺理论家视为现代美国散文最早的榜样。

20世纪是政治经济格局巨变的时期,也是社会矛盾加剧、世界多元化发展时期。英法的散文创作在继承19世纪创作传统的同时,具备了更多的个性化特征,内容也显得更为丰富多彩。

英国女性主义的先驱伍尔夫,同时作为英国意识流文学的代表人物,其是以其小说创作而闻名于世的,她撰写的大量书评和随笔(如代表作《普通读者》),以轻松的笔调,与读者娓娓而谈;她的散文既有着女性特有的细腻含蓄,又有着英国固有的幽默风趣,意象隽永深刻,文笔舒卷自如。政治家丘吉尔、思想家罗素、戏剧家萧伯纳,以及福斯特、格林、毛姆等著名作家都写出了大量至今流传不衰的经典散文。

法国的阿兰、普鲁斯特、瓦雷里等著名作家,利用业余时间,也创作了诸多脍炙人口的散文作品。20世纪的奥地利产生了一个文学高峰,众多世界级作家,如卡夫卡、茨威格、弗洛伊德等。他们虽然不是专职的散文家,但他们充满诗性的,融议论、抒情、叙事于一体的散文作品仍然熠熠生辉。

美国文学也开始走向鼎盛。在散文创作方面,同样呈现出繁荣的景象。一大批散文大家如詹姆斯·瑟伯、玛丽·麦卡锡等,创作了大量传记、自传、回忆录、名人写真录、访谈录、报告文学、新闻特写等。而且,当代美国散文具有强烈的生活气息和个性特征,风情世俗、政治革命、流行时尚无不入作家之笔下。此外,语言功底深厚,文笔洒脱漂亮,章法清楚,气韵生动,充满灵性等,也是美国当代散文的重要特点。

20世纪初的俄苏文学界出现了两股巨流:国内文学与流亡文学。其中,国内文学的著名作家有高尔基、肖洛霍夫、奥斯特洛夫斯基等,流亡文学的著名作家有阿·托尔斯泰、布宁、库普林等。在伟大的卫国战争期间,苏联的众多优秀作家创作了大量爱国主义散文,其中尤以爱伦堡的创作最具战斗力,最激动人心,甚至引起了希特勒的极端愤怒。被称为散文界的"不老松"的楚科夫斯基,他撰写了大量以苏俄文艺界人物为对象的人物散文,将珍贵的史料与精要的评述结合起来,具有独特的艺术魅力。

西方文学性散文形式丰富多彩,议论、评说、对话、随想、游记、书信、演说、日记……不一而足。换句话说,只要你使文章具有文学性,它就成为文学性散文,而不论你谈的是历史、教育、文学艺术、人生社会、战争和平。这一传统使得西方人在写任何文章时都注意文学性,追求文学价值。这也就是为什么罗素会以《西方哲学史》、丘吉尔能凭《第二次世界大战回忆录》问鼎诺贝尔文学奖的原因。东方文学散文的起源也不乏此例,我们从孔子的《论语》,老子的《老子》,孟子的《孟子》中能读出先人对生活的这种格言式思考与论断。而且,这种格言式论断似乎贯穿散文发展的整个过程,在日记、杂志、书信、旁注、格言辑、忠告集中,在当代报纸的时评里，这种格言式散文时有出现。没有哪一种文学形式能像散文这样，它的最初始的表达形式，能与其最前卫、更复杂的当代表达方式同时互为并存，相得益彰。也许这是它在不断提示我们，散文的精神在于它的观察与思考。

世间最美的坟墓

——记1928年的一次俄国旅行

（奥地利）茨威格

我在俄国见到的景物再没有比托尔斯泰墓更宏伟、更感人的了。这将被后代怀着敬畏之情朝拜的尊严圣地，远离尘嚣，孤零零地躺在林荫里。顺着一条羊肠小路信步走去，穿过林间空地和灌木丛，便到了墓冢前；这只是一个长方形的土堆而已，无人守护，无人管理，只有几株大树荫庇。他的外孙女给我讲，这些高大挺拔、在初秋的风中微微摇动的树木是托尔斯泰亲手栽种的。小的时候，他的哥哥尼古莱和他听保姆或村妇讲过一个古老传说，提到亲手种树的地方会变成幸福所在。于是他们俩就在自己庄园的某块地上栽了几株树苗，这个儿童游戏不久也就被忘掉了。托尔斯泰晚年才想起这桩儿时往事和关于幸福的奇妙许诺，饱经忧患的老人突然从中获得了一个新的、更美好的启示。他当即表示愿意将来埋骨于那些他亲手栽种的树木之下。

后来就这样办了，完全按照托尔斯泰的愿望；他的坟墓成了世间最美的、给人印象最深刻的、最感人的坟墓。它只是树林中的一个小小的长方形土丘，上面开满鲜花——没有十字架，没有墓碑，没有墓志铭，连托尔斯泰这个名字也没有。这个比谁都感到受自己的声名所累的伟人，就像偶尔被发现的流浪汉，不为人知的士兵一般，不留名姓地被人埋葬了。谁都可以踏进他最后的安息地，围在四周稀疏的木栅栏是不关闭的——保护列夫·托尔斯泰得以安息的没有任何别的东西，唯有人们的敬意；而通常，人们却总是怀着好奇，去破坏伟人墓地的宁静。这里，逼人的朴素禁锢住任何一种观赏的闲情，并且不容许你大声说话。风儿在俯临这座无名者之墓的树木之间飒飒响着，和暖的阳光在坟头嬉戏；冬天，白雪温柔地覆盖这片幽暗的土地。无论你在夏天或冬天经过这儿，你都想象不到，这个小小的，隆起的长方形包容着当代最伟大的人物当中的一个。然而，恰恰是不留姓名，比所有挖空心思置办的大理石和奢华装饰更扣人心弦：在今天这个特殊的日子里，成百上千到他的安息地来的人中间，没有一个有勇气，哪怕仅仅从这幽暗的土丘上摘下一朵花留作纪念。人们重新感到，这个世界上再没有比这最后留下的、纪念碑式的朴素更打动人心的了。残废者大教堂大理石穹隆底下拿破仑的墓穴，魏玛公侯之墓中歌德的陵寝，西敏寺里莎士比亚的石棺，看上去都不像树林中的这个只有风儿低吟，甚至全无人语声，庄严肃穆，感人至深的无名墓冢那样剧烈地震撼每一个人内心深藏着的感情。

选自《外国优秀散文集》，百花文艺出版社1984年版

【作者简介】

斯蒂芬·茨威格（1881—1942），奥地利著名作家，出生于维也纳一个富裕的犹太家庭。青年时代在维也纳和柏林攻读哲学和文学。1903年获博士学位。16岁就在刊物上发表了处女作。1901年第一部诗集《银弦》出版。1911年出版的小说集《初次经历》写少男少女青春期萌动的心理。曾在西欧、北非、印度等地游历，结识了罗曼·罗兰和罗丹等知名作家、艺术家。

第一次世界大战期间流亡瑞士,他的第一部反战剧《耶利米》也在瑞士首演。茨威格坚持反战立场,战后的灾难:饥馑、寒冷和通货膨胀以及社会道德沦丧对他触动很深,战后 20 年是他创作高峰期,他的主要作品大多是这一时期的产物。《马来狂人》(1922)、《一个女人一生中的二十四小时》(1922)、《一个陌生女人的来信》(1922)、《感情的紊乱》(1927)等都是脍炙人口的名篇。

1933 年希特勒上台,茨威格于次年移居英国。1938 年入英国籍。不久离英赴美。1942 年 2 月茨威格同妻子在里约热内卢近郊的寓所内双双服毒自杀。茨威格在去世之前,完成了《昨日的世界——一个欧洲人的回忆录》,这是他一生的历史,也是他那一代人的历史;这是对昨日的世界,也是对在第二次世界大战中沉沦的资产阶级世界的回忆。他死后发表的《象棋的故事》(1941),是他的最后一篇小说,沉痛地诉说了一个心灵和才智遭到纳粹摧残的人的经历。

茨威格作品的基调是现实主义的,他最擅长的手法是细腻的心理描写。他经常注意选取资产阶级社会中妇女的不幸遭遇的题材,揭露“文明人”圈子的生活空虚和道德败坏,谴责对女性的不尊重和对人的善良品质的残害,赞美同情、了解、仁爱和宽恕。他运用“弗洛伊德”心理分析的方法,努力探索人物的精神世界,描写道德败坏给人带来的情感上的痛苦,揭示个人心灵中种种抽象的美德,甚至让已经堕落的人身上闪耀出道义的火花,作家的用意是通过此改进资本主义社会的道德观念和人们的精神面貌。

【作品鉴赏】

《世间最美的坟墓》,是一篇精致优美的抒情散文,它结构短小精悍,文笔朴素、清新、自然,感情浓烈真挚。作者用朴素无华的语言和对比、衬托等手法,表现了一个追求朴素、淡泊声名、不愿劳顿世人,在世界文坛上享有崇高威望的文学泰斗——列夫·托尔斯泰的不朽灵魂。这篇散文是茨威格访苏时候的一篇游记,内容非常简单,记叙作者在托尔斯泰墓地游览时候的所见所感。

从意义上阐述“坟墓”通常与“死亡、黑暗、枯寂、不幸”相连;而“美”一般和“生命、光明、热烈、幸福”相关。“坟墓”和“美”两个文字,在习惯是对立的,一似水火相殊,冰炭难容。而在这里,竟然水乳一样交融。

文章在写到作者知晓这一“墓主”是世界大作家之一,俄罗斯的列夫·托尔斯泰,“这个谁都感到被自己名声所累的伟人”时,因而渴望着一见坟墓。当我们“顺着羊肠小径,信步走去,穿过林间空地和灌木丛,便到了墓前”。这就是“被后代怀着敬仰之情来朝拜的圣地”,原以为金碧辉煌,气象万千,好像人间皇宫一样,却不料只是“一个长方形土堆而已”,这反差实在太大了。这使人们普遍难以接受,但这是不容置疑的现实。因为,大多数人的常规思想认为,所谓“世间最美的坟墓”一似上述:应该雕栏玉砌,金栋银梁。而这里竟然“没有十字架,没有墓碑,没有墓志铭,连托尔斯泰这个名字也没有”。“无人守护,无人管理”。“就像偶尔被发现的流浪汉,不为人知的士兵的坟墓一样”平凡得不能再平凡,普通得不能再普通。

很显然,这坟地是列夫·托尔斯泰生前自己所选择,对其清魂栖息地,最后埋骨处,怎样构筑其墓容,应该有过从容的考虑。必须承认,如今一无所有的墓容,是列夫·托尔斯泰遗志的体现,是他老人家真实意思的表示。

古语说:“天地有大美而不言”,这就是说,凡大美者多不事喧哗,不羡炫耀,注重原色和低调，即朴质无华。所以，列夫·托尔斯泰对自己墓穴“什么也没有”的底色处理，确是识见过人，因为归朴才能返真，从而达到了美的极致，这充分显示了他的思想境界、道德风范和美学观念实在是卓尔不群。

从不理解到逐步理解列夫·托尔斯泰在墓建上的精神杰作，有力地反证着大多数人们的世俗观念多么根深蒂固、顽固不化。不要说芸芸众生，就连同为世界大文豪的歌德和莎士比亚，他们最后归宿处的灵寝和石棺，也不能幸免世俗的色彩。这说明世俗观念谬误之深之广，又进一步再次证实了列夫·托尔斯泰的“脱俗”是何等的出类拔萃。

而作者高超的艺术手法表现在：紧紧抓住一个支点（脱俗，即超越了世俗的观念）、两个反衬（一个自身伟大和朴素墓容相反衬，一个同是世界大文豪和其豪华墓容相反衬）、两个比喻（如流浪汉和士兵的坟墓一样），因而达到了尽善尽美的形式。

“世间最美的坟墓”在熠熠发亮，霞光万丈，美意无限，从中包含着的深刻思想和高度哲理，都能豁然显露，并能与读者相交流、相沟通，使人们成为在“人文精神”照耀下的理想主义者。

最后，遍观全球，正是无独有偶，与列夫·托尔斯泰坟墓差可比美的，还有荷兰籍大画家凡·高的坟墓，真可称之“双璧”。凡·高的墓地也只有兄弟俩的名字而已。不过，列夫·托尔斯泰是主观刻意所求，显得更高，凡·高是一生坎坷所造成。但这里显示着一个客观审美事实。大家都承认：凡是伟大人物，他一无修饰的墓地，都成了美的最高对象，以吸引后人不断前往瞻仰。这是美的胜利，也是人格的胜利，更是精神的胜利。这使人们学美、思美并与美相齐，从而更进一步得善进益。

文章的笔调深沉朴素，字里行间流露出对托尔斯泰墓的赞美与尊敬。作者的这篇文章善于景物的描摹。在对墓冢的描写中表现了它的平凡，“它只是树林中的一个小小长方形土丘，上面开满鲜花，没有十字架，没有墓碑，没有墓志铭，连托尔斯泰这个名字也没有”。在对树林的描写中凸显墓地的宁静，逼人的朴素禁锢住任何一种观赏的闲情，并且不容许大声说话。而正是这朴素平凡的托尔斯泰墓，体现了他的人格。作者并没有用过多的华丽的辞藻刻意修饰，而是用朴素的语言展现朴素的托尔斯泰墓，而效果却并不“朴素”，他给了读者一个伟大的托尔斯泰，而伟大之处，就是他平易朴素的人格。

【平行阅读】

从罗丹得到的启示

（奥地利）茨威格

我那时大约二十五岁，在巴黎研究与写作。许多人都已称赞我发表过的文章，有些我自己也喜欢。但是，我心里深深感到我还能写得更好，虽然我不能断定那症结的所在。

于是，一个伟大的人给了我一个伟大的启示。那件仿佛微乎其微的事，竟成为我一生的关键。

有一晚，在比利时名作家魏尔哈仑家里，一位年长的画家慨叹着雕塑美术的衰落。我年轻而好饶舌，热炽地反对他的意见。“就在这城里，”我说，“不是住着一个与米开朗琪罗媲美的雕刻家吗？罗丹的《沉思者》、《巴尔扎克》，不是同他用以雕塑他们的大理石一样永垂不朽吗？”

当我倾吐完了的时候，魏尔哈仑高兴地指指我的背。“我明天要去看罗丹，”他说，“来，一块儿去吧。凡像你这样称赞他的人都该去会他。”

我充满了喜悦，但第二天魏尔哈仑把我带到雕刻家那里的时候，我一句话也说不出。在老朋友畅谈之际，我觉得我似乎是一个多余的不速之客。

但是，最伟大的人是最亲切的。我们告别时，罗丹转向了我。“我想你也许愿意看看我的雕刻，”他说，“我这里简直什么也没有。可是礼拜天，你到麦东来同我一块吃饭吧。”

在罗丹朴素的别墅里，我们在一张小桌前坐下吃便饭。不久，他温和的眼睛发出的激励的凝视，他本身的淳朴，宽释了我的不安。

在他的工作室，有着大窗户的简朴的屋子，有完成的雕像，许许多多小塑样——一只胳膊，一只手，有的只是一只手指或者指节；他已动工而搁下的雕像，堆着草图的桌子，一生不断地追求与劳作的地方。

罗丹罩上了粗布工作衫，因而好像就变成了一个工人。他在一个台架前停下。“这是我的近作，”他说，把湿布揭开，现出一座女正身像。“这已完工了。”我想。

他退后一步，仔细看着，这身材魁梧、阔肩、白髯的老人。

但是在审视片刻之后，他低语了一句：“就在这肩上线条还是太粗。对不起……”他拿起刮刀、木刀片轻轻滑过软和的黏土，给肌肉一种更柔美的光泽。他健壮的手动起来了；他的眼睛闪耀着。“还有那里……还有那里……”他又修改了一下，他走回去。他把台架转过来，含糊地吐着奇异的喉音。时而，他的眼睛高兴得发亮；时而，他的双眉苦恼地蹙着。他捏好小块的黏土，粘在像身上，刮开一些。

这样过了半点钟，一点钟……他没有再向我说过一句话。他忘掉了一切，除了他要创造的更崇高的形体的意象。他专注于他的工作，犹如在创世的太初的上帝。

最后，带着舒叹，他扔下刮刀，一个男子把披肩披到他情人肩上那种温存关怀般地把湿布蒙上女正身像，于是，他又转身要走向那身材魁梧的老人。

在他快走到门口之前，他看见了我。他凝视着，就在那时他才记起，他显然对他的失礼而惊惶。“对不起，先生，我完全把你忘记了，可是你知道……”我握着他的手，感谢地紧握着。也许他已领悟我所感受到的，因为在我们走出屋子时他微笑了，用手抚着我的肩头。

在麦东那天下午，我学的比在学校所有的时间都多。从此，我知道凡人类的工作必须怎样做，假如那是好而又值得的。

再没有什么像亲见一个人全然忘记时间、地方与世界那样使我感动。那时，我参悟到一切艺术与伟业的奥妙——专心，完成或大或小的事业的全力集中，把易于弛散的意志贯注在一件事情上的本领。

于是，我察觉我至今在我自己的工作上所缺少的是什么——那能使人除了追求完整的意志而外把一切都忘掉的热忱，一个人一定要能够把他自己完全沉浸在他的工作里。没有——我现在才知道——别的秘诀。

选自《新人文读本》，北京大学出版社 2008 年版

【思考与讨论】

1. 为什么说托尔斯泰的坟墓是世间最美的坟墓？
2. 文章的朴素美表现在哪里？

鹰之歌

(前苏联)高尔基

蛇,高高地爬到山里去,躺在潮湿的山谷里,盘成一圈,望着海。太阳高高地在天空中照耀着,群山向天空中喷出热气,波浪在下面冲击着石头。沿着山谷,在黑暗中、在飞沫里,山泉轰隆隆地冲击着石头,迎着大海奔腾而去。雪白的、激烈的山泉,完全浸在泡沫里,它切开山岭,怒吼着倒入海去。

忽然,在蛇所呆的那个山谷里,天空中坠下一只胸膛受伤、羽毛上染着血迹的鹰。他短促地叫了一声,坠在地上,怀着无可奈何的愤怒,胸膛撞在坚硬的石头上。

蛇吓了一大跳,敏捷地爬开。但是,马上看出这鸟儿的生命只能维持两三分钟了。他爬到那受伤的鸟儿跟前,面对着他轻声地说:"怎么啦,你要死了么?"

"是的,要死了。"鹰深深地叹了一口气回答说。"啊,我美好的生活过了,我懂得什么是幸福。我英勇地战斗过了,我见过天!哦,你是不会那么近地看到天的。唉,你这可怜虫。"

"那有什么了不起。天么?空空洞洞的,我怎么能在天上爬呢?我在这里很好,又温暖、又滋润。"蛇对那自由的鸟儿这样回答。他听了那鸟儿的胡言乱语,心中暗暗好笑。而且,蛇还这样想:"哼,飞也好、爬也好,结果还不是一样,大家都要埋入黄土,都要化为灰尘的?"但是,那勇敢的鹰忽然抖擞精神,微微地挺起身来,向山谷里看了一眼。水穿过灰色的石头滴下来,阴暗的山谷里气闷不堪,散发着腐臭的气味。鹰使出全身精力,悲哀而痛苦地喊叫起来:"啊,要是能够再飞到天上去一次,那该多好呀!我要把敌人紧压在胸膛的伤口上,让我的血呛死他。哦,战斗是多么幸福啊!"

但是,蛇却想到:"天上的生活吗,哦,大概的确是很愉快的吧。要不然为什么他要呻吟呢?"他给那自由的鸟儿出了个主意。"哎,那么,你挪到山谷边,跳下去。也许翅膀会把你托起来,你就可以在你的世界里再活一些时候啦。"

鹰颤抖了一下,高傲地叫了一声,顺着石头上的黏液滑到悬崖边上。到了边上,他伸开翅膀,胸中吸足了气,眼睛里闪着光辉,向下面滚去。他像石头似的顺着山崖滑下去,迅速地下坠。啊,翅膀折断,羽毛也掉下了。山泉的波浪把他卷入,泡沫里映着血,冲到海里去。海浪发出悲伤的吼声撞击着石头,那鸟儿连尸体都看不见了。

蛇躺在山谷里,对于那鸟儿的死亡,对于那向往天空的热情,想了很久。他注视着那令人看了总要产生幸福的幻想的远方:"那死去的鹰,他在这没有底、没有边的天上,究竟看见了什么呢?像他这样,为什么在临死的时候,要为了热爱飞到天空中去而心里苦恼呢?嗨,我只要飞到天空中去一次,不久就可以把这一切看清楚了。"说了就做。他盘成一圈儿,向天空中跳去,像一条窄长的带子似的,在太阳光下闪耀了一下。

天生要爬的,是飞不起来的,这他忘记了。结果掉在石头上,嗯,不过没有摔死。他哈哈大笑起来:"哈哈,你们瞧哇,飞到天空中去有什么好呀?好就好在掉下来了吗?嘿嘿,可笑的鸟儿呀,他们不懂得地上的好处,呆在地上就发愁,拼命想飞到天空中去,到炎热的天空中去追求生活。天上不过空空洞洞,那里光明倒是很光明的。但是没有吃的东西,没有支持活的东西的立脚点。嗨,为什么要高傲呢?为什么埋怨呢?为什么要拿高傲来掩饰自己的狂热的愿望呢?自己不能生活下去,为什么要埋怨呢?哼,可笑的鸟儿呀。不过,现在我再也不会受他们的骗了，我什么都懂得了，我见过了天。我已经飞到天空中去过，而且把天空打量了一下，认识到了掉下来的滋味儿。但是没有摔死，自信心倒是更强了。哦，让那些不喜欢地上的，靠欺骗去生活吧。我是懂得真理的，他们的口号，我不会相信了。我是大地的造物，我还是靠大地生活吧。"于是，他就在石头上自豪地盘成一团。

海还在灿烂的光辉中闪耀，浪涛威严地冲击着海岸。在浪涛的吼声中，轰隆隆地响着颂赞那高傲的鸟儿的歌声。山岩被浪涛冲击得发抖，天空被那威严的歌声震撼得战栗了。我们歌颂勇士们的狂热的精神。勇士们的狂热的精神，就是生活的真理。啊，勇敢的鹰，在和敌人的战斗中，你流尽了血。但是，将来总有一天，你那一点一滴的热血将像火花似的，在黑暗的生活中发光。许多勇敢的心，将被自由、光明的狂热的渴望燃烧起来。你就死去吧。但是，在精神刚强的勇士们的歌曲里，你将是生动的模范，是追求自由、光明的号召。我们歌颂勇士们的狂热的精神！

选自《高尔基散文经典——鹰之歌》，上海社会科学院出版社 2004 年版

【作者简介】

高尔基(1868—1936)，伟大的无产阶级作家。列宁称他是无产阶级艺术的最杰出代表。高尔基 1868 年出生在伏尔加河畔一个木匠家庭。由于父母早亡，11 岁开始独立谋生，其童年和少年时代是在旧社会的底层度过的。高尔基早年的不平凡的经历在他著名的自传体三部曲中作了生动的记述。人间的苦难，生活的辛酸，磨炼了他的斗志，他在繁重劳动之余，勤奋自学不息。对社会底层人民痛苦生活的体验和深切了解成为他创作中永不枯竭的源泉。

在饥寒交迫的生活中，高尔基通过顽强自学，掌握了欧洲古典文学、哲学和自然科学等方面的知识。1892 年，只上过两年小学的高尔基发表了他的第一篇作品，刊登在《高加索日报》上的短篇小说《马卡尔·楚德拉》。小说反映了吉卜赛人的生活，情节曲折生动。

青少年时期漂泊流浪的生活，使高尔基亲眼看到并亲身体验到俄罗斯劳苦大众在沙皇统治下的艰难生活。高尔基对腐朽的旧制度充满厌恶和憎恨。他在作品中抨击了沙皇制度的黑暗，揭露了资本主义社会的阶级剥削和压迫。1899 年，高尔基完成了第一部长篇小说《福马·高尔杰耶夫》。1901 年，高尔基因参加彼得堡的示威游行而被捕。著名散文诗《海燕之歌》就是他参加这次示威游行后写的，他以这篇豪情洋溢的革命檄文，迎接了 20 世纪无产阶级的革命风暴。同年，他写了第一个剧本《小市民》，其突出成就是塑造了世界文学史上第一个革命无产者尼尔的形象。1902 年，写了剧本《在底层》，它是作者 20 年观察流浪汉生活的总结，是高尔基戏剧的代表作。1906 年，高尔基的代表作、长篇小说《母亲》完成。它描绘了无产阶级波澜壮阔的革命斗争，塑造了工人党员巴维尔和革命母亲尼洛芙娜的感人形象。这部小说极大地鼓舞了工人群众，使沙俄统治者十分惊恐。《母亲》被公认为世界文学史上崭新的、社会主义现实主义奠基作品。

高尔基创作了自传三部曲《童年》、《在人间》和《我的大学》。自传三部曲不仅反映了作家本人的生活经历以及他接受马克思主义以前艰苦的思想探求过程，而且广泛概括了 19 世纪 70 到 80 年代的俄国社会生活，描写了劳动人民的悲惨生活和遭遇，歌颂了他们的优秀品质。高尔基的最后一部作品是长篇小说《克里姆·萨姆金的一生》。他一生创作了大量各种体裁的作品，为无产阶级文学宝库留下了一笔巨大的财富。

【作品鉴赏】

1895年3月5日,高尔基发表《鹰之歌》,并通过《鹰之歌》中激荡的革命情绪对俄国文学和俄国革命产生巨大催化作用,使得《鹰之歌》成为那战争年月里的不朽诗性传奇。高尔基逐渐发现黑暗中也在燃烧着越来越旺的斗争的火焰,于是面向现实和人生,抒写出了自己由此所感到的振奋,描述了旧世界的一些凄惨的、激动人心的故事,发出他对旧世界的控诉,对光明和斗争的礼赞。《鹰之歌》就是这样的一篇作品。

《鹰之歌》表现了普通群众在压抑中渴望战斗并夺取胜利的激情。作家歌颂的已经不完全是愤世嫉俗的英雄,而是以燃烧自己照亮人们前进道路的丹柯。高尔基早期的作品中现实主义与浪漫主义两种风格并存,反映了他热衷于探索新的艺术方法。在《鹰之歌》中,作者采用象征和隐喻的手法,鹰的形象是追求自由、追求光明、勇敢而坚强的革命者骄傲的象征。文学理论中所言及的"情动于中而行于言"之于诗,受艺术形式所限,只能以情动人,以情感人。散文诗自不待言。作者将主观感情赋予客观事物,使二者完美统一。客观存在的鹰被拟人化为洋溢着英雄主义和乐观精神的革命勇士,而与之形成对比的是另一客观存在物蛇,拟人化的写法使蛇成为市侩哲学的代表。鹰和蛇的类比不是高尔基的首创,但高尔基将二者的差距扩大之后用于揭示两种对立的生活原则和生活态度,就不失为大师手笔了。

同时,诗用语言向读者的想象力提供形象。《鹰之歌》中"于是它就在石头上自豪地盘成一团",只一句,蛇的苟活心理就昭然若揭,从而巧妙地达到了寓万里于尺素的艺术效果,语言凝练而富于概括性。而"天生要爬的,是飞不起来的!"虽多少流露出宿命论的气息和生物进化论的意味,但对于诗文中气氛的渲染和对文中重心的铺垫起到了不可忽视的作用。加之诸如"你瞧,飞到天空去有什么好啊!好就好在掉下来吗?……"之类的句子比比皆是,哲理意蕴浓厚,相互间形成饱含着思想感情的极富感染力的具体诗境。

在艺术上,《鹰之歌》语言优美而博大,富有诗的韵味。其一,高尔基散文注重抒情,注重探索和展现灵魂世界,大多采用直抒胸臆的方式,显得率真热烈。其二,富有音乐美。高尔基散文讲求文体之美,注意色调的搭配和韵律的和谐,无论是独语式、对话式还是诗剧式,都富于音乐感。其三,喜欢用象征和暗示来传达奇妙的感觉和意识。如以鹰的品格象征革命战士渴求战斗的无畏风姿。其四,格调哀而不伤,具有强烈的感染力。《鹰之歌》虽然整体描述了一个故事,却并未对事件过程做过多的交代,而是以感情推动文章的进程,使作品笼罩着浓重、悲壮的感情格调,故事虽然以"鹰"的死亡告终,但是却因为鹰的英勇和不屈,而具有强烈的感染力。笔调含蓄而不失厚重,措辞婉转而意味深长,感情悲叹中多有对美好理想的憧憬,风格近寓言而内容驳杂,立意精警,含蓄隽永。

《鹰之歌》中蕴涵的众多诗性因素使《鹰之歌》在褪去政治色彩之后的纯文学生命力更加顽强和繁茂,《鹰之歌》之后以其独有的诗性因素在文坛独树一帜。《鹰之歌》之中的诗性"战斗力"足以与其他同类优秀散文诗相抗衡,从而独具韵味。总之,高尔基的这篇散文诗运用象征的表现手法,塑造了鹰这一具有顽强的战斗精神的勇敢者的形象,它象征着无产阶级革命者,歌颂了他们坚强无畏的战斗精神。作者又运用了对比的手法,通过鹰与蛇的对比,烘托了鹰的战斗英姿。另外,全文运用拟人化的手法,赋予鹰以人的思想感情,通过鹰的高傲和乐观的精神,热情歌颂了无产阶级革命者。文末着重从在蓝天中搏击、不幸负伤的"失败的英雄",

与其热爱自由、向往光明与英雄业绩的坚强个性，渴望战斗的激情和念念不忘再一次翱翔天空重新战斗的精神却屹立不倒这一内外对比的角度来刻画"鹰"的英雄品格。

【平行阅读】

海　燕

（前苏联）高尔基

在苍茫的大海上，狂风卷集着乌云。在乌云和大海之间，海燕像黑色的闪电，在高傲地飞翔。

一会儿翅膀碰着波浪，一会儿箭一般地冲向乌云，它叫喊着，——就在这鸟儿勇敢的叫喊声里，乌云听出了欢乐。

在这叫喊声里——充满着对暴风雨的渴望！在这叫喊声里，乌云听出愤怒的力量、热情的火焰和胜利的信心。

海鸥在暴风雨来临之前呻吟着，——呻吟着，它们在大海上飞窜，想把自己对暴风雨的恐惧，掩藏到大海深处。

海鸭也在呻吟着，——它们这些海鸭啊，享受不了生活的战斗的欢乐：轰隆隆的雷声就把它们吓坏了。

蠢笨的企鹅，胆怯地把肥胖的身体躲藏在悬崖底下——只有那高傲的海燕，勇敢地，自由自在地，在泛起白沫的大海上飞翔！

乌云越来越暗，越来越低，向海面直压下来，而波浪一边歌唱，一边冲向高空，去迎接那雷声。

雷声轰响。波浪在愤怒的飞沫中呼叫，跟狂风争鸣。看吧，狂风紧紧抱起一层层巨浪，恶狠狠地把它们甩到悬崖上，把这些大块的翡翠摔成尘雾和碎末。

海燕叫喊着，飞翔着，像黑色的闪电，箭一般地穿过乌云，翅膀掠起波浪的飞沫。

看吧，它飞舞着，像个精灵，——高傲的、黑色的暴风雨精灵——它在大笑，它又在号叫——它笑那些乌云，它因为欢乐而号叫！

这个敏感的精灵，——它从雷声的震怒里，早就听出了困乏，它深信，乌云遮不住太阳，——是的，遮不住的！

狂风吼叫——雷声轰响——

一堆堆乌云，像青色的火焰，在无底的大海上燃烧。大海抓住闪电的箭光，把它们熄灭在自己的深渊里。这些闪电的影子活像一条条火蛇，在大海里蜿蜒游动，一晃就消失了。

——暴风雨！暴风雨就要来啦！

这是勇敢的海燕，在怒吼的大海上，在闪电中间，高傲地飞翔；这是胜利的预言家在叫喊：

——让暴风雨来得更猛烈些吧！

选自《高尔基散文经典——鹰之歌》，上海社会科学院出版社2004年版

【思考与讨论】

1. 鹰和蛇象征什么？

2.《鹰之歌》这篇散文在艺术上有什么特征？

参考文献

1. 朱维之,赵澧. 外国文学史. 天津:南开大学出版社,1997
2. 刘建军. 外国文学作品选. 北京:中国文联出版社,2006
3. 郑克鲁. 外国文学史(修订版). 北京:高等教育出版社,2006
4. 孟庆枢,杨守森. 西方文论(修订版). 北京:高等教育出版社,2007
5. 孟庆枢,李毓榛. 外国文学名著鉴赏. 长春:吉林文史出版社,2001
6. 孟庆枢. 西方文论. 北京:高等教育出版社,2002
7. 张良村. 世界文学历程. 北京:国际文化出版公司,1997
8. 赵沛林. 外国文学史. 长春:东北师范大学出版社,2005
9. 肖志刚. 文学欣赏. 武汉:武汉理工大学出版社,2006
10. 徐葆耕. 西方文学十五讲. 北京:北京大学出版,2003
11. 吴元迈. 世界文学评介丛书. 海口:海南出版社,1993
12. 吴元迈,吴岳添,郅溥浩. 20 世纪外国文学史(第 1 卷). 南京:译林出版社,2004
13. 宗白华. 美学散步. 上海:上海人民出版社,2005
14. 蓝华增. 说意境. 昆明:云南人民出版社,1984
15. 薛兴富. 东方神韵——意境论. 北京:人民出版社,2000
16. 胡经之. 文艺美学. 北京:北京大学出版社,1999
17. 薛兴富. 意境:中国古典艺术的审美理想. //文艺研究. 1998(1)
18. 童庆炳. 文学理论要略. 北京:人民文学出版社,1995
19. 叶朗. 中国美学史大纲. 上海:上海人民出版社,2005
20. 付长友,孙凯. 诗学篇章与蕴含. //解放军外国语学报,2003
21. 袁行霈. 中国诗歌艺术研究. 北京:北京大学出版社,2003
22. 林庚. 新诗的格律与语言的诗化. 北京:经济日报出版社,2000
23. 孙则鸣. 汉语新诗格律概论. //http://www. dfsf. com. cn/bbs/index. asp
24. 钟嵘. 诗品. 北京:文学古籍刊行社,1954
25. 启功. 诗文声律论稿. 北京:中华书局,1977
26. 白巧灵. 英美文学诗歌中的节奏与韵律艺术. //漯河职业技术学院学报,2010(3)
27. 王力. 诗词格律. 北京:中华书局,2000
28. 金宏达,于青. 朱光潜美学文学论文选集. 长沙:湖南人民出版社,1980
29. 刘晓玲. 教你欣赏诗歌——青少年文学欣赏丛书. 北京:中央编译出版社,2005
30. 傅德岷,卢晋. 唐诗宋词鉴赏辞典——中华诗文鉴赏典丛. 北京:崇文书局有限公司,2005

31. 范秀华,朱朝晖.英美诗歌鉴赏入门.上海:东华大学出版社,2007
32. 黄霖,董乃斌.古代小说鉴赏辞典(上下册).上海:上海辞书出版社,2004
33. 麻国钧.中国古典戏剧流变与形态论.北京:文化艺术出版社,2010
34. 李玲珑.中国戏剧.上海:同济大学出版社,2007
35. 朱栋霖.中国现当代文学史.北京:高等教育出版社,1999
36. 钱理群.中国现代文学三十年.北京:北京大学出版社,1998
37. 姜飞.感性的归途.成都:四川人民出版社,2003
38. 朱栋霖.戏剧鉴赏.南京:江苏教育出版社,2008
39. 王晓明.二十世纪中国文学史论.上海:东方出版中心,2003
40. 唐沅.吴组缃作品欣赏.南宁:广西人民出版社,1986
41. 夏志清.中国现代小说史.上海:复旦大学出版社,2005
42. 陈思和.中国现当代文学名篇十五讲.北京:北京大学出版社,2003
43. 范伯群.中外文学比较史.南京:江苏教育出版社,2007
44. 陈思和.中国当代文学史.上海:复旦大学出版社,1999
45. 钱理群.拒绝遗忘.汕头:汕头大学出版社,1999